岩 波 文 庫

30-285-1

江 戸 漢 詩 選

(上)

揖 斐　高 編訳

岩 波 書 店

凡例

一、江戸時代の漢詩世界を広く概観し、鑑賞することができるよう、百五十人の作品三百二十首を採録した。採録作品の選定に際しては、有名詩人の作品はもとより、無名詩人の作品であっても、江戸時代の漢詩世界の特徴を具えるものは積極的に採録した。

二、絶句・律詩という近体詩に限らず、長編古詩や楽府《がふ》体の詩、また聯句《れんく》や塡詞《てんし》作品も採録した。とくに長編古詩や楽府体の詩は従来評価されることが稀れであった江戸漢詩の叙事性・社会性・思想性の所在を示すために、紙幅の許す限り採録するようにした。

三、一人の詩人で複数の作品を採録する場合は、詩体や主題になるべくバラエティを持たせるよう配慮した。

四、排列は原則として詩人の生年順としたが、夫婦のように詩人相互の関係が一体化している場合は、例外的に生年順の原則を外したところもある。また、生年未詳の詩人

について は、おおよその箇所に排列した。

五、詩風の変遷を概観する目安になるよう、大まかに幕初期・前期・中期・後期・幕末期の五期に時期区分し、主としてその期に活動した詩人を配置した。

六、明治維新後にも引き続き活躍した詩人については、維新前の作を採録した。

七、詩人ごとに小伝を掲げた後に、原詩と訓読を上下二段に組み、さらに詩の出典(底本)、詩体、韻字、語注、現代語訳を記し、必要に応じて◇を付して最小限の補足的な解説を加えた。

八、漢字はおおむね通行の字体を用いたが、地名・人名・書名など固有名詞については底本に従って正字を用いたところもある。また原詩部分においては、本来別字である「藝」と「芸」、「餘」と「余」、「豫」と「予」、「臺」と「台」、「缺」と「欠」などは区別し、「芸」「余」「予」「台」「欠」など通行の字体に統一することはしなかった。

九、訓読に際しては、底本に返り点・送り仮名がある場合はそれを尊重したが、詩意の取りやすさを考慮して変更した場合もある。

十、訓読の送り仮名は歴史的仮名遣いに拠り、振り仮名は現代仮名遣いに拠った。なお、詩の訓読部分についてはすべてに振り仮名を付した。

十一、語注においては、典拠となる漢詩文作品からの引用は原則として書き下しにした。

十二、古詩において換韻が行なわれている場合は、原詩の該当箇所に」を付し、また韻字の説明においても」を付して韻の区切りを示した。
十三、長めの詩題と長めの原注については、適宜［　］を付してその現代語訳を掲げた。
十四、現代語訳は詩意が過不足なく伝わることを目的として散文訳にした。

目　次

大田南畝

下巻に収録する詩人

後期（享和―文政期頃）

市河寛斎
古賀精里
亀田鵬斎
田上菊舎
頼春風
頼杏坪
良寛
館柳湾
柏木如亭
大田錦城

大窪詩仏
武元登々庵
木百年
林述斎
菊池五山
山梨稲川
佐藤一斎
佐羽淡斎
野村篁園
梅辻春樵

田能村竹田
大塚荷渓
大崎文姫
中島棕隠
宮沢雲山
日野資愛
頼山陽
北条霞亭
篠崎小竹
三幣周淮

広瀬淡窓
毛利蘭斎
北原秦里
江馬細香
長玉僊
草場佩川
空花道人

幕末期（天保—慶応期頃）

江戸漢詩選 (上)

幕初期（慶長―貞享期頃）

石川丈山像（『詩仙堂志』より，国文学研究資料館所蔵）

藤原惺窩《ふじわらせいか》

永禄四年(一五六一)—元和五年(一六一九)、五十九歳。名は粛、字は斂夫、惺窩は号。中世歌学の名家の末裔冷泉為純《れいぜいためずみ》の子として播磨《はりま》国に生まれた。父と兄を戦乱で失い、京都五山の相国寺《しょうこくじ》に入り、禅と朱子学を学んだ。後に還俗して、儒学を専らとし、近世における朱子学流行の祖となった。門下に林羅山《はやしらざん》、松永尺五《まつながせきご》、堀杏庵《ほりきょうあん》、那波活所《なばかっしょ》など。詩文集に『惺窩先生文集』、歌集に『惺窩先生倭謌集《わか》』、詩文論に『文章達徳《たっとく》綱領』がある。

1　元旦試筆

我性不関間与忙
山林城市又何妨
春来忽被風光触
作鳥歌兮作蝶狂

元旦試筆《がんたんしひつ》

我《わ》が性《せい》は関《かん》せず　間《かん》と忙《ぼう》とに
山林《さんりん》　城市《じょうし》　又《ま》た何《なん》ぞ妨《さまた》げん
春来《しゅんらい》　忽《たちま》ち風光《ふうこう》に触《ふ》れらるれば
鳥《とり》と作《な》りて歌《うた》ひ　蝶《ちょう》と作《な》りて狂《きょう》せん

『惺窩先生文集』巻二。七言絶句。韻字、忙・妨・狂（下平声七陽）。○試筆　ここは新年の書初めの詩。○風光　風景。光景。○兮　語勢を強めたり調えたりするのに用いる助辞。訓読では読まないことが多い。

私の本性《ほんしょう》は閑か忙かということには無頓着で、山林に居ようと町に住もうと、どちらでもよい。春になっていきなり春景色に囲まれれば、私は鳥になって楽しく歌い、蝶になって自由に飛び回ろう。

◇藤原惺窩は江戸期儒学の開祖として、朱子学による儒学教育や啓蒙活動を行ない、その門下からは多くの名高い儒者たちが育った。近世初期において儒学と詩文の創作は一体不可分のものだったので、惺窩門下の儒者たちは同時に当期を代表する漢詩人たちでもあった。惺窩の登場によって、中世以前の伝統的な博士家あるいは五山文学的な儒学や漢詩文は、近世的な儒学や漢詩文へと新たな一歩を踏み出した。そういう意味で、江戸漢詩史の出発点となる人物は、惺窩をおいて他にはいない。

太田青丘《せいきゅう》は『藤原惺窩』（人物叢書）において、「洒落《しゃらく》と義気のこの二つは、惺窩の人となりを形成する二大支柱」だと指摘した。道義に基づいて己れの行動を決定しようとする「義気」は、朱子学者としては具えるべき気質であったし、物事にこだわらない気質を示す「洒落」は、「其の人品甚だ高く、胸懐灑落《きょうかいしゃらく》(洒落に同じ)、光風霽月《こうふうせいげつ》の如し」(『宋史』周敦頤伝)と評された周敦頤《しゅうとんい》(朱子の先輩にあたる宋学者)の人物像によって、朱子学者たちにとっては憧れのものであったから、惺窩もまた自らの出処進退において洒落と義気とを強く意識していたことは間違いない。そうした惺窩の人間性は、惺窩の詩文のなかにも当然現われている。

しかし、惺窩の心の奥底には洒落と義気だけでは説明できない、容易には処理しがたい激しい感情も存在していた。惺窩は藤原定家十二世の子孫冷泉為純の子として、その采地のあった播磨国三木郡細河村に生まれた。ところが惺窩十八歳の天正六年(一五七八)、三木城主別所長治《ながはる》の襲撃によって父為純と兄為勝は戦死した。惺窩は母や弟たちをともなって上洛し、自らは相国寺へ入って禅学の研鑽に励んだ。戦国の気風の残る時代ではあり、戦さによる横死というのは特別珍しいことではなかったかもしれない。しかし、まだ若かった惺窩にとって、父と兄の戦さによる横死というのは大きな出来事であった。そして、それから二十二年後の慶長五年(一六〇〇)、朱子学に対する理解が深く、惺窩にとっては親しく交わった友人でもあり、よきパトロンでもあった大名赤松広通が、徳川家康に命じられて自尽した。惺窩はこれを深く慨嘆したという。その後、家康から招かれても惺窩が出仕に応じなかったのは、この件について惺窩に思うところがあったからだともいう。

このように惺窩が経験した身近かな人間の不慮の死は、生と死との境界の曖昧さや、人間社会における不条理というものを惺窩に思いしらせ、そのことによってもたらされる懊悩から人はどうすれば逃れられるのかという深刻な問題を、惺窩の心の奥底に強く刻みつけることになった。そうした問題から発生する容易には処理しがたい感情のあり方が、この「元旦試筆」や次の「失題三首」の詩には表われている。

2　失題三首

寒風俄怒号
野艘奈逡巡
客已皆如酔
我何独不淪
安然起臥了

失題三首《しつだいさんしゅ》（その一）
寒風《かんぷう》　俄《にわ》かに怒号《どごう》し
野艘《やそう》　逡巡《しゅんじゅん》するを奈《いか》んせん
客《きゃく》は已《すで》に皆《み》な酔《よ》へるが如《ごと》きも
我《われ》は何《なん》ぞ独《ひと》り淪《りん》せざる
安然《あんぜん》として起臥《きが》し了《おわ》るも

元是死生均
笑傲浪花裏
三冬有小春

元是《もとこ》れ死生《しせい》は均《ひと》し
笑傲《しょうごう》す　浪花《ろうか》の裏《うち》
三冬《さんとう》に小春《しょうしゅん》有《あ》り

『惺窩先生文集』巻六。五言律詩。韻字、巡・淪・均・春(上平声十一真)。**○失題**　詩題を紛失したことを意味するが、ここはあからさまに示すのを憚るような寓意の詩であることを暗示するための詩題。　**○野艘**　郷村地帯を行く船。ここは渡船のような乗合船を指している。　**○客已皆如酔**　『楚辞』漁父に、「屈原曰く、世を挙《こぞ》りて皆な濁れり。我独り清《す》めり。衆人皆な酔へり。我独り醒めり。是を以て放たれたり」と詠まれている、世に受け容れられない屈原の孤独を意識した詩句。　**○淪**　陥る。落ち込む。　**○死生均**　死と生は同じもので区別はない。晋の盧諶《ろしん》の「劉琨《りゅうこん》に贈る二十章」詩に、「死生《しせい》は既《すで》に斉《ひと》し」。　**○笑傲**　笑い高ぶる。『詩経』邶風《はいふう》・終風に、「謔浪《ぎゃくろう》し笑《しょう》敖《ごう》す」。　**○浪花**　白い波頭。　**○三冬**　初冬・仲冬・季冬の冬三ヶ月。　**○小春**　気候が春に似ていることから、陰暦十月の別称。

寒風が俄かに吹き荒れ、田舎の乗合船は方途を見失っているが、どうにもしようがない。船客は皆もう酔ったようになっているのに、私だけが独りそうでないのはなぜだろうか。船の中で私が平然としているのは、もともと死と生とは同じものだと思っているからだ。白い波頭に取り囲まれても笑って傲然としていられるのは、厳しい冬の間にも小春日和の時はあると思っているからだ。

伊達《だて》政宗《まさむね》

永禄十年(一五六七)—寛永十三年(一六三六)、七十歳。名は政宗。通称は藤次郎。号は貞山。羽前米沢城主伊達輝宗の長男。天正十二年(一五八四)家督を相続し、豊臣秀吉に臣従したが、関ヶ原の戦いでは徳川方に属した。初代仙台藩主として六十二万石を領し、従三位・陸奥守に叙任された。詩歌・茶道・能楽なども能くした。『貞山公詩鈔』などがある。

3　酔餘口号

馬上青年過　　馬上《ばじょう》　青年過《せいねんす》ぐ

世平白髪多　　世《よ》平《たいら》かにして白髪多《はくはつおお》し

酔余口号《すいよこうごう》

残軀天所赦　残軀《ざんく》は天《てん》の赦《ゆる》す所《ところ》
不楽是如何　楽《たの》しまずして是《こ》れ如何《いかん》せん

『貞山公詩鈔』。五言絶句。韻字、過・多・何(下平声五歌)。
○酔餘口号　詩題を「遣興吟《けんきょうぎん》」とするものもある。「口号」は、詩を口ずさむこと。
○残軀　衰残の身体。宋の邵雍《しょうよう》の「六十歳吟」詩に、「六十《ろくじゅう》の残軀《ざんく》鬢《びん》已《すで》に斑《まだ》らなり」。
○天所赦　宋の陸游の「木山」詩に、「輪囷《りんきん》の無用《むよう》なるは天《てん》の赦《ゆる》す所《ところ》」。○不楽是如何　宋の朱熹《しゅき》の「謝少卿《しゃしょうけい》の薬園に題する二首」詩その一に、「楽《たの》しまずして復《ま》た如何《いかん》せん」。

戦さのために青春を馬上で過ごしたが、平和な時代になると白髪頭《しらがあたま》の老人になっていた。衰えた体で生きながらえているのは天が赦しているからだ。ならば、この人生を楽しまなくてどうしようというのか。

◇津阪東陽《つさかとうよう》はその著『夜航詩話《やこうしわ》』(天保七年刊)において、上杉謙信・武田信玄という戦国大名の詩とともに伊達政宗の詩を取り上げて論評している。政宗の詩二首のうちの一首は「遣興吟《けんきょうぎん》」と題するこの五言絶句であるが(但し、詩句に異同がある)、東陽は政宗の詩に対して「語は平平《へいへい》と雖も、風調渾厚《こんこう》にして、英気言表に勃勃《ぼつぼつ》たり。真に風流の人豪《じんごう》なるかな」と高く評価している。ちなみに、「風流の人豪」とは宋学者程顥《ていこう》が、宋学者にして洒脱な詩を詠んだ邵雍《しょうよう》を評した言葉である。

林羅山《はやしらざん》

天正十一年(一五八三)—明暦三年(一六五七)、七十五歳。名は信勝、法名は道春《どうしゅん》、羅山は号。京都の町家に生まれ、京都五山の建仁寺《けんにんじ》に学んだが、後に寺を出て藤原惺窩に師事し、朱子学を学んだ。二十五歳で江戸幕府に出仕し、駿府《すんぷ》城に退隠していた大御所徳川家康に近侍した。幕府の法令制定や外交文書の作成などに携わり、林家の門流が幕府の教学を司るようになる基礎を築いた。詩文集に『羅山林先生文集』『羅山林先生詩集』がある。幕府の命で『本朝編年録』や『寛永諸家系図伝』を編纂し、『本朝神社考』『野《の》槌《づち》』(『徒然草』の注釈書)などの著作もある。

4 駿府

　駿府《すんぷ》

遊事駿州曾十年

駿州《すんしゅう》に遊《あそ》び事《つか》ふること曾《かつ》て十年《じゅうねん》

柳営幕下白雲辺
数重畳塹比牢鉄
千仞雪風吹御筵
侍食伝嘗君子賜
読書常説古人賢
花時供奉浅間社
月夜逍遥阿部川
夢過慶長寛永際
心存新主旧君前
不知鴿矢燥生火
可惜蜃楼焼化烟
只有霧中秋景在
満襟老涙出如泉

先年風聞、鳩鴿糞、多年積堆、

柳営幕下《りゅうえいばくか》　白雲《はくうん》の辺《あたり》
数重《すうちょう》の畳塹《じょうざん》　牢鉄《ろうてつ》に比《ひ》し
千仞《せんじん》の雪風《せっぷう》　御筵《ぎょえん》を吹《ふ》く
食《しょく》に侍《じ》しては伝《つた》へ嘗《な》む　君子《くんし》の賜《し》
書《しょ》を読《よ》みては常《つね》に説《と》く　古人《こじん》の賢《けん》
花《はな》の時《とき》には供奉《ぐぶ》す　浅間社《せんげんしゃ》
月《つき》の夜《よる》には逍遥《しょうよう》す　阿部川《あべがわ》
夢《ゆめ》は過《す》ぐ　慶長寛永《けいちょうかんえい》の際《さい》
心《こころ》は存《そん》す　新主旧君《しんしゅきゅうくん》の前《まえ》
知《し》らず　鴿矢《こうし》の燥《かわ》きて火《ひ》を生《しょう》ずるを
惜《お》しむ可《べ》し　蜃楼《しんろう》の焼《や》けて烟《けむり》と化《か》するを
只《た》だ霧中《むちゅう》に秋景《しゅうけい》の在《あ》る有《あ》りて
満襟《まんきん》の老涙《ろうるい》　出《い》づること泉《いずみ》の如《ごと》し

先年風聞《せんねんふうぶん》す、鳩鴿《きゅうこう》の糞《ふん》、多年積堆《たねんせきたい》し、

殆数百斛、乾燥火発、城中逢
池魚殃、或云天火

殆《ほとん》ど数百斛《すうひゃっこく》、乾燥《かんそう》して火発《ひはっ》し、城中《じょうちゅう》
池魚《ちぎょ》の殃《わざわい》に逢《あ》ふ。或《あるい》は云《い》ふ天火《てんか》と。

『羅山林先生詩集』巻二。七言排律。韻字、年・辺・筵・賢・川・前・烟・泉(下平声一先)。

○駿府　現在の静岡市の旧称。駿府城が築かれ、徳川秀忠に将軍職を譲った徳川家康はここを居城とした。**○遊事**　故郷を離れて他国で仕えること。**○柳営**　将軍の居所をいい、江戸幕府の雅称として用いられた。将軍の居る幕府は江戸にあったが、駿府は大御所として隠然たる権力を握っていた前将軍家康の居所なのでこういった。**○数重畳塹**　幾重にも回らされた堀。**○牢鉄**　鉄で作った牢獄。堅固なさまをいう。**○千仞雪風**　極めて高い所から吹き下ろす雪や風。富士山から吹き下ろす雪や風をいう。**○君子賜**　主君からの賜りもの。**○浅間社**　現在の静岡市葵区にある浅間神社《せんげんじんじゃ》。家康が厚く崇敬した。**○阿部川**　安倍川のこと。現在の静岡市葵区・駿河区を流れる。家康の命で天下普請として治水工事が行なわれた。**○慶長寛永際**　慶長年間(一五九六—一六一五)から寛永年間(一六二四—四四)にわたる頃。**○新主旧君**　羅山はその生涯において初代家康、二代秀忠、三代家光、四代家綱という四代の将軍に仕えたが、この詩の作られた時点では三代家光に仕えていた。○鴿矢　家鳩の糞。○生火　『大《だい》猷院殿《ゆういんどの》御実紀』に拠れば、寛永十二年(一六三五)十一月二十九日に駿府市街で失火し、駿府城に火が移ったという。○蜃楼　蜃気楼。光の異常屈折によって海上などで遠くの物体が空中に幻のように映って見える現象。○数百斛　量の多いこと。一斛は一石に同じで十斗。○池魚殃　不慮の災い。特に火災をいう。○天火　落雷による火災。

故郷を離れて駿河国に赴き、十年にわたってお仕えしたのは、先君家康公のお膝元、白雲のたなびく辺りであった。幾重もの堀に囲まれた城は、鉄で作った牢獄のように堅固な構えで、御前の宴には富士の高嶺から吹き下ろす雪や風が舞っていた。お食事の席に近侍しては頂戴した酒を回し呑みし、書物をお読みしては常に古人の賢明さを講説した。桜の咲く季節には浅間神社《せんげんじんじゃ》にお供し、月の美しい夜には安倍川をそぞろ歩かれるのに付き従った。まだ若かった慶長・寛永頃のことは夢のように過ぎ去ったが、心の中に新旧の将軍様のことを思わない時はない。鳩の糞が乾燥して出火したということは知らなかったが、城がまるで蜃気楼のように焼けて煙になってしまったのは何とも惜しいことだった。今ではただ霧の中に寂しい秋の景色がぼんやりと見え、年老いた私の眼からは泉のように涙が溢れ出て、襟元をしとどに濡らすばかりだ。

［先年、風の便りに聞いたところでは、長年にわたって鳩の糞が堆積して殆ど数百斛に及び、それが乾燥して発火し、駿府城内が火災に見舞われたという。あるいは、落雷による火災だともいう。］

5　三月三日

時有討撃西賊事

二十餘年安泰春
偶然西海起風塵
桃花流水皆依旧
只有武陵人事新

三月三日《さんがつみっか》

時《とき》に西賊《せいぞく》を討撃《とうげき》する事《こと》有《あ》り。

二十余《にじゅうよ》年《ねん》　安泰《あんたい》の春《はる》
偶然《ぐうぜん》　西海《さいかい》に風塵《ふうじん》起《お》こる
桃花《とうか》流水《りゅうすい》　皆《み》な旧《きゅう》に依《よ》る
只《た》だ武陵《ぶりょう》に人事《じんじ》の新《あら》たなる有《あ》り

『羅山林先生詩集』巻二十一。七言絶句。韻字、春・塵・新(上平声十一真)。

○**三月三日**　上巳の節句。桃の花が盛りになる頃なので、桃花節(桃の節句)ともいう。

○**西賊**　西国の賊徒。寛永十四年(一六三七)から翌年にかけて、肥前国島原で起こった一揆勢を指す(島原の乱)。禁止されていたキリスト教の信者を中心に一揆勢が原城に籠城し、幕府や大名の軍勢に対抗したが、寛永十五年二月に鎮圧された。○二十餘年　慶長二十年(一六一五)に大坂夏の陣が終わり、天下太平がもたらされてから、島原の乱が起こるまでの年数。○風塵　風と塵、すなわち兵乱。○桃花流水　桃花源から流れ出る、桃花の浮かんだ川の水。武陵の漁師が「桃花流水」を溯って洞穴の向こうの桃源郷に到ったという、晋の陶潜の「桃花源記」を踏まえる。唐の李白の「山中問答」詩には、「桃花流水《とうかりゅうすい》窅然《ようぜん》として去《さ》る、別《べつ》に天地《てんち》の人間《じんかん》に非《あら》ざる有《あ》り」。○武陵　もとは桃花源に辿りついた漁師の住む町の名であるが、武蔵国にある江戸は漢詩文では武陵と表現された。○人事　人間世界の出来事。羅山は、乱を平定するため幕府から派遣された板倉重昌と昵懇の間柄だったが、原城総攻撃の際にその重昌は討死した。また乱後、島原藩主松倉勝家が改易・斬首の刑に処せられたほか、軍紀違反を犯したとして佐賀藩主鍋島勝茂などが処罰された一方、乱の平定に功のあった松平信綱が川越藩主に封ぜられるなど、幕府内部の人事にも大きな動きがあった。

二十余年にわたって天下泰平の春が続いたが、たまたま西国で兵乱が勃発した。昔と変わることなく桃の花は水に浮かんで流れてくるが、ただ江戸における人間世界の出来事だけは新たな様子を見せている。

石川丈山《いしかわじょうざん》

天正十一年(一五八三)—寛文十二年(一六七二)、九十歳。名は重之。号は丈山のほか、六六山人《ろくろくさんじん》・四明山人など。徳川家の家臣の子として三河国に生まれた。大坂夏の陣の後に退隠し、京で藤原惺窩に学んだ。いったん広島藩に出仕したが、致仕して洛北一乗寺村に詩仙堂を営み、隠逸生活を送った。近世初期を代表する漢詩人として知られ、元政《げんせい》とともに「寛文中の詩豪」(『日本詩史』)と評された。自撰詩集に『覆醤集《ふしょうしゅう》』、没後に門人によって詩文集『新編覆醤集』『新編覆醤続集』が編集・出版された。

6 富士山

仙客来遊雲外巓
神龍栖老洞中淵
雪如紈素煙如柄
白扇倒懸東海天

富士山《ふじさん》

仙客《せんかく》　来《きた》り遊《あそ》ぶ　雲外《うんがい》の巓《いただき》
神龍《しんりょう》　栖《す》み老《あら》す　洞中《どうちゅう》の淵《ふち》
雪《ゆき》は紈素《がんそ》の如《ごと》く　煙《けむり》は柄《へい》の如《ごと》し
白扇《はくせん》　倒《さかさま》に懸《かか》る　東海《とうかい》の天《てん》

『覆醤集』巻上。七言絶句。韻字、巓・淵・天(下平声一先)。

○仙客　仙人。都良香《みやこのよしか》「富士山記」(『本朝文粋』巻十二)に、「蓋《けだ》し神仙の遊萃《ゆうすい》する所ならん」。　○神龍　不思議な龍。三国魏の曹操《そうそう》の「却東西門行」詩に、「神龍《しんりょう》深泉《しんせん》に蔵《かく》る」。　○栖老　「スミアラス」の訓は板本『覆醤集』に付されたもの。　○洞中淵　洞穴の中の池。　都良香「富士山記」に、「頂上に平地有り。広さ一許里《いちりばかり》。其の頂の中央は窪み下りて、体《かたち》、炊甑《すいそう》の如し。甑《こしき》の底に神池有り」。　○紈素　白い練り絹。　○煙　富士山の噴煙。　○柄　扇の把手《とって》。　○白扇　白い絹を貼った扇。　○東海　中国大陸の東にある海。その東海に位置する国である日本を指す。いわゆる東海道を指しているわけではない。

雲の上に突出する山頂には仙人がやって来て遊び、山頂の窪みにある池には長いあいだ不思議な龍が住んでいるという。山肌を覆う雪は白い練り絹のようで、立ち昇る煙は把手《とって》のようだ。それはまるで東方海上の日本の空にさかさまに吊り下げられた白い扇だ。

◇江戸時代には将軍の代替わりごとに李氏朝鮮から通信使が派遣され、江戸に赴いて将軍職襲封に祝意を呈し、国書を交換した。通信使一行が西国と江戸を往復する道中では、各地で歓迎の接待が行なわれた。その際には、通信使に随行する学士たちと各地の儒者・詩人たちとの間で漢詩文の応酬がなされ、応酬の漢詩文は和韓の唱和集として出版された。沿道で接待に当たった諸藩では藩の文化レベルが験されることになったため、藩内に漢詩文の応酬ができる人材を欠く場合には、藩の威信を保つため、わざわざ有能な儒者を新規に招致したほどであった。

寛永十四年(一六三七)一月、石川丈山は江戸からの帰途にあった通信使一行を京都の宿舎本国寺《ほんこくじ》に訪ね、随員の一人であった学士権侙《ごんちょく》と筆談を交わした。その筆談の中で権侙は丈山のことを「日東《にっとう》の李杜《りと》」と称揚した。筆談の文脈の中で、権侙は外交辞令として「日本の李白・杜甫」だと丈山を持ち上げたのである。しかし、言葉は文脈を離れて一人歩きし、丈山の詩名は大いに揚がった。

そうした丈山の代表作として人口に膾炙したのが、この七言絶句「富士山」である。平安時代前期に都良香《みやこのよしか》が撰した「富士山記」を踏まえながら、雪に覆われ噴煙を立ちのぼらせて中天に聳える富士山の山容を、さかさまに吊した扇に見立てたこの詩は、見立ての奇抜さと印象の鮮明さから、広く人々に受け入れられることになった。しかし、丈山の詩は「句に拙累《せつるい》多く、往往にして俗習を免れず」(『日本詩史』巻三)と、後代の詩の専門家からは批判もされている。

この詩についていえば、結句の「白扇」という表現が批判の対象になった。本来漢語としての「扇」は円形の団扇を意味しており、日本的な末広がりの形をした折りたたみ式の扇子(摺扇《しゅうせん》)を意味しているわけではないので、この詩を読んで本場中国の詩人が、富士山の末広がりの山容をイメージするのは難しい。したがって、これは漢字の日本的な意味に引き寄せられたいわゆる和習(倭習・和臭)と見るべきものであって、漢詩の表現としては忌避すべきだと批判されたのである。

もっとも、伊藤東涯《とうがい》が『名物六帖《めいぶつろくじょう》』において、「扇」について、「今の所謂《いわ》ゆる団扇なり。摺扇を扇と称するは則ち亦た甚だ晩《おそ》く、明の中葉より始まる」と解説したように、「扇」は本来「団扇」であったとしても、中国でも明代の半ば頃からは「摺扇」を扇と呼ぶようになったという。

これに拠れば、富士山の山容を「白扇倒《はくせんさかさま》に懸《かか》る」と丈山が表現したことは、必ずしも和習とは言えなくなる。同一の国においても言葉の意味は時代によって変化し、また「王は夫《か》の江南の樹を見ざるや。橘《たちばな》と名づくる、之を江北に樹《う》うれば、則ち化して枳《からたち》と為る」(『韓詩外伝』)とあるように、同じ国の中でも同じものが地域によって異なる呼び方になることは珍しくない。つまり、オーソドックスな漢詩表現から逸脱しているからといって、単純に和習とは言い切れない場合もある。

もちろん、日本人の漢詩文表現において和習という問題が存在しないということではない。本来、中国語を表記するための漢字が、和語を表記するための国字として借り用いられることになったという日本語表記における根本的な問題、そして「顛倒廻環《てんとうかいかん》」して読むいわゆる訓読という方法によって中国の詩文を享受してきた日本人にとって、その漢詩に和語的な表現すなわち和習が混入するのは避けがたいことであった。それは荻生徂徠《おぎゅうそらい》が『蘐園《けんえん》随筆』(正徳四年刊)巻五「文戒」で指摘したように、字法や句法や構文法にとどまることなく、「語気や声勢」という意識化の難しいレベルにも及ぶものだった。荻生徂徠は十八世紀の前半期に擬古的な古文辞格調《こぶんじかくちょう》の詩を主張して、和習をできるだけ排除して日本人の漢詩を純化し、オーソドックスな漢詩に近づけようとした。

しかし、江戸漢詩が江戸時代の日本人の思想や感情を表現しようとすれば、作品がおのずから和習を抱え込んでしまうという事態は避けられず、必ずしも和習を排除する必要はないのではないかと考える人も出てきた。例えば江戸時代中期の江村北海《えむらほっかい》は『授業篇』(天明三年刊)において、時代や風土や生活習俗のもたらす習気というものは、漢詩という文学形式が本当の意味で江戸時代に生きる日本人の文学になるためには不可避のものであって、それを全面的に否定・排除しようとするよりも、むしろ常にそうした習気の混入という問題があることを意識化しておくことこそが重要なのだと主張した(本書下巻「解説」参照)。江戸時代における漢詩の日本化や写実化という趨勢を考える時、この江村北海の指摘は有効な視点を提示している。

7　時俗

匿怨包羞欲利身
紛紛詐術蔑儀秦
世間何物誇栄曜
若不夸毗儓儗人

時《じ》俗《ぞく》

怨《うらみ》を匿《かく》し羞《はじ》を包《つつ》みて　身《み》を利《り》せんと欲《ほっ》し
紛紛《ふんぷん》たる詐術《さじゅつ》　儀秦《ぎしん》を蔑《ないがしろ》にす
世間《せけん》　何物《なにもの》か　栄曜《えいよう》に誇《ほこ》る
若《も》し夸毗《こひ》にあらずんば儓儗《たいち》の人《ひと》

『新編覆醤集』巻二。七言絶句。韻字、身・秦・人(上平声十一真)。

○時俗　世俗。俗世間。　○詐術　詐《いつわ》りの手立て。　○蔑　軽んずる。侮る。　○儀秦　戦国時代の張儀《ちょうぎ》と蘇秦《そしん》。諸侯に合従《がっしょう》や連衡《れんこう》の策を説いて回った縦横家と称された策士たち。　○誇　『覆醤集』巻上では「詻」(言い争う、訴える)とある。　○栄曜　栄え輝くこと。　○夸毗　へりくだって人に諂《へつら》い従うこと。晋の阮籍《げんせき》の「詠懐」詩に、「如何《いかん》ぞ夸毗《こひ》の子《し》、色《いろ》を作《な》して驕腸《きょうちょう》を懐《おも》ふ」。○儓儗　愚かなさま。唐の李白の「王屋山人魏《おうおくさんじんぎ》万《まん》の王屋に還るを送る」詩に、「五月我《ごがつわれ》に造《いた》つて語《かた》る、知《し》る儓儗《たいち》の人《ひと》に非《あら》ざるを」。

怨恨や羞恥を包み隠して、自分が有利になるようにと願い、諸侯に合従・連衡の策を説いた張儀・蘇秦をも上回るような、さまざまな詐りの手管《てくだ》が世間では横行している。そのようにして得た栄華を誇る世間とは、いったい何なのか。そこに蠢《うごめ》いているのは、媚《こ》び諂《へつら》う人でなければ、愚かな人間ではないか。

8 偶成

昔攀青幕仕
今伴白雲遊
花謝山猶静
笋生露自流
蓮池飛水馬
苔壁落天牛

偶成《ぐうせい》

昔《むかし》は青幕《せいまく》に攀《よ》ぢて仕《つか》へ
今《いま》は白雲《はくうん》に伴《ともな》ひて遊《あそ》ぶ
花謝《はなしゃ》して山《やま》は猶《な》ほ静《しず》かに
笋《たけのこしょう》生じて露《つゆ》は自《おの》づから流《なが》る
蓮池《れんち》　水馬《すいば》飛《と》び
苔壁《たいへき》　天牛《てんぎゅう》落《お》つ

風物雖無意
適然従独幽

風物《ふうぶつ》意《こころな》無しと雖《いえど》も
適然《てきぜん》として独幽《どくゆう》に従《したが》ふ

『新編覆醬集』巻四。五言律詩。韻字、遊・流・牛・幽(下平声十一尤)。
○青幕　将軍の本営では幕を張り巡らしたことから、幕府を指す。丈山は江戸幕府初代将軍の徳川家康に仕えた。次の「白雲」との対を考慮して「青幕」としているが、立身出世の意欲をいう「青雲の志」という言葉も意識されていよう。○白雲　白い雲。隠逸の比喩として用いられる。唐の白居易の「崔常侍《さいじょうじ》が済上《さいじょう》の別墅《べっしょ》に題《だい》す」詩に、「青雲《せいうん》を抛却《ほうきゃく》して白雲《はくうん》に帰《かえ》る」。○花謝・笋生　初夏の情景。○水馬　虫の名。アメンボ。○天牛　虫の名。カミキリムシ。○風物　風光や景物。○適然　当然。○独幽　幽独に同じ。ひっそりとした独り住まい。

昔は将軍のお側近くに上ってお仕えしたが、今は白雲といっしょに隠逸生活を楽しんでいる。花は散ったが山はまだ静かで、土の中から顔を出した竹の子が露に濡れている。蓮池の水面にはアメンボが跳びはね、苔の生えた壁からはカミキリムシが落ちてくる。目に入ってくる風物には特段の意図はないのであろうが、それらはそうあるべきものとして、私のひっそりとした独り住まいの伴侶になってくれている。

9 臚情

梅関孤山逋
竹巷三径詡
犬吠款荊扉
雉雊覘林塢
容貌白髪宣
茆茨蒼苔古
文雖羹楊班
詩難熟李杜
権貴風前燈
毀誉窓外雨
少壮事柳営

情《じょう》を臚《の》ぶ
梅関《ばいかん》　孤山《こざん》の逋《ほ》
竹巷《ちくこう》　三径《さんけい》の詡《く》
犬《いぬ》吠《ほ》えて　荊扉《けいひ》を款《たた》き
雉雊《きじな》いて　林塢《りんお》を覘《うかが》ふ
容貌《ようぼう》　白髪《はくはつ》宣《せん》たり
茆茨《ぼうし》　蒼苔《そうたい》古《ふ》りたり
文《ぶん》は楊班《ようはん》を羹《あつもの》にすと雖《いえど》も
詩《し》は李杜《りと》に熟《じゅく》し難《がた》し
権貴《けんき》は風前《ふうぜん》の燈《ともしび》
毀誉《きよ》は窓外《そうがい》の雨《あめ》
少壮《しょうそう》にして柳営《りゅうえい》に事《つか》へまつり

放刃祖孫武
半生喪萱堂
逃禄師巣父
暱交屢為空
素業棄如土
任真躱夸毗
養痾肆呰窳
沮溺隠芸耕
顔原居蓬戸
春茗試丹丘
山花割玄圃
自主張雲霞
永与台嶠伍

刃《やいば》を放《はな》ちて孫武《そんぶ》を祖《そ》とす
半生《はんせい》にして萱堂《けんどう》を喪《うしな》ひ
禄《ろく》を逃《のが》れて巣父《そうほ》を師《し》とす
暱交《じっこう》　屢《しばし》ば空《くう》と為《な》り
素業《そぎょう》　棄《す》てて土《つち》の如《ごと》し
真《しん》に任《まか》せて夸毗《こひ》を躱《さ》け
痾《あ》を養《やしな》ひて呰窳《しゆ》に肆《なら》ふ
沮溺《そでき》　芸耕《うんこう》に隠《かく》れ
顔原《がんげん》　蓬戸《ほうこ》に居《お》れり
春茗《しゅんめい》　丹丘《たんきゅう》に試《こころ》み
山花《さんか》　玄圃《げんぽ》を割《さ》く
自《みずか》ら雲霞《うんか》に主張《しゅちょう》して
永《なが》く台嶠《たいきょう》と伍《ご》たらん

『新編覆醤続集』巻一。五言古詩、韻字、詡・塢・古・杜・雨・武・父・土・窳・戸・

圃・伍(上声七麌)。
○**朧情**　気持を陳《の》べる。　○**梅関**　宋代、梅の名所として名高い大庾嶺《たいゆれい》に置かれた関所の名。丈山の営んだ詩仙堂(凹凸窠《おうとつか》)には十境が定められたが、その第二が老梅関で、「梅関」という扁額が掲げられていた。　○**孤山逋**　宋の林逋《りんぽ》(謚を和靖《わせい》)は西湖の孤山に隠逸し、梅と鶴を愛した。　○**竹巷**　竹林の中の小道。　○**三径詡**　前漢の蔣詡《しょうく》は庭に三本の小道を設け、松・菊・竹を植えて隠遁生活を送ったという。　○**款**　案内を乞うて門を叩く。　○**荊扉**　柴の戸。貧しい住い。　○**雉雊**　雉子が鳴く。唐の王維の「渭川の田家」詩に、「雉雊《きじな》いて麦苗秀《ばくびょうひい》づ」。　○**林塢**　林の奥深い所。　○**白髪宣**　白髪交りになる。『易経』説卦の「為寡髪」の釈文に、「黒白雑《まじ》るを宣髪《せんぱつ》と為す」。　○**茆茨**　茅葺きの屋根。　○**羹**　肉や野菜を用いて調理した熱いスープ。ここは複数の材料を取り合わせて一つの物に作り上げることをいう。　○**楊班**　漢代の文章家として併称された楊《よう》(揚)雄《ゆう》と班固《はんこ》。漢の文章と唐の詩は、歴代の中で優れたものとされた。　○**李杜**　唐代の詩人として併称された李白と杜甫。　○**権貴**　権力と高い身分。　○**風前燈**　儚《はかな》いことの喩え。　○**窓外雨**　影響が及ばないことの喩え。　○**事**　「ツカヘマツリ」の訓は板本『新編覆醤続集』に拠る。　○**柳営**　将軍の陣営。丈山は三十三歳の時、大坂夏の陣で勘気を蒙るまで、徳川家康の幕下の士であった。　○**放刃**　刀を抜いて闘う。

○孫武　春秋時代の兵法家。その著『孫子』は兵法書の祖とされる。○萱堂　母親。丈山は老母に孝養を尽くすためにいったんは広島藩に仕えたが、丈山五十三歳頃に母が没したので、五十四歳で広島藩を致仕し、上洛した。○逃禄　致仕して俸禄を辞退したことをいう。丈山は広島藩から二千石の禄を受けていたという。○巣父　中国古代の隠者。樹上に巣を作って寝たといい、堯帝《ぎょうてい》が帝位を譲ろうとしたが断ったとされる。○暱交　親しい交わり、また親しく交わった友人。○素業　もともとの職業。ここは武士としての仕事をいう。○棄如土　価値のないものとして捨て去る。唐の杜甫の「貧交行」詩に、「此《こ》の道今人棄《みちこんじんす》てて土《つち》の如《ごと》し」。○任真　ありのままに任せる。晋の陶潜の「連雨独飲」詩に、「真《しん》に任《まか》せて先《さき》んずる所無《ところな》し」。○躱　避ける。○夸毗　他人に諂うこと。○養痾　病気の養生をする。○肄　習う。○呰窳　意志が弱く怠けること。○沮溺　『論語』微子に登場する春秋時代楚の隠者、長沮《ちょうそ》と桀溺《けつでき》。○芸耕　雑草を刈り払い、耕すこと。○顔原　孔子の門人、顔回《がんかい》と原憲《げんけん》。清貧に安んじて道を楽しんだという。○蓬戸　粗末な家。○春茗　春の茶。唐の皎然の「陸処士《りくしょし》羽《う》を訪ふ」詩に、「何《いず》れの山《やま》か春茗《しゅんめい》を賞《しょう》する」。○丹丘　仙人が住むという伝説の場所。○山花　山間の野生の花。○玄圃　崑崙山《こんろんさん》にあるという仙人の居所。○主張　主宰する。『荘子』天運に、「天は其れ運《めぐ》るか。地は其れ処《お》るか。日月は其れ所を争ふか。孰《たれ》か是を主張する」。　○雲霞　雲と霞。俗塵を遠く離れた地の比喩。『南斉書』顧歓伝に、「臣は幽深を尽くさんことを志して、栄勢に与《あずか》ること無し。雲霞に自足して、禄養を須《もと》めず」。　○台嶠　比叡山。台嶺ともいう。『新編覆醤集』巻三「凹凸窠十二景」詩その七に、「台嶠閑雲」がある。　○伍　仲間になる。肩を並べる。

凹凸窠《おうとつか》の門を梅関《ばいかん》と名づけたのは、孤山に隠棲した林逋《りんぽ》のように梅を愛しているからであり、小道に竹を植えたのは、前漢の隠者蔣詡《しょうく》の三径のひそみにならったからである。犬が吠えると柴の戸を叩く音がし、雉子の鳴き声がすると林の奥深いところを窺い見る。私の容貌は白髪交りになり、茅葺きの屋根はすっかり青く苔むしている。文章は漢の揚《よう》雄《ゆう》や班固《はんこ》を取り混ぜて作るばかりで、詩は唐の李白や杜甫の域に辿りつくのは難しい。権力や官位は風前の灯《ともしび》のように儚《はかな》いものであり、毀誉褒貶は窓の外に降る雨のように私にとっては無縁のものである。若い頃は将軍の陣営にお仕えし、兵法家孫武《そんぶ》の末裔であるかのように、刀を抜いて戦いの日々を過ごしたが、中年になって母を亡くしたので、禄を辞して巣父《そうほ》を師とするような隠者の生活に入った。俗世間での親しかった交遊もしばしば空しくなり、代々の武士稼業など価値のないものとして捨て去ってしまった。ありのままの気持に任せて人に諂うことをやめ、病気養生のお蔭で怠惰さが身についた。

長沮《ちょうそ》や桀溺《けつでき》のように農耕に従事する隠者生活を送り、顔回《がんかい》や原憲《げんけん》のように粗末な住まいに身を寄せている。春の茶を飲んで仙人の住処《すみか》だという丹丘にいる気分を味わい、山に咲く野花は崑崙山中の仙人の居所もかくやと思わせてくれる。世塵を遠く離れたこの地に自らが主宰者となって、永く比叡山と相対《あいたい》していたい。

松永尺五《まつながせきご》

文禄元年(一五九二)—明暦三年(一六五七)、六十六歳。名は昌三。字は遐年。通称は昌三郎。号は尺五。松永貞徳の男として京都に生まれた。藤原惺窩に学び、寛永五年(一六二八)西洞院《にしのとういん》に春秋館を、同十四年に堀川に講習堂を建てて学を講じた。儒・仏・道の三教に通じ、詩文を能くした。門下に木下順庵《じゅんあん》や安東省庵《あんどうせいあん》らがいる。詩文集に『尺五先生全集』がある。

10　山村晩歩

斜 陽 扶 杖 立 渓 頭
山 靄 人 煙 一 望 幽

山村晩歩《さんそんばんぽ》
斜陽《しゃよう》　杖《つえ》に扶《たす》けられて渓頭《けいとう》に立《た》つ
山靄《さんあい》　人煙《じんえん》　一望幽《いちぼうかす》かなり

梅福隠栖何処在
孫登長嘯暫来遊
倦飛禽鳥翠微暮
尋宿樵夫青嶂秋
霧裏聞鐘知有径
縦観頃刻忘遅留

梅福《ばいふく》が隠栖《いんせい》　何《なん》の処《ところ》にか在《あ》る
孫登《そんとう》が長嘯《ちょうしょう》　暫《しばら》く来《きた》りて遊《あそ》ぶ
飛《と》ぶに倦《う》みし禽鳥《きんちょう》　翠微《すいび》の暮《くれ》
宿《やど》を尋《たず》ぬる樵夫《しょうふ》　青嶂《せいしょう》の秋《あき》
霧裏《むり》　鐘《かね》を聞《き》きて　径《こみち》有《あ》ることを知《し》る
縦観《しょうかん》　頃刻《けいこく》　遅留《ちりゅう》を忘《わす》る

『尺五先生全集』巻二。七言律詩。韻字、頭・幽・遊・秋・留(下平声十一尤)。
○**渓頭**　谷川のほとり。　○**山靄**　山にかかる靄《もや》。　○**人煙**　人家から立ちのぼる煙。
○**梅福**　前漢の九江郡寿春の人。字は子真。『書経』『春秋穀梁伝』に精通し、仕官したが辞職。王莽が政権を握ると妻子を捨て、仙人になった(『漢書』梅福伝)。　○**孫登**　晋の隠者。蘇門山に隠棲して『易経』を読み、一絃琴を奏した。阮籍《げんせき》が蘇門山で孫登に会った時、孫登の長嘯する声は鸞鳳《らんほう》の声が谷に響くように聞こえたという(『晋書』阮籍伝)。　○**長嘯**　声を長く引いて詩を吟ずること。　○**翠微**　山の中腹。　○**青嶂**　青い衝立。　○**縦観**　思うままに見渡す。　○**頃刻**　しばらくの間。　○**遅留**　一箇所に留まること。

傾いた夕陽に照らされ、杖をついて谷川のほとりに立つと、山にかかる靄《もや》や人家から立ちのぼる煙で、見渡す限り霞んで見える。前漢の梅福《ばいふく》が仙人になって隠棲したのはどこだろうか、晋の隠者孫登《そんとう》がしばしの間やって来て長嘯したのはこんな所だったのではないか、などと思いを回らす。夕暮れ時、飛ぶのに倦きた鳥たちは山の中腹に戻り、青い衝立のような山の中に木こりは宿りを求めて入って行く。夕靄の中から鐘の音が聞こえてくるので、小径が通じているのが分かるが、しばらく眺めをほしいままにして、ここにじっと立ち止っていることを忘れていた。

那波活所《なばかっしょ》

文禄四年(一五九五)―正保五年(一六四八)、五十四歳。名は信吉。字は道円。通称は平八。号は活所。播磨国姫路に生まれ、慶長十五年(一六一〇)上洛して藤原惺窩に従学した。元和九年(一六二三)肥後熊本藩に仕えたが数年にして致仕し、寛永十二年(一六三五)紀伊和歌山藩に仕えた。『寛永諸家系図伝』編纂のため江戸に招かれたが、眼病のため固辞し、帰洛した。詩文集に『活所遺稿』などがある。

11　杜鵑寄巣歌上惺斎先生

我家庭隅有密樹
樹上有巣大如瓠
呼童忽問是何禽
黄鸝日日綢桑土
誦詩愧我不辛勤
熟視真成通牖戸
可憐却是要人護
臺前咫尺実近人
故恐覆巣告児童
柯条莫撼雛莫捕
昨夜風雨暗乾坤
樹抜巣漂更何怙
四子悲鳴各西東

杜鵑寄巣歌《とけんきそうか》、惺斎先生《せいさいせんせい》に上《たてまつ》る

我《わ》が家《や》の庭《にわ》の隅《すみ》に密樹《みつじゅ》有《あ》り
樹上《じゅじょう》に巣《す》有《あ》り　大《おお》きさ瓠《ひさご》の如《ごと》し
童《どう》を呼《よ》びて忽《たちま》ち問《と》ふ　是《こ》れ何《なん》の禽《とり》ぞと
黄鸝《こうり》　日日《ひび》　桑土《そうど》を綢《ちゅう》すと
詩《し》を誦《しょう》して　我《わ》が辛勤《しんきん》せざるを愧《は》ぢ
熟視《じゅくし》すれば　真成《まこと》に牖戸《ゆうこ》を通《つう》ず
台前《だいぜん》　咫尺《しせき》　実《まこと》に人《ひと》に近《ちか》し
憐《あわ》れむ可《べ》し　却《かえ》つて是《こ》れ人《ひと》の護《まも》るを要《もと》むるを
故《ゆえ》に巣《す》を覆《くつがえ》さんことを恐《おそ》れて　児童《じどう》に告《つ》ぐ
柯条《かじょう》を撼《ゆす》ること莫《なか》れ　雛《ひな》を捕《とら》ふること莫《なか》れと
昨夜《さくや》　風雨《ふうう》ありて　乾坤《けんこん》暗《くら》く
樹《き》は抜《ぬ》け　巣《す》は漂《ただよ》ひ　更《さら》に何《なに》をか怙《たの》まん
四子《しし》の悲鳴《ひめい》　各《おのおの》西東《せいとう》よりす

中有杜鵑無翼羽
墜地黄口不知為
苦飢啾啾空回顧
黄鸝有慈不敢辞
繞樹含虫為反哺」
君不見杜陵三篇詩
再拝慇懃涕泗垂
嘆息当時蜀天子
千古只是使人悲
聞道生子寄百鳥
百鳥未見見黄鸝
看黄鸝有君臣礼
未見百鳥亦奚疑
鶺鴒兄弟羔必跪

中《なか》に杜鵑《とけん》の翼羽《よくう》無《な》き有《あ》り
地《ち》に墜《お》ちし黄口《こうこう》　為《な》すことを知《し》らず
飢《う》ゑに苦《くる》しみ啾啾《しゅうしゅう》として空《むな》しく回顧《かいこ》す
黄鸝《こうり》　慈《じ》の敢《あ》へて辞《じ》せざる有《あ》り
樹《き》を繞《めぐ》り虫《むし》を含《ふく》みて反哺《はんぽ》を為《な》す
君見《きみみ》ずや　杜陵《とりょう》　三篇《さんぺん》の詩《し》
再拝《さいはい》　慇懃《いんぎん》して　涕泗《ていし》垂《た》る
嘆息《たんそく》す　当時《とうじ》　蜀《しょく》の天子《てんし》
千古《せんこ》　只《た》だ是《こ》れ人《ひと》をして悲《かな》しましむ
聞道《きくな》らく　子《こ》を生《う》みて百鳥《ひゃくちょう》に寄《よ》すと
百鳥《ひゃくちょう》　未《いま》だ見《み》ざるに　黄鸝《こうり》を見《み》る
看《み》よ　黄鸝《こうり》に君臣《くんしん》の礼有《れいあ》るを
未《いま》だ百鳥《ひゃくちょう》を見《み》ざるも亦《ま》た奚《いずく》んぞ疑《うたが》はん
鶺鴒《せきれい》に兄弟《けいてい》あり　羔《こひつじ》は必《かなら》ず跪《ひざまず》く

鴻雁成序鳩三枝
人材日朽禽不若
天意如何問吾師

鴻雁《こうがん》は序《じょ》を成《な》し　鳩《はと》に三枝《さんし》あり
人材《じんざい》は日《ひ》びに朽《く》ちて　禽《とり》に若《し》かず
天意《てんい》は如何《いかん》　吾《わ》が師《し》に問《と》ふ

『活所遺稿』巻二。七言古詩。韻字、樹・瓠・土・戸・護・捕・怙・羽・顧・哺(去声七遇と上声七麌の魚部通押)」詩・垂・悲・鸝・疑・枝・師(上平声四支)。

○**杜鵑寄巣**　ホトトギスが他の鳥の巣に卵を産んで雛を育てさせること。唐の杜甫の「杜鵑行」詩に、「寄巣子《きそうこ》を生《う》みて自《みずか》ら啄《ついば》まず、群鳥今《ぐんちょういま》に至《いた》るまで為《ため》に雛《ひな》を哺《ほ》す」。○**惺斎**　藤原惺窩の号の一つ。惺窩は活所の儒学の師。○**密樹**　葉の繁茂した樹木。○**瓠**　瓢簞。ふくべ。○**童**　下僕。○**黄鸝**　鶯。ウグイス。ホトトギスは主としてウグイスの巣に卵を産んでウグイスに雛を育てさせる。○**綢桑土**　「綢」は、まといつく。「桑土」は、桑の根。風雨の来る前に、鳥が桑の根で巣穴を塞ぎ、風雨の侵入を防ぐこと。『詩経』豳風《ひんぷう》・鴟鴞《しきょう》に、「天《てん》の未《いま》だ陰雨《いんう》せざるに迨《およ》び、彼《か》の桑土《そうど》を徹《と》りて牖戸《ゆうこ》を綢繆《ちゅうびゅう》す」。○**誦詩**　ここは右の『詩経』の「鴟鴞」の詩を口ずさむ。○**辛勤**　苦労して勤める。○**牖戸**　窓と戸口、すなわち通路。○**臺前**　高殿の前。○**咫尺**　間近か。○**柯条**　枝。○**乾坤**　天と地。○**怙**　頼りにする。○**四子悲鳴**　四羽の雛が悲しげに鳴く。晋の左思の「離るるを悼みて妹に贈る詩二首」その二に、「恒山《こうざん》の鳥《とり》、四《し》子《し》巣《す》を同《おな》じくす、将《まさ》に飛《と》ばんとし将《まさ》に散《さん》ぜんとして、悲鳴切切《ひめいとうとう》たり」。○**黄口**　黄色い口。鳥の雛をいう。○**不敢辞**　敢えてしり込みしようとはしない。○**啾啾**　鳥の鳴く声。○**慈**　慈愛の心。○**含虫**　虫を口にくわえる。○**反哺**　食べものを口移しにして食べさせること。このあたりの詩句は、杜甫「杜鵑行」の「飢《う》ゑに苦《くる》しみて始《はじ》めて一虫《いっちゅう》を食《しょく》することを得《え》たり。誰《たれ》か言《い》ふ雛《ひな》を養《やしな》ふに自《みずか》ら哺《ほ》せずと」を意識する。○**杜陵**　杜甫のこと。杜甫は杜陵に住んでいたので、杜陵布衣などと自称した。○**三篇詩**　杜甫には「杜鵑行」二首と、「杜鵑」と題する、ホトトギスを詠んだ詩が計三首ある。○**再拝**　繰り返して二度拝礼する。鄭重に拝むこと。杜甫の「杜鵑」詩に、「我《われ》見《み》て常《つね》に再拝《さいはい》す、是《こ》れ古帝《こてい》の魂《こん》なるを重《おも》んず」。○**慇懃**　憂え傷むさま。○**涕泗**　泣く時に出る涙と鼻水。○**蜀天子**　ホトトギスは、蜀の望帝の魂魄が化したものという伝説に拠る。杜甫の「杜鵑行」に、「君《きみ》見《み》ずや昔日《せきじつ》蜀《しょく》の天子《てんし》、化《か》して杜鵑《とけん》と為《な》りて老《ろう》烏《う》に似《に》たり」。○**聞道**　聞くところによると。○**百鳥**　色々の鳥。杜甫の「杜鵑」詩に、「子《こ》を生《う》む百鳥《ひゃくちょう》の巣《す》、百鳥《ひゃくちょう》敢《あ》へて嗔《いか》らず」。○**黄鸝有君臣礼**　ウグイスが君臣の礼に拠るかのように丁重にホトトギスの雛を育てることをいう。杜甫の「杜鵑行」詩に、「群鳥《ぐんちょう》今《いま》に至《いた》るまで為《ため》に雛《ひな》に哺《ほ》す、君臣《くんしん》に同《おな》じく旧礼《きゅうれい》有《あ》りと雖《いえど》も」。○**鶺鴒兄弟**

セキレイという鳥は兄弟の仲が良く急難を救うとされた。『詩経』小雅・常棣に、「脊令《せきれい》原《はら》に在《あ》り、兄弟急難《きょうだいきゅうなん》あり」。○羔必跪　子羊は乳を飲む時は必ず跪《ひざまず》いて遜順の意を表わすという(『白虎通』)。○鴻雁成序　鴻雁は行列をなして空を飛ぶ。杜甫の「杜鵑」詩に、「鴻雁及《こうがんおよ》び羔羊《こうよう》、礼有《れいあ》り太古《たいこ》の前《まえ》、行飛《こうひ》と跪乳《きにゅう》と、序《じょ》を識《し》りて恩《おん》を知《し》る」。○鳩三枝　鳩には礼譲の心があり、親鳥のとまる枝より三本下の枝にとまるとされた。○人材　人の才能、また才能のある人。○天意如何　天の意思はどうなのでしょうか。○宋の邵雍《しょうよう》の「富丞相の出仕を招くを謝する二首」詩その二に、「未《いま》だ知《し》らず天意《てんい》は果《はた》して如何《いかん》」。○吾師　藤原惺窩を指す。

我が家の庭の隅に葉の茂った木があり、その木の上には瓠《ひさご》ほどの大きさの鳥の巣があります。下男を呼んでふと、「これは何という鳥の巣なのか」と尋ねました。すると、「ウグイスが毎日巣作りをしているのです」と下男は答えました。安全を保つためにウグイスがせっせと巣作りをしているという『詩経』の詩を口ずさみながら、私は懸命に働いていない我が身が恥ずかしくなりました。よく見ると本当にウグイスは自分の通り道を確保しているのです。ウグイスの巣は高殿とは目と鼻の先、実に人の間近かに作られています。これは却って人に守ってもらおうと思っているからで、不憫なことです。

そこでその巣が転がり落ちるのを恐れて、「木の枝を揺すってはいけない、雛を捕まえてはいけない」と、私は子供たちに言い渡しました。ところが昨夜、風が吹き雨が降って天地は真っ暗になり、木は抜け、巣は水に流されて、ウグイスはまったく頼りにするものを失ってしまいました。四羽の雛の悲しい鳴き声があちこちから聞こえてきましたが、その中に羽の生えていないホトトギスの雛がいました。地に墜ちたホトトギスの雛は為す術《すべ》もなく、飢えに苦しんでピーピーと鳴き、虚しくあたりを見回していましたが、慈悲心のあるウグイスがいて、木の回りを飛んで虫をくわえてきては、口移しでホトトギスの雛に食べさせていました。

あなたは知りませんか。杜甫の三篇のホトトギスの詩に、私はホトトギスを目にすると丁重に拝礼し、憂え傷んで涙を流し、この鳥はかつて蜀の天子だったのだと嘆息したとあるのを。昔から今に至るまで、長くこの伝説は人を悲しませてきましたが、聞くところによると、ホトトギスは子を生むとさまざまな鳥に育てさせるといいます。ところがさまざまな鳥を目にするより前に、まずウグイスを目にすることになるのです。ご覧なさい、ウグイスには君臣の礼があってホトトギスを主君として丁重に育てているということを。さまざまな鳥を目にしなくても、ウグイスに君臣の礼があるということをどうして疑いましょうか。セキレイは兄弟仲良く、子羊は母羊から乳を飲む時には跪《ひざまず》くと言います。鴻雁は整列して空を飛び、鳩は親鳥より三本下の枝にとまると言います。才知あるすぐれた人は日に日にいなくなり、人間は鳥にも及ばないありさまです。天はどう思っているのでしょうか、吾が先生にお尋ねします。

中江《なかえ》藤樹《とうじゅ》

慶長十三年(一六〇八)—慶安元年(一六四八)、四十一歳。名は原。字は惟命。通称は与右衛門。号は藤樹。近江聖人と呼ばれた。近江国高島郡小川村の農家に生まれ、伯耆《ほうき》米子藩士の祖父の養子となった。米子藩主の転封によって伊予国大洲《おおず》に移り住み、家督を継いだが、母に孝養を尽くすため、寛永十一年(一六三四)脱藩して近江に帰郷して学問に励み、日本陽明学の祖と称された。門下に熊沢蕃山《くまざわばんざん》らがいる。著作に『翁問答』『藤樹文集』などがある。

12　歳晩送熊沢蕃山

還備前

旧年無幾日
何意上旗亭
送汝雲霄器
羞吾犬馬齢
梅花鬢辺白
楊柳眼中青
惆悵滄江上
西風教客醒

歳晩《さいばん》、熊沢蕃山《くまざわばんざん》の備前《びぜん》に還《かえ》るを送《おく》る

旧年《きゅうねん》　幾日《いくじつ》も無《な》し
何《なん》ぞ意《おも》はんや　旗亭《きてい》に上《のぼ》らんとは
汝《なんじ》が雲霄《うんしょう》の器《うつわ》を送《おく》り
吾《わ》が犬馬《けんば》の齢《よわい》に羞《は》づ
梅花《ばいか》　鬢辺白《びんぺんしろ》く
楊柳《ようりゅう》　眼中青《がんちゅうあお》し
惆悵《ちゅうちょう》す　滄江《そうこう》の上《ほとり》
西風《せいふう》　客《きゃく》をして醒《さ》まさ教《し》む

『先哲像伝』巻二。五言律詩。韻字、亭・齢・青・醒(下平声九青)。
○歳晩送熊沢蕃山還備前　正保四年(一六四七)の年末に、四十歳の藤樹が二十九歳の門人熊沢蕃山が備前に還るのを見送った詩。『熙朝詩薈《きちょうしわい》』巻十四に「歳晩送了芥君還備前」という詩題で、詩句に異同のある形のものを収める。　○旧年　年明け後から見て前の年、すなわち今年。○旗亭　酒楼。○雲霄器　青空のような器量。すなわち高位高官に出世するような才能。○犬馬齢　犬や馬のようになすこともなく無駄に年を取ったこと。自分の年齢の謙称。○鬢辺白　鬢の毛が白くなる。年老いたことをいう。○眼中青　晋の阮籍が親しい人には「青眼」のまなざしを見せたという『晋書』阮籍伝の故事による。○惆悵　傷み悲しむ。○滄江　青々と広がる川面。ここは藤樹の塾舎からも近い琵琶湖の湖面を言うのであろう。○西風　西から吹く風、備前の方から吹いてくる風を意味するとすれば、その風が酔いを醒ますというのは、蕃山が還ろうとしている備前に何らかの困難が待ち構えていることを暗示するか。○客　旅人。備前へ旅立つ蕃山を指す。

今年も余すところ幾日もなくなった。こんな時に、君を送別するために酒楼に上がることになろうとは思いもしなかった。立身出世するに足る器量を具えた君をこうして見送るにつけても、無駄に年齢だけを重ねてきた自分が恥ずかしい。私の鬢の辺りの毛は梅の花のように白くなってしまったが、君を見送る私の眼は君への好意から楊柳のような青みを帯びている。青々と広がる琵琶湖のほとり、西の方から吹いてくる風が、旅人である君の酔いを醒まさせているように思われて、私は傷み悲しむのだ。

冷泉為景《れいぜいためかげ》

慶長十七年(一六一二)―慶安五年(一六五二)、四十一歳。本姓は藤原。名は為景。藤原惺窩の長男として生まれたが、叔父冷泉為将《ためまさ》の養子となって家督を継ぎ、断絶していた下冷泉家を再興した。左近衛権中将、正四位下。菅得庵《かんとくあん》に漢学を学び、家学の和歌を能くした。後水尾《ごみずのお》院の眷顧を蒙り、後光明《ごこうみょう》天皇の侍講をつとめた。林羅山・木下長嘯子《ちょうしょうし》・石川丈山らと親交したが、自害して没した。

13　壬辰元日　承応元年

朱点天中功未成
帳開遷史講何明
旧年新搆書楼上
呆呆坐花還坐鶯

壬辰元日《じんしんがんじつ》　承応元年《じょうおうがんねん》

朱《しゅ》は天中《てんちゅう》に点《てん》じて　功《こう》は未《いま》だ成《な》らず
帳《とばり》は遷史《せんし》を開《ひら》くも　講《こう》は何《なん》ぞ明《あき》らかならん
旧年新《きゅうねんあら》たに搆《かま》へし書楼《しょろう》の上《うえ》
呆呆《ぼうぼう》として花《はな》に坐《ざ》し　還《ま》た鶯《うぐいす》に坐《ざ》す

『搏桑《ふそう》名賢詩集』首巻。七言絶句。韻字、成・明・鶯(下平声八庚)。
○壬辰　慶安五年(一六五二)の干支。九月十八日に改元されて承応元年になる。為景はその年の三月十五日に自害した。　○朱　赤い太陽をいう。　○天中　天の真ん中。

○帳開　帳《とばり》を垂れて講義を開く。後漢の学者馬融《ばゆう》が絳帳《こうちょう》(赤い帳)を垂れて生徒に教えたという故事(『後漢書』馬融伝)に拠る。○遷史　司馬遷の著わした史書、すなわち『史記』。○講　書物の講義。○搆　「構」に同じ。起こす。○書楼　書斎。書物蔵。○呆呆　ぼんやりとしているさま。

元日を迎えて赤く輝く太陽は天の中心に昇っているが、私はいまだ功業を成し遂げてはいない。帳を垂れて『史記』の講会を開いているものの、私の講義は明晰なものではない。昨年新たに建てた書斎で、私は坐ったままぼんやりと花を見、鶯の声を聞いている。

林鵞峰《はやしがほう》

元和四年(一六一八)―延宝八年(一六八〇)、六十三歳。名は恕。号は鵞峰・春斎・向陽軒など。弘文院学士《こうぶんいんがくし》と称した。林羅山の三男として京都に生まれた。寛永十一年(一六三四)、江戸に出て将軍徳川家光に拝謁、父羅山の死によって明暦三年(一六五七)家督を相続した。上野忍岡《しのぶがおか》の別邸に国史館を設け、幕府の命を受けて史書『本朝通鑑《ほんちょうつがん》』を編纂するなど、幕府儒者林家の基礎を築いた。詩文集に『鵞峰林学士詩集』『鵞峰林学士文集』などがある。

14　聞雁有感

人定夜深燈影孤
雁行成隊下雲衢
秋風歳歳共連翼
彼有弟兄吾独無

雁《かり》を聞《き》きて感有《かんあ》り
人定《じんてい》　夜深《よるふか》くして燈影孤《とうえいこ》なり
雁行《がんこう》　隊《たい》を成《な》して雲衢《うんく》を下《くだ》る
秋風《しゅうふう》　歳歳《さいさい》　共《とも》に翼《つばさ》を連《つら》ぬ
彼《かれ》に弟兄有《ていけいあ》り　吾《われ》は独《ひと》り無《な》し

『鵞峰林学士詩集』巻五十六。七言絶句。韻字、孤・衢・無(上平声七虞)。

○**人定**　深夜、人が寝静まる時。唐の白居易の「人定」詩に、「人定月朧明《じんていつきろうめい》」。　○**雲衢**　天空。　○**彼有弟兄**　白居易の「春池間汎《しゅんちかんぱん》」詩に、「雲《くも》は雁《かり》の弟兄《ていけい》を行《や》る」。　○**吾独無**　この詩は寛文二年(一六六二)八月の作と推定され、鵞峰四十五歳。鵞峰には叔勝・長吉という二人の兄がいたが早く亡くなっており、また前年の万治四年(一六六一)には仲の良かった弟読耕斎も三十八歳で没したので、鵞峰にはもはや兄弟はいなかった。

人が寝静まった深夜、部屋にはぽつんと明かりが点《とも》っている。雁が隊列をなして夜空を下っていく。毎年、秋風が吹くと雁たちは翼を連ねて行動を共にする。夜空を行く雁には兄弟がいるが、私は独りぽっちだ。

15　夜坐偶作

七年国史愁成誉
猶惜日居兼月諸
諺語説経論孟解
博聞読史宋斉書
点加通鑑欲分半
講畢職原不有餘
却向叢中誇少壮
夜闌老叟眼如魚

夜坐偶作《やざぐうさく》
七年《しちねん》　国史《こくし》　愁《なまじい》に誉《ほまれ》を成《な》す
猶《な》ほ惜《お》しむ　日居《にっきょ》と月諸《げっしょ》と
諺語《げんご》　経《けい》を説《と》く　論孟《ろんもう》の解《かい》
博聞《はくぶん》　史《し》を読《よ》む　宋斉《そうせい》の書《しょ》
点《てん》を通鑑《つがん》に加《くわ》へて分半《ぶんぱん》ならんと欲《ほっ》し
職原《しょくげん》を講《こう》じ畢《おわ》りて余《あま》り有《あ》らず
却《かえ》つて叢中《そうちゅう》に向《お》いて少壮《しょうそう》を誇《ほこ》る
夜闌《よるたけなわ》にして　老叟《ろうそう》　眼《まなこ》は魚《うお》の如《ごと》し

『鷲峰林学士詩集』巻九十六。七言律詩。韻字、誉・諸・書・餘・魚(上平声六魚)。

○七年国史　鷲峰は父羅山のあとを受けて、幕府の史書として『本朝通鑑』を編纂した。『本朝通鑑』の完成は鷲峰五十三歳の寛文十年(一六七〇)、国史館で編纂を開始した寛文四年以来、完成まで足掛け七年を要した。　○慭　なまじっか。気が進まないながらも。　○日居兼月諸　歳月の過ぎ去ること。「居」と「諸」は助辞。　○諺語　俗語。○説経　経書《けいしょ》(儒学の書物)を解説する。　○論孟解　『論語』と『孟子』の解釈。　○宋斉書　『宋書』と『南斉書』。『宋書』は南朝宋の史書で、梁の沈約《しんやく》撰。『南斉書』は南朝斉の史書で、梁の蕭子顕《しょうしけん》撰。　○点加　漢籍に訓点を加える。　○通鑑　宋の司馬光撰の『資治通鑑《しじつがん》』。編年体の通史で、朱子学的な歴史観の基本を示す史書。　○分半　半分。　○職原　北畠親房著の『職原抄《しょくげんしょう》』。暦応三年・興国元年(一三四〇)成立の有職《ゆうそく》書。林家の家塾のカリキュラムは五科からなっていたが、その中には「倭学科」が含まれており、林家の塾では漢学や漢詩文を学ぶだけでなく、日本の古典籍を学ぶことも重視された。　○叢中　「叢人中」、すなわち多くの人の中の意。　○少壮　年が若く血気盛んなさま。　○眼如魚　魚の眼のように閉じることがない眼。宋末・元初の方回の「七十翁五言十首」詩その一に、「永夜《えいや》眼《まなこ》は魚《うお》の如《ごと》し」。

七年の年月をかけて国史を完成させ、なまじ名誉を得たが、それでもなお歳月の過ぎ去るのが惜しく感じられる。俗語を用いて『論語』『孟子』という経書に解説を加え、博聞であろうとして『宋書』『南斉書』という史書を読んでいる。『資治通鑑』に訓点を施す作業は全体の半分に及ぼうとしており、『職原抄』の講義は余すところなく終えた。私は老境に入ってから却って衆人の中で自分の若さを誇っている。老人である私の眼は魚の眼のように瞼《まぶた》を閉じることなく、真夜中になってもひたすら書物に向いている。

山崎闇斎《やまざきあんさい》

元和四年(一六一八)―天和二年(一六八二)、六十五歳。名は嘉。字は敬義。通称は嘉右衛門。号は闇斎・垂加《すいか》。京都の人。妙心寺で禅を修め、土佐に移住して谷時中《たにじちゅう》に朱子学を学んだ。後に還俗して帰洛し、明暦元年(一六五五)頃より市中で朱子学を講説し、会津藩主保科正之の知遇を得た。吉川惟足《これたり》に神道を学び、神儒一致の垂加神道を提唱した。一門は崎門《きもん》と称され、佐藤直方《なおかた》・浅見《あさみ》絅斎《けいさい》・三宅尚斎《しょうさい》など多くの門人が育った。詩文集に『垂加草』『垂加文集』などがある。

16　仲秋主静斎即興

酷憐明月浮庭露
箇箇円成太極図
茂叔何人我何者
只輸他主静功夫

仲秋《ちゅうしゅう》、主静斎即興《しゅせいさいそっきょう》
酷《はなは》だ憐《あわ》れむ　明月《めいげつ》の庭露《ていろ》に浮《う》かぶを
箇箇《ここ》　円成《えんせい》す　太極図《たいきょくず》
茂叔《もしゅく》は何人《なんぴと》ぞ　我《われ》は何者《なにもの》ぞ
只《た》だ他《か》の主静《しゅせい》の功夫《くふう》に輸《ま》くるのみ

『垂加文集』巻六。七言絶句。韻字、図・夫(上平声七虞)。
○主静斎　『垂加文集』では、この詩題に「斎は小出備前守が読書の所なり」という注が付されている。小出備前守は、但馬出石《いずし》藩主小出英安。延宝元年(一六七三)襲封、元禄四年(一六九一)十二月没、五十五歳。　**○円成**　円の形をしている。　**○太極図**　宋の周敦頤《しゅうとんい》が宇宙の根本である太極と万物生成の原理を図にしたものが「太極図」で、周敦頤によるその解説が『太極図説』。　**○茂叔**　儒学史において宋学(理学)の開祖とされる周敦頤の字。　**○我何者**　宋の邵雍《しょうよう》の「首尾吟」百三十五首その七十八に、「物皆《ものみ》な理有《りあ》り我《われ》は何者《なにもの》ぞ」。　**○輸**　負ける。劣る。　**○主静**　雑念を去り、心を静かに保つこと。周敦頤の重視した修養法。周敦頤の『太極図説』に、「聖人は之を定むるに中正仁義を以てし、而して静を主として人極を立つ」。　**○功夫**　工夫。方法。邵雍の

「首尾吟」百三十五首その百二十八に、「真宰《しんさい》の功夫《くふう》静処《せいしょ》に知《し》る」。

明るく輝く月が庭の露に映っているのを見るのがたいへん好きだ。露の一つ一つが宇宙の成り立ちと万物の生成を示す太極の図を円く象《かたど》っているからである。周茂叔《しゅうもしゅく》はどういう人物なのであろうか。そして、私は何者なのだろうか。私はただ心を静かに保つという修養の工夫において、茂叔に劣っているだけだ。

◇山崎闇斎の学問は、義理と道徳を明らかにすることを第一義とした厳格なもので、風流文雅に溺れることを強く戒めたが、自己の真情を詩歌に托すことまで否定したわけではなかった。この詩には闇斎の儒者としての思いが率直に表現されている。このような闇斎の詩について、原念斎《はらねんさい》は『先哲叢談』巻三において、「闇斎の詩を為《つく》るや、直ちに其の意を写し、磨《ま》鍛華飾《たんかしょく》を屑《いさぎよ》しとせず」と評している。また同書には、闇斎が夢の中に現われた周敦頤と『太極図説』について問答したという逸話(もとは『事実文編』巻二十三所収の水足屛山《みずたりへいざん》「山崎闇斎行実」による)も紹介されている。

木下順庵《きのしたじゅんあん》

元和七年(一六二一)—元禄十一年(一六九八)、七十八歳。名は貞幹。字は直夫。号は順庵・錦里《きんり》など。京都の人。松永尺五に儒を学び、万治三年(一六六〇)四十歳で加賀藩に儒者として仕えた。天和二年(一六八二)六十二歳で幕府の儒者に登用され、五代将軍綱吉に仕えた。一門は木門《ぼくもん》と称され、新井白石《あらいはくせき》・室鳩巣《むろきゅうそう》・祇園南海《ぎおんなんかい》など有能な人材を輩出した。詩文集に『錦里文集』がある。

17　田村春晴

微風泥尚滑
倚杖嘯東皐
竹落懸簑笠
麦畦間桔槹
鳥啼山色近
花落水声高
村叟荷鋤出

田村春晴《でんそんしゅんせい》
微風《びふう》　泥《どろ》は尚《な》ほ滑《なめ》らかなれば
杖《つえ》に倚《よ》りて東皐《とうこう》に嘯《うそぶ》く
竹落《ちくらく》　簑笠《さりゅう》を懸《か》け
麦畦《ばくけい》　桔槹《きっこうかん》間なり
鳥啼《とりな》いて山色近《さんしょくちか》く
花落《はなお》ちて水声高《すいせいたか》し
村叟《そんそう》　鋤《すき》を荷《にな》ひて出《い》で

相呼嘉土膏　　相呼《あいよ》ぶ　土《ど》膏《こう》嘉《よ》しと

『錦里文集』巻一。五言律詩。韻字、皐・槹・高・膏(下平声四豪)。
○田村　村里。　○嘯東皐　「嘯」は、声を長く引いて詩を歌う。「東皐」は、東方の小高い田地。晋の陶潜の「帰去来の辞」に、「東皐に登りて以て舒嘯《じょしょう》す」。　○竹落　竹籠。宋の朱熹《しゅき》の「野人の家に題す」詩に、「茅簷竹落野人《ぼうえんちくらくやじん》の家《いえ》」。　○簑笠　「蓑笠」に同じ。蓑と笠。雨具。　○麦畦　麦畑。　○桔槹　はねつるべ。井戸水を汲み上げる仕掛け。それが「間」というのは、雨後なので水を汲み上げて畑に灌水する必要がないから。
○山色　山の景色。唐の劉滄の「汶陽《ぶんよう》の客舎」詩に、「窓外雨来《そうがいあめきた》りて山色近《さんしょくちか》し」。　○土膏　土地が農耕に適していること。宋の方子静の「春日田園雑興」詩に、「東皐雨《とうこうう》後土《ごど》膏《こう》肥《こ》ゆ」。

そよ風が吹き、足許の泥はいっそうぬかるんでいるので、杖をついて東の小丘に登り詩を吟じている。雨が上がって、農家の軒下の竹籠には蓑や笠が懸けられ、麦畑に水を引くための桔槹《はねつるべ》はひっそりとしている。鳥の声が聞こえてきて山の景色は近くに見え、落花を浮かべる水は大きな音を立てて流れて行く。村の年寄りは鋤を担いで出てきて、耕すのに土の具合が良くなったなあと呼びかけている。

18　豊臣廟感懐奉和尺五先生韻

松下行厨豊廟辺
登臨転感艶陽天
鄴臺人去荊蓁合
驪岫雲還陵谷遷
残樹空栄荒逕裏
餘香暗度晩風前
年年惟有花時節
酔無狂歌翠幕連

豊臣廟《とよとみびょう》感懐《かんかい》、尺五先生《せきごせんせい》の韻《いん》に和《わ》し奉《たてまつ》る

松下《しょうか》　行厨《こうちゅう》　豊廟《ほうびょう》の辺《あたり》
登臨《とうりん》　転《うた》た感《かん》ず　艶陽《えんよう》の天《てん》
鄴台《ぎょうだい》　人《ひと》去《さ》りて荊蓁《けいしん》合《がっ》し
驪岫《りしゅう》　雲還《くもかえ》りて陵谷《りょうこく》遷《うつ》る
残樹《ざんじゅ》空《むな》しく栄《さか》ゆ　荒逕《こうけい》の裏《うち》
余香《よこう》暗《あん》に度《わた》る　晩風《ばんぷう》の前《まえ》
年年《ねんねん》　惟《た》だ有《あ》り　花《はな》の時節《じせつ》
酔《よ》ふも狂歌《きょうか》無《な》く　翠幕《すいまく》連《つら》なる

『錦里文集』巻二。七言律詩。韻字、辺・天・遷・前・連(下平声一先)。

○**豊臣廟**　豊臣秀吉の霊がまつられている所。現在の京都市東山区阿弥陀ヶ峰に建てられ、豊国神廟《とよくにしんびょう》、豊国廟《ほうこくびょう》と称された。元和元年(一六一五)豊臣氏滅亡後に破却された。○**尺五先生**　松永尺五。朱子学者で順庵の儒学の師。尺五の原詩は『尺五先生全集』巻二に収める「題豊国廟」と題する下平声一先の韻字(天・辺・妍・前・悁)を用いて詠まれた七言律詩。順庵はこれに和韻したのである。○**行厨**　弁当。○**登臨**　高いところに上って低いところを見渡すこと。○**艶陽天**　陽光の美しい春の空。○**鄴臺**　魏王になった曹操《そうそう》が都の鄴に起こした氷井《ひょうせい》・銅雀・金虎の三つの台。豊臣秀吉を曹操に擬えて豊国廟をこういった。○**荊蓁**　雑木の茂み。○**驪岫**　驪山《りざん》を指す。「雲還る」と続くので、雲が出入りする穴である「岫」を用いた。陝西省臨潼《りんどう》県東南の山。秦の始皇帝の墓陵がある。○**陵谷**　丘陵と渓谷。丘が谷に、谷が丘になる、すなわち移り変わりの甚だしいことを「陵谷の変」という。○**餘香**　遠くから漂ってくるかすかな香り。○**暗度**　ひそかに渡ってくる。唐の李煜《りいく》の「蝶恋花」詞に、「桃李《とうり》依依《いい》として香暗《かおりあん》に度《わた》る」。○**狂歌**　感情のままに歌われる放逸な歌。○**翠幕**　緑色の花見の幕。ここは緑の山肌の比喩。

豊国廟の辺りに出かけ、松の木の下で弁当を使う。麗らかな光に満ちた春の空のもと、小高い所から京の町並みを見下ろしていると、いよいよ感慨深い。魏王曹操が鄴の都に起こしたという台《うてな》のようなこの豊国廟には人が近づかなくなって雑木が茂り、秦の始皇帝の墓陵が営まれた驪山《りざん》のようなこの阿弥陀が峰の地も、その洞穴に日々雲が出入りしているうちにすっかり様変わりしてしまった。荒れた山道には枯れ残った木が空しく葉を茂らせ、花の香りが夕風に吹かれて遠くからひっそりと伝わってくる。花の季節になると、毎年、花見にやって来て酒に酔う人はいるが、昔のように花見幕の中で放歌狂吟する人はなく、ただ緑の山肌が周囲に連なるばかりだ。

安東省庵《あんどうせいあん》

元和八年(一六二二)―元禄十四年(一七〇一)、八十歳。名は守正・守約。字は魯黙・子牧。号は省庵・恥斎《ちさい》。筑後柳川藩士安東親清《ちかきよ》の次男。京都に遊学して松永尺五に学んだ。帰郷後は柳川藩儒となり、来航した明の儒者朱舜水《しゅしゅんすい》に師事し、その生活を援助した。伊藤東涯から「関西の巨儒」と称された。詩文集に『省庵先生遺集』などがある。

19　早　行

早《そう》　行《こう》　(二首その二)

喚 僕 事 晨 征

僕《ぼく》を喚《よ》びて晨征《しんせい》を事《こと》とし

趁涼出駅程
星残七八点
鶏唱両三声
犬聴跫音吠
鳥看火影驚
乱鐘何処寺
山色未分明

涼《りょう》を趁《お》ひて駅程《えきてい》を出《い》づ
星《ほし》は残《のこ》る　七八点《しちはってん》
鶏《にわとり》は唱《うた》ふ　両三声《りょうさんせい》
犬《いぬ》は跫音《あしおと》を聴《き》いて吠《ほ》え
鳥《とり》は火影《ほかげ》を看《み》て驚《おどろ》く
乱鐘《らんしょう》　何処《いずこ》の寺《てら》ぞ
山色《さんしょく》　未《いま》だ分明《ぶんめい》ならず

『省庵先生遺集』巻九。五言律詩。韻字、征・程・声・驚・明(下平声八庚)。
○**早行**　早朝に旅立つこと。○**晨征**　晴れた明け方に遠出すること。○**駅程**　旅の道のり。○**鶏唱・犬聴**　晋の陶潜の「桃花源詩」に「鶏犬《けいけん》互《たが》ひに鳴《な》き吠《ほ》ゆ」とあるように、のどかな村里の景物。○**跫音**　人の歩く足音。○**火影**　(道がまだ暗いので)下僕が手にしている提灯や松明の明かり。○**乱鐘**　不規則に撞かれている鐘の音。宋の周密の「毗山晩帰《びざんばんき》」詩に、「乱鐘城市《らんしょうじょうし》近《ちか》し」。

下僕を呼んで晴れた早朝に旅立つことにし、涼気を追うようにして街道に出た。空には星が七つ八つ残っており、鶏は二声《ふたこえ》三声《こえ》時を告げている。犬は人の足音を聴いて吠えかかり、鳥は提灯の明かりを看て驚き騒ぐ。乱れ調子で鐘を撞いているのは何処《どこ》の寺であろうか。山の景色はまだはっきりとは見えない。

20　偶　成

平　生　難　寝　又　難　起
懶　却　人　間　夢　寐　中
一　事　無　成　老　将　至
衡　門　独　立　目　冥　鴻

偶《ぐう》成《せい》

平生《へいぜい》寝《い》ね難《がた》く　又《ま》た起《お》き難《がた》し
懶却《らんきゃく》す　人間《じんかん》　夢寐《むび》の中《なか》
一事《いちじ》も成《な》ること無《な》くして　老《おい》の将《まさ》に至《いた》らんとす
衡門《こうもん》　独《ひと》り立《た》ちて冥鴻《めいこう》を目《もく》す

『省庵先生遺集』巻十一。七言絶句。韻字、中・鴻(上平声一東)。
○懶却　すっかり懶《ものぐ》さになる。「却」は、意味を強める助辞。　○夢寐中　睡眠中の夢。
○衡門　二本の柱の上に木を横たえて作った門。冠木門《かぶきもん》。粗末な門。宋の僧法具の「春日」詩に、「独《ひと》り衡門《こうもん》に立《た》ちて暝鴉《めいあ》を数《かぞ》ふ」。　○冥鴻　空高く飛ぶ鴻雁。隠逸の士の比喩としても用いられる。唐の白居易の「平泉《へいせん》の韋徴君拾遺《いちょうくんしゅうい》に題贈《だいぞう》す」詩に、「信《しん》ぜず冥《めい》鴻有《こうあ》るを」。

普段から寝付きが悪く、また寝起きも悪い。俗世間の事柄は夢の中の出来事のようで面倒臭く感じる。私は何事も成し遂げずに老年を迎えようとしている。粗末な冠木門の傍らに独り立って、空高く飛んで行く鴻雁を目で追っている。

元《げん》　政《せい》

元和九年(一六二三)―寛文八年(一六六八)、四十六歳。俗名、石井元政《もとまさ》。法名、日政・元政など。京都に生まれ、彦根藩に出仕した。姉は彦根藩主井伊直孝の側室。病により二十六歳で彦根藩を致仕して、日蓮宗の僧侶として出家し、深草に称心庵《しょうしんあん》(後の瑞光寺《ずいこうじ》)を営み、隠棲した。明から亡命帰化して尾張藩に仕えた陳元贇《ちんげんいん》と親交した。漢詩文や歌文を能くし、詩文集に『草山集』、歌集に『草山和歌集』、和文体紀行に『身延道《みのぶみち》の記《き》』などがある。

21　遊九条旧宅得客字

少年嬉遊地
人去空有跡
蒙蘢竹林中
独留一区宅
老矣陶家松
本是数寸碧
残花両三種
有笋聊可擘
我無半瓢酒
烹茶待幽客
人心如面殊
寓物各自適
任情述我懐

九条《くじょう》の旧宅《きゅうたく》に遊《あそ》びて客《かく》の字《じ》を得《え》たり

少年《しょうねん》　嬉遊《きゆう》の地《ち》
人《ひと》去《さ》りて空《むな》しく跡《あと》有《あ》り
蒙蘢《もうろう》たる竹林《ちくりん》の中《なか》
独《た》だ一区《いちく》宅《たく》を留《とど》む
老《お》いたり　陶家《とうけ》の松《まつ》
本《も》と是《こ》れ数寸《すうすん》の碧《みどり》
残花《ざんか》　両三種《りょうさんしゅ》
笋《たけのこ》有《あ》り　聊《いささ》か擘《さ》く可《べ》し
我《われ》に半瓢《はんぴょう》の酒《さけ》無《な》し
茶《ちゃ》を烹《に》て幽客《ゆうかく》を待《ま》つ
人心《じんしん》は面《かお》の殊《こと》なるが如《ごと》し
物《もの》に寓《ぐう》して各《おのお》の自適《じてき》す
情《じょう》に任《まか》せて我《わ》が懐《おも》ひを述《の》べよ

作詩莫拘格
明日視今日
猶今之視昔

詩《し》を作《つく》りて格《かく》に拘《こだ》はること莫《なか》れ
明日《あす》より今日《きょう》を視《み》れば
猶《な》ほ今《いま》の昔《むかし》を視《み》るがごとくならん

『草山集』巻十四。五言古詩。韻字、跡・宅・碧・擘・客・適・格・昔(入声十一陌)。

○九条　元政の生まれた石井家は代々公卿の九条家に仕える諸大夫《しょだいぶ》の家で、元政の生まれ育った家は京都の東九条にあった。　**○得客字**　詩を詠むのに韻字として「客」の字を分担したということで、「客」の字が属する入声十一陌で押韻した。　**○嬉遊**　戯れ遊ぶ。　**○蒙蘢**　草木が乱れ茂るさま。　**○一区宅**　一区画の土地に建てられている家。一軒の家。　**○陶家松**　晋の陶潜の家に生えていた松。陶潜の「帰去来の辞」に、「三《さん》径荒《けいこう》に就《つ》けども、松菊《しょうきく》猶ほ存《そん》す。…孤松《こしょう》を撫《ぶ》して盤桓《ばんかん》す」とあるように、陶潜の故郷の家には松が生えていた。　**○残花**　散り残りの花。　**○擘**　ここは笋の皮を裂いて開く。　**○半瓢酒**　瓢箪に半分入った酒。　**○幽客**　俗世間とは無縁の風雅な人。　**○人心如面殊**　もとは『春秋左氏伝』襄公三十一年の、「子産曰く、人心の同じからざること其の面の如し」に拠るものであるが、直接的には性霊《せいれい》説の詩論を主張した明の袁宏道《えんこうどう》の「丘長孺」(『袁中郎全集』巻二十一尺牘)に、「真《まこと》なれば則《すなわ》ち我《わ》が面《かお》は君《きみ》が面《かお》に同《おな》じきこと能《あた》はず。而《しか》して況《いわ》んや古人《こじん》の面貌《めんぼう》をや」とあることなどに拠ると思われる。○寓物　物に心を寄せる。○自適　自分の心のままに楽しむ。○任情述我懐・作詩莫拘格　明代の詩人袁宏道が唱えた、詩は格調を重視するのではなく、詩人の性霊(霊妙な心の働き)に基づいて詠まれるべきであるとする、性霊説の詩論の主張。○格　詩の格式。詩の外形的な法則。詩の声調をいう「調」とともに「格調」という形で用いられることが多い。

ここは少年の頃に遊んだ場所だが、もう誰もいなくなって空しくその跡だけが残り、乱れ茂っている竹林の中には一軒の家屋だけが形を留めている。陶潜の故郷の家に生えていたような松の木は今やすっかり老木になってしまったが、以前これは数寸の緑の苗木だった。散り残った花が二、三見え、皮を剝けば酒の肴になるような竹の子が何本か生えている。しかし、私には瓢簞半分ほどの酒の用意もないので、茶を煮て風雅の友がやって来るのを待っている。人の心というものは顔が皆な異なっているように、それぞれが違うものなので、物事に心を託して各々が自分の心のままに行動すればよいのだ。感情の赴くままに自分の思いを述べなさい。詩を作るのに格式に拘ってはいけない。明日になって今日という一日を振り返って見れば、ちょうど今、昔を振り返っているのと同じような気持になるのだから。

◇三十七歳の万治二年(一六五九)秋、元政は前年に没した父の遺骨を納めるため、七十九歳の母を伴って身延山に詣でた。その道中、名古屋において元政は明《みん》からの亡命帰化人で尾張藩に仕えていた陳元贇《ちんげんいん》と知り合った。宋の詩人陳與義《ちんよぎ》(簡斎)の末裔という元贇は詩文の素養も豊かだった。元政は意気投合し、知り合ってから四年後の寛文三年(一六六三)には、二人は唱和した詩を集めて『元元《げんげん》唱和集』を出版したほどだった。

　元政は元贇との交遊の中で、明の袁宏道《えんこうどう》(中郎)が提唱した性霊《せいれい》説の詩論を教えられた。性霊説とは、詩を詩たらしめるものは詩人の心の霊妙な働きすなわち性霊にあるとし、作詩に当たって大切なことは、格調などという詩の外的な表現に拘泥することではなく、自分の内にある性霊を率直清新に表現すべきだとする詩論である。元政は舶載された『袁中郎全集』を町の本屋で入手して読み耽り、性霊説の詩論に深く傾倒するようになった。この詩の第十一句から第十四句の「人心《じんしん》は面《かお》の殊《こと》なるが如《ごと》し、物《もの》に寓《ぐう》して各《おのお》の自《じ》適《てき》す、情《じょう》に任《まか》せて我《わ》が懐《おも》ひを述《の》べよ、詩《し》を作《つく》りて格《かく》に拘《こだ》はること莫《なか》れ」には、性霊説の詩論への元政の傾倒がはっきりと現われている。

しかし、元政による性霊説の受容は先駆的ではあったが孤立的なものに終わり、同時代においては広がりを持たなかった。袁中郎の性霊説が江戸漢詩の詩風を転換させるほどの大きな影響力を発揮したのは、元政の時代より さらに百年以上も後、天明三年(一七八三)に山本北山が『作詩志彀《さくししこう》』を出版して、袁中郎の性霊説を鼓吹してからである。そもそも袁中郎の性霊説は、詩の格調を重視して盛唐詩を摸擬する擬古主義の詩論を提唱した、李攀龍《りはんりょう》や王世貞《おうせいてい》など古文辞《こぶんじ》の詩に対する反撥や批判として提唱されたものだった。しかし、元政の時代には明の古文辞の詩や詩論というものはまだ受容されておらず、格調説への批判として提唱された性霊説の意味するところが、おそらく日本の詩人たちには充分に理解されなかったために、広く影響力を発揮するには至らなかったのではないかと思われる。

ところが、日本においても十八世紀に入ると荻生徂徠やその一門である蘐園《けんえん》の詩人たちによって、明の古文辞派の格調説の詩論が提唱されるようになり、日本の詩壇にも格調説に拠る擬古的な詩の流行する時代が到来した。しかし、やがてそれがマンネリ化して飽きられるようになると、山本北山が『作詩志彀』を出版して性霊説を鼓吹し、大きな影響力を発揮することになったのである。一つの詩論が受容されても、それが実際に影響力を発揮して流行するためには、やはりその背景となる文学史的な条件が必要だったということを示している。元政による性霊説の受容が孤立的なものに終わってしまった理由は、そこにあったと考えられる。

22　草山晩眺

愛山又出門
投杖倚松根
秋水界平野
暮煙分遠村
露昇林際白
星見樹梢昏
自覚坐来久
蒼苔已有痕

草山晩眺《そうざんばんちょう》
山《やま》を愛《あい》して又《ま》た門《もん》を出《い》づ
杖《つえ》を投《とう》じて松根《しょうこん》に倚《よ》る
秋水《しゅうすい》　平野《へいや》を界《かい》し
暮煙《ぼえん》　遠村《えんそん》を分《わか》つ
露《つゆ》昇《のぼ》りて林際《りんさい》白《しろ》く
星《ほし》見《み》えて樹梢《じゅしょう》昏《くら》し
自《みずか》ら覚《おぼ》ゆ　坐来《ざらい》の久《ひさ》しきを
蒼苔《そうたい》　已《すで》に痕《あと》有《あ》り

『草山集』巻十六。五言律詩。韻字、門・根・村・昏・痕(上平声十三元)。

○草山　元政が出家して営んだ称心庵のある深草山。現在の京都市伏見区深草。○晩眺　夕暮れ時の眺め。○愛山　唐の元稹《げんしん》の「華嶽寺」詩に、「来往《らいおう》し淹留《えんりゅう》するは山《やま》を愛《あい》するが為《ため》なり」。○秋水　秋の川の流れ。○界平野　宋の李昴英《りぼうえい》の「鑒空閣《かんくうかく》」詩に、「一水横流《いっすいおうりゅう》して平野《へいや》を界《かい》す」。○暮煙　夕もや。宋の陸游の「舎北晩眺」詩に、「平野寒日沈《へいやかんじつしず》み、遠村暮煙生《えんそんぼえんしょう》ず」。○林際　林の辺り。

山が好きなので庵の門を出て山に向かい、手にしていた杖を投げ出して松の根方《ねかた》に倚りかかった。眼下には秋の川が平野を区切るようにして流れ、夕もやが遠くの村里を隔てている。視線を上に向けると、立ち昇った夕露に林の辺りは白く烟り、空には星が見えて木々の梢は黒々としている。青苔の上にはすでにしっかりと痕がついていたので、ここに腰を下して長い時間が経ったことに気付いた。

23　壬寅五月朔地震

震眩欲抜磐
大地似奔湍

壬寅五月朔《じんいんごがっさく》の地震《じしん》

震眩《しんげん》　磐《いわ》を抜《ぬ》かんと欲《ほっ》し
大地《だいち》　奔湍《ほんたん》に似《に》たり

屋簸楼船動
牆扇帷幕寒
経函飛霹靂
硯水起波瀾
西没与東湧
少人知所安

屋《おく》は楼船《ろうせん》を簸《あお》りて動《うご》き
牆《かき》は帷幕《いばく》を扇《あお》ぎて寒《さむ》し
経函《きょうかん》　霹靂《へきれき》を飛《と》ばし
硯水《けんすい》　波瀾《はらん》を起《お》こす
西没《せいぼつ》と東湧《とうゆう》と
人《ひと》の所安《しょあん》を知《し》ること少《まれ》なり

『草山集』巻十六。五言律詩。韻字、磐・湍・寒・瀾・安(上平声十四寒)。

○**壬寅五月朔地震**　寛文二年(一六六二)五月一日に近畿地方を襲った大地震。この地震に取材したルポルタージュ的な作品に浅井了意作の仮名草子『かなめいし』(寛文三年頃刊)がある。　○**震眩**　震動して目が眩む。　○**奔湍**　急流。奔流。　○**簸**　あおる。吹き動かす。　○**楼船**　屋形船。　○**経函**　経文を容れる箱。寺が多く倒壊したので、経函が空を舞うようなことがあったのであろう。　○**霹靂**　雷。いかずち。　○**西没与東湧**　西に陥没し、東に隆起する。宋の釈智朋《しゃくちほう》の「偈頌《げじゅ》一百六十九首」その百七に、「東湧西没」。　○**所安**　安全な場所。

目が眩《くら》むほどの震動で、岩をも引き抜くほどに揺れ、大地がまるで奔流のようにうねり辷《すべ》った。家屋は屋形船のように煽《あお》られて移動し、屋敷の屛は幕が吹き扇《あお》がれたかのように捲《まく》れ上がって寒気立《さむけだ》つような情景になった。雷を飛ばしたかのように経箱《きょうばこ》が空を舞い、硯の墨だまりの水が大きく波打った。あちらこちらで大地が陥没したり隆起したりし、どこが安全な場所なのか、それを知っている人は少なかった。

24

病　来

夢裡鳴鳩林日間
満堂無客昼如年
一生多病是何幸
白髪残僧傍母眠

病《びょう》来《らい》（三首その三）

夢裡《むり》　鳴鳩《めいきゅう》　林日間《りんじつかん》なり
満堂《まんどう》　客無《きゃくな》くして　昼《ひる》　年《とし》の如《ごと》し
一生《いっしょう》　多病《たびょう》　是《こ》れ何《なん》の幸《さいわい》ぞ
白髪《はくはつ》の残僧《ざんそう》　母《はは》に傍《そ》ひて眠《ねむ》る

『草山集』巻二十四。七言絶句。韻字、間(上平声十五刪)と年・眠(下平声一先)の通押。

○**病来**　病気になって以来。○**林日**　林の中の一日。○**満堂**　僧堂のどこにも。

○**昼如年**　昼の一日が一年のように思われる。時間の過ぎるのが遅く感じられることをいう。宋の陳天麟《ちんてんりん》の「席上、統制伝公の韻に和す」詩に、「遅遅《ちち》として春永《はるなが》く昼年《ひるとし》の如《ごと》し」。○残僧　衰え弱った僧侶。元政自らの形容。○傍母眠　唐の杜甫の「絶句漫興九首」詩その七に、「沙上《さじょう》の鳧雛《ふすう》母《はは》に傍《そ》ひて眠《ねむ》る」。なお、この杜甫の詩は『聯珠詩格《れんじゅしかく》』巻一の巻頭にも「漫興」の題で収める。

林の中の一日はひっそりとし、夢うつつのうちに鳩の鳴き声が聞こえてくる。僧堂を訪れる客はなく、昼一日がまるで一年のように長く感じられる。生涯病気勝ちだというのは、何と幸せなことであろうか。白髪の病み衰えた老僧になっても、私は母の傍で眠っている。

伊藤坦庵《いとうたんあん》

元和九年(一六二三)―宝永五年(一七〇八)、八十六歳。名は宗恕。字は元務。号は坦庵・自怡堂《じいどう》。京都の医者伊藤宗淳の男。江村専斎《せんさい》・曲直瀬玄理《まなせげんり》に医を学んで家業を継いだが、那波活所に学んで儒者に転じ、福井藩儒となった。村上冬嶺《とうれい》・伊藤仁斎《じんさい》等と親しく交わった。江戸時代中期の京都詩壇で活躍した伊藤錦里《きんり》・江村北海・清田儋叟《せいたたんそう》の三兄弟は孫にあたる。『坦庵詩文集』などがある。

25　泛舟葛野川

欲極西山勝
泝流葛野川
浪円魚忽没
枝動鳥相遷
落日紅霞外
行舟翠壁前
風光随処好
薄暮未言旋

舟《ふね》を葛野川《かどのがわ》に泛《うか》ぶ
西山《せいざん》の勝《しょう》を極《きわ》めんと欲《ほっ》し
流《なが》れに泝《さかのぼ》る　葛野川《かどのがわ》
浪円《なみえん》にして魚《うお》は忽《たちま》ち没《ぼっ》し
枝動《えだうご》きて鳥《とり》は相遷《あいうつ》る
落日《らくじつ》　紅霞《こうか》の外《そと》
行舟《こうしゅう》　翠壁《すいへき》の前《まえ》
風光《ふうこう》　処《ところ》に随《したが》ひて好《よ》し
薄暮《はくぼ》　未《いま》だ言《ここ》に旋《かえ》らず

『日本詩選』巻三。五言律詩。韻字、川・遷・前・旋(下平声一先)。

○葛野川　京都の嵐山を流れる桂川の古名。　○西山勝　洛西嵐山の景勝。　○紅霞　夕焼け。　○翠壁　木々の緑や青い苔に覆われた岸壁。　○薄暮　夕暮れ。　○未言旋

『日本詩選』では、「言」は「ここに」と訓んで、語調を整える助辞として扱っているが、「未《いま》だ旋《かえ》るを言《い》はず」とも訓読できる。「旋」は、(舟を)引き返す。明の王洪の「舟中雑興」詩その十五に、「興《きょう》に乗《じょう》じて未《いま》だ言《ここ》に旋《かえ》らず」。

洛西嵐山の景勝を極めようと思い、葛野川の流れを溯った。魚がいきなり姿を消すと川面には丸い波紋が広がり、鳥が居場所を変えると岸辺の樹木の枝が揺れる。赤い夕焼けの向こうに日は落ち、緑の岸壁の前を舟は進んでいく。どこもかもが好い景色なので、夕暮れ時になっても舟を引き返さない。

林読耕斎《はやしどっこうさい》

寛永元年(一六二四)―万治四年(一六六一)、三十八歳。名は守勝、後に靖。法号を春徳。号は読耕斎、また函三。林羅山の四男で、鵞峰の弟として京都に生まれた。正保三年(一六四六)幕府の儒者となり、父羅山や兄鵞峰の仕事を助けた。詩文集に『読耕斎全集』、また我が国の隠逸者の伝記を集成した『本朝遯史《とんし》』を著わした。

26　見泥中之月有感

夏月半輪沈濁泥
依然水鏡更如珪
応同方寸明明影
不受貪雲欲雨迷

泥中《でいちゅう》の月《つき》を見《み》て感有《かんあ》り
夏月《かげつ》　半輪《はんりん》　濁泥《だくでい》に沈《しず》む
依然《いぜん》として水鏡《すいきょう》は更《さら》に珪《けい》の如《ごと》し
応《まさ》に同《おな》じなるべし　方寸《ほうすん》　明明《めいめい》の影《かげ》
受《う》けず　貪雲欲雨《どんうんよくう》の迷《まよ》ひ

『読耕林先生詩集』(『読耕斎全集』のうち)巻十。七言絶句。韻字、泥・珪・迷(上平声八斉)。

○半輪　半月。唐の李白の「峨眉山月の歌」に、「峨眉山月半輪《がびさんげつはんりん》の秋《あき》」。　○水鏡　物の影を写す水面を鏡に擬えた言葉。鏡のような水面。　○珪　潔白な玉。　○方寸　心をいう。　○明明影　明知・明察の光。ここは、朱子学にいう心の本体で、欲望によって混濁されていない「本然《ほんぜん》の性《せい》」を比喩的に表現したもの。朱子学者は欲望によって混濁された「気質の性」の状態から、「居敬窮理《きょけいきゅうり》」という修養法によって「本然の性」を回復することを課題とした。　○貪雲欲雨　心の本体である「性」を曇らせる欲望(貪欲)を雲雨に擬えた表現。

夏の半月《はんげつ》は濁った泥水に沈んでいるが、鏡のような水面は以前と同じように月を潔白な玉のように映し出している。心のなかの明知・明察の光ともいうべき「本然の性」というものは、きっと水面に映し出された月と同じなのであろう。それは心を曇らせる原因である、欲望から生ずる迷いを受けてはいないのである。

27 憂懐

孤坐単居多所思
且悲且慰抱三児
林梢露似滴濃涙
屋角月如瞻旧姿
禹錫感深傷往賦
安仁吟苦悼亡詩
真成喪耦嗒焉久
莫以吾人比子綦

憂《ゆう》懐《かい》

孤坐《こざ》　単居《たんきょ》　思《おも》ふ所《ところ》多《おお》し
且《か》つ悲《かな》しみ且《か》つ慰《なぐさ》めて　三児《さんじ》を抱《いだ》く
林梢《りんしょう》の露《つゆ》は濃涙《のうるい》を滴《したた》らすに似《に》
屋角《おくかく》の月《つき》は旧姿《きゅうし》を瞻《み》るが如《ごと》し
禹錫《うしゃく》　感《かん》は深《ふか》し　傷往《しょうおう》の賦《ふ》
安仁《あんじん》　吟《ぎん》は苦《にが》し　悼亡《とうぼう》の詩《し》
真成《まこと》に耦《ぐう》を喪《うしな》ひて嗒焉《とうえん》すること久《ひさ》し
吾人《ごじん》を以《もっ》て子綦《しき》に比《ひ》すること莫《なか》れ

『読耕林先生外集』(『読耕斎全集』のうち)巻十六。七言律詩。韻字、思・児・姿・詩・碁(上平声四支)。

○**憂懐**　読耕斎は三十一歳の承応三年(一六五四)四月二十九日、妻の吉を産後の疾痛によって亡くした。そのことによる憂愁の思い。○**単居**　独り住まいをすること。唐の韋応物《いおうぶつ》の「傷逝《しょうせい》」詩に、「単居《たんきょ》時節《じせつ》移《うつ》り、泣涕《きゅうてい》して嬰孩《えいがい》を撫《な》づ」。○**三児**　妻の吉は、四歳の娘菊松、三歳の娘乙女、四月七日に生まれたばかりの男子又助(勝澄)という三人の子を残して亡くなった。○**濃涙**　感情のこもった濃い涙。ここは深い悲しみの涙。○**屋角月**　屋根の隅に見えている月。唐の韓愈《かんゆ》の「侯喜の至るを喜び張籍・張徹に贈る」詩に、「屋角月黯黯《おくかくつきえんえん》たり」。唐の杜甫が友人李白のことを夢見て詠んだ、「李白を夢む」詩その一の「落月は屋梁《おくりょう》に満ち、猶ほ顔色《がんしょく》を照らすかと疑ふ」という詩句も意識されていよう。○**禹錫**　唐の劉禹錫。禹錫は結婚後九年にして没した妻を傷んで「傷往賦」を作った。○**安仁**　晋の潘岳《はんがく》(安仁は字)。妻の死を悼んだ「悼亡詩三首」(『文選』)は名高い。○**真成**　まことに。本当に。○**喪耦**　つれあいを失うこと。妻あるいは夫に死別すること。○**嗒焉**　茫然自失のさま。『荘子』斉物論に、「南郭子綦《なんかくしき》、几《き》に隠《よ》りて坐《ざ》し、天《てん》を仰いで嘘《いき》す。嗒焉《とうえん》として其《そ》の耦《ぐう》を喪《うしな》ふに似《に》たり」。但し、朱子学者が拠った林希逸《りんきいつ》注の『荘子』では、「喪耦」については、「其の耦を喪ふとは、人は皆な物我を以て対立す。此は之を忘るるなり」と注されている。つまり『荘子』において「喪耦」は物我の対立を忘れるという意味であり、この詩において、「喪耦」がつれあいを失うことを意味しているのとはずれがある。この詩の第八句はそのずれを問題にしているのである。　〇子綦　『荘子』斉物論に登場する楚の国の哲人南郭子綦。城郭の南に住んだので南郭と称した。子綦は名。

独り住まいにぽつんと坐っていると色々なことを考えてしまう。妻の死を一方では悲しみながらも、一方ではそうした自分の気持を慰めて、三人の幼子を抱き寄せる。庭の木々の梢に降りた露は、深い悲しみの涙を滴らせているかのようであり、軒端の月を見ると、亡き妻の姿を目にしているかのようだ。劉禹錫《りゅううしゃく》の「傷往賦」には鰥夫《やもめ》になった男の深い感慨が托されており、潘岳《はんがく》の「悼亡詩」には亡き妻を悼む夫の苦《にが》い思いが詠まれている。まことに私は妻に死別して以来、ずっと茫然自失している。しかし、『荘子』の子綦《しき》が茫然自失したのは物と我との対立を忘れたからであって、妻を失って茫然自失している私と比較してはいけない。

村上冬嶺《むらかみとうれい》

寛永元年(一六二四)—宝永二年(一七〇五)、八十二歳。名は友佺。字は漫甫。号は冬嶺。代々の小児科医の家に生まれ、京都で開業した。東山天皇の皇子を治療して法眼に、次いで法印に叙せられ、春臺院《しゅんだいいん》の号を賜った。儒学を那波活所に学び、伊藤坦庵・江村毅《き》庵《あん》・伊藤仁斎などと交遊し、京都文人界の世話役として活動した。詩を能くし、江村北海は『日本詩史』において、江戸時代の七言律詩は冬嶺によって初めて形の整ったものになったと評した。

28　歳晩小集作

青樽歳晩思難禁
共見頭顱霜色深
慷慨強収燈下涙
低垂姑任世間心
愁辺一笑比双璧
老後分陰重寸金

歳晩小集《さいばんしょうしゅう》の作《さく》

青樽《せいそん》　歳晩《としく》れて　思《おも》ひ禁《きん》じ難《がた》し
共《とも》に見《み》る　頭顱《とうろ》　霜色《そうしょく》の深《ふか》きを
慷慨《こうがい》　強《し》ひて収《おさ》む　燈下《とうか》の涙《なみだ》
低垂《ていすい》　姑《しばら》く任《まか》す　世間《せけん》の心《こころ》
愁辺《しゅうへん》の一笑《いっしょう》　双璧《そうへき》に比《ひ》し
老後《ろうご》の分陰《ふんいん》　寸金《すんきん》を重《おも》んず

薄宦身閑亦天幸
清時莫作独醒吟

薄宦《はくかん》 身《み》閑《かん》なるも亦《ま》た天幸《てんこう》
清時《せいじ》 作《な》すこと莫《なか》れ 独醒《どくせい》の吟《ぎん》

『日本詩選』巻六。七言律詩。韻字、禁・深・心・金・吟(下平声十二侵)。

○歳晩小集　年末に開かれた小さな集まり。『熙朝文苑《きちょうぶんえん》』巻二では、この詩の詩題は「小集坦庵席上作」となっており、伊藤坦庵のもとで開かれた集まりだったことが分かる。　**○青樽**　青銅の酒器。　**○燈下涙・世間心**　この対句表現は、唐の杜甫の「秋興八首」詩その一の、「叢菊両《そうきくふたた》び開《ひら》く他日《たじつ》の涙《なみだ》、孤舟一《こしゅういつ》に繋《つな》ぐ故園《こえん》の心《こころ》」という対句を意識していよう。　**○低垂**　頭を低く垂れる。杜甫の「秋興八首」詩その八に、「白頭吟《はくとうぎん》望《ぼう》して低垂《ていすい》に苦《くる》しむ」。　**○双璧**　一対の玉。相並んで美しいもの、貴重なものの比喩。**○分陰**　極めて短い時間。　**○寸金**　極めて貴重なものの比喩。　**○薄宦**　下級の役人。医者として朝廷に出入りし、尚薬や法印に任じられた(『皇国名医伝』)自らを謙遜してこう言った。　**○天幸**　天の与えてくれた幸い。　**○清時**　天下泰平の時代。　**○独醒吟**　衆人は酔っているが自分独りは醒めているということを詠ずる詩。『楚辞』漁父に、「屈原曰く、世を挙《こぞ》りて皆な濁れり。我独り清《す》めり。衆人皆な酔へり。我独り醒めり。是を以て放たれたり」。

年末に酒を前にすると色々なことが思われ、お互い頭が白くなったのが目に入る。嘆きや憤りの気持はあるが灯火のもと強いて涙をこらえ、頭を低く垂れて取りあえずは世間の人々の心に従うことにする。憂いのなかでも一笑《ひとわら》いできるというのは一対の玉のように貴重であり、老いた我々に残された短い時間を手元のわずかな金のように大切にしたいと思う。下級役人なので暇な身だということも天の与えてくれた幸せだ。この天下泰平の世において、自分だけが覚醒しているのだなどという詩を作ってはいけない。

伊藤仁斎《いとうじんさい》

寛永四年(一六二七)—宝永二年(一七〇五)、七十九歳。名は維楨。字は源佐。号は仁斎。諡号は古学先生。京都堀川の商家に生まれたが、病のため家業を弟に譲り、学問に専念した。朱子学に疑問を抱いて古義学《こぎがく》を提唱し、家塾古義堂を開いて、多くの門人を育てた。『論語古義』『孟子古義』などの注釈のほか、古義学の要諦を示す『童子問《どうじもん》』『語孟字義』を著わした。詩文集に『古学先生詩集』『古学先生文集』などがある。

29　宇治舟中即事

宇治舟中即事《うじしゅうちゅうそくじ》

早行残月在
数里聴雞声
日上林梢見
天晴山色明
春舟傍岸去
野彴絶流横
吟裏望還断
煙霞鎖帝城

早行《そうこう》　残月《ざんげつ》在《あ》り
数里《すうり》　雞声《けいせい》を聴《き》く
日《ひ》上《のぼ》りて林梢《りんしょう》見《み》え
天《てん》晴《は》れて山色《さんしょく》明《あか》るし
春舟《しゅんしゅう》　岸《きし》に傍《そ》ひて去《ゆ》き
野彴《やしゃく》　流《ながれ》を絶《た》ちて横《よこた》はる
吟裏《ぎんり》　望《ぼう》　還《かえ》つて断《た》え
煙霞《えんか》　帝城《ていじょう》を鎖《とざ》す

『古学先生詩集』巻一。五言律詩。韻字、声・明・横・城(下平声八庚)。
○**宇治舟中**　宇治川に浮かぶ舟の中。宇治川は琵琶湖から流出する瀬田川の京都盆地辺りでの名称で、後に淀川となって海に注ぐ。　○**早行**　朝早く出発すること。　○**残月**　夜明け時、空に残っている月。　○**春舟**　春の水に浮かぶ舟。　○**野彴**　野なかの小橋。　○**帝城**　京都。

朝早く出発した時、空には月が残っていた。舟に乗って数里を行く間、鶏の鳴き声に耳を傾けていた。太陽が昇ると木々の梢が見えるようになり、空が晴れ上がって山肌が明るくなった。春の川に浮かぶ舟が岸沿いに進むと、水の流れを横切って小さな野橋が架かっていた。詩を口ずさんでいるうちに、夜明け前に戻ったかのように見晴らしが悪くなり、朝靄が京の町並みをすっかり隠してしまった。

30　愁

人間何処不相至
日暮燈前最易催
深似南溟渺無底
堅如泰岳截難摧
雖従潘岳鬢辺見
不向淵明眉上来
近覚麴生功力浅
暫時消却暫時回

愁《うれ》ひ
人間《じんかん》　何《いず》れの処《ところ》か相至《あいいた》らざらん
日暮《にちぼ》　燈前《とうぜん》　最《もっと》も催《もよお》し易《やす》し
深《ふか》きことは南溟《なんめい》の渺《びょう》として底無《そこな》きに似《に》たり
堅《かた》きことは泰岳《たいがく》の截《せつ》として摧《くだ》き難《がた》きが如《ごと》し
潘岳《はんがく》の鬢辺《びんぺん》従《よ》り見《み》ゆると雖《いえど》も
淵明《えんめい》の眉上《びじょう》に向《お》いて来《きた》らず
近《ちか》ごろ覚《おぼ》ゆ　麴生《きくせい》　功力《こうりょく》の浅《あさ》きことを
暫時《ざんじ》に消却《しょうきゃく》して暫時《ざんじ》に回《めぐ》る

『古学先生詩集』巻一。七言律詩。韻字、催・摧・来・回(上平声十灰)。

○愁　愁いという感情を詩題とした題詠の詠物詩。　○南溟　南方にある大海。『荘子』逍遥遊に、「南冥とは天池なり」。　○渺　果てしないさま。　○泰岳　山東省にある山の名で、泰山とも。昔、天子はこの山に登って天地の神を祭る封禅の儀式を行なった。晋の謝道韞《しゃどううん》の「泰山吟」に、「峨峨《がが》として東岳高《とうがくたか》く、秀極青天《しゅうきょくせいてん》に冲《ちゅう》す」。「東岳」は泰山のこと。　○截　切り立っているさま。　○潘岳　晋の潘岳の「秋興賦并序」(『文選』)に、「余、春秋三十有二、始めて二毛を見る」とあり、潘岳は三十二歳で鬢髪が白毛交りになったという。　○不向淵明眉上来　晋の陶潜(淵明)の「飲酒二十首」詩その七に、「汎《はん》たる此《こ》の忘憂《ぼうゆう》の物《もの》、我《わ》が遺世《いせい》の情《じょう》を遠《とお》ざく」などと詠まれているように、淵明は愁いの気持を酒に紛らわせたので「愁眉」(愁いによって眉を寄せること)を見せることはなかったの意。　○麴生　酒の別称。酒は「掃愁帚《そうしゅうしゅう》」と呼ばれるように、胸中の愁いを払う帚《ほうき》とされた。　○暫時　少しの間。しばらく。

愁いは人間世界のどこにでもやって来るが、夕暮れ時の灯火の前ではもっとも催し易い。その深さは南方の大海がどこまでも底がないのに似ており、その堅牢さは泰山の切り立った岩壁が砕きがたいようなものだ。愁いは若くして白毛交りになった潘岳の鬢の辺りに見えたというが、愁いを酒で紛らわせた陶淵明の眉の上に現われることはなかった。近頃、私には酒の効果が浅いように感じられる。酒を飲むと少しのあいだ愁いは消えるが、しばらくするとまた蘇ってくるのである。

31　冬夜即事

無求無責一間人
机上漫書草又真
呼取蛤蜊対歓伯
更添炉底小烏銀

冬夜《とうや》即事《そくじ》

求《もと》むること無《な》く　責《せ》むること無《な》し　一間人《いちかんじん》
机上《きじょう》　漫《まん》に書《しょ》す　草又《そうま》た真《しん》
蛤蜊《こうり》を呼取《こしゅ》して歓伯《かんはく》に対《たい》し
更《さら》に添《そ》ふ　炉底《ろてい》の小烏銀《しょううぎん》

『古学先生詩集』巻二。七言絶句。韻字、人・真・銀（上平声十一真）。
○**即事**　その時の事柄を題材にしたという意の詩題。　○**求・責**　「責求」は、追究する。　○**間人**　清閑無事の人。　○**草又真**　草書さらには楷書。　○**蛤蜊**　ハマグリとアサリ。またアサリのこと。ここはそれを書斎の火鉢で焼くか小鍋で煮て酒の肴にしようというのである。　○**歓伯**　酒の別名。漢の焦贛《しょうこう》の『易林』坎之兌に、「酒を歓伯と為し、憂ひを除き、楽しみを来らしむ」。〇烏銀　炭の別名。唐の孟郊《もうこう》の「友人の炭を贈るに答ふ」詩に、「炭《すみ》を贈《おく》りて価《あたい》は重《おも》し双烏銀《そううぎん》」。

閑人である私は、何かを追究したりすることはなく、机に向かってとりとめも無く草書や楷書の手習いをしている。それに倦むとアサリを持ってこさせ、書斎の手あぶりの火鉢に炭の小片を継ぎ足して、酒の肴に煮る。

徳川光圀《とくがわみつくに》

寛永五年(一六二八)―元禄十三年(一七〇〇)、七十三歳。名は光圀。号は梅里・常山・西山など。諡号は義公。従三位・権中納言に叙任されたので黄門(中納言の唐名)と称された。寛文元年(一六六一)水戸藩二代藩主となり、元禄三年(一六九〇)に辞した。学問や文事に積極的で、歌文を修めたほか、明からの亡命帰化人朱舜水《しゅしゅんすい》を招いて儒学を学んだ。江戸に彰考館を設け、儒者を多く招聘して『大日本史』の編纂を推進した。詩文集に『常山文集』がある。

32　観農父治田

奚掊民膏喜有年
朝耘夕耨没安眠
窃玄翼湿一犂雨
布谷声幽千畝煙
頂笠披蓑丘壟下
腰鎌飽饁夕陽辺
君看稼不農而已
在殖心苗肥学田

農父《のうふ》の田《た》を治《おさ》むるを観《み》る
奚《いずく》んぞ民《たみ》の膏《あぶら》を掊《へら》して年《みのり》有《あ》るを喜《よろこ》ばん
朝耘《ちょううん》　夕耨《せきどう》　安眠《あんみん》没《な》し
窃玄《せつげん》　翼《つばさ》は湿《うるお》ふ　一犂《いちり》の雨《あめ》
布谷《ふこく》　声《こえ》は幽《ゆう》なり　千畝《せんぼ》の煙《もや》
笠《かさ》を頂《いただ》き蓑《みの》を披《き》る　丘壟《きゅうろう》の下《もと》
鎌《かま》を腰《こし》にし饁《かれい》に飽《あ》く　夕陽《せきよう》の辺《あたり》
君看《きみみ》よ　稼《か》は農《のう》のみにあらず
心苗《しんびょう》を殖《う》ゑて学田《がくでん》を肥《こや》すに在《あ》るを

『常山文集』巻六。七言律詩。韻字、年・眠・煙・辺・田(下平声一先)。

○治田　田畑を耕す。　○掊　減らす。　○民膏　財貨を生み出すために流す人民の膏血。また、そうして生み出された財貨。唐の唐彦謙《とうげんけん》の「田家に宿す」詩に、「民膏《みんこう》日《ひ》びに已《すで》に瘠《や》せ、民力《みんりょく》日《ひ》びに愈《いよい》よ弊《つか》る」。　○有年　豊年。「年」は、穀物の稔りをいう。

○朝耘夕耨　「耘耨」は、田畑の雑草を除くこと。　○窃玄　夏の鶉《うずら》。夏になると羽が浅黒くなることからいう。草の間などに小さな窪みをつくって棲息する。○**一犂雨**　田畑を耕すのに程よい雨。宋の蘇舜欽《そしゅんきん》の「田家詞」に、「山辺夜《さんぺんや》半一犂《はんいちり》の雨《あめ》、田父《でんぷ》高歌《こうか》して収穫《しゅうかく》を待《ま》つ」。○**布谷**　杜鵑《ほととぎす》の別名。布穀とも。唐の杜甫の「洗兵行《せんぺいこう》」詩に、「田家《でんか》望望雨《ぼうぼうあめ》の乾《かわ》くを惜《おし》み、布穀処処春種《ふこくしょしょしゅんしゅ》を催《うなが》す」とあるように、その鳴き声は春の農事を促すように聞こえた。○**千畝煙**　広い田畑を覆っている靄。○**頂笠披蓑**　笠や蓑という雨具を身につける。○**丘壟**　丘。○**餉饁**　弁当に満腹する。「饁」は、携帯用の食料。○**稼**　稼事。農耕の仕事。○**心苗**　本来は心をいうが、ここは学問に志すことを田畑に苗を植えることに擬えたもの。○**学田**　学問に励むことを田畑を耕すことに擬えた言い方。

どうして民の血や膏《あぶら》を搾り取るようなことをして豊作になるのを喜ぼうか。民は朝から晩まで雑草を取り除くのに追われて、安眠する暇もない。田畑の草の間に潜んでいるウズラの羽は耕作に好都合な雨に濡れ、靄に包まれた広い田畑の向こうから耕作を促すかのようにホトトギスの声が微かに聞こえてくる。民は蓑笠《みのかさ》を身につけて丘の麓で田畑を耕し、夕陽が斜めに光を投げかけている辺りで鎌を腰に差したまま弁当に腹を満たしている。お前たちよ、しっかりと見なさい。耕作という仕事は農事だけをいうのではなく、学問に志し、学問という田を耕してそれを豊かにすることにもあるのを。

独庵玄光《どくあんげんこう》

寛永七年(一六三〇)—元禄十一年(一六九八)、六十九歳。法諱は玄光。道号は蒙山。号は睡庵・独庵。肥前国佐賀に生まれ、高伝寺《こうでんじ》(曹洞宗)の天国和尚について出家した。諸国遍歴後、明から来航した長崎崇福寺《そうふくじ》の道者超元《どうじゃちょうげん》に参学、道者の帰国後は長崎皓台寺《こうたいじ》の月舟宗林《げっしゅうそうりん》に参学し、皓台寺の四世住持になった。延宝二年(一六七四)安房国勝山に隠遁し、晩年は河内国の龍光寺や摂津国の大道寺にも住んで、禅の堕落を厳しく批判した。詩文集に『護法集』がある。

33　隠池打睡庵四首

晩眺

雲帰山矣鳥帰棲
風景悉皆堪品題
名利酔人濃於酒

隠池打睡庵四首《いんのけだすいあんししゅ》　(その一)

晩眺《ばんちょう》

雲《くも》は山《やま》に帰《かえ》る　鳥《とり》は棲《す》に帰《かえ》る
風景《ふうけい》　悉《ことごと》く皆《み》な品題《ひんだい》するに堪《た》へたり
名利《めいり》の人《ひと》を酔《よ》はしむること　酒《さけ》よりも濃《こまや》かにして

百年不覚夕陽低　　百年《ひゃくねん》覚《おぼ》えず　夕陽《せきよう》の低《た》るることを

『護法集』巻八。七言絶句。韻字、棲・題・低(上平声八斉)。

○隠池打睡庵四首　延宝四年(一六七六)玄光四十七歳頃の作。独庵は筑前国月海浜の隠池打睡庵で病気療養中であった。四首の詩題は、「晩眺」のほかは「麦飯」「問雲」「対月」。　○品題　品評する。　○百年　人間の寿命の概数。魏晋の無名氏の「休洗紅二首」その一に、「人寿百年能く幾何ぞ」。　○夕陽　人生の終わりを想起させる景でもある。唐の白居易の「秦中吟十首」その五「不致仕」に、「朝露に名利を貪り、夕陽に子孫を憂ふ」。

夕暮れ時になると雲は山に帰り、鳥は巣に帰る。夕暮れ時の風景は、すべて品評するに足るだけの十分な意味を有している。名誉や利益という欲望は酒よりももっと濃密に人を酔わせ、夕陽が沈むように自分の命が尽きてしまうということを、人は百年生きても気付かない。

34　分人皆苦炎熱我愛夏日長得皆字二首

山月一輪照静斎
竹風万箇払平懐
無迎無送心無事
有覓有尋願不諧
未必炎蒸因夏日
方知清冷在生涯
得間終歳由才拙
多謝天分降福皆

「人《ひと》は皆《みな》炎熱《えんねつ》に苦《くる》しむ、我《われ》は夏日《かじつ》の長《なが》きを愛《あい》す」を分《わ》けて皆《かい》の字《じ》を得《え》たり二首《にしゅ》（その二）

山月《さんげつ》　一輪《いちりん》　静斎《せいさい》を照《て》らし
竹風《ちくふう》　万箇《ばんこ》　平懐《へいかい》を払《はら》ふ
迎《むか》へること無《な》く　送《おく》ること無《な》ければ　心《こころ》は無事《ぶじ》なるも
覓《もと》むること有《あ》り　尋《たず》ぬること有《あ》らば　願《ねがい》は諧《かな》はず
未《いま》だ必《かなら》ずしも炎蒸《えんじょう》は夏日《かじつ》に因《よ》らず
方《まさ》に知《し》る　清冷《せいれい》は生涯《しょうがい》に在《あ》るを
間《かん》を得《え》て歳《とし》を終《お》へるは才《さい》の拙《つたな》きに由《よ》る
多謝《たしゃ》す　天分《てんぶん》の福《ふく》を降《くだ》すこと皆《あまね》きを

『護法集』巻八。七言律詩。韻字、斎・懐・諧・涯・皆(上平声九佳)。

○分人皆苦炎熱我愛夏日長得皆字　宋の蘇軾の五言詩「戯《たわむ》れに柳公権《りゅうこうけん》の聯句《れんく》に足《た》す」の第一句・第二句の詩句の中から「皆」の字を分担し、それを韻字として作詩したという意。○山月　山の上に出ている月。○万箇　多くの竹。宋の方岳の「呉尚書に答ふ」詩に、「北園竹万箇《ほくえんたけばんこ》」。○平懐　平素の思い。ここは日常の雑念。○覔・尋　どちらも探し求めるの意。唐の白居易の「幻《げん》を観《かん》ず」詩に、「更《さら》に尋《たず》ね覔《もと》むる処《ところ》無《な》し」。○願　ここは仏教的な意味で、悟りの境地に至るのを願うこと。○炎蒸　蒸し暑さ。○清冷　清々しい涼しさ。○終歳　一年中。○天分　天が分け与えたもの。○降福　幸福をくだす。『詩経』周頌・豊年に、「福《ふく》を降《くだ》すこと孔《はなは》だ皆《あまね》からん」。○皆　遍《あまね》く広い。

山の上に一輪の月が出て静かな書斎を照らし、群竹《むらたけ》を渡ってくる風が平素の雑念を吹き払ってくれる。人を出迎えたり見送ったりすることが無いので心は平穏であるが、何かを探し求めるということならば、悟りを得たいという本願が叶うことはない。蒸し暑さは必ずしも夏の日に原因があるわけではない。清々しい涼しさを感じるかどうかは生き方によるということが、今まさに分かった。閑なまま一年を過ごすというのは私の才能の拙劣なことがその理由だが、それによって却って天が私に幸せを遍く与えてくれたのに感謝したい。

後光明天皇《ごこうみょうてんのう》

寛永十年(一六三三)—承応三年(一六五四)、二十二歳。名は紹仁。幼称は素鵞宮。追号は後光明院。後水尾天皇の第四皇子。寛永十九年(一六四二)親王宣下、同二十年に皇位を継承した。藤原惺窩を敬慕して、『惺窩先生文集』の序文を草した。惺窩の男冷泉為景に学び、朝山意林庵《あさやまいりんあん》を招くなど、和学より儒学、和歌よりも漢詩に傾倒し、『源氏物語』を淫乱の書として排斥した。詩集に『後光明院御製詩集』がある。

35　四方拝

霜満雲階天未曙
画屛銀燭照中庭
当時曾自幸河上
千載綿綿礼七星

四方拝《しほうはい》

霜《しも》は雲階《うんかい》に満《み》ちて天《てん》は未《いま》だ曙《あ》けず
画屛《がへい》　銀燭《ぎんしょく》　中庭《ちゅうてい》を照《て》らす
当時《とうじ》　曾《かつ》て河上《かじょう》に幸《いでま》せし自《よ》り
千載綿綿《せんざいめんめん》として七星《しちせい》を礼《れい》す

『後光明院御製詩集』。七言絶句。韻字、庭・星(下平声九青)。

○**四方拝**　毎年一月一日に行なわれる宮中行事。天皇が元旦の寅の刻(午前四時頃)に、束帯して清涼殿の東庭に出御し、属星《ぞくしょう》(北斗七星のうち、その年にその人の生死を司る星）、天地四方、父母の山陵を拝して、災いを祓い、五穀豊穣、宝祚《ほうそ》長久、天下泰平を祈願する儀式。この詩は、後光明帝十八歳の慶安三年（一六五〇）の作とされる。○**雲階**　宮殿の階段。○**画屏**　絵の描かれている屏風。『西宮記』正月上に、「掃部寮《かもんりょう》、御座を清涼殿の東庭に敷き、御屏風四帖を立て、御座三所を設く。主殿寮《とのもりょう》、燈を供す」。○**銀燭**　明るく輝く灯火。○**幸**　天皇がお出ましになる。○**河上**　川のほとり。これは『日本書紀』皇極天皇元年八月一日に、「天皇、南淵《みなぶち》の河上に幸《いでま》して、跪《ひざまず》きて四方を拝し、天を仰ぎて祈《こ》ひたまふ」とあるのをいうか。但し、これは八月一日に飛鳥川の上流の南淵で行なわれた雨乞いの四方拝であって、宮中における元旦恒例行事としての四方拝ではない。○**千載綿綿**　千年も長く続いて絶えないさま。○**七星**　北斗七星。

宮殿の階段は霜に覆われ、空はまだ明けていない。美しい屏風が立てられた宮中の庭を灯火が明るく照らしている。その昔、天子が出御されて川のほとりで行なわれて以来、北斗七星を礼拝するこの儀式は、千年ものあいだ絶えることなく続いている。

◇朝廷の衰微を嘆き、朝儀の再興を志した後光明帝らしい作である。『鳩巣小説《きゅうそうしょうせつ》』によれば、「天子諸侯は別して人民の主なれば、有用の学をすべき者なり」として朱子学を積極的に学び、幼少の頃より作詩にも熱心だったという後光明帝は、朝廷衰微の原因を和歌と源氏物語の二つに求め、「中古以上の天子また大臣の内にも、天下を治め礼楽に志し、是ある衆に誰か歌をすき申《もうす》人是《これ》あり候《そうらわん》や。況《いわん》や源氏は姪乱の書に相極《あいきわま》り候むね仰《おおせ》られ候て、一向《いっこう》歌は詠ぜられず候。源氏・伊勢物語の類は、御目通《おめどおり》へも出し申さず候」であったという。和歌や物語を大切なものとして伝承した当時の朝廷にあって、それらを遠ざけようとした異色の天皇であった。

人見《ひとみ》竹洞《ちくどう》

寛永十四年(一六三七)—元禄九年(一六九六)、六十歳。本姓は小野、修姓して野。名は節、のちに宜卿。字は時中。通称は友元。号は竹洞。朝廷・幕府に医師として仕えた人見玄徳の次男として京都に生まれた。林羅山・鵞峰に学び、寛文元年(一六六一)二十五歳で四代将軍徳川家綱の侍講となった。林鵞峰のもとで行なわれた幕府の修史事業『本朝通鑑』の編纂にも参加し、寛文十二年(一六七二)法眼に叙せられた。詩文集に『竹洞先生詩文集』がある。

36　忍岡看花有感

忍岡桜下歩清晨
仰看祖鞭先自新
雪圧喬梢綴瑶璧
風吹香露満衣巾
寂寥為主白雲在
睍睆無心黄鳥頻
年去年来人幾換
山花猶報旧時春

忍岡《しのぶがおか》に花《はな》を看《み》て感有《かんあ》り
忍岡《しのぶがおか》の桜下《おうか》　清晨《せいしん》に歩《あゆ》む
仰《あお》ぎ看《み》れば　祖鞭《そべん》　先《ま》づ自《おの》づから新《あたら》し
雪《ゆき》は喬梢《きょうしょう》を圧《あっ》して瑶璧《ようへき》を綴《つづ》り
風《かぜ》は香露《こうろ》を吹《ふ》いて衣巾《いきん》に満《み》つ
寂寥《せきりょう》　主《あるじ》と為《な》りて　白雲在《はくうんあ》り
睍睆《けんかん》　心無《こころな》くして　黄鳥頻《こうちょうしき》りなり
年去《としさ》り年来《としきた》りて人《ひと》は幾《いく》たびか換《かわ》る
山花《さんか》は猶《な》ほ報《しら》す　旧時《きゅうじ》の春《はる》

『竹洞先生詩文集』巻七。七言律詩。韻字、晨・新・巾・頻・春(上平声十一真)。

○**忍岡**　上野の山。現在の東京都台東区の上野公園のある区域をいう。この地には、元禄四年(一六九一)に湯島に聖堂が移転されるまで聖堂が営まれて林家の学塾も設けられていた。さらに寛文四年(一六六四)には国史館が設置されて『本朝通鑑』の編纂が行なわれるなど、林家の門人竹洞には縁の深い場所。　○**看花**　寛永二年(一六二五)幕府は天海僧正のために忍岡に寛永寺を創建して桜の樹を植えた。それが成長して、忍岡は江戸を代表する花見の名所になった。○清晨　清々しい早朝。○祖鞭　人に先んずること。晋の劉琨《りゅうこん》が友人の祖逖《そてき》が任用されたのを耳にして、「常に祖生の吾に先んじて鞭を著《つ》けんことを恐る」といったという故事（『晋書』劉琨伝）に拠る。○雪圧喬梢　桜の高い枝に咲く満開の花を「雪」に喩えた。○瑶璧　美しい玉。○香露　花の香りを帯びた露。ここは、朝露に濡れた桜の花びらをいう。○為主　主人になる。ここは、心を占拠する。○白雲　爛漫と咲く桜花の比喩であるが、同時に白雲は隠遁生活を想起させる景物。○睍睆・黄鳥　美しい声で鳴くウグイス。『詩経』邶風・凱風に、「睍《けん》睆《かん》たる黄鳥《こうちょう》、載《すなわ》ち其《そ》の音《こえ》を好《よ》くす」。○年去年来　唐の杜荀鶴《とじゅんかく》の「秋に臨江駅《りんこうえき》に宿る」詩に、「年去《としさ》り年来《としきた》りて両鬢《りょうびん》斑《まだ》らなり」。

清々しい早朝、上野忍岡の桜の木の下を歩く。仰げば夜明けに先んじて新たに咲いた花が見える。高い梢に咲く桜の花はまるで雪のように白く、美しい玉を綴り合わせたようだ。朝露に濡れた桜の花びらが風に吹かれて、私の衣や頭巾にたくさん散り落ちてくる。白雲のような桜の花を看ていると、寂寥感が私の心を占拠して隠遁生活に思いは向かうが、ウグイスは無心に美しい声で鳴き続けている。時は過ぎ去ってもまた回ってくるものの、その間にいったいどれほどの人が入れ替わったのだろうか。上野の山の桜は、依然として昔に変わらず春の訪れを報せてくれている。

37 即興

柴火清茶手自煎
松風寒雨坐蕭然
把書偶有味深意
不覚猫児上膝眠

即《そっ》興《きょう》

柴火《さいか》　清茶《せいちゃ》　手自《てずか》ら煎《せん》ず
松風《しょうふう》　寒雨《かんう》　坐《ざ》は蕭然《しょうぜん》たり
書《しょ》を把《と》りて偶《たま》ま深意《しんい》を味《あじ》はふこと有《あ》り
覚《おぼ》えず　猫児《びょうじ》の膝《ひざ》に上《のぼ》りて眠《ねむ》るを

『竹洞先生詩文集』巻八。七言絶句。韻字、煎・然・眠(下平声一先)。
○柴火　柴を焚く火。　○松風　茶釜で湯の煮え立つ音を比喩的にこう表現することも多いが、ここは実際の戸外の松に吹きつける風の音をいうか。　○寒雨　寒空に降る雨。
○猫児　猫。児は接尾語。

炉に柴をくべて、手ずから清々《すがすが》しい茶を煎じる。冷たい雨の降る戸外では松吹く風が音を立てているが、部屋の中はひっそりとしている。書物に目を通し、たまたまその深い意味を味わっていて、膝の上に猫が上ってきて眠っているのに気づかなかった。

林《はやし》梅洞《ばいどう》

寛永二十年(一六四三)—寛文六年(一六六六)、二十四歳。名は愨。字は孟著。通称は又三郎・春信。号は梅洞・勉亭。幕府の儒者林鵞峰の長男として江戸に生まれた。早熟の才子で、明暦元年(一六五五)十三歳で朝鮮通信使と詩の唱和をした。翌明暦二年に四代将軍徳川家綱に拝謁。寛文四年(一六六四)より父鵞峰を助けて幕府の修史事業である『本朝通鑑』の編集に携わったが、中途で病気のため夭折した。詩文集に『梅洞林先生全集』(『自撰梅洞集』を含む)などがある。

38 冬夜

漫漫冬夜何時旦
病起蕭然蝸角廬
屋瓦有霜花粲笑
寒窓無月竹蕭疏

冬《とう》夜《や》

漫漫《まんまん》たる冬夜《とうや》　何《いず》れの時《とき》か旦《あ》けん
病起《びょうき》　蕭然《しょうぜん》たり　蝸角《かかく》の廬《いおり》
屋瓦《おくが》　霜《しも》有《あ》りて　花《はな》は粲笑《さんしょう》
寒窓《かんそう》　月《つき》無《な》くして　竹《たけ》は蕭疏《しょうそ》

擁炉何覓三盃酒
隠几唯繙一巻書
静点孤燈坐回首
偶然聴葉落堦除

炉《ろ》を擁《よう》して何《なん》ぞ覓《もと》めん　三盃《さんばい》の酒《さけ》
几《き》に隠《よ》りて唯《た》だ繙《ひもと》く　一巻《いっかん》の書《しょ》
静《しず》かに孤燈《ことう》を点《とも》し　坐《ざ》して首《こうべ》を回《めぐ》らせば
偶然《ぐうぜん》として葉《は》の堦除《かいじょ》に落《お》つるを聴《き》く

『自撰梅洞集』巻一。七言律詩。韻字、廬・疎・書・除(上平声六魚)。

○**漫漫**　夜の長いさま。『楚辞』九章・悲回風に、「長夜《ちょうや》の漫漫《まんまん》たるを終《おわ》れども、此《こ》の哀《かな》しみを掩《おお》ひて去《さ》らず」。○**旦**　夜が明ける。○**蝸角廬**　カタツムリの角のような極めて小さな住まい。「蝸牛廬」に同じ。唐の白居易の「陶潜の体に効《なら》ふ詩十六首」その十五に、「入《い》りて臥《ふ》す蝸牛《かぎゅう》の廬《いおり》」。○**屋瓦有霜**　白居易の「長恨歌」詩に、「鴛鴦《えんおう》の瓦《かわら》は冷《ひや》やかにして霜華《そうか》重《おも》し」。○**花粲笑**　花が咲いたように照り映えているさま。○**蕭疎**　疎《まば》らで寂しいさま。○**隠几**　肘掛けに依りかかる。『荘子』斉物論に、「南郭子綦《なんかくしき》、几《き》に隠《よ》りて坐《ざ》し、天《てん》を仰《あお》いで嘘《いき》す」。○**堦除**　庭に降りる階段。きざはし。

冬の長い夜はいつになったら明けるのだろうか。カタツムリの角のような手狭でものさびしい住まいで、私は病床から起き上がった。屋根瓦には霜が降りて花が咲いたように白く映えているが、寒々とした冬の窓に月は見えず、庭の竹は疎《まば》らにひっそりと生えている。三盃の酒を求めることなく、炉を抱え込むようにして暖を取り、肘掛けに依りかかってただ一巻の書物を繙いている。静かに灯りをぽつんと点《とも》したなか、坐ったまま振り返ると、たまたま木の葉が庭の階段に落ちる音を聴いた。

林《はやし》鳳《ほう》岡《こう》

寛永二十一年(一六四四)—享保十七年(一七三二)、八十九歳。名は戇・信篤。字は直民。通称は又四郎・春常・大内記。号は鳳岡・整宇。幕府の儒者林鵞峰の次男として江戸に生まれた。寛文四年(一六六四)四代将軍徳川家綱に拝謁し、父鵞峰を助けて『本朝通鑑』の編集に従事した。兄梅洞の夭折によって家督を相続した。元禄四年(一六九一)聖堂が上野忍岡から湯島に移転されたのにともない、蓄髪を許され大学頭《だいがくのかみ》に任じられて、幕府儒者としての林家の地位を確立した。詩文集に『鳳岡林先生全集』などがある。

39　感懐三首

師兄永訣欲憑誰

感懐《かんかい》三首《さんしゅ》　(その一)

師《し》兄《けい》永《えい》訣《けつ》す　誰《だれ》にか憑《たよ》らんと欲《ほっ》す

家業何教微力支
憂鬱満腔推不去
枉随世態強開眉

家業《かぎょう》　何《なん》ぞ微力《びりょく》をして支《ささ》へしめん
憂鬱《ゆううつ》は腔《こう》に満《み》ちて推《お》せども去《さ》らず
枉《ま》げて世態《せたい》に随《したが》ひ　強《し》ひて眉《まゆ》を開《ひら》く

『鳳岡林先生全集』巻四十四。七言絶句。韻字、誰・支・眉(上平声四支)。
○感懐　心に感じて思うこと。この詩は寛文六年(一六六六)九月一日に兄梅洞が突然病死した後に詠まれたものである。兄の死によって林家の家業を受け継ぐ立場に立たされたことに対する、不安や憂鬱の思いが吐露されている。○師兄　同じ道に志す兄弟子。ここは、ともに儒学を学んだ兄梅洞を指す。○永訣　死別。○満腔　全身。身体中。○枉　無理に…する。○開眉　笑《え》みを見せること。打ち解けたさま。唐の白居易の「夜、周協律《しゅうきょうりつ》を招き、兼ねて贈る所に答ふ」詩に、「眼《まなこ》に満《み》ちて客多《きゃくおお》しと雖《いえど》も、眉《まゆ》を開《ひら》きて復《ま》た誰《たれ》にか向《むか》はん」。

儒学を学ぶ同志でもあった兄と死別した。これからはいったい誰に頼ろうか。我が林家の家業を微力な私がどうして支えられようか。憂鬱な気分は全身に満ちて、押しのけようとしても去ることはない。無理に世間に合わせて、強いて笑みを見せている。

笠原雲渓《かさはらうんけい》

生没年未詳。貞享・元禄頃の人。名は龍鱗。字は子魯。通称は玄蕃。号は雲渓。山城国西岡の人。伊藤仁斎に学び、詩文を能くした。同じ仁斎門下の中島浮山《ふざん》が四書の売講を業としたのに対し、雲渓は詩を講説することのみを以て業としたという(『日本詩史』)。遺稿詩集に『桐葉篇《とうようへん》』がある。

40　憫農

帯雨鋤耘帯月耕
百般辛苦豈謀栄
稲粱満畝非吾食
只祝官庭鞭朴軽

農《のう》を憫《あわ》れむ

雨《あめ》を帯《お》びて鋤耘《じょうん》し　月《つき》を帯《お》びて耕《たがや》す
百般《ひゃっぱん》の辛苦《しんく》　豈《あ》に栄《えい》を謀《はか》らんや
稲粱《とうりょう》は畝《うね》に満《み》つるも吾《わ》が食《し》に非《あら》ず
只《た》だ祝《いの》る　官庭《かんてい》　鞭朴《べんぼく》の軽《かる》きを

『桐葉篇』巻中。七言絶句。韻字、耕・栄・軽(下平声八庚)。

○**鋤耘**　鋤《すき》で草を剪《き》る。○**百般**　さまざまな。○**謀栄**　楽しみを求める。○**稲粱**　稲と粟。穀物一般をいう。○**食**　食糧。○**祝**　祈る。願う。○**官庭**　役所の庭。○**鞭朴**　鞭扑とも。刑罰のため鞭打つこと。ここは年貢を完納できないための罰として鞭で打たれることをいう。唐の白居易の「夢遊春《むゆうしゅん》の詩に和す一百韻」詩に、「喧煩《けんはん》にして鞭扑《べんぼく》を視《み》る」。

雨に濡れながら鋤で草ぎり、月の光を浴びながら耕す。さまざまな苦労は楽しみを求めてのものではない。稲や粟は田畑の畝に満ちているが、自分の食糧になるわけではない。ひたすら役所の庭での鞭打ちが軽いことを祈っている。

鳥山《とりやま》芝《し》軒《けん》

明暦元年（一六五五）―正徳五年（一七一五）、六十一歳。名は輔寛。字は碩夫。号は芝軒。東福門院に仕える公家侍《くげざむらい》の子として京都に生まれた。詩文を能くし、詩の教授を業として終生仕官しなかった。晩唐詩や宋詩を好み、時代に先駆けた繊細な詩風に特徴がある。詩集に『芝軒吟稿』『芝軒略稿』などがある。

41　晩春雑興

坐　睡　回　時　昼　景　斜

晩春雑興《ばんしゅんざっきょう》

坐睡《ざすい》　回《めぐ》る時《とき》　昼景《ちゅうけい》斜《なな》めなり

満園新緑透窓紗
可憐無数狂胡蝶
来触蜘蛛網裡花

満園《まんえん》の新緑《しんりょく》　窓紗《そうさ》に透《す》く
憐《あわ》れむ可《べ》し　無数《むすう》の狂胡蝶《きょうこちょう》
来《きた》りて触《ふ》る　蜘蛛網裡《ちちゅうもうり》の花《はな》

『芝軒吟稿』巻一。七言絶句。韻字、斜・紗・花（下平声六麻）。

○**雑興**　さまざまな感興。　○**坐睡**　居眠り。　○**回**　眠りから覚める。　○**昼景**　昼の日の光。　○**窓紗**　窓に掛かる薄絹のカーテン。　○**狂胡蝶**　花に引き寄せられるのは蝶の習性だが、蜘蛛の網に絡め取られる危険をも顧みずに舞い飛ぶ蝶の行動を「狂」と称した。

居眠りから目覚めると昼の日の光はもう傾いていたが、庭いっぱいの新緑が薄絹のカーテン越しに見える。可哀想に、狂ったように舞い飛ぶたくさんの蝶々が、蜘蛛の網に絡められた花にやって来ては触れている。

42　詩窮

詩已到窮窮已全

詩《し》　窮《きゅう》

詩《し》の已《すで》に窮《きゅう》に到《いた》りて　窮《きゅう》は已《すで》に全《まった》し

一生寒苦鬢鬚辺
若将先哲論吾党
宋数聖兪唐浩然

一生《いっしょう》の寒苦《かんく》　鬢鬚《びんしゅ》の辺《あたり》
若《も》し先哲《せんてつ》を将《も》つて吾《わ》が党《とう》を論《ろん》ぜば
宋《そう》には聖兪《せいゆ》を数《かぞ》へ　唐《とう》には浩然《こうねん》

『芝軒吟稿』巻二。七言絶句。韻字、全・辺・然(下平声一先)。
○**詩窮**　詩人が詩のために困窮すること。宋の方岳の「県圃即事《けんぽそくじ》に次韻す」詩に、「未《いま》だ必《かなら》ずしも詩窮在《しきゅうあ》らず」。○**寒苦**　甚だしい困窮。○**鬢鬚**　鬢の毛とあごひげ。ここはそれらが白毛になることをいう。宋の劉克荘《りゅうこくそう》の「卓常簿《たくじょうぼ》に答ふ二首」詩その二に、「点点《てんてん》たる新霜鬢鬚《しんそうびんしゅ》に上《のぼ》る」。○**先哲**　昔の優れた人々。先賢。○**吾党**　自分の仲間。
○**聖兪**　宋の詩人梅堯臣《ばいぎょうしん》。聖兪は字。長く地方官吏の生活を送り、日常生活を題材にした詩を好んで詠んだ。聖兪の友人欧陽脩《おうようしゅう》は「梅聖兪詩集序」において、「蓋《けだ》し愈《いよい》よ窮すれば則ち愈よ工《たく》みなり。然らば則ち詩の能く人を窮するに非ず。殆《ほとん》ど窮する者にして後に工みなり」と、梅堯臣の生活と詩との関係を評した。この詩の起句には、欧陽脩のこの一文が意識されている。○**浩然**　唐の詩人孟浩然。科挙に及第せず、諸国を放浪して四十歳で都長安に出た。自然の風物を詠んだ五言詩を得意とし、王維と併称された。

詩に困窮が詠まれるようになれば、詩人の困窮も完全なものになったということだ。詩人一生の甚だしい困窮というものは、鬢やあごひげあたりの白毛になって現われる。もし過去の優れた詩人の名を挙げて私の仲間は誰かということを論ずるならば、宋の詩人ならば梅堯臣、唐の詩人ならば孟浩然ということになろう。

43　人影　次明賢夏原吉韻

幻中幻出是何生
多態渾疑或有情
隠几逢君従後坐
杖藜見爾在前行
対時如語消春昼
過処無蹤趁午晴
絶勝図真虎頭手
施朱傅白太分明

人影《じんえい》　明賢夏原吉《めいけんかげんきつ》の韻《いん》に次《じ》す

幻中幻出《げんちゅうげんしゅつ》す　是《こ》れ何《なん》の生《せい》ぞ
多《た》態《たい》渾《すべ》て疑《うたが》ふ　或《ある》いは情有《じょうあ》るかと
几《き》に隠《よ》れば　君《きみ》が後《しりえ》に従《したが》ひて坐《ざ》するに逢《あ》ひ
藜《あかざ》を杖《つえ》つけば　爾《なんじ》が前《まえ》に在《あ》りて行《い》くを見《み》る
対《たい》する時《とき》　語《かた》るが如《ごと》くして春昼《しゅんちゅう》を消《け》し
過《す》ぐる処《ところ》　蹤《あと》の午晴《ごせい》を趁《お》ふ無《な》し
絶《はなは》だ勝《まさ》れり　真《しん》を図《ず》する虎頭《ことう》が手《て》
朱《しゅ》を施《ほどこ》し白《はく》を傅《つ》けて太《はなは》だ分明《ぶんめい》なるに

『芝軒吟稿』巻五。七言律詩。韻字、生・情・行・晴・明(下平声八庚)。○**人影**　光によって生じる人の影を詩題とした詠物詩。　○**次明賢夏原吉韻**　明の夏原吉の「人影に題す」(『忠靖集』巻四)という七言律詩に次韻した詩。夏原吉は、湖南省湘陰県の人。字は維喆。諡号、忠靖。永楽帝の時に戸部尚書に任ぜられた。「明賢」は、賢者の意。　○**幻出**　幻のようにぼんやりと現われ出る。　○**隠几**　机に寄りかかる。『荘子』外物に、「机に隠《よ》りて坐す」。　○**君・爾**　ともに「人影」を指す。　○**藜**　一年生の野草。茎は堅牢で軽いので老人用の杖に用いられた。　○**午晴**　晴れた真昼。太陽が真上にあるので影はできない。　○**図真**　本当の姿を画に描く。唐の寒山の「詩三百三首」その百九十二に、「画《が》を逞《たくま》しくし真《しん》を図《ず》して意気《いき》異《こと》なる」。　○**虎頭**　晋の顧愷《こがい》之《し》。博学で才気があり、画を能くした。かつて虎頭将軍になったことがあるので、こう称した。唐の張彦遠《ちょうげんえん》の『歴代名画記』に、「尤も丹青《たんせい》に工みにして、形勢を伝写して妙絶ならざるは莫《な》し」と評される。　○**施朱傅白**　紅や白の絵の具を塗る。彩色を施す。
○**分明**　はっきりとしている。

虚空に幻のように現われ出るのはいったい何という生きものであろうか。さまざまな姿形《すがたかたち》を現わして、ひょっとしたら情《こころ》があるのではないかと疑ってしまう。私が机に寄りかかればお前が私の後に坐っているのに出会い、藜《あかざ》の杖をついて歩けばお前が私の前を歩いて行くのが見える。お前と向かい合った時はまるで語り合うようにして春昼の永い時間を紛らわせることができるが、晴れた真昼にはお前は現われないので私の歩いた跡をお前が追いかけることはない。晋の画の名手顧愷之《こがいし》が対象の真の姿を描こうと彩色を施して写し出した絵よりも、はっきりと明らかな点でお前の方がずっと勝《まさ》っている。

44　春日郊行経故城
　　基有感

郊行経故塁
随処易踟躕
廃苑桃争発
空濠水半枯
花同春不尽
人与世皆殊

春日郊行《しゅんじつこうこう》し故城《こじょう》の基《もとい》を経《へ》て感有《かんあ》り

郊行《こうこう》　故塁《こるい》を経《ふ》れば
随処《ずいしょ》に踟躕《ちちゅう》し易《やす》し
廃苑《はいえん》　桃《もも》は争《あらそ》ひ発《ひら》き
空濠《くうごう》　水《みず》は半《なか》ば枯《か》る
花《はな》は春《はる》と同《おな》じく尽《つ》きざるも
人《ひと》は世《よ》と与《とも》に皆《み》な殊《こと》なる

欲去迷南北　去《さ》らんと欲《ほっ》して南北《なんぼく》に迷《まよ》へば
帰樵隔壠呼　帰樵《きしょう》 壠《ろう》を隔《へだ》てて呼《よ》ぶ

『芝軒吟稿』巻六。五言律詩。韻字、蹰・枯・殊・呼(上平声七虞)。
○郊行　郊外の散歩。○故城　芝軒は伏見に住んでいたので、おそらく伏見城の城跡であろう。伏見城は豊臣秀吉によって築かれたが、江戸時代初期に廃城になった。○故塁　昔の石垣。○踟蹰　徘徊して前に進まない。行きつ戻りつする。○桃争発　伏見城の跡には桃の木が植えられ、桃山と呼ばれる桃の名所になった。○空濠　城の空堀《からぼり》。○帰樵　仕事を終えて山から家に帰る木こり。○壠　畑の畦《あぜ》・畝《うね》。

郊外に散歩して昔の城の石垣の辺りを通ると、あちらこちらで逡巡してしまう。荒廃した庭園には桃の花が競うように咲いているが、がらんとして何も無い堀は水が半分ほど涸れている。年々春が回ってくるのと同じように桃は毎年尽きることなく花を咲かせても、人は世の移り変わりにつれて皆な替わっていく。その場を立ち去ろうと思って、南に行こうか北に向かおうかと迷っていると、山仕事を終えて家路についている木こりが、畑の畦の向こうから声をかけてきた。

前期（元禄—宝暦期頃）

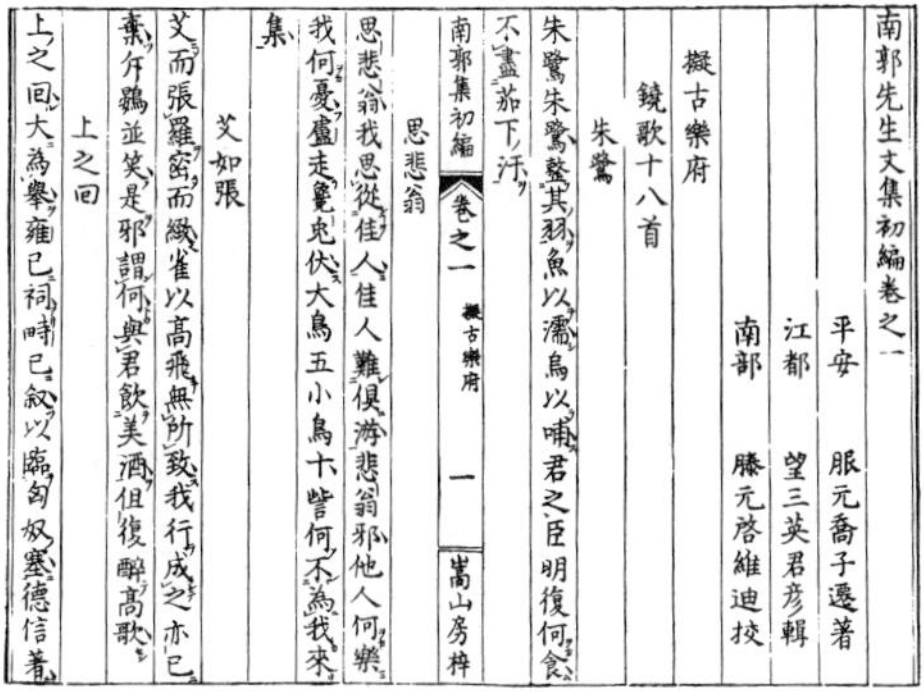
南郭先生文集初編卷之一
平安　服元喬子遷著
江都　望三英君彦輯
南部　藤元啓維迪校
擬古樂府
鐃歌十八首
朱鷺
朱鷺朱鷺鼇其翼魚以濡鳥以哺君之臣明復何食
不盡茹下汙
南郭集初編　卷之一　擬古樂府　一　嵩山房梓
思悲翁
思悲翁我思從佳人佳人難俱游悲翁邪他人何樂
我何憂盧走毚兎伏大鳥五小鳥十皆何不為我來
集
艾如張
艾而張羅罔而繳雀以高飛無所致我行成之亦已
棄弁鵝並笑是耶謂何與君飲美酒但復醉高歌
上之回
上之回大為攀雍已祠時已紋以臨匈奴塞德信著

服部南郭『南郭先生文集』

新井《あらい》白石《はくせき》

明暦三年(一六五七)—享保十年(一七二五)、六十九歳。名は君美。通称は勘解由《かげゆ》。号は白石。父の跡を継いで上総《かずさ》久留里《くるり》藩に仕えたが浪人し、後に下総《しもうさ》古河藩主で大老をつとめた堀田正俊とその跡を継いだ堀田正仲に仕えた後、再び浪人した。木下順庵に入門して儒学を学び、順庵の推挙で甲府藩主徳川綱豊に仕えた。綱豊が六代将軍家宣になったのにともなって幕臣となり、将軍を補佐して幕政に深く関与し筑後守に叙任されたが、八代将軍吉宗の就任によって失脚した。詩文集に『陶情詩集《とうじょうししゅう》』『白石詩草』『白石先生餘稿』があるほか、『読史餘論《とくしよろん》』『西洋紀聞』『折たく柴の記』など多彩な著作を残した。

45　稲村崎

在相州、元弘名将軍源義貞、
起勤王之兵、討東賊、賊於江
磧要害処、作大船連舫、以拒

稲村《いなむら》が崎《さき》

相州《そうしゅう》に在《あ》り。元弘《げんこう》の名将軍《めいしょうぐん》源《みなもとの》義貞《よしさだ》、勤王《きんのう》の兵《へい》を
起《お》こし、東賊《とうぞく》を討《う》つ。賊《ぞく》は江磧要害《こうせきようがい》の処《ところ》に於《お》いて、
大船連舫《たいせんれんぼう》を作《な》し、以《もっ》て之《これ》を拒《ふせ》ぐ。義貞《よしさだ》、佩刀《はいとう》を解《と》き

之、義貞解佩刀投水中、黙禱江神、久之、倏忽潮水尽涸、東徙数里、径入鎌倉、平氏九代之威烈於是乎亡

て水中《すいちゅう》に投《とう》じ、黙《もく》して江神《こうしん》に禱《いの》る。之《これ》を久《ひさ》しうするに、倏忽《しゅくこつ》として潮水《ちょうすい》尽《ことごと》く涸《か》れ、東《ひがし》に徙《うつ》ること数里《すうり》にして、径《ただ》ちに鎌倉《かまくら》に入《い》る。平氏《へいし》九代《くだい》の威烈《いれつ》は是《ここ》に於《お》いて亡《ほろ》ぶ。

金鼓振天従北藩
驚沙濺血日光昏
宝刀沈水神龍化
碧海揚塵汗馬奔
九代衣冠餘戦骨
千年星月照冤魂
満江巨艦真閑事
抛旧寒潮落遠邨

金鼓《きんこ》　天《てん》に振《ふる》ひて　北藩《ほくはん》従《よ》りす
驚沙《きょうさ》　濺血《せんけつ》　日光昏《にっこうくら》し
宝刀《ほうとう》　水《みず》に沈《しず》んで神龍《しんりょう》に化《か》し
碧海《へきかい》　塵《ちり》を揚《あ》げて汗馬《かんば》奔《はし》る
九代《くだい》の衣冠《いかん》　戦骨《せんこつ》を余《あま》し
千年《せんねん》の星月《せいげつ》　冤魂《えんこん》を照《て》らす
満江《まんこう》の巨艦《きょかん》　真《まこと》に閑事《かんじ》
旧《きゅう》に抛《よ》りて　寒潮《かんちょう》　遠邨《えんそん》に落《お》つ

『陶情詩集』。七言律詩。韻字、藩・昏・奔・魂・邨(上平声十三元)。

○稲村崎　現在の鎌倉市南西部、由比ヶ浜と七里ヶ浜の間に位置する小さな岬。元弘三

年(一三三三)上野国で挙兵した新田義貞は北条氏の軍と戦って鎌倉に迫り、五月二十一日に稲村ヶ崎の海岸を渡ろうとしたが、砂浜が狭くなかなか越えられなかった。そこで義貞が龍神に祈誓して黄金作りの太刀を投じると、潮が引いて広い砂浜が現われたので、それを渡って鎌倉に攻め入ることができた(『太平記』巻十)。○**相州**　相模国。○**元弘**　南朝方の年号。一三三一―一三三四年。○**源義貞**　新田氏は源義重を祖とする源氏の門流。上野国新田荘に土着して新田氏を称した。○**東賊**　後醍醐天皇を廃位し隠岐島に流した鎌倉幕府方をいう。○**江磧要害処**　『太平記』巻十に、「南は稲村崎にて、沙頭《しゃとう》路狭きに、浪打涯《なみうちぎわ》まで逆木《さかもぎ》を繋く引懸て、澳《おき》四五町が程に大船共を並べて、矢倉をかきて横矢に射させんと構《かまえ》たり」。○**連舫**　船をつなぎ合わせて停泊させること。○**江神**　河水の神。『太平記』には「龍神」とある。龍神は水の神。○**倏忽潮水尽涸**　『太平記』巻十に、「義貞馬より下給《おりたまい》て、…自ら佩給《はきたま》へる金作《こがねづくり》の太刀を抜《ぬい》て、海中へ投《なげ》給けり。真に龍神納受《のうじゅ》やし給けん、其夜の月の入方《いりがた》に、前々《さきざき》更に干《ひ》る事も無《なか》りける稲村崎、俄に二十余町干上《ひあがり》て、平沙渺々《へいしゃびょうびょう》たり」。○**平氏九代**　北条九代に同じ。北条氏は桓武平氏の末裔。北条家の家督(得宗)を継ぎ、鎌倉幕府執権職に任ぜられた時政・義時・泰時・時氏・経時・時頼・時宗・貞時・高時の九代をいうが、白石は『読史餘論』では、「されど、もし執権の世次を以ていはゞ、時氏父に先《さきんじ》て死したり。九代にはあらず。もし血統をもていはゞ、経時・時頼兄弟なり。ともにこれ一世にて九代にはあらず、いかで九代とは申すにや。実は八代なるべし」と論ずるが、ここは世間で通用する「九代」を用いた。新田義貞の鎌倉攻めにあった高時は自刃し、鎌倉幕府は滅亡した。○**金鼓**　鐘と鼓。戦闘の時、進むには鼓、退くには鐘を打って合図とした。『春秋左氏伝』僖公《きこう》二十二年に、「金鼓は以て気を声《なら》すなり」。○**北藩**　北方の諸侯の領地。ここは新田義貞が割拠した上野国を指す。○**驚沙濺血**　舞い揚がる砂塵と降り注ぐ血しぶき。宋の蘇軾の「茘支歎《れいしたん》」詩に、「驚塵濺血千載《きょうじんせんけつせんざい》に流《なが》る」。○**宝刀沈水神龍化**　宝刀が水中で龍に化するという話は、『晋書』張華伝や『拾遺記』などに数多くある。○**汗馬**　汗血馬に同じ。血のような汗をかいて疾駆する名馬。○**戦骨**　戦死した兵士の遺骨。○**冤魂**　無実の罪で死んだ人の魂。不幸な戦死者の魂。唐の杜甫の「去秋行」詩に、「戦《せん》場《じょう》の冤魂毎夜《えんこんまいや》哭《こく》す」。○**閑事**　無駄なこと。○**寒潮**　寒々とした潮の流れ。唐の呉《ご》融《ゆう》の「西陵夜居《せいりょうやきょ》」詩に、「寒潮遠汀《かんちょうえんてい》に落《お》つ」。

［相模国にある。元弘期の名将新田義貞が勤王の兵を起こし、東国の賊である鎌倉幕府を討った。賊は海岸の砂地の要害に、大船を繫ぎ並べて抗戦した。義貞は佩びていた自分の太刀を抜いて海中に投げ入れ、黙したまま水の神に禱《いの》った。しばらくすると突如海水がすっかり引いたので、東

の方角に義貞の軍勢は数里移動し、そのまま鎌倉に攻め入った。北条氏九代の猛々しい威勢は、ここに滅んだのである。」

天が震動するかのように鐘や太鼓を鳴り響かせながら、北方から軍勢がやってきた。砂塵が舞い揚がり血しぶきが降り注いで、日の光さえ翳《かげ》るほどだ。新田義貞の宝刀が海に沈められると神龍に化し、青い海面を騎馬が砂塵を捲き上げて疾駆した。九代続いた北条氏の重臣たちは戦死して骨になったが、千年の後も星や月はその不幸な戦死者たちの魂を照らしている。海面を覆って浮んでいた大船はまことに無用の長物だった。その昔と同じように、寒々とした潮の流れが遠くの海辺の村へと引いていく。

46　己巳秋到信夫郡奉家兄

兄在馬邑去郡止八十里

遠送朱輪出武城
清秋孤剣賦東征
故園丘墓松楸冷
長路関山鴻雁驚

己巳《きし》の秋《あき》、信夫郡《しのぶぐん》に到《いた》り家兄《かけい》に奉《ほう》ず

兄《あに》は馬邑《ばゆう》に在《あ》り。郡《ぐん》を去《さ》ること止《た》だ八十里《はちじゅうり》。

遠《とお》く朱輪《しゅりん》を送《おく》つて武城《ぶじょう》を出《い》づ
清秋《せいしゅう》　孤剣《こけん》　東征《とうせい》を賦《ふ》す
故園《こえん》の丘墓《きゅうぼ》　松楸《しょうしゅう》冷《ひや》やかに
長路《ちょうろ》の関山《かんざん》　鴻雁《こうがん》驚《おどろ》く

芳草池塘他日夢
夜牀風雨此時情
登楼相望浮雲隔
空寄愁心対月明

芳草《ほうそう》 池塘《ちとう》 他日《たじつ》の夢《ゆめ》
夜牀《やしょう》 風雨《ふうう》 此《こ》の時《とき》の情《じょう》
楼《ろう》に登《のぼ》って相望《あいのぞ》めば浮雲《ふうん》隔《へだ》つ
空《むな》しく愁心《しゅうしん》を寄《よ》せて月明《げつめい》に対《たい》す

『白石詩草』。七言律詩。韻字、城・征・驚・情・明(下平声八庚)。
○**己巳秋**　元禄二年(一六八九)秋。白石三十三歳。この時、白石は主君堀田正仲に随従して藩領のあった信夫郡に赴いた。　○**信夫郡**　岩代国信夫郡(現、福島県福島市)。
○**家兄**　白石の義兄軍司正信。『先哲叢談』巻五によれば、白石が生まれる前に白石の父が某氏の子を養子にしたもので、後に相馬侯に仕えた。　○**馬邑**　義兄の仕えていた相馬侯の城下町(現、福島県相馬市)をいう。　○**朱輪**　王侯貴族の立派な乗物。ここは主君堀田正仲の乗物。唐の劉禹錫《りゅううしゃく》の「蘇州に赴きて楽天に酬別す」詩に、「長安《ちょうあん》の廏吏《きゅうり》朱輪《しゅりん》を送《おく》る」。　○**武城**　江戸。　○**孤剣**　ひとふりの刀。唐の呂温《りょおん》の「凌烟閣《りょうえんかく》の勲臣《くんしん》并序」に、「匹馬《ひつば》孤剣《こけん》、王《おう》の前駆《ぜんく》と為《な》る」。　○**賦東征**　東へ向かう旅を詩に詠む。　○**故園丘墓**　故郷の墳墓。この旅の途中、白石は下総国相馬郡小目《おめ》(現、茨城県つくばみらい市)の聖徳寺にある先祖の墓に参拝した。　○**松楸**　松と楸《ひさぎ》。墓地に植えられることが多い樹木。唐の許渾《きょこん》の「金陵懐古」詩に、「松楸遠近千官《しょうしゅうえんきんせんかん》の塚《つか》」。〇関山　関所のある山。信夫郡に向かう街道の途中にある白河の関跡を指す。〇芳草池塘　香りの良い草が生える池の堤。宋の朱熹の「偶成」詩の、「少年老《しょうねんお》い易《やす》く学《がく》成《な》り難《がた》し、一寸《いっすん》の光陰軽《こういんかろ》んず可《べ》からず、未《いま》だ覚《さ》めず池塘春草《ちとうしゅんそう》の夢《ゆめ》、階前《かいぜん》の梧葉已《ごようすで》に秋声《しゅうせい》」から、過ぎ去ってしまった少年時代の楽しかった思い出をいう。〇夜牀風雨　夜に兄弟で寝床を並べながら耳を傾ける風雨の音。宋の蘇軾の「初秋子由《しゆう》に寄す」詩に、「雪堂風雨《せつどうふうう》の夜《よる》、已《すで》に対牀《たいしょう》の声《こえ》を作《な》す」。〇浮雲隔・対月明　宋の徐集孫《じょしゅうそん》の「中秋夜雨」詩に、「明月応《めいげつまさ》に団団《だんだん》たるべし、只《た》だ浮《ふ》雲《うん》に隔《へだ》てらる」。〇愁心　ここは兄と離れて住んでいることの悲愁。唐の李白の「王昌齢《おうしょうれい》が龍標《りゅうひょう》の尉《い》に左遷さるるを聞き、遥かに此《こ》の寄《き》有り」詩に、「我愁心《われしゅうしん》を寄《よ》せて明月《めいげつ》に与《あた》ふれば、風《かぜ》に随《したが》つて直《ただ》ちに夜郎《やろう》の西《にし》に到《いた》らん」。

遠く主君の乗物に随従して江戸の町を出、清々しい秋の日に一振《ひとふ》りの刀を帯びて東へと向かったこの旅を詩に詠んでみました。故郷の墓には松や楸《ひさぎ》が寒々と生えており、長い道中の山間《やまあい》の関所跡では、北から渡ってきた雁たちが驚いたように鳴き声を交わしていました。香草の生える池の堤で兄上と一緒に遊んだのは遠い日の夢になってしまいましたが、かつて詩人たちが兄弟寝床を並べながら風雨の音を聴くと詠んだのは、この今の思いと同じなのでしょう。江戸で私が兄上のことを懐かしく思い出し、高殿に登って兄上の住む方角を眺めていた時には、空に浮かぶ雲が二人の間を隔てていたため、私は悲愁の思いを胸にして江戸の夜空に輝く月と空しく向かい合ったものでした。

47　丙子上日

金湯万雉拠雄州
玉帛三朝会上遊
龍虎気蒸滄海湧
黿鼉日抱大江流
斗杓東指星低樹
岳色西来雪満楼
春入朱門多邸第
漢家原自賜王侯

丙子上日《へいしじょうじつ》
金湯《きんとう》の万雉《ばんち》　雄州《ゆうしゅう》に拠《よ》り
玉帛《ぎょくはく》　三朝《さんちょう》　上遊会《じょうゆうかい》す
龍虎《りゅうこ》　気《き》は滄海《そうかい》を蒸《む》して湧《わ》き
黿鼉《げんだ》　日《ひ》は大江《たいこう》を抱《いだ》きて流《なが》る
斗杓《とひょう》　東《ひがし》を指《さ》して　星《ほし》は樹《じゅ》に低《た》れ
岳色《がくしょく》　西《にし》より来《きた》りて　雪《ゆき》は楼《ろう》に満《み》つ
春《はる》の朱門《しゅもん》に入《い》るは邸第《ていだい》多《おお》し
漢家《かんけ》　原《もと》自《よ》り王侯《おうこう》に賜《たま》ふ

『白石先生餘稿』巻二。七言律詩。韻字、州・遊・流・楼・侯(下平声十一尤)。

○**丙子上日**　白石四十歳の元禄九年(一六九六)元日。○**金湯**　金城湯池の略。堅固な城郭。○**万雉**　王城をいう。雉は、長さ三丈、高さ一丈の牆。後漢の班固の「西都の賦」(『文選』)に、「金城《きんじょう》の万雉《ばんち》を建《た》つ」。○**雄州**　土地が広く、物資が豊かで、人の多い重要な他方。江戸のある武蔵国を指す。○**玉帛**　玉と絹織物。諸侯が天子にする贈り物。諸大名から将軍への献上品。○**三朝**　正月元旦。この日は歳朝(一年の初め)・月朝・日朝の三つを兼ねることからいう。○**上遊**　上流の人士。○**龍虎気**　天子の気。ここは将軍の発する威気。『史記』項羽紀に、「吾、人をして其の気を望ましむるに、皆な龍虎と為り、五采を成す。此れ天子の気なり」。○**気蒸**　気が立ち昇る。唐の孟浩然の「洞庭湖に望み、張丞相に贈る」詩に、「気は蒸《む》す雲夢《うんぼう》の沢《たく》」。○**滄海**　青海原。江戸湾を指す。○**黿鼉**　アオウミガメとワニ。大川(隅田川)の滔々たる流れの比喩。この句と前の句とで構成される一聯の対句は、唐の杜甫の「白帝城の最高楼」詩の、「峡坼《きょうさ》け雲霾《くもつちふ》りて龍虎《りゅうこふ》臥し、江清《こうきよ》く日《ひ》抱《いだ》きて黿鼉《げんだ》遊《あそ》ぶ」に拠る。○**大江**　隅田川を指す。○**斗杓**　北斗七星のうちの第五から第七に至る三星をいう。柄杓の柄の部分に当たるこの三星が東を指すのは春季。『隋書』音楽志に、「斗、東を指せば、雁、北に飛ぶ」。○**岳色**　山岳の景色。富士山を指す。○**朱門**　貴人の邸宅。江戸の大名屋敷をいう。○**漢家**　漢の王室。ここは徳川将軍家を指す。

堅固な城郭と濠に囲まれた江戸城は豊かに開けた武蔵国に拠って聳え立ち、正月元旦には諸大名たちが贈り物を奉呈するために登城する。龍虎のような将軍の御威勢は青海原から雲蒸《うんじょう》するかのように立ち昇り、黿鼉《げんだ》のような大川は初日の出の光を映して滔々と流れている。夜明け方の北斗七星が東の方角を指し、柄の部分の星々が木々に接するほど低く垂れると、富士山の山容が西の方角に見え始めて、雪に覆われた姿が高殿の窓いっぱいに広がる。江戸の町に立ち並ぶ多くのお屋敷は春めいているが、そのお屋敷はもともと将軍家が諸大名に賜ったものなのである。

48　自題肖像　時奉使西上

蒼顔如鉄鬢如銀
紫石稜稜電射人
五尺小身渾是胆
明時何用画麒麟

自《みずか》ら肖像《しょうぞう》に題《だい》す　時《とき》に使《つかい》を奉《ほう》じて西上《せいじょう》す
蒼顔《そうがん》は鉄《てつ》の如《ごと》く　鬢《びん》は銀《ぎん》の如《ごと》し
紫《し》石稜稜《せきりょうりょう》として　電《でん》　人《ひと》を射《い》る
五尺《ごしゃく》の小身《しょうしん》　渾《すべ》て是《こ》れ胆《たん》
明時《めいじ》　何《なん》ぞ用《もち》ひん　麒麟《きりん》に画《えが》かるるを

『鍾秀集』。七言絶句。韻字、銀・人・麟(上平声十一真)。

○奉使西上　五十四歳の宝永七年(一七一〇)十月、白石は幕命で中御門天皇の即位式を拝観するため、江戸を発って京に向かった。　○蒼顔　年寄って容色の衰えた青黒い顔。　○鬢如銀　年寄って鬢の毛が白くなること。宋の楊万里の「平望を過ぐ三首」詩その一に、「羸《あま》し得《え》たり鬢《びん》の銀《ぎん》の如《ごと》きを」。　○紫石　紫水晶。『晋書』桓温伝に、「(桓温の)眼《まなこ》は紫石の稜《かど》の如し」とあることから、眼光の鋭いことをいう。　○稜稜　鋭角的なさま。　○電　電光。稲妻。　○渾是胆　全身が肝っ玉。度胸が据わっていて怯《ひる》まないこと。　○明時　天下太平の世。平和な時代。　○麒麟　麒麟閣のこと。前漢の武帝が麒麟を捕獲した時に建て、後に宣帝が霍光《かくこう》から蘇武に至る十一人の功臣の画像を掲げさせた。

鉄のように青黒い顔と銀のような鬢の毛。紫水晶のように鋭角的な眼から発せられる眼光は、稲妻のように人を射る。五尺ほどの小柄な身体だが、全身肝っ玉で、度胸は据わっている。しかし、天下太平の世では、勲功によって麒麟閣に画像を掲げられるようなことはあるまい。

49　癸卯中秋有感

癸《き》卯中秋《ぼうちゅうしゅう》、感有《かんあ》り

自注云今歳五月次子
宜卿亡

何堪今夜景
不似去年晴
天到中秋暗
人同子夏明
交游空旧態
衰老尚餘生
雲雨如翻手
非関世上情

自注《じちゅう》に云《い》ふ、今歳《ことし》五月《ごがつ》、次子《じし》宜卿《ぎけい》亡《ぼう》ずと。

何《なん》ぞ堪《た》へんや　今夜《こんや》の景《けい》
去年《きょねん》の晴《はれ》に似《に》ざるに
天《てん》は中秋《ちゅうしゅう》に到《いた》りて暗《くら》く
人《ひと》は子夏《しか》の明《めい》に同《おな》じ
交游《こうゆう》　空《むな》しく旧態《きゅうたい》
衰老《すいろう》　尚《な》ほ余生《よせい》
雲雨《うんう》は手《て》を翻《ひるがえ》すが如《ごと》きも
世上《せじょう》の情《じょう》に関《かか》はるに非《あら》ず

『白石先生餘稿』巻三。五言律詩。韻字、晴・明・生・情（下平声八庚）。

○**癸卯中秋**　白石六十七歳の享保八年（一七二三）八月十五日。　○**次子宜卿亡**　白石の次男宜卿は享保八年五月十四日に二十五歳で病没した。白石は佐久間洞巌《どうがん》宛の書簡において、「賤息の事、御たづねに候。つゐに療養叶はず、五月十四日帰泉し候。これにつき一家今に於いて愁傷、御察し下さる可く候。老後、是非に及ばず候」と、宜卿の死を嘆いている。　**○子夏**　孔子の弟子卜商《ぼくしょう》。子夏は字。『礼記』檀弓上に、「子夏、其の子を喪ひて其の明を喪ふ」とあるように、子を亡くした子夏は悲哀の余りに失明した。「明」は視力。　**○雲雨如翻手**　唐の杜甫の「貧交行《ひんこうこう》」詩に、「手《て》を翻《ひるがえ》せば雲《くも》と作《な》り手《て》を覆《おお》へば雨《あめ》、紛紛《ふんぷん》たる軽薄何《けいはくなん》ぞ数《かぞ》ふるを須《もち》ひん」とあるのに拠る。杜甫の詩では世間の人情が変わりやすいことを嘆くが、この詩では中秋の天気が去年と今年とではうって変わったものに感じられることをいう。

中秋の今夜の景色が、去年の晴れの景色と違っているのに、どうして堪えられようか。今年は中秋の夜になっても去年とは違って空が暗く感じられるのは、孔子の門人子夏が子を亡くして失明したのと同じような状態に私が置かれているからである。友との交遊は昔のまま続いているがそれも空しく、老い衰えた私はそれでもなお余生を過ごしていかねばならない。天気は手のひらを裏返すかのように変わり易いものだが、それは杜甫が嘆いたような、世間の軽薄な人情の比喩としてではない。（私の場合は、子を無くした哀切な思いが、去年と違って今年の中秋の天気をうってかわって暗く感じさせているのだ。）

室《むろ》鳩巣《きゅうそう》

明暦四年（一六五八）—享保十九年（一七三四）、七十七歳。名は直清。通称は新助。号は鳩巣。江戸の医者の家に生まれた。加賀藩主前田綱紀《つなのり》に仕え、木下順庵に入門した。同門の新井白石の推挙で幕府儒者となり、八代将軍吉宗に重用されて、幕府の文教政策に携わった。駿河台に屋敷を賜ったことによって命名された和文体随筆『駿台雑話《すんだいざつわ》』がよく知られている。詩文集に『鳩巣先生文集』などがある。

50

挽詩　有序

昔繆襲陶淵明皆自作挽歌、亦達人之事也、予今年三十四精神蚤疲、漸不如前、自慮溘先朝露、因倣二子以作挽詩、辛未臘月晦日

三十餘年事
忽如大夢空

挽詩《ばんし》　序《じょ》有《あ》り

昔《むかし》、繆襲《ぼくしゅう》・陶淵明《とうえんめい》は皆《み》な自《みずか》ら挽歌《ばんか》を作《つく》る。亦《ま》た達人《たつじん》の事《こと》なり。予《よ》、今年《ことし》三十四《さんじゅうし》、精神《せいしん》は蚤《つと》に疲《つか》れ、漸《ようや》く前《まえ》の如《ごと》くならず。自《みずか》ら慮《おもんぱか》るに、溘《にわ》かに朝露《ちょうろ》に先《さき》んぜんと。因《よ》つて二子《にし》に倣《なら》ひ、以《もっ》て挽詩《ばんし》を作《つく》る。辛未臘月晦日《しんびろうげつかいじつ》

三十余年《さんじゅうよねん》の事《こと》
忽如《こつじょ》として大夢《たいむ》空《むな》し

百歳未満半
一生既云終
親朋相聚哭
送我曠野中
処世良無久
帰泉安有窮
書籍委塵土
形骸附蟻虫
只見墳墓地
青草長春風

百歳《ひゃくさい》　未《いま》だ半《なかば》に満《み》たざるに
一生《いっしょう》　既《すで》に云《ここ》に終《おわ》る
親朋《しんぽう》　相聚《あいあつま》りて哭《こく》し
我《われ》を送《おく》る　曠野《こうや》の中《なか》
世《よ》に処《しょ》するは良《や》や久《ひさ》しきこと無《な》く
泉《せん》に帰《き》すれば安《いずく》んぞ窮《きわま》り有《あ》らん
書籍《しょせき》は塵土《じんど》に委《ゆだ》ね
形骸《けいがい》は蟻虫《ぎちゅう》に附《ふ》す
只《た》だ見《み》る　墳墓《ふんぼ》の地《ち》
青草《せいそう》　春風《しゅんぷう》に長《ちょう》ずるを

『鳩巣先生文集』前編・巻一。五言古詩。韻字、空・終・中・窮・虫・風(上平声一東)。
○**挽詩**　死者を悲しむ詩。挽歌。　○**繆襲**　三国魏の人。字は熙伯。才学があり、官は尚書・光禄勲に至った。『文選』に「挽歌詩」を収める。　○**陶淵明**　晋の人。名は潜、字は淵明。『文選』に「挽歌詩」を収める。　○**達人**　事理に通達した人。　○**今年三十**

四　元禄四年(一六九一)の鳩巣の年齢。○蚤　早くも。○朝露　はかないものの喩え。唐の白居易の「達《たつ》なる哉楽天行《かならくてんこう》」詩に、「即《すなわ》ち朝露《ちょうろ》に先《さき》だちて夜泉《やせん》に帰《かえ》る」。○辛未臘月晦日　元禄四年十二月三十日。○大夢　長時間にわたって見た夢。迷妄の人生をいう。『荘子』斉物論に、「大覚《たいかく》有りて而《しか》る後に此れ其の大夢《たいむ》なることを知る」。○百歳　人の寿命。陶潜の「擬古九首」詩その四に、「一旦百歳《いったんひゃくさい》の後《のち》、相与《あいとも》に北邙《ほくぼう》に還《かえ》る」。○云　語調を整える助辞。○親朋　親戚と友人。○処世　人間世界に居ること。○帰泉　死ぬこと。泉は、黄泉で、死者の行くあの世。繆襲の「挽歌詩」に、「暮《くれ》に黄《こう》泉《せん》の下《もと》に宿《しゅく》す」。○有窮　行きつく果てがある。『荘子』則陽に、「意を以て四方上下を在《み》るに、窮まり有るか」。○蟻虫　虫蟻に同じ。蟻などの小虫。

［昔、繆襲《ぼくしゅう》や陶淵明という人は、自ら死を悲しむ歌を作った。それも亦た事理に達した人のすることである。私は今年三十四歳であるが、早くも精神は疲れ、だんだんと以前のようではなくなった。自ら思いめぐらすに、突然はかなく死んでしまうのではあるまいか。そこで繆襲と陶淵明という二人の先人を見習って、死を悲しむ詩を作った。元禄四年十二月三十日。］

これまで三十余年生きてきたが、それも長きにわたる夢であったかのように、突然空しく覚めてしまった。人間の寿命である百歳の半分の長さにもならないうちに、私の一生はもはや終わってしまった。親戚や友人たちが集まって声を挙げて泣き、埋葬のため私を野辺に送ってくれた。この世に居たのはそれほど長い間ではなかったが、あの世へ行けば行きつく果てなどない。私の蔵書はうち捨てられて塵や埃にまみれ、私の肉体には蟻などの小虫たちが寄り集まる。私が埋葬された墓地には、春風に吹かれて成長している青い草だけが見えている。

51　哀哀二首

哀哀双病子
垂死両相求
母泣看児痩
児傷挽母留
倶亡旬日内
忽度一年秋
処世何顔面

哀哀《あいあい》二首《にしゅ》（その一）

哀哀《あいあい》　双病《そうびょう》の子《こ》
死《し》に垂《なん》なんとして両《ふた》りながら相求《あいもと》む
母《はは》は泣《な》いて児《こ》の痩《や》するを看《み》
児《こ》は傷《いた》んで母《はは》の留《とど》まるを挽《ひ》く
倶《とも》に亡《ぼう》ず　旬日《じゅんじつ》の内《うち》
忽《たちま》ち度《わた》る　一年《いちねん》の秋《あき》
世《よ》に処《しょ》するは何《いか》なる顔面《がんめん》ぞ

交加血涙流　　交《こもご》も血涙《けつるい》の流《なが》るるを加《くわ》ふ

『鳩巣先生文集』前編・巻五。五言律詩。韻字、求・留・秋・流(下平声十一尤)。○哀哀　悲しみが深く止まないさま。『詩経』小雅・蓼莪《りくが》に、「哀哀《あいあい》たる父母《ふぼ》、我《われ》を生《う》みて劬労《くろう》す」。○双病子　二人の病気の子供。○旬日　十日。○一年秋　一年ぶりの秋。唐の韋応物の「夜、流蛍に対《むか》ふの作」詩に、「更《さら》に度《わた》る一年《いちねん》の秋《あき》」。○交加　その上に加わる。累加する。○血涙　血の涙。悲哀の甚だしい時に出る涙。

何と悲しいことか、病気の二人の子供よ。死に瀕して二人ともが助けを求めている。母親は泣きながら子供たちが痩せていくのを見守り、子供たちは苦痛を感じながら母親が傍にいてくれるようにと引き留める。しかしながら、二人とも十日のうちに死んでしまった。そして忽ちのうちに一年が経って秋になった。いったい私はどのような顔をして世間を生きていけばよいのだろうか。(悲しみは癒えることなく、一年前よりも)血の涙をいっそう多く流している。

52　秋夜旅懐

海風吹駅樹
揺落偏辺州
方抱馬卿病
仍登王粲楼
川原茫欲夕
雲物澹云秋
孤鴈天辺過
候虫草下幽
清霜飛荻岸
明月満蘭洲
中夜噪烏鵲
平沙起白鷗
林棲何寂寂

秋夜旅懐《しゅうやりょかい》

海風《かいふう》　駅樹《えきじゅ》を吹《ふ》き
揺落《ようらく》　辺州《へんしゅう》に偏《あまね》し
方《まさ》に抱《いだ》く　馬卿《ばけい》が病《やまい》
仍《な》ほ登《のぼ》る　王粲《おうさん》が楼《ろう》
川原《せんげん》　茫《ぼう》として夕《ゆうべ》ならんと欲《ほっ》し
雲物《うんぶつ》　澹《あわ》くして云《ここ》に秋《あき》なり
孤鴈《こがん》　天辺《てんぺん》に過《す》ぎ
候虫《こうちゅう》　草下《そうか》に幽《かす》かなり
清霜《せいそう》　荻岸《てきがん》に飛《と》び
明月《めいげつ》　蘭洲《らんしゅう》に満《み》つ
中夜《ちゅうや》　烏鵲《うじゃく》噪《さわ》ぎ
平沙《へいさ》　白鷗《はくおう》起《た》つ
林棲《りんせい》　何《なん》ぞ寂寂《せきせき》

水宿亦悠悠
去国羈臣思
離家遊子愁
一従違魏闕
相望恋朋游
郷信長難報
空傷歳月流

水宿《すいしゅく》　亦《ま》た悠悠《ゆうゆう》
国《くに》を去《さ》る　羈臣《きしん》の思《おも》ひ
家《いえ》を離《はな》る　遊子《ゆうし》の愁《うれ》ひ
一《ひと》たび魏闕《ぎけつ》に違《たが》ひし従《よ》り
相望《あいのぞ》みて朋游《ほうゆう》を恋《こ》ふ
郷信《きょうしん》　長《なが》く報《むく》い難《がた》く
空《むな》しく傷《いた》む　歳月《さいげつ》の流《なが》るるを

『鳩巣先生文集』前編・巻七。五言排律。韻字、州・楼・秋・幽・洲・鷗・悠・愁・游・流(下平声十一尤)。

○**海風**　海から吹いてくる風。　○**駅樹**　宿駅の樹木。　○**揺落**　秋になって木の葉などが散り落ちること。また、物事が衰残すること。　○**辺州**　辺境の地。　○**馬卿**　前漢の司馬相如。字は長卿から、こう称された。『史記』司馬相如伝に、消渇病(糖尿病)を病んでいたとある。唐の杜甫の「即事」詩に、「多病《たびょう》の馬卿《ばけい》起《た》つに日《ひ》無し」。　○**王粲**　三国魏の文人。字は仲宣。董卓《とうたく》の乱に遭い、荊州に避難して劉表《りゅうひょう》のもとに身を寄せたが、用いられなかった。そこで高楼に登り四望して「登楼賦」(『文選』)を作り、望郷の念と不遇の嘆きを吐露した。明の區越《おうえつ》の「高きに登りて李大守に和す」詩に、「王燦楼《おうさんろう》に登《のぼ》りて何《なん》ぞ太《はなは》だ傷《いた》む」。〇川原　川と平原、また川の流れ。宋の范祖禹《はんそう》の「大雪、洛陽に入る」詩に、「川原渺《せんげんびょう》として茫茫《ぼうぼう》たり」。〇雲物　雲の彩り、また景色。宋の陳與義の「雨」詩に、「雲物清暁《うんぶつせいぎょう》に澹《あわ》し」。〇云　語調を整える助辞。〇天辺　大空の果て。〇候虫　季節の移り変わりに従って鳴く昆虫。〇荻岸　荻の花の咲く岸辺。唐の斉己《せいき》の「鴈《かり》を聞く」詩に、「声《こえ》は孤《こ》なり荻岸《てきがん》の霜《しも》」。〇蘭洲　蘭の生えている中洲。〇烏鵲　かささぎ。「烏」は色の黒いことをいう。〇林棲　林間に隠れ住むこと。林に栖む隠者。〇水宿　水辺に棲息すること。〇悠悠　憂《うれ》わしいさま。『詩経』小雅・十月之交に、「悠悠《ゆうゆう》たる我《わ》が里《うれ》ひ、亦《ま》た孔《はなは》だ之《こ》れ痗《やま》し」。〇羈臣　故郷を離れて他郷で仕えている家臣。〇魏闕　宮城の高大な正門。ここは幕府のある江戸城の門をいう。〇朋游　朋友に同じ。友だち。〇郷信　故郷からの便り。

海からの風が宿場の木々に吹きつけ、辺鄙なこの地はあたり一面落葉している。私は司馬相如と同じようにいま病気に苦しめられ、王粲のように望郷と不遇の思いを抱きながら高楼に登っている。野原を流れる川は日が傾き始めるとぼんやり霞み、雲の彩りは淡くいかにも秋である。一羽の雁が天の果てを飛び過ぎ、虫たちは草の陰で微かに鳴いている。川岸では清白な霜のような荻の花が乱れ飛び、蘭の生えている中洲を明月が皓々と照らしている。何に驚いたのか、真夜中に烏鵲《かささぎ》が鳴き噪《さわ》ぎ、平らな砂地から白い鷗が飛び立った。林間であれ水辺であれ、どうしてこうも寂しく憂わしいのであろうか。国元を去って他国に仕えているという感慨が溢れ、家を離れて旅暮しをしているという愁いにとらわれている。一たび江戸を去って以来、私は江戸の方角を望んで友人のことを恋しく思ってきた。しかし、(志を得ない私は)故郷江戸からの便りにも長らく返事が書けず、年月だけが過ぎ去っていくのになす術《すべ》もなく心を痛めている。

53　春初病中書懐二首

家住駿臺十歳餘
新年風雪繞吾廬
身因多病辞朝会
門謝雑賓与世疎
老愧授経楊伯起

春初病中《しゅんしょびょうちゅう》、懐《おも》ひを書《しょ》す二首《にしゅ》　(その二)

家《いえ》は駿台《しゅんだい》に住《じゅう》す　十歳余《じっさいよ》
新年《しんねん》の風雪《ふうせつ》　吾《わ》が廬《いおり》を繞《めぐ》る
身《み》は多病《たびょう》に因《よ》つて朝会《ちょうかい》を辞《じ》し
門《もん》は雑賓《ざつひん》を謝《しゃ》して世《よ》と疎《うと》し
老《おい》は経《けい》を授《さず》くる楊伯起《ようはくき》に愧《は》ぢ

材非献賦馬相如
東都今属中興日
肉食幾人解読書

材《ざい》は賦《ふ》を献《けん》ずる馬相如《ばしょうじょ》に非《あら》ず
東都《とうと》 今属《いまぞく》す 中興《ちゅうこう》の日《ひ》
肉食《にくしょく》幾人《いくにん》か 書《しょ》を読《よ》むことを解《かい》する

『鳩巣先生文集』後編・巻五。七言律詩。韻字、餘・廬・疎・如・書(上平声六魚)。

○**駿臺** 駿河台。江戸のお茶の水の南一帯の高台の地名。鳩巣は正徳三年(一七一三)に幕府から駿河台に屋敷を賜った。 ○**朝会** 諸侯や臣下が朝廷で天子に謁見すること、またその儀式。ここは新年の江戸城での将軍への御目見《おめみえ》の儀式をいう。 ○**雑賓** 目的のはっきりしない客。『晋書』劉惔《りゅうえん》伝に、「政《まつりごと》を為《な》すこと清整《せいせい》、門《もん》に雑賓《ざつひん》無《な》し」。 ○**授経** 儒学の書物を講義する。 ○**楊伯起** 後漢の楊震。伯起は字。『後漢書』楊震伝に、「明経博覧にして窮究せざること無し。諸儒、之が為に語りて曰く、関西《かんせい》の孔子は楊伯起と」。また同伝に、楊伯起は儒者としての名声はあったが州郡からの招きに応ぜず、老いて五十歳になって初めて州郡に仕え、大将軍鄧騭《とうしつ》によって茂才に推挙されたという。 ○**馬相如** 前漢の司馬相如。武帝に諷諫の意を込めた「天子遊猟の賦」(「子虚の賦」「上林の賦」)を奉呈した。 ○**東都** 江戸。 ○**中興** 八代将軍徳川吉宗による享保の改革という幕府政治の刷新をいう。 ○**肉食** 肉を食べられる高位高官の人。

『兼山秘策』に収める書簡において鳩巣は、将軍吉宗の儒学奨励にもかかわらず、湯島聖堂での儒学講釈に幕臣があまり出席しないことを嘆いている。

駿河台に住むようになってから十余年になる。新年を迎えたが、我が家のまわりには風雪が吹きすさんでいる。病気勝ちを理由にお城での新年の儀式に欠席し、目的のはっきりしない来客は断っているので世間の動きには疎い。私はすでに老境に足を踏み入れているものの、五十歳になって初めて出仕して経書を講釈したという楊伯起のことを思えば恥ずかしく、武帝に「天子遊猟の賦」を奉呈して諷諫したという司馬相如のような勝れた才学を私は持ち合わせているわけではない。江戸の町は今や吉宗公に導かれて中興の日々を迎えているのだが、果して高い位にある幕臣たちの何人が、経書を読むことの意味を理解しているのだろうか。

井上通女《いのうえつうじょ》

万治三年(一六六〇)—元文三年(一七三八)、七十九歳。名は振・玉・通・通女。号は感通。丸亀藩士井上本固(片桐且元《かつもと》の甥)の女。幼少時から父に和漢の古典を学び、二十歳以前に「処女賦」「深閨記」などを述作したという。天和元年(一六八一)丸亀藩主京極高豊の母養性院に召されて江戸に赴き、八年にわたって侍女として仕えたが、養性院没後は帰郷し、藩士三田宗寿と結婚した。『東海紀行』『江戸日記』『帰家日記』などの和文作品で知られる。

54

書懐

若無吟詠述情志
今古因何思可移
誰謂弄文非我事
二南半是婦人詩

懐《おも》ひを書《しょ》す

若《も》し吟詠《ぎんえい》もて情志《じょうし》を述《の》ぶること無《な》くんば
今古《きんこ》　何《なに》に因《よ》つて思《おも》ひは移《うつ》す可《べ》けんや
誰《たれ》か謂《い》ふ　弄文《ろうぶん》は我《わ》が事《こと》に非《あら》ずと
二南《になん》　半《なかば》は是《こ》れ婦人《ふじん》の詩《し》

『井上通女全集』。七言絶句。韻字、移・詩(上平声四支)。

○**情志**　心。心の動き。　○**今古**　今も昔も。　○**弄文**　詩文を弄《もてあそ》ぶ、すなわち詩文を詠作することをいう。　○**二南**　『詩経』国風の召南と周南の詩。

もし詩で心の動きを表現するということがなければ、今も昔も何によって思いを発散することができましょうか。詩を作ることは女である私の仕事ではないと、いったい誰が言うのですか。『詩経』の召南・周南の詩の半分は、女性の詩です。

◇この詩には「ゆくすゑにちまたの数はわかるともわがふみそめし道はまどはじ」(今後、私の歩く道がさまざまに分かれることになっても、私が歩き初めたこの文《ふみ》の道に惑うことはありません)という自作の和歌が添えられている。女の身で漢詩を作ることがともすれば非難されがちだった当時にあって、通女は詩作を女である自分のなすべき事業であると強く主張したのである。

荻生徂徠《おぎゅうそらい》

寛文六年(一六六六)—享保十三年(一七二八)、六十三歳。本姓の物部《もののべ》を一字姓に修して物《ぶつ》と称した。名は双松。字は茂卿。通称は惣右衛門。号は徂徠。館林藩の江戸藩邸に生まれたが、父の貶謫《へんたく》によって少年期を上総国長柄《ながら》郡本納《ほんのう》村で過ごした。江戸に戻り、芝の増上寺門前で私塾を開いて儒学を教えた後、柳沢吉保に仕え、朱子学に対抗して古文《こぶん》辞学《じがく》(徂徠学)を提唱した。柳沢藩邸を出て日本橋茅場町に家塾蘐園《けんえん》を開き、更に牛込に転居して多くの門人を育てた。徂徠の提唱した古文辞学と格調を重視する擬古主義の詩は一世を風靡した。儒学説に『辨道』『辨名』『学則』、経世策に『政談』、詩文集に『徂徠集』などがある。

55 村夜

小澗経霖漲
独梁認電行
歌春連里動
績燭射窓明
過店羨茶馥
踞門待月生
偶逢老農話
嘉爾古人情

村《そん》夜《や》

小澗《しょうかん》　霖《ながあめ》を経《へ》て漲《みなぎ》り
独梁《どくりょう》　電《いなずま》を認《みと》めて行《い》く
歌春《かしょう》　里《さと》を連《つら》ねて動《うご》き
績燭《せきしょく》　窓《まど》を射《い》て明《あか》るし
店《みせ》に過《よ》ぎりて茶《ちゃ》の馥《かんば》しきを羨《うらや》み
門《もん》に踞《うずくま》りて月《つき》の生《しょう》ずるを待《ま》つ
偶《たまた》ま老農《ろうのう》に逢《あ》ひて話《はな》せば
嘉《よ》し　古人《こじん》の情《じょう》

『徂徠集』巻二。五言律詩。韻字、行・明・生・情(下平声八庚)。荒井健・田口一郎

『荻生徂徠全詩1』(平凡社東洋文庫)によれば、この詩は『唐詩品彙』巻六十二に収める杜甫の「村夜」詩に次韻した作という。

○小澗　小さな谷川。　○霖　長く降り続く雨。　○独梁　丸木のいっぽん橋。　○電　稲妻。　○歌舂　歌いながら臼を搗《つ》くこと。　○績燭　糸を紡ぐ作業をするための明かり。　○踞門　門のところに腰を下ろす。　○嘉爾　善い。「爾」は助辞。　○古人情　古代の人の人情。徂徠は古文辞学を提唱し、古代の人の淳朴な人情を高く評価した。

小さな谷川は長雨の後に滔々と流れているが、丸木のいっぽん橋を稲妻を気にしながら渡っていく。どこの村里からも歌いながら臼を搗く音が聞こえてきて、糸つむぎの作業を照らす明かりが窓に明るく映っている。茶店に立ち寄って茶の芳しい香りを羨み、月の出を待ちながら門のところに腰を下ろした。その時たまたま年老いた農夫と出会って言葉を交わしたのだが、農夫の言葉には古代の人の淳朴な人情が現われていて、善き哉《かな》と思った。

56　春日懐次公

黯淡中原一病夫

春日《しゅんじつ》、次公《じこう》を懐《おも》ふ

黯淡《あんたん》たり　中原《ちゅうげん》の一病夫《いちびょうふ》

登楼落日満平蕪
滄溟春湧濤声大
菡萏晴揺雪色孤
五斗時能愈我渇
千秋未必須人扶
祇縁寂寞悲同調
苦憶周南県孝孺

楼《ろう》に登《のぼ》れば　落日《らくじつ》　平蕪《へいぶ》に満《み》つ
滄溟《そうめい》　春《はる》に湧《わ》いて濤声大《とうせいだい》に
菡萏《かんたん》　晴《はれ》に揺《ゆら》いで雪色孤《せっしょくこ》なり
五斗《ごと》　時《とき》に能《よ》く我《わ》が渇《かつ》を愈《いや》すも
千秋《せんしゅう》　未《いま》だ必《かなら》ずしも人《ひと》の扶《たす》くるを須《ま》たず
祇《た》だ寂寞《せきばく》にして同調《どうちょう》を悲《かな》しむに縁《よ》つて
苦《はなは》だ憶《おも》ふ　周南《しゅうなん》の県孝孺《けんこうじゅ》

『徂徠集』巻三。七言律詩。韻字、夫・蕪・孤・扶・孺(上平声七虞)。
○次公　徂徠の門人山県周南の字。周防国南部の佐波郡の出身であったことから周南と号した。宝永二年(一七〇五)、江戸に出府して徂徠に入門、宝永四年に萩藩儒となった。
○黯淡　薄暗いさま。　**○中原一病夫**　中原は、天下の中央部。中国では黄河流域を指すが、ここは幕府のおかれた江戸を指す。明の李攀龍《りはんりょう》の「秋日村居」詩に、「必《かなら》ずしも名姓《めいせい》を知《し》らず、中原《ちゅうげん》の一病夫《いちびょうふ》」。　**○平蕪**　雑草の生え茂った野原、また遠く果てしなく広がる平原。宋の周紫芝《しゅうしし》の「晩思」詩に、「落日平蕪《らくじつへいぶ》に下《くだ》る」。　**○滄溟**　青海原。

○濤声　ここは春の大潮の干満の音。○菡萏　蓮の花。芙蓉に同じ。山頂の形が蓮の花に似ていることから富士山をいう。○晴揺　春の日ざしによって立ち昇る陽炎で揺れているのをいう。○五斗　五斗米の略。県令の俸禄、わずかな俸給をいう。『晋書』陶潜伝に、「吾は五斗米の為に腰を折ること能はず」。徂徠は柳沢吉保に禄仕し、五百石を給されていた。○千秋　千年、長い年月。○須人扶　唐の杜甫の「暮秋、裴道州《はいどうしゅう》が手札《しゅさつ》を枉《ま》ぐ、率爾《そつじ》興《きょう》を遣《や》りて寄せ、近く蘇《そ》渙侍御《かんじぎょ》に呈す」詩に、「此《こ》の生《せい》已《すで》に愧《は》づ人《ひと》の扶《たす》くるを須《ま》つを」。○同調　主義主張に同意してくれる人。○苦憶　甚だしく思う。杜甫の「所思」詩に、「苦《はなは》だ憶《おも》ふ荊州《けいしゅう》の酔司馬《すいしば》」。○県孝孺　県は山県の修姓。孝孺は名。

江戸に身を置く一病人である私が、黯淡《あんたん》たる思いを胸に高殿に登ると、夕陽が広漠とした武蔵野を照らしていた。春になったので江戸前の青海原は大潮の満ち引きで波音を高くし、空の彼方には蓮の形をした富士山が陽炎《かげろう》に揺れながら雪化粧を際立たせている。わずかな俸禄は時に私の渇きを癒してくれるが、ずっとこれからも長く人の扶《たす》けを受けようとしているわけではない。ただ寂寞とした春の一日、同調者がいないのが悲しくて、周南の県孝孺よ、痛切に君のことを思っているのだ。

57　物子既称禄隠其居尚近市喧也遂移牛門因値新正作此

藩中今日定何如
蓬髪急梳驚歳除
符換先生閉戸後
柏浮弟子問奇餘
唯歌白雪供高枕
寧惜青春照曳裾
自為王猷多種竹
牛門似是馬曹居

物子《ぶっし》、既《すで》に禄隠《ろくいん》を称《しょう》し、其《そ》の居《きょ》は尚《な》ほ市喧《しけん》に近《ちか》し。也《ま》た遂《つい》に牛門《ぎゅうもん》に移《うつ》る。新正《しんせい》に値《あ》ふに因《よ》つて、此《これ》を作《つく》る

藩中《はんちゅう》　今日《こんにち》　定《さだ》めて何如《いかん》
蓬髪《ほうはつ》　急《きゅう》に梳《くしけず》りて歳除《さいじょ》に驚《おどろ》く
符《ふ》は換《か》ふ　先生《せんせい》　戸《と》を閉《と》づるの後《のち》
柏《はく》は浮《う》かぶ　弟子《ていし》　奇《き》を問《と》ふの余《よ》
唯《た》だ白雪《はくせつ》を歌《うた》ひて高枕《こうちん》に供《きょう》するのみ
寧《いずく》んぞ惜《お》しまんや　青春《せいしゅん》　曳裾《えいきょ》を照《て》らすを
自《みずか》ら為《な》す　王猷《おうゆう》の多《おお》く竹《たけ》を種《う》うるを
牛門《ぎゅうもん》は是《こ》れ馬曹《ばそう》の居《きょ》に似《に》たり

『徂徠集』巻三。七言律詩。韻字、如・除・餘・裾・居(上平声六魚)。
○物子　「物」は、徂徠の本姓である物部の修姓。　○禄隠　禄仕しながら、仕事に励むことなく隠者のような生活をしている人。前漢の揚雄の『法言』淵騫において、柳下

恵を評した言葉。○**其居**　徂徠は四十四歳の宝永六年(一七〇九)に柳沢藩邸を出て、日本橋茅場町に転居し、その住居を蘐園と号した。○**市喧**　町の喧噪。○**牛門**　江戸の牛込(現、東京都新宿区東部)。牛込御門(牛込見附)があったので、こういう。徂徠四十六歳の正徳元年(一七一一)に、茅場町から牛込に転居した。○**新正**　新年の正月。正徳二年正月を指す。○**藩中**　柳沢藩邸の中の様子。○**蓬髪**　伸び放題の髪。○**歳除**　一年最後の日の夜。大晦日。○**符換**　桃符《とうふ》を貼り換える。正月には邪鬼を排除するため、門に桃符というお札を貼った。○**柏浮**　柏の葉を酒に浮べる。柏酒・柏葉酒は、邪気を避けるために正月に飲む酒。○**問奇**　めずらしいことを質問する。○**白雪**　「陽春白雪」の形で用いられることが多いが、高雅な詩詞をいう。○**青春**　春。五行説で春の色は青なので、こういう。○**曳裾**　裾を地に引きずる。「曳裾王門」は、王侯の門に裾を引いて訪れ食客となること。唐の李白の「行路《こうろ》難《なん》三首」詩その二に、「裾《すそ》を王門《おうもん》に曳《ひ》いて情《じょう》に称《かな》はず」。○**王猷**　王子猷の略。晋の王徽之《おうきし》、子猷は字。竹を愛し、「何ぞ一日も此《こ》の君無《きみな》かる可けんや」と言った(『晋書』王徽之伝)。○**馬曹**　馬を管理する役所。『世説新語』簡傲に、騎兵参軍になった桓車騎からあなたはどんな役所にお勤めかと聞かれたところ、王徽之が「何の署なるかを知らず。時に馬を牽き来るを見れば、是れ馬曹なるに似たり」と答えたということから、王徽之のことを指す。ここは「牛門」と「馬曹」を並べて戯れたのである。

[わたくし物徂徠は藩から俸禄をいただきながらもはや隠者を自称しているが、その住まいは町の喧噪に近かった。そこで、とうとう牛込に転居した。新居で新しい正月を迎えることになったので、この詩を作った]

藩邸の今日の様子は果してどうであろうか。私はもう大晦日なのかと驚いて、伸び放題の乱れ髪を慌てて櫛で梳いて整えたところだ。わたくし徂徠先生は門に貼ってある魔除けのお札を貼り換えて門を閉めた後、門人たちの奇問の質問も終わったので、柏の葉を浮べた邪気払いの酒を飲んだ。正月を迎えても唯だ高雅な曲を歌って枕を高くして横になっているばかりで、春になったからといってあたふたと着物の裾を引き、諂《へつら》いのためにお偉方のもとに参じたりしようか。それよりも王徽之《おうきし》を真似て手ずから多く竹を植えたので、この牛込の新居はまるで王徽之の勤めた役所である馬曹と同じようになったと言って、すましこんでいよう。

58　新歳偶作

新歳偶作《しんさいぐうさく》

江城初日照芙蓉
西望函関白雪重
無限武昌郡中客
陽春一曲少相逢

江城《こうじょう》の初日《しょじつ》　芙蓉《ふよう》を照《て》らし
西《にし》のかた函関《かんかん》を望《のぞ》めば　白雪重《はくせつかさ》なれり
限《かぎ》り無《な》し　武昌郡中《ぶしょうぐんちゅう》の客《きゃく》
陽春一曲《ようしゅんいっきょく》　相逢《あいあ》ふこと少《ま》れなり

『徂徠集』巻五。七言絶句。韻字、蓉・重・逢(上平声二冬)。
○江城　江戸の町。　**○初日**　初日の出。　**○芙蓉**　富士山。山頂の形を蓮の花に見立ててこういう。　**○函関**　本来は函谷関(中国河南省西部の交通の要衝。古代中国ではこの関を境に、関東と関西に分けた)をいうが、ここは箱根の関所を指す。唐の杜甫の「秋興八首」詩その五に、「西《にし》のかた瑶池《ようち》を望《のぞ》めば王母《おうぼ》降《くだ》り、東来《とうらい》の紫気《しき》函関《かんかん》に満《み》つ」。
○武昌　本来は中国湖北省の地名。武蔵国をその武昌郡に擬え、江戸をいう。　**○客**　狭くは旅人の意だが、ここは各地からやって来て江戸に住んでいる住人をいう。徂徠の『政談』巻一に、「武家御城下に集り居るは旅宿也。諸大名の家来も、其城下に居るを江戸に対して在所とは雖も、是又己が知行所に非れば旅宿也」。　**○陽春一曲**　楚の宋玉「楚王の問に対《こた》ふ」(『文選』)の故事を踏まえる。楚の郢《えい》にやって来た旅人が、通俗的な下《か》里巴人《りはじん》の曲を歌うと、一緒に歌う人は数千人もいたが、高雅な陽春白雪の曲を歌うと、数十人に減ってしまったという。明の李攀龍の「重ねて魏使君に別る」詩に、「陽春一《ようしゅんいっ》曲更に酬い難し《きょくさらむくいがた》」。

元旦の江戸の町に日が昇って富士山を照らし出し、西にある箱根の関の方角を望み見ると、白雪に覆われた山々が連なって見える。武蔵国にある江戸の町には限りないほど多くの人々が往き交っているが、高雅な陽春白雪の曲を理解する人に出逢うことは稀れだ。

萬庵原資《ばんあんげんし》

寛文六年(一六六六)—元文四年(一七三九)、七十四歳。臨済宗の僧侶。法諱は原資。道号は萬庵。号は芙蓉軒《ふようけん》。江戸の人。江戸高輪の東禅寺《とうぜんじ》住持をつとめた。荻生徂徠門の服部南郭《なんかく》や松下烏石《うせき》らと交遊関係があり、古文辞派の詩風の影響を受けた。詩文集に自選の『解脱集』、没後に烏石が遺詩を集めて出版した『江陵集』がある。

59　仏原有感

仏原《ぶつげん》、感有り《かんあ》

貴賤雖区別
終焉共北邙
生涯封馬鬣
履歴転羊腸
碧漢遥黄鶴
空山落白楊
秋風吹不断
天地幾滄桑

貴賤《きせん》区別《くべつ》すと雖《いえど》も
終焉《しゅうえん》北邙《ほくぼう》を共《とも》にす
生涯《しょうがい》馬鬣《ばりょう》に封《ほう》じ
履歴《りれき》羊腸《ようちょう》を転《てん》ず
碧漢《へきかん》黄鶴《こうかく》遥《はる》かに
空山《くうざん》白楊《はくよう》落《お》つ
秋風《しゅうふう》吹《ふ》いて断《た》えず
天地《てんち》幾滄桑《いくそうそう》

『江陵集』巻二。五言律詩。韻字、邙・腸・楊・桑(下平声七陽)。
○**仏原**　墓原。墓地。　○**北邙**　墓地。　○**封馬鬣**　馬の鬣《たてがみ》のように薄く長く土を盛った墓に葬る。唐の白居易の「崔二十四常侍を哭す」詩に、「馬鬣新《ばりょうあら》たに封《ほう》ず四尺《ししゃく》の墳《ふん》」。
○**転羊腸**　羊の腸のように曲がりくねる。　○**碧漢**　青空、また銀河。　○**黄鶴**　黄色い鶴。仙人が乗って去った鶴。唐の崔顥《さいこう》の「黄鶴楼」詩に、「昔人已《せきじんすで》に黄鶴《こうかく》に乗《の》りて去《さ》り、此《こ》の地空《ちむな》しく余《あま》す黄鶴楼《こうかくろう》」。　○**空山**　ひとけのない山。唐の王維の「鹿柴《ろくさい》」詩に、

「空山人《くうざんひと》を見《み》ず」。　○白楊　はこやなぎ。やなぎ科の落葉高木で、葉の裏が白い。晋の陶潜の「擬挽歌詩三首」その三に、「荒草何《こうそうなん》ぞ茫茫《ぼうぼう》、白楊《はくよう》も亦《ま》た蕭蕭《しょうしょう》」。また南朝宋の鮑照の「蕪城の賦」(『文選』)に、「白楊早《はくようつと》に落《お》ち、塞草前《さいそうさき》に衰《おとろ》ふ」。　○滄桑　「滄桑之変」の略。青海原が桑の畑に変わる、すなわち世の中の転変をいう。

身分に貴賤の違いはあるけれど、死んでしまえばいずれも墓に入る。人の生涯は馬の鬣《たてがみ》のような薄く土を盛った墓の中に納まってしまうが、一生の履歴には羊の腸のような曲折がある。仙人の乗った黄色い鶴が遥かな大空に飛び去るように、また人気《ひとけ》のない山で白楊が裏白《うらじろ》の葉を落すように、人は命を終えると淋しく遠くへ行ってしまう。蕭蕭たる秋風が吹き止むことはない。この天地は何度転変を重ねてきたことだろうか。

60　独　坐

即　事　茫　茫　往　事　賖
冥　心　坐　到　夕　陽　斜
桜　桃　樹　下　無　人　影

独坐《どくざ》

即事《そくじ》茫茫《ぼうぼう》として往事《おうじ》賖《はる》かなり
冥心《めいしん》　坐《ざ》して夕陽《せきよう》の斜《なな》めなるに到《いた》る
桜桃樹下《おうとうじゅか》　人影無《じんえいな》し

一犬寥寥吠落花　　一犬《いっけん》　寥寥《りょうりょう》として落花《らっか》に吠《ほ》ゆ

『江陵集』巻二。七言絶句。韻字、賒・斜・花(下平声六麻)。

○即事　目の前の出来事。　○茫茫　ぼんやりとして明らかでないさま。　○賒　遠く遥か。　○冥心　俗念を払って心を静かに保つこと。　○桜桃　ゆすらうめ。落葉低木。春に白または淡紅色の小さな花を咲かせる。唐の白居易の「月に感じて逝く者を悲しむ」詩に、「桜桃樹下後堂《おうとうじゅかこうどう》の前《まえ》」。　○寥寥　ひっそりとしたさま。唐の劉長卿の「鄭山《ていさん》人《じん》の所居に過《よ》ぎる」詩に、「寥寥《りょうりょう》として一犬桃源《いっけんとうげん》に吠《ほ》ゆ」。

目の前の出来事はぼんやりとして明らかでなく、ましてや過ぎ去った出来事は遥か遠くのものになってしまった。俗念を払い心を静めて坐っていると、夕陽が傾く頃になった。桜桃の木の下に人の姿はない。一匹の犬が落花に向かってひっそりと吠えている。

61　秋夕偶成

横塘白露灑芙蕖
小閣涼回過雨餘

秋夕偶成《しゅうせきぐうせい》

横塘《おうとう》の白露《はくろ》　芙蕖《ふきょ》に灑《そそ》ぐ
小閣《しょうかく》　涼《りょう》は回《めぐ》る　過雨《かう》の余《よ》

房海秋風漁火乱
輪臺片月雁声疎
綈袍感慨傷双杵
彩筆蕭条託尺書
多少交懽零落尽
誰憐潦倒臥空廬

房海《ぼうかい》の秋風《しゅうふう》　漁火《ぎょか》乱《みだ》れ
輪台《りんだい》の片月《へんげつ》　雁声《がんせい》疎《まば》らなり
綈袍《ていほう》　感慨《かんがい》　双杵《そうしょ》を傷《いた》み
彩筆《さいひつ》　蕭条《しょうじょう》　尺書《せきしょ》に託《たく》す
多少《たしょう》の交懽《こうかん》　零落《れいらく》し尽《つ》くし
誰《たれ》か憐《あわ》れまん　潦倒《ろうとう》として空廬《くうろ》に臥《ふ》すことを

『江陵集』巻四。七言律詩。韻字、蕖・餘・疎・書・廬(上平声六魚)。
○偶成　たまたまできた詩。　○横塘　もとは江蘇省に築かれた塘の名であるが、ここは一般的な堤、土手の意。　○芙蕖　蓮。　○房海　安房の海。房総半島の方に広がる海。　○輪臺　江戸の高輪台《たかなわだい》。現、東京都港区南部で、江戸湾に臨む景勝地。萬庵原資が住持をつとめた東禅寺があった。　○片月　三日月。片われ月。　○綈袍　綈袍に同じ。厚絹製の綿入れ。どてら。魏の須賈《すこ》がみすぼらしい姿をしている旧知の范雎《はんしょ》を憐れんで綈袍を贈ったという故事(『史記』范雎伝)から、故友のことを懐かしむ喩えとして用いられる。　○双杵　二つの杵《きね》。布を柔らかくするために打つ砧《きぬた》。二人で向かい合って米を搗くように杵を打つことからいう。唐の杜甫の「夜」詩に、「新月《しんげつ》猶《な》ほ懸《かか》りて双《そう》杵鳴《しょな》る」。　○彩筆　五彩の筆。南朝梁の江淹《こうえん》は、夢に郭璞《かくはく》と名乗る人物が現われ、長年預けていた五色に彩られた筆を返してほしいと言われた。江淹がその筆を返すと、以後江淹は佳詩が作れなくなり、江淹の才は尽きたと言われた故事(『詩品』)から、華麗な詞藻をいう。　○蕭条　ものさびしいさま。　○尺書　手紙。　○多少　多くの。　○交懽　打ち解けた交遊。また仲の良い友人。　○潦倒　老い衰えたさま。　○空廬　ひとけの無い庵。

土手下の蓮の葉に白露《しらつゆ》が下りている。雨が降り止んだ後はこの小楼にも涼気が戻ってきた。房総の海からは秋風が吹いて漁火《いさりび》がちらつき、三日月のかかる高輪台の上空からは夜空を渡る雁の鳴き声が疎《まば》らに聞こえてくる。砧を打つ音に褞袍《どてら》を贈ってくれた故友のことが思い出されて感慨を催すが、かつては豊かな詞藻をほしいままにした筆も今はものさびしく手紙を書くためのものになった。多くの親しかった友人たちは皆いなくなった。人気《ひとけ》の無い庵に独り横たわる老い衰えた私を、いったい誰が憐れんでくれよう。

伊藤東涯《いとうとうがい》

寛文十年(一六七〇)―元文元年(一七三六)、六十七歳。名は長胤。号は東涯。諡号は紹《しょう》述《じゅつ》先生。伊藤仁斎の長男として京都に生まれた。父仁斎の跡を継いで、京都堀川の家塾古義堂《こぎどう》を守り、仕官せずに多くの門人を育てた。父の提唱した古義学を祖述し、父の著作の整理・刊行に尽力したほか、儒学史、字義訓詁、制度典章などの学にも通じた。詩文を能くし、詩文集に『紹述先生文集』などがある。

62　除日口号

直従義農後
日日相推移
親老而子継
継継到今茲
元禄庚辰歳
歳暮日斜時
料知万古後

除日口号《じょじつこうごう》

直《ただ》ちに義農《ぎのう》の後《あと》従《よ》り
日日《ひび》　相推移《あいすいい》す
親老《おやお》いて子継《こつ》ぎ
継《つ》ぎ継《つ》ぎて今茲《ことし》に到《いた》る
元禄庚辰《げんろくこうしん》の歳《とし》
歳暮《としく》れて日斜《ひなな》めなる時《とき》
料《はか》り知《し》る　万古《ばんこ》の後《のち》

日日只如斯　　日日《ひび》只《た》だ斯《かく》の如《ごと》きを

『紹述先生文集』巻二十一。五言古詩。韻字、移・茲・時・斯(上平声四支)。

○除日　大晦日。○口号　思うままに口ずさんだ詩。○羲農　伏羲《ふっき》氏と神農《しんのう》氏。ともに古代中国の神話上の帝王。人民に農耕、牧畜、医薬、文字などさまざまな文化を教え、人間社会の始まりを作ったとされる。○今茲　今年。○元禄庚辰歳　元禄十三年(一七〇〇)、東涯三十一歳。○料知　推しはかって知る。○万古　長い年月。

伏羲《ふっき》・神農《しんのう》という神話上の帝王の時代からずっと、日々、時は移ってきた。親が老いると子がその跡を継ぎ、代々受け継いで今年になった。今年は庚辰の歳元禄十三年、その歳暮の夕暮れ時。おそらくはこれから長い年月が経過した後の一日一日も、只だこのような日なのであろう。

63 吾　道　　　吾《わ》が道《みち》

吾道今窮矣　　吾《わ》が道《みち》は今窮《いまきゅう》せり

万牛不可回　　万牛《ばんぎゅう》も回《めぐ》らす可《べ》からず

匡時豈無術
修補奈非才
舞罷倚長剣
詩成飛酒盃
誰披荊棘路
引我上春臺

匡時《きょうじ》豈《あ》に術《じゅつ》無《な》からんや
修補《しゅうほ》非才《ひさい》を奈《いか》んせん
舞《ま》ひ罷《や》めて長剣《ちょうけん》に倚《よ》り
詩成《しな》りて酒盃《しゅはい》を飛《と》ばす
誰《たれ》か荊棘《けいきょく》の路《みち》を披《ひら》き
我《われ》を引《ひ》いて春台《しゅんだい》に上《のぼ》さん

『紹述先生文集』巻二十二。五言律詩。韻字、回・才・盃・臺(上平声十灰)。

○**吾道**　儒者として世の中に理想を実現する道。　○**万牛**　多くの牛。唐の杜甫の「古《こ》柏行《はくこう》」詩に、「万牛《ばんぎゅう》首《こうべ》を回《めぐ》らせて丘山重《きゅうざんおも》からん」。　○**匡時**　時世を匡正する。　○**長剣**　斉の孟嘗君《もうしょうくん》の食客馮驩《ふうかん》が長鋏(長剣)を弾じて不平を鳴らした故事(『史記』孟嘗君伝)から、才を懐きながら不遇な状態にあることの喩えに用いる。唐の高適の「薊北自《けいほくよ》り帰る」詩に、「誰《たれ》か憐《あわ》れむ意《い》を得《え》ざるを、長剣独《ちょうけんひと》り帰《かえ》り来《きた》る」。　○**飛酒盃**　盛んに酒杯を挙げる。「飛觴《ひしょう》」に同じ。　○**荊棘路**　雑草が繁茂して往き来を妨げている道。道理が通用しない閉塞的な世の中の比喩。　○**春臺**　春の台《うてな》。『老子』に、「衆人《しゅうじん》は熙熙《きき》として、太牢《たいろう》を享《う》くるが如《ごと》く、春《はる》に台《だい》に登《のぼ》るが如《ごと》し」とあることから、太平の世を享受すること。

私が目ざす道は今行き詰まっている。多くの牛もそれを挽回することはできない。時世を匡正するのに方法が無いということがあろうか。しかし、補修しようにも私にその才が無いのではどうしようもない。鬱憤晴らしの舞いを終えると長い剣に寄りかかって不遇を託《かこ》ち、志を託した詩が出来上がると酒盃を盛んに干すばかりだ。誰か雑草の塞《ふさ》ぐ道を切り開き、私を春の高台の上に引き上げてくれないだろうか。

64　早春書懐

坐看園庭春意泛
料知紅紫満郊東
談玄未必解三語
巧賦無縁送五窮
求利者疲奔走路
読書人老是非中

早春《そうしゅん》、懐《おも》ひを書《しょ》す

坐《ざ》して看《み》る　園庭《えんてい》に春意《しゅんい》の泛《あまね》きを
料《はか》り知《し》る　紅紫《こうし》の郊東《こうとう》に満《み》つるを
玄《げん》を談《だん》じて未《いま》だ必《かなら》ずしも三語《さんご》を解《かい》さず
賦《ふ》を巧《たく》みにして五窮《ごきゅう》を送《おく》るに縁無《えんな》し
利《り》を求《もと》むる者《もの》は奔走《ほんそう》の路《みち》に疲《つか》れ
書《しょ》を読《よ》む人《ひと》は是非《ぜひ》の中《なか》に老《お》ゆ

拋来身計与家計
欲学浴沂曾点風

拋《なげう》ち来《きた》る　身計《しんけい》と家計《かけい》と
学《まな》ばんと欲《ほっ》す　沂《き》に浴《よく》する曾点《そうてん》の風《ふう》

『紹述先生文集』巻二十四。七言律詩。韻字、東・窮・中・風(上平声一東)。
○泛　遍く満ちる。　○紅紫　色とりどりの花の色をいう。　○郊東　東郊に同じ。町の東の郊外。　○談玄　奥深い道理を談論する。多くは老荘の奥義を談論することをいう。　○三語　晋の王戎《おうじゅう》が阮瞻《げんせん》に、「聖人は名教を貴び、老荘は自然を明らかにするが、その趣旨は異っているのだろうか」と質問したところ、阮瞻が「将無同(将《は》た同じきこと無からんや)」(はて同じで無いということがありましょうか)という三語で端的に答えたという故事(『晋書』阮瞻伝、『世説新語』文学)に拠る。　○五窮　唐の韓愈《かんゆ》の「送窮文」に見える、智窮・学窮・文窮・命窮・交窮という五つの窮鬼。災厄をもたらすものの喩え。　○是非　善と悪、あるいは正と不正。唐の白居易の「間出《かんしゅつ》」詩に、「心中是《しんちゅうぜ》非《ひ》少《すく》なし」。　○身計　我が身のためのはかりごと。我が身の処遇。　○浴沂曾点風　「沂」は川の名。曾点(曾晳)は孔子の門人。孔子が門人たちに何をしたいかと尋ねたところ、曾点が、「暮春には春服既に成り、冠者五六人・童子六七人を得て、沂に浴し、舞雩《ぶう》(雨乞いの高台)に風《ふう》して、詠じて帰らん」と答え、孔子がそれに賛同したという

『論語』先進の故事に拠る。

我が家の庭に春の気配が広がっているのを坐って眺めている。おそらく東の郊外には色とりどりの花々が咲き満ちているだろう。老荘の奥義を談論しても、儒教の聖賢の教えとの異同を端的に理解しているというわけではない。詩文を上手に作ったからといって、災厄をもたらす五つの窮鬼を送り出すことはできない。世俗的な利益を求める人は路上を駆け回ることに疲れ、書物を読む人は是非の判断の中に年老いていく。私はといえば、我が身の処遇と我が家の家計とを投げ出して、曾点が何人かの門人を連れて川で水浴びをし、雨乞いの高台で風に吹かれ、歌いながら帰りたいといったような生き方を学びたいと思っている。

65　戊子三月五日自伏見易舟到大坂

一棹沿流穿彩霞
渡頭喧雑日将斜

戊子《ぼし》三月五日《さんがついつか》、伏見《ふしみ》自《よ》り舟《ふね》を易《か》へて大坂《おおさか》に到《いた》る

一棹《いっとう》　流《ながれ》に沿《そ》ひて彩霞《さいか》を穿《うが》つ
渡《と》頭喧雑《とうけんざつ》して　日《ひ》将《まさ》に斜《なな》めならんとす

幾多人物幾多地
也有小船来売茶

幾多《いくた》の人物《じんぶつ》　幾多《いくた》の地《ち》
也《ま》た小船《こぶね》の来《きた》りて茶《ちゃう》を売る有《あ》り

『紹述先生文集』巻二十八。七言絶句。韻字、霞・斜・茶(下平声六麻)。

○戊子　宝永五年(一七〇八)、東涯三十九歳。○自伏見易舟到大坂　京都からは高瀬川を高瀬舟に乗って伏見まで下り、伏見で夕刻に三十石船という乗合船に乗り換えて淀川を大坂まで下ることをいう。○一棹　一艘の船の意。○彩霞　美しい彩りのもや、かすみ。○渡頭　渡し場。○小船　三十石船の乗客に酒食や茶菓を売る小舟。その売り声から、「くらわんか舟」と呼ばれた。

一艘の小舟に乗って、美しい春霞のなかを川の流れに沿ってやって来た。混雑した渡し場に辿りつくと、日はもう傾こうとしていた。色々な所からやって来たさまざまな人々と乗合船に同船したが、そこにまた乗客たちに茶を売る小舟が漕ぎ寄せてきた。

入江若水《いりえじゃくすい》

寛文十一年(一六七一)―享保十四年(一七二九)、五十九歳。名は兼通。字は子徹。号は若水。摂津国三島郡富田《とんだ》村の人。家は亀屋と号して代々酒造を業とし家産は豊かだったが、家業に身を入れず、破産した。商用でしばしば江戸に赴き、荻生徂徠およびその一門と交遊した。鳥山芝軒《しけん》に詩を学び、晩年は洛西嵯峨に隠棲した。詩集に『西山樵唱《せいざんしょうしょう》集《しゅう》』がある。

66 離郷

詩瓢不療貧
過墓別宗親
松菊誰為主
琴書已属人
江湖双白眼
京路一烏巾
如問生涯事
杖頭無半緡

郷《きょう》を離《はな》る

詩瓢《しひょう》　貧《ひん》を療《りょう》せず
墓《はか》に過《よ》ぎりて宗親《そうしん》に別《わか》る
松菊《しょうきく》　誰《たれ》をか主《あるじ》と為す
琴書《きんしょ》　已《すで》に人《ひと》に属《ぞく》す
江湖《こうこ》　双白眼《そうはくがん》
京路《けいろ》　一烏《いちう》巾《きん》
如《も》し生涯《しょうがい》の事《こと》を問《と》はば
杖頭《じょうとう》　半緡《はんびん》も無《な》し

『大阪府全史』三。五言律詩。韻字、貧・親・人・巾・緡(上平声十一真)。
○離郷　若水が破産して郷里富田を離れ、京都に移ったのは四十六歳の享保元年(一七一六)頃。　○詩瓢　詩稿を入れておく瓢。唐の唐球は詩稿を大きな瓢に入れておいたが、病気になった時にそれを川に投じて、「これが沈まなかったら、これを手にした者は私の詩における苦心を知るだろう」と言ったという(『唐詩紀事』唐球)。　○過墓　(郷里にあった先祖代々入江家の)墓に立ち寄る。　○宗親　一族。　○松菊　松や菊は霜に負けないことから、節操の堅い隠者の住居に植えてある植物。晋の陶潜の「帰去来の辞」に、「三径荒《さんけいこう》に就《つ》けども、松菊猶《しょうきくな》ほ存《そん》す」。　○琴書　琴と書物。文人が身近に置く調度品。　○江湖　世間。　○双白眼　両目で白眼視する。「白眼」は、晋の阮籍《げんせき》が俗物に対しては白眼を見せたという故事(『晋書』阮籍伝)から、冷淡な蔑むような目つき。　○京路　京都に向かう道。唐の白居易の「北楼にて客の上都に帰るを送る」詩に、「京路《けいろ》人帰《ひとかえ》つて天《てん》は北《きた》に直《あた》る」。　○烏巾　隠者のかぶる黒い頭巾。　○杖頭無半緡　杖の頭に半緡の銭も掛かっていない。晋の阮脩《げんしゅう》が出歩く時に百銭を杖の頭に掛けて酒代にした故事(『晋書』阮脩伝)から、酒を買うための僅かな銭を杖頭銭という。「半緡」は一緡の半分、一緡は縄に通した百文の銭なので、その半分すなわち僅かな銭。

瓢に蓄えていた詩稿では私の貧の病は治せず、墓に立ち寄って代々の一族と別れをすることになった。屋敷の庭の松や菊は、これからは誰を主人にするのであろうか。身の回りの琴や書物はもはや人のものになってしまった。世間の人々が白眼視するなか、私は黒い頭巾をかぶって京都に向かっている。もし誰かが私の生涯について問うようなことがあるならば、私の携えている杖の頭には酒を買う僅かな銭さえ掛かっていないと答えよう。

梁田《やなだ》蛻巌《ぜいがん》

寛文十二年(一六七二)—宝暦七年(一七五七)、八十六歳。名は邦彦・邦美。字は景鸞。通称は才右衛門。号は蛻巌。江戸の人。十一歳で幕府儒者の人見竹洞《ちくどう》に入門して朱子学を学び、新井白石や室鳩巣の知遇を得た。二十二歳で加賀金沢藩に仕えたが、間もなく致仕して江戸で塾を開いた。その後一時、美濃加納《かのう》藩に仕えた後、四十八歳の享保四年(一七一九)に播磨明石藩に出仕して明石に住んだ。詩を能くし、新井白石・祇園南海《ぎおんなんかい》・秋山玉山《ぎょくざん》とともに正徳四家《しょうとくしか》の一人に数えられた。詩文集に『蛻巌集』などがある。

67　行薬晩歩江上

蒼旻夕靄収
島嶼増明媚
白鳥翔青林
歴歴可入眥
残霓跨津亭
缺月臨巌寺
沙路蓬蒿分
風渚楊葉墜
爽気一身軽
曳杖過南涘
辟諸林下人
游息疢乃已
帰臥背秋燈

行薬《こうやく》、晩《ばん》に江上《こうじょう》を歩《あゆ》む

蒼旻《そうびん》　夕靄《せきあい》収《おさ》まり
島嶼《とうしょ》　明媚《めいび》を増《ま》す
白鳥《はくちょう》　青林《せいりん》に翔《かけ》り
歴歴《れきれき》として眥《まなじり》に入《い》る可《べ》し
残霓《ざんげい》　津亭《しんてい》に跨《またが》り
欠月《けつげつ》　巌寺《がんじ》に臨《のぞ》む
沙路《さろ》　蓬蒿分《ほうこうわか》れ
風渚《ふうしょ》　楊葉墜《ようようお》つ
爽気《そうき》　一身軽《いっしんかる》く
杖《つえ》を曳《ひ》いて南涘《なんし》を過《す》ぐ
諸《これ》を辟《たと》ふれば　林下《りんか》の人《ひと》の
游息《ゆうそく》　疢乃《やまいすなわ》ち已《や》む
帰臥《きが》　秋燈《しゅうとう》に背《そむ》き

無復老驥志
陸沈堪養生
何必問荷蕢

復《ま》た老驥《ろうき》の志《こころざし》無《な》し
陸沈《りくちん》 生《せい》を養《やしな》ふに堪《た》へたり
何《なん》ぞ必《かなら》ずしも荷蕢《かき》を問《と》はん

『蛻巌集』巻一。五言古詩。韻字、媚・眥・寺・墜・涘・已・志・蕢（去声四寘と上声四紙の支部通押）。

○**行薬**　飲んだ薬を体に行き渡らせるため散歩すること。　○**江上**　川のほとり。　○**蒼旻**　青空。　○**眥**　目じり。　○**残霓**　消え残りの虹。　○**津亭**　渡し場の小屋。　○**巌寺**　岩山に建てられた寺。　○**沙路**　砂地の路。　○**蓬蒿**　よもぎの生えた草むら。　○**風渚**　風の吹いている水辺。　○**南涘**　南の水際。　○**辟**　喩える。　○**林下人**　隠逸した人。隠者。　○**疢**　病気。　○**老驥**　年老いた駿馬。転じて、年老いた英雄。三国魏の曹操の「歩出夏門行」に、「老驥《ろうき》は櫪《れき》に伏《ふ》するも、志《こころざし》は千里《せんり》に在《あ》り、烈士《れっし》は暮年《ぼねん》にして、壮心已《そうしんや》まず」とあることから、英雄は年老いても志を持ち続けることを踏まえていう。　○**陸沈**　俗世間に紛れて隠遁生活をすること。『荘子』則陽の郭象《かくしょう》注に、「人中の隠者、水無くして沈むに喩ふるなり」。　○**荷蕢**　蕢《あじか》（土などを運ぶ籠）を荷《にな》うこと。『論語』憲問に、孔子が磬《けい》という楽器をたたいていると、蕢を荷って孔子の家の前を通り過ぎる男がいた。この男は孔子のたたく磬の音色を評して、世間の評価など気にする必要はないと教え、孔子もそれに賛同したという。朱熹は『集注《しっちゅう》』において、「此の蕢を荷ふ者も亦た隠士なり」と注した。

青空にかかっていた夕靄《ゆうもや》が消えると、島々はいっそう美しさを増した。白い鳥が緑の林を飛び回っているのを、はっきりと視界に入れることができる。消え残りの虹は渡し場の小屋を跨ぐように懸り、欠けた月は岩山の寺を見下ろしている。よもぎの生える野原を分けるかのように一筋の砂地の道が通り、水辺に生える楊《やなぎ》は風に吹かれて葉を落している。爽やかな空気に包まれて身体が軽くなり、杖を手に南の水際《みぎわ》を歩いていく。これは喩えて言えば、隠者が気ままにくつろぐことで病気を治すようなものである。家に帰って秋の夜の灯火に背を向けて横になると、英雄が老いてなお持つという志など自分にはもうないことに気づいた。俗世間に紛れて隠れ住んでいれば、生きていくには十分だ。世間が自分をどう評価しているかを、何も蕢《あじか》を荷《にな》う者に尋ねる必要はない。

68　賦得夢帰郷

夢《ゆめ》に郷《きょう》に帰《かえ》るを賦《ふ》し得《え》たり

海上飄零久不帰
夢魂一夜逐雲飛
仙人剪竹成青舸
神女縫花作錦衣
落日深煙迷駅路
西風枯柳認柴扉
北堂鶴髪醒猶在
泣向残燈問断機

海上《かいじょう》に飄零《ひょうれい》して久《ひさ》しく帰《かえ》らず
夢魂《むこん》　一夜《いちや》　雲《くも》を逐《お》ひて飛《と》ぶ
仙人《せんにん》は竹《たけ》を剪《き》りて青舸《せいか》と成《な》し
神女《しんにょ》は花《はな》を縫《ぬ》ひて錦衣《きんい》と作《な》す
落日《らくじつ》　深煙《しんえん》　駅路《えきろ》に迷《まよ》ひ
西風《せいふう》　枯柳《こりゅう》　柴扉《さいひ》を認《みと》む
北堂《ほくどう》の鶴髪《かくはつ》　醒《さ》めて猶《な》ほ在《あ》り
泣《な》いて残燈《ざんとう》に向《む》かひて断機《だんき》を問《と》ふ

『蛻巌集』巻三。七言律詩。韻字、帰・飛・衣・扉・機（上平声五微）。
○**賦得夢帰郷**　「夢の中で故郷に帰る」という詩題で詠んだ、題詠の詩。　○**海上**　海辺。
○**夢魂**　夢を見ている魂。古くは、眠っている時、魂は肉体から遊離するとされた。
○**剪竹成青舸**　「青舸」は青雀舫《せいじゃくほう》、鷁首《げきしゅ》の船（鷁という水鳥を船首に彫刻した船）で、転じて美しく飾られた船をいう。竹を切って船を造ることは、『山海経』に「衛丘《えいきゅう》の田に竹有り。大きさ船を為《つく》る可し」（『淵鑑類函』所引）とある。　○**錦衣**　美しい衣服。　○

西風　秋風。五行説で、秋は西にあたる。○柴扉　粗末な戸。○北堂　母。○鶴髪　白髪。○残燈　夜明け方の消えかかった灯火。○断機　織機を断ち切る。孟子が学問を途中でやめて帰った時、孟子の母が学問を途中でやめるのは、織りかけの機を断ち切るようなものだと言って孟子を戒めたという故事(『列女伝』)に拠る。

海辺の地に漂い落ちぶれている私は久しく帰郷していない。ある夜、夢の中で遊離した私の魂が雲を追いかけて飛んでいった。その時、仙人は私の夢魂の乗物として竹を切って美しい船を造ってくれ、仙女は私が故郷に錦を飾れるように花を縫って美しい衣を仕立ててくれた。日が沈む頃、深い靄で道に迷ったが、秋風が吹くなか、葉を落した柳が生えている粗末な戸口を見つけた。その時、夢で見た母の白髪は、夢から覚めてもまだ私の眼《まなこ》に残っていた。そこで私は夜明け時の消えかかった灯火に向かって泣きながら問い質した。学問を成就しても、こうして故郷を離れて落ちぶれた境遇にいるくらいなら、どうしてあなたは織機を断ち切るようなことをしてまで、私が学問を途中でやめることを戒めたのかと。(こんなことなら、途中で学問をやめた方が良かったのではなかったか。)

69　九日　元禄中在東都作

琪樹連雲秋色飛
独憐細菊近荊扉
登高能賦今誰是
海内文章落布衣

九日《ここのか》　元禄中《げんろくちゅう》、東都《とうと》に在《あ》りしときの作《さく》

琪樹《きじゅ》　雲《くも》に連《つら》なりて　秋色《しゅうしょく》飛《と》ぶ
独《ひと》り憐《あわ》れむ　細菊《さいぎく》の荊扉《けいひ》に近《ちか》きを
高《たか》きに登《のぼ》りて能《よ》く賦《ふ》すは　今誰《いまたれ》か是《こ》れなる
海内《かいだい》の文章《ぶんしょう》　布衣《ふい》に落《お》つ

『蛻巌集』巻四。七言絶句。韻字、飛・扉・衣(上平声五微)。

○**九日**　陰暦九月九日。重陽《ちょうよう》の節句。菊の節句ともいう。中国ではこの日、茱萸《しゅゆ》を携えて高い丘に登り、菊花酒を酌んで邪気を払い、長寿を祈った。　○**元禄中在東都**　元禄六年(一六九三)加賀金沢藩を致仕した蛻巌は、以後しばらく江戸で塾を開いて生活した。徳田武『梁田蛻巌　秋山玉山』(江戸詩人選集第二巻)によれば、この時期、蛻巌は幕府大学頭林家に入門を願ったが許されなかった。それへの憤懣と自負の情がこの「九日」詩には託されているという。　○**琪樹**　美しい木。雲に連なる琪樹という表現は、幕府の上層部と繋がる幕府儒者林家の比喩でもある。唐の白居易の「帰田三首」詩その一に、「金門入る可からず、琪樹何に由りてか攀ぢん」。　○**秋色**　秋の景色。秋の気配。　○**飛**　飛散する。　○**独憐**　「独」は、ただ、もっぱら。「憐」は、心が惹かれる、いつくしむ。唐の韋応物の「滁州《じょしゅう》の西澗《せいかん》」(『三体詩』にも収める)詩に、「独《ひと》り憐《あわ》れむ幽草《ゆうそう》の澗《かん》辺《べん》に生《しょう》ずるを」。○細菊　小さな菊の花。蛻巌自身の暗喩でもある。○荊扉　いばらの扉。転じて、貧しい住まい。○登高能賦　「登高」は、高い所に登るという一般的な行為でもあるが、重陽の節句に行なう儀式でもある。また『漢書』芸文志に、「伝に曰く、歌はずして誦す、之を賦と謂ふ。高きに登りて能く賦す、以て大夫と為す可し」とあるように、高いところに登って賦を作るのは、政治を担当する大夫の必備すべき能力とされた。○海内文章　国内の詩文。唐の杜甫の「暮春、李尚書・李中丞に陪して鄭監の湖亭に過《よ》ぎり舟を泛ぶ」詩に、「海内文章《かいだいぶんしょう》の伯《はく》」。○布衣　庶民の着る布製の衣服。転じて、無位無官の庶民。

美しい木が雲に届くように聳える高位高官の住まいのあたりには、秋の気配が漂っている。しかし、私がひとえに心を惹かれるのは、粗末な我が陋屋の近くに生えている小さな菊の花だ。重陽の節句に、高い丘に登って詩を賦するのは身分の高い人に求められる才能だが、今の高位高官の中にいったいそんな人がいるだろうか。この国の中で勝れた詩文を作る才能は、(私のような)無位無官の庶民のなかにこそ存在しているのだ。

70　己未除夕

五噫一自出東関
吏隠誰知有灞山
襟帯猶餘蘿薜色
闔幃肯対蕣華顔
駅亭暮景征夫急
海島寒雲飛鳥還
懶頌椒盤迎献歳
且将残喘寓人間

己未除夕《きびじょせき》
五噫《ごい》　一《ひと》たび東関《とうかん》を出《い》でし自《よ》り
吏隠《りいん》　誰《たれ》か知《し》らん　灞山《はざん》有《あ》るを
襟帯《きんたい》猶《な》ほ余《あま》す　蘿薜《らへい》の色《いろ》
闔幃《けいい》肯《あえ》て対《むか》はんや　蕣華《しゅんか》の顔《かお》
駅亭《えきてい》の暮景《ぼけい》　征夫《せいふ》急《きゅう》に
海島《かいとう》の寒雲《かんうん》　飛鳥《ひちょう》還《かえ》る
椒盤《しょうばん》を頌《しょう》して献歳《けんさい》を迎《むか》ふるに懶《ものう》し
且《しばら》く残喘《ざんぜん》を将《も》つて人間《じんかん》に寓《ぐう》せん

『蛻巌集後編』巻二。七言律詩。韻字、関・山・顔・還・間(上平声十五刪)。
○己未　元文四年(一七三九)、蛻巌六十八歳。　○除夕　大晦日の夜。除夜。　○五噫　後漢の梁鴻《りょうこう》は、覇陵山で隠遁生活をしていたが、ある時、東方の函谷関を出て都に立ち寄り、所懐を託した「五噫の歌」(五句からなる歌で、各句末に詠嘆を表わす噫《ああ》の字を用いた)を作った(『後漢書』梁鴻伝)。　○東関　『後漢書』梁鴻伝には、「東のかた関《かん》を出でて京師に過《よ》ぎる」とあって函谷関を指すが、蜺巌のこの詩では箱根の関所を指す。○吏隠　低い官職について、隠者のようにして役人勤めをすること。この詩を詠んだ時、蜺巌は明石藩儒として三十人扶持を給されていた。　○灞山　覇山に同じ。覇山は覇陵(陝西省西安市の山)で、出関以前の梁鴻が妻の孟光とともに隠棲した場所。　○襟帯　襟と帯で、衣服をいう。　○蘿薜　つたかずら。『楚辞』九歌・山鬼に、「山の阿《くま》に人有るが若《ごと》し。薜茘《へいり》を被《かず》き、女蘿《じょら》を帯びたり」などとあることから、山中に隠れ住む人の装い。　○閨幃　寝室の帷《とばり》。寝室の中の意。　○蕣華顔　木槿《むくげ》の花のような顔。美貌をいう。『詩経』鄭風・有女同車に、「女《むすめ》有《あ》りて車《くるま》を同《おな》じくす、顔《かお》は舜華《しゅんか》の如《ごと》し」。「舜華」は、「蕣華」に同じ。この一句は、梁鴻の妻の孟光は醜女であったが、夫梁鴻の価値を認め、粗末な着物を着て家事にいそしんだ。それを見た梁鴻が大いに喜んで、「此《こ》れ真《まこと》の梁鴻が妻なり」といったという故事(『後漢書』梁鴻伝)を踏まえている。　○暮景　夕暮れの景色。また、夕陽。　○征夫　旅人。　○頌　ことほぐ。　○椒盤　新年を祝う酒肴。元日に椒酒を盤に入れて勧めたことによる。宋の楊万里の「丙申の歳朝」詩に、「椒盤《しょうばん》又《ま》た頌《しょう》す一年《いちねん》の初《はじめ》」。　○献歳　正月元日。　○残喘　死にかかっている命。余命。

詠嘆の情を吐露して箱根の関所を出て以来、下っ端役人を長く勤めている私に、山中に隠遁したいという気持があることなど誰も知らない。私の身なりにはそれでもかつての隠者風のところが残っており、私の志を理解して家事にいそしんでくれる良妻もいるので、敢えて寝室の中で美女に向き合いたいなどとは思わない。街道の宿場では夕陽に照らされて旅人が先を急ぎ、海上の島を覆う寒々とした雲に向かって塒《ねぐら》に還る鳥が飛んでいく。とりあえずは余命をこの人間世界に預けておこうと思っている私にとって、新年を祝う酒肴を前に元日を迎えるというのは懶いことだ。

71　秋夕泛琵琶湖二首

湖北湖南暮色濃
停篙回首問孤松
滄波両岸秋風起
吹送叡山雲裏鐘

秋夕《しゅうせき》、琵琶湖《びわこ》に泛《うか》ぶ二首《にしゅ》（その一）
湖北《こほく》　湖南《こなん》　暮色濃《ぼしょくこま》やかなり
篙《さお》を停《とど》めて首《こうべ》を回《めぐ》らし　孤松《こしょう》を問《と》ふ
滄波《そうは》　両岸《りょうがん》　秋風起《しゅうふうお》こり
吹《ふ》き送《おく》る　叡山《えいざん》　雲裏《うんり》の鐘《かね》

『蜺巌集後編』巻三。七言絶句。韻字、濃・松・鐘（上平声二冬）。

○泛　舟を浮かべる。　○暮色　夕暮れの気配。　○篙　舟を進める棹《さお》。　○孤松　一本松。琵琶湖の南西岸にある唐崎(現、滋賀県大津市)の一つ松。歌枕として、また景勝地として名高く、この松に降る夜の雨は「唐崎の夜雨」と呼ばれ、琵琶湖八景の一つ。○両岸秋風　琵琶湖の東岸・西岸に吹き渡る秋風。明の倫以訓の「海珠寺」詩に、「両《りょう》岸《がん》の秋風白蘋を吹く」。また服部南郭の「夜、墨水を下る」詩に、「両《りょう》岸《がん》の秋風《しゅうふう》二州《にしゅう》を下《くだ》る」。　○叡山　比叡山。琵琶湖の西南、京都市と大津市との間にある山。延暦寺がある。

北も南も湖には夕暮れの気配が濃くなった。湖に浮かべた舟の棹を止め、岸の方に振り向いて、唐崎の一本松はどこかと問うた。両岸に秋風が吹き始め、青々とした湖面が波立つと、雲の彼方《かなた》から比叡山の鐘の音が吹き送られて来た。

売《ばい》茶《さ》翁《おう》

延宝三年(一六七五)—宝暦十三年(一七六三)、八十九歳。法諱は元昭《げんしょう》、道号は月海《げっかい》。売茶翁は通称。還俗後は、高《こう》を姓とし、遊外《ゆうがい》と号した。肥前国蓮池《はすいけ》に藩医の子として生まれた。十二歳頃、蓮池の龍津寺《りゅうしんじ》の化霖道龍《けりんどうりゅう》について出家し、宇治の黄檗山万福寺《おうばくさんまんぷくじ》で独湛《どくたん》性瑩《しょうけい》に学んだ。いったんは帰郷したが、師化霖の没後、享保九年(一七二四)上洛、享保二十年(一七三五)頃より茶を売って生活するようになった。寛保二年(一七四二)還俗した。茶と禅の境地を偈語《げご》に託した『売茶翁偈語』がある。

72　夏日松下煮茶

独愛清間夏日長
千株松下石炉香
人間炎熱復何到
洞裏風光豈是望
水択麗泉汲音羽
茶烹唐製自家郷
此生尤喜脱煩累
世上笑吾心転狂

夏日《かじつ》、松下《しょうか》に茶《ちゃ》を煮《に》る

独《ひと》り愛《あい》す　清間《せいかん》　夏日《かじつ》の長《なが》きを
千株《せんしゅ》の松下《しょうか》　石炉《せきろ》香《かんば》し
人間《じんかん》の炎熱《えんねつ》　復《ま》た何《なん》ぞ到《いた》らん
洞裏《どうり》の風光《ふうこう》　豈《あ》に是《こ》れ望《のぞ》まんや
水《みず》は麗泉《れいせん》の音羽《おとわ》に汲《く》むを択《えら》び
茶《ちゃ》は唐製《とうせい》の家郷《かきょう》自《よ》りするを烹《に》る
此《こ》の生《せい》　尤《もっと》も喜《よろこ》ぶ　煩累《はんるい》を脱《だっ》するを
世上《せじょう》　笑《わら》ふ　吾《わ》が心《こころ》の転《うた》た狂《きょう》するを

『売茶翁偈語』。七言律詩。韻字、長・香・望・郷・狂（下平声七陽）。
○**松下**　売茶翁は、京都の三十三間堂前の松林に茶道具を担っていき、茶を売った。○**清間**　清々しくもの静かなこと。○**夏日長**　夏の日は昼の時間が長いこと。唐の白居易の「麦を刈るを観る」詩に、「但《た》だ夏日《かじつ》の長《なが》きを惜《お》しむ」。○**石炉**　石で組んだ炉。○**人間炎熱**　人間世界の酷暑。また「炎熱」は、煩悩の熱に煽られた暑苦しさの比喩でもある。○**洞裏風光**　洞穴の中の風光。「洞」は「洞天」で、人間世界とは別の仙人の住む美しい場所。○**麗泉**　美味しい水の湧き出すところ。○**音羽**　京都清水寺の奥の院付近の滝。名水として名高かった。「音羽の滝…水極めて滝冷《りょうれい》たり。拾芥抄《しゅうがいしょう》に、いはゆる五名水の一なり」（『花洛名勝図会』）。○**唐製**　中国製の茶葉。○**家郷**　故郷。○**煩累**　世俗的な煩わしさ。

千本もの松が生える松林に、石組みの炉で煮る茶の香りが漂う。そんな清々しく静かな長い夏の日を、私は独り好ましく思う。ここには人間世界の酷暑がやってくることはないので、仙人の住む洞穴の中の風光を羨ましいと思うこともない。茶を煮るには、名水である音羽の滝の水を選んで汲み、茶葉は故郷の肥前から中国産を取り寄せている。こうした生き方をして、世俗の煩わしさを免れているのが、私にはもっとも嬉しいことなのだ。私の心がいよいよ世俗の常識から外れるようになったのを、世間では笑っているのだけれど。

祇《ぎ》園《おん》南《なん》海《かい》

延宝四年(一六七六)—寛延四年(一七五一)、七十六歳。姓を修して阮。名は瑜。字は伯玉。通称は與一郎。号は南海。和歌山藩医祇園順庵の長男。十四歳の元禄二年(一六八九)江戸で木下順庵に入門し、詩才を発揮した。父の没後、家督を継いで和歌山に移住したが、二十五歳の元禄十三年(一七〇〇)放蕩無頼のため城下追放となり、十年にわたり紀州長原村に謫された。三十五歳の宝永七年(一七一〇)に赦免されて藩儒に復帰し、藩の経学を司った。詩画を能くし、影写説という詩の表現法を提唱した。詩文集に『南海先生文集』『南海先生後集』、詩論に『詩学逢原《ほうげん》』、評釈に『明詩俚評《みんしりひょう》』などがある。

73 老矣行

日居月諸何奔軼
老矣吾且蔵我拙

老《ろう》矣《い》行《こう》

日《ひ》や　月《つき》や　何《なん》ぞ奔軼《ほんいつ》する
老《お》いたり　吾《われ》は且《しばら》く我《わ》が拙《せつ》を蔵《かく》さん

誰使吾耳夜波濤
誰使吾髪夏霜雪
左不記右七誤八
六神三魂招無訣
雞皮鶴骨魋其面
汝寧献媚孰為悦
老壮之言固妄談
我不与容猶氷熱
東隣妖嫗尚効顰
夜買燕脂佩雞舌」
五十無聞可以已
嗚呼老賊聖所罪
君不見廉将軍使者笑
一飯之間三遺屎

誰《たれ》か吾《わ》が耳《みみ》をして夜《よる》に波濤《はとう》なら使《し》む
誰《たれ》か吾《わ》が髪《かみ》をして夏《なつ》に霜雪《そうせつ》なら使《し》む
左《ひだり》　右《みぎ》を記《き》せず　七《しち》　八《はち》を誤《あやま》る
六神《ろくしん》　三魂《さんこん》　招《まね》くに訣《けつ》無《な》し
雞皮《けいひ》　鶴骨《かくこつ》　其《そ》の面《かお》を魋《みにく》くし
汝寧《なんじむし》ろ媚《こび》を献《けん》ずるも　孰《たれ》か悦《よろこ》びを為《な》さん
老《お》いて壮《さか》んなるの言《げん》は固《まこと》に妄談《もうだん》
我《われ》は与《とも》に容《い》れず　猶《な》ほ氷熱《ひょうねつ》のごとし
東隣《とうりん》の妖嫗《ようおう》　尚《な》ほ顰《ひそみ》に効《なら》ひ
夜《よる》　燕脂《えんじ》を買《か》ひて雞舌《けいぜつ》を佩《お》ぶ
五十《ごじゅう》　聞《きこ》ゆる無《な》くんば　以《もっ》て已《や》む可《べ》し
嗚呼《ああ》　老賊《ろうぞく》は聖《ひじり》の罪《つみ》する所《ところ》
君見《きみみ》ずや　廉将軍《れんしょうぐん》　使者《ししゃ》の笑《わら》ふを
一飯《いっぱん》の間《かん》　三《み》たび遺屎《いし》すと

『南海先生文集』巻一。七言古詩。韻字、軼・拙・雪・訣・悦・熱・舌（入声九屑）」已・罪・屎（上声四紙と上声十賄の通押）。

○**老矣行**　「老矣」は、老いたり。「行」は、歌。すなわち、老いたりと我が身の老を嘆く歌。○**日居月諸**　「居」と「諸」は語調を整える助辞。『詩経』邶風・日月に、「日《ひ》居《や》月《つき》諸《や》、東方《とうほう》自《よ》り出《い》づ」。○**奔軼**　走り逃げる。○**六神**　心臓・肺臓・肝臓・腎臓・脾臓・胆臓という六臓を主宰する神。○**三魂**　人の心にある三つの霊魂。台光・爽霊・幽精をいう。○**訣**　奥の手。方法。○**雞皮**　老人の皺だらけの皮膚の喩え。北周の庾信の「竹杖の賦」に、「鶴髪雞皮」。○**鶴骨**　老人の痩せて骨張ったさま。○**魋**　醜に同じ。○**老壮**　老いて壮《さか》ん。『後漢書』馬援伝に、「丈夫は志を為さんこと、窮して当に益《ますま》す堅かるべく、老いて当に益《ますま》す壮んなるべし」。○**妄談**　嘘《うそ》の話。偽りの言葉。○**氷熱**　相容れないことの喩え。○**妖嫗**　色っぽい老女。○**効顰**　美人でもない女が、美女の身ぶりをまねすること。越の美女西施《せいし》が病のため眉を顰めたさまが美しいというので、醜女がそのまねをしたら、それを見た人が逃げ去ったという故事（『荘子』天運）による。○**燕脂**　化粧に用いる紅色《べにいろ》の顔料。○**雞舌**　香の一種。雞舌香の略。その形が鶏の舌に似ていることからいう。丁子香。○**五十無聞可以已**　『論語』子罕に、「四十五十にして聞ゆる無くんば、斯《こ》れ亦た畏るるに足らざるのみ」。○

老賊　老いを罵っていう言葉。　**○聖**　聖人。孔子をいう。『論語』憲問に、「老いて死せず。是を賊と為す。杖を以て其の脛《はぎ》を叩《う》つ」。　**○廉将軍**　春秋時代の趙の将軍廉頗《れんぱ》。廉頗は年老いてもなお趙に用いられようとして、趙の使者と面会して壮健さを示したが、使者は還って趙王に、「廉将軍は老いてなおよく食べて元気でしたが、面会の間、三度も手洗いに立ちました」と報告したので、趙王は廉頗の老化が進んだことを知って召さなかったという(『史記』廉頗伝)。　**○遺屎**　『史記』の一本には「遺矢《いし》」。大小便をする。

年月というものは、どうして逃げるように過ぎ去ってしまうのであろうか。私は老いてしまったが、とりあえずは自分の拙さを隠したい。いったい誰が夜になると私の耳に波濤のような耳鳴りをもたらすのであろうか。いったい誰が夏なのに私の髪を霜雪のような白髪にするのであろうか。左と右を取り違え、七と八の数を間違うようになった。心身の健全さを維持しようと、内蔵を司る六神と心にある三つの魂を招き寄せておこうと思うが、そのすべがない。鶏の皮のような皺だらけの皮膚と、鶴のように骨張ったさまは顔を醜くしており、お前が媚を示してもいったい誰が悦ぼうか。老いて壮んだという言葉はまことに嘘っぱちである。氷と熱が相容れないように、私はその言葉を容認できない。東隣に住む色気を忘れない老女が若い美女のまねをして、夜になるとこっそり紅を買い、香を身につけているようなものだ。

五十歳になっても世間に知られないなら、もう名声を得るのは諦めるべきだ。ああ、老いて生きながらえるということは聖人孔子が罪としたところである。あなたは知っているだろう、老いた廉頗《れんぱ》将軍が会食の間に三度も手洗いに立ったので、趙の使者が嘲笑《あざわら》ったということを。

74　哭筑州使君白石井先生五首

吾尚青年公壮夫
忘年交誼与人殊
看君先是一鳴鳳
目我曽為千里駒
易水風寒秋撃筑
鄴都月満夜叩壺

筑州使君白石井先生《ちくしゅうしくんはくせきせいせんせい》を哭《こく》す五首《ごしゅ》（その三）

吾《われ》は尚《な》ほ青年《せいねん》　公《こう》は壮夫《そうふ》
忘年《ぼうねん》の交誼《こうぎ》　人《ひと》と殊《こと》なる
君《きみ》を看《み》るに先《ま》づ是《こ》れ一鳴鳳《いちめいほう》
我《われ》を目《もく》して曽《かつ》て千里駒《せんりく》と為《な》す
易水《えきすい》　風寒《かぜさむ》くして　秋《あき》に筑《ちく》を撃《う》ち
鄴都《ぎょうと》　月満《つきみ》ちて　夜《よる》に壺《こ》を叩《たた》く

自是四海知音尽
更向何人投暗珠

自《おの》づから是《こ》れ　四海《しかい》　知音《ちいん》尽く
更《さら》に何人《なんびと》に向《むか》ひて暗珠《あんしゅ》を投《とう》ぜん

『南海先生文集』巻三。七言律詩。韻字、夫・殊・駒・壺・珠(上平声七虞)。
○哭　死者を弔って声を挙げて泣く。○筑州使君白石井　新井白石。「筑州使君」は、筑後守。白石は五十五歳の正徳元年(一七一一)に従五位下筑後守に叙せられた。白石が没したのは六十九歳の享保十年(一七二五)。○忘年交誼　年齢差を問題にしない交際。白石は南海より二十歳の年長だが、同じ木下順庵門下として親しく交遊した。また、幕府の儒者であった白石は、不行跡のため和歌山藩内の寒村に貶謫《へんたく》された南海を救おうと尽力し、そのお蔭で南海は赦されて和歌山藩儒に復帰できたという。○鳴鳳　伝説の瑞鳥である鳳凰が鳴くこと。『詩経』大雅・巻阿の「鳳凰鳴《ほうおうな》けり、彼《か》の高岡《こうこう》に」から、賢者の比喩。○千里駒　年少で才能の勝れている者の比喩。○易水　河北省の川の名。戦国時代、燕の太子《たいし》丹《たん》が、秦の始皇帝を殺すための刺客荊軻《けいか》を見送った所。その時、「高漸離《こうぜんり》、筑を撃ち、荊軻、和して歌ひ、変徴《へんち》の声(悲壮な音調)を為す。士皆な涙を垂れて涕泣す。又た前《すす》みて為に歌ひて曰く、風蕭蕭として易水寒し。壮士一たび去つて復た還らず」(『史記』荊軻伝)という。なお、白石には「易水の別」(『白石先生餘稿』巻三)

と題する七言古詩がある。　○**撃筑**　「筑」は、琴に似た楽器で、竹で打ち鳴らす。○**鄴都**　春秋時代に斉の桓公が都を築き、後に三国魏の都が置かれた。ここは、幕府の置かれた江戸を指す。　○**叩壺**　唾壺《だこ》(唾を吐き入れる壺)を叩いて、心中の鬱憤や激情を晴らす。晋の王敦は酒を飲むと歌詠し、如意《にょい》で唾壺を打つと、唾壺の口が尽《ことごと》く欠けたという故事(『世説新語』豪爽)に拠る。　○**四海**　天下。　○**知音**　心の底まで知り合った友。春秋時代、鍾子期《しょうしき》は伯牙《はくが》のひく琴の音色で伯牙の心中を理解した。鍾子期が死ぬと伯牙はもう自分の琴の音を知る者はいなくなったと言って、琴の絃を切ったという伯牙絶絃の故事(『蒙求』)に拠る。　○**暗珠**　「明珠」(明るく輝く玉、転じて優れた詩文の比喩)の対語として南海が造語した言葉か。つまり、輝きのない玉、転じて、謙遜の意味を込めた自分の不出来な詩文の比喩。

出会った時、私はまだ青二才で、あなたは男盛りでした。年齢を超越した交誼を結ぶようになった私たちの関係は、世間一般の付き合いとは違っていました。私はあなたを見るなりまず賢者だと思いましたが、あなたはかつて私を才能ある若者だと見てくれました。昔、荊軻《けいか》が寒風の吹く易水の畔で筑に和して歌ったように、私たちも悲壮な思いを楽器の演奏に託したものでした。また、かつて満月に照らされて王敦が酒を飲み歌詠して唾壺を叩いたように、私たちは江戸の町で夜に壺を叩いて鬱憤を晴らしたものでした。あなたが亡くなって、この世界に私のことを心底理解してくれる人はいなくなりました。これからは私の輝きに乏しい出来の悪い詩文を、いったい誰に寄せればよいのでしょうか。

75　村居積雨

独坐青樽誰共同
夏山滴翠石榴紅
村家燕乳麦秋後
田水蛙鳴梅雨中
詩与窮愁如有約
薬於貧病竟無功
柴門客少旬空浹
添得莓苔半径濃

村居積雨《そんきょせきう》

独《ひと》り坐《ざ》して　青樽《せいそん》　誰《たれ》と共《とも》にか同《おな》じうせん
夏山《かざん》は翠《みどり》を滴《したた》らせ　石榴《せきりゅう》は紅《くれない》なり
村家《そんか》　燕《つばめ》は乳《にゅう》す　麦秋《ばくしゅう》の後《のち》
田水《でんすい》　蛙《かえる》は鳴《な》く　梅雨《ばいう》の中《なか》
詩《し》は窮愁《きゅうしゅう》と約《やく》有《あ》るが如《ごと》く
薬《くすり》は貧病《ひんびょう》に於《お》いて竟《つい》に功無《こうな》し
柴門《さいもん》　客少《きゃくま》れにして旬空《じゅんむな》しく浹《めぐ》り
添《そ》へ得《え》たり　莓苔《ばいたい》の半径《はんけい》に濃《こ》きを

『南海先生後集』。七言律詩。韻字、同・紅・中・功（上平声一東）と濃（上平声二冬）の通押。

○**村居**　村の住まい。和歌山藩内の長原村（現、和歌山県紀の川市貴志川町）で謫居生活をしていた時の住まいか。　○**積雨**　長雨。　○**青樽**　酒を盛った酒杯。酒の異称が「緑蟻」なので、こういう。「樽」は、「尊」と同じで酒杯。明の張元凱の「独坐」詩に、「独《ひと》り坐《ざ》して青樽《せいそん》に対《たい》す」。　○**石榴**　ザクロ。初夏に紅い花を咲かせる。　○**燕乳**　燕が雛を育てる。宋の陸游の「五月初め病体益《ますま》す軽く、偶《たま》ま書す」詩に、「又《ま》た逢《あ》ふ燕乳《えんにゅう》麦秋《ばくしゅう》の時《とき》」。　○**麦秋**　麦が実り熟する初夏の頃をいう。　○**窮愁**　困窮による愁い。長原村での南海の生活は、『祇園家譜』に「窮甚だしく、村閭《そんりょ》の習字の師と為りて以て自活す。夜は灯を点《とも》すこと能はず。記する所を暗誦して、偶《たま》ま遺忘する所有れば、線香を焚いて書を照らす」と記されているように困窮したものだった。　○**貧病**　貧乏という病気。　○**旬**　十日間。　○**浹**　一回りする。　○**柴門**　柴で作った粗末な門。むさくるしい住まい。　○**莓苔**　こけ。　○**半径濃**　門と家屋との間の庭の小径の片側半分だけ、苔が濃く生える。客の来訪を待って門と家屋との間をしばしば往復するので、自分の歩く小径の片側に苔は生えないが、客は少《ま》れなので客の歩く片側には苔が濃く生えるのである。

独り酒杯を前にして坐っているが、酒杯を共にする人は誰もいない。夏山は滴るような緑に覆われ、ザクロは紅い花を咲かせている。麦の実る初夏が過ぎる頃、村の家では軒下で燕が子育てをし、雨の降り続く梅雨時、田んぼの水の中では蛙が鳴いている。詩を作ることと困窮の愁いとは約束しているかのように相関関係があるが、貧乏という病気には結局のところ効き目のある薬はない。我が陋屋の門を訪れる客は稀れで、もう十日間も空しく過ぎ、門と家屋とをつなぐ庭の小径の片側半分だけ、苔がますます濃くなった。

76

戊戌十月十一日夜、夢与雨伯陽遊山寺、朝鮮李東郭亦至、茶談移時、語及嘆老、予因賦一絶、李和将成、已覚矣、予詩寤而記之

戊戌十月十一日《ぼじゅつじゅうがつじゅういちにち》の夜《よる》、夢《ゆめ》に雨伯陽《うはくよう》と山寺《やまでら》に遊《あそ》ぶ。朝鮮《ちょうせん》の李東郭《りとうかく》も亦《ま》た至《いた》る。茶談《さだん》して時《とき》を移《うつ》し、語《ご》、老《おい》を嘆《なげ》くに及《およ》ぶ。予《よ》因《よ》つて一絶《いちぜつ》を賦《ふ》す。李《り》、和《わ》して将《まさ》に成《な》らんとして、已《すで》に覚《さ》めたり。予《よ》が詩《し》、寤《さ》めて之《これ》を記《しる》す

別後空吟唱和詩

別後《べつご》空《むな》しく吟《ぎん》ず　唱和《しょうわ》の詩《し》

清風明月遠相思
再逢山寺石苔上
一榻茶烟遶髩絲

清風《せいふう》　明月《めいげつ》　遠《とお》く相思《あいおも》ふ
再《ふたた》び逢《あ》ふ　山寺《やまでら》　石苔《せきたい》の上《うえ》
一榻《いっとう》　茶烟《ちゃえん》　髩糸《びんし》を遶《めぐ》る

『南海先生後集』。七言絶句。韻字、詩・思・絲(上平声四支)。

○戊戌　享保三年(一七一八)、南海四十三歳。　**○雨伯陽**　雨森芳洲《あめのもりほうしゅう》(一六六八―一七五五)。伯陽は字。南海と同じ木下順庵門下。元禄二年(一六八九)、順庵の推挙で対馬藩に仕えた。朝鮮語に堪能で、朝鮮との外交関係の維持に尽力した。　**○李東郭**　徳川家宣の六代将軍就任を祝う正徳元年(一七一一)の通信使の製述官(文章の起草を担当したので、詩文を能くするものが任ぜられた)として来日した李礥《りけん》(号は東郭)。来日中は、新井白石・木下菊潭《きくたん》(木下順庵の嫡子)・室鳩巣・祇園南海など木下順庵門下の儒者たちとも詩の応酬をした。　**○茶談**　茶を飲みながら談話する。　**○一絶**　絶句一首。　**○和**　贈られた詩に唱和する。　**○寤**　目が覚めて意識が働く。　**○唱和詩**　正徳元年十月二十八日、通信使一行は江戸で木下順庵一門の儒者たちと詩を唱和したが、これに南海も加わっていた。南海編『賓館縞紵集《ひんかんこうちょしゅう》』(正徳二年刊『七家唱和集』のうち)には、この時の南海と東郭の唱和の詩が収められている。　**○石苔**　石の上に生えている苔。

○一榻　「榻」は、長椅子、一つの長椅子に腰をおろす。この一句は、唐の杜牧の「酔後、僧院に題す」詩の、「今日《こんにち》鬢糸《びんし》禅榻《ぜんとう》の畔《はん》、茶煙《ちゃえん》軽《かる》く颺《あが》る落花《らっか》の風《かぜ》」を踏まえる。
○茶烟　茶を煮る炉の煙。　○鬢絲　老化で白くなった鬢の毛。

[享保三年十月十一日の夜、夢の中で雨森芳洲と山寺に遊んだ。そこには朝鮮の李東郭もやって来た。茶飲み話をして時を過ごしているうちに、話題は老の嘆きに及んだ。そこで私は絶句一首を詠み、それに李東郭が唱和して詩ができようとした時、目が覚めた。夢の中で詠んだ詩を、私は目が覚めた後に書き記した]

お別れして以後、私はあなたと唱和した詩を空しく口ずさみ、清らかな風の吹き渡る明月の夜には、遠くにいるあなたのことを思いました。ところが、山寺の苔の生えた石の上で、再びあなたにお目にかかったのです。私たちは一つの長椅子に一緒に腰をおろして語り合いました。その時、私たちの白くなってしまった鬢の毛に纏わりつくかのように、茶を煮る煙が立ち昇っていました。

77　明光蘆花

明光《めいこう》の蘆花《ろか》

汀洲樹少但宜蘆
蘆底野店酒満壺
客去風起花如雪
烟波千頃月明孤

汀洲《ていしゅう》　樹《じゅ》少《すくな》くして但《た》だ蘆《あし》に宜《よろ》し
蘆底《ろてい》の野店《やてん》　酒《さけ》は壺《つぼ》に満《み》つ
客《きゃく》去《さ》り　風《かぜ》起《た》ち　花《はな》は雪《ゆき》の如《ごと》し
烟波《えんぱ》千頃《せんけい》　月明《げつめい》孤《こ》なり

『南海先生後集』。七言絶句。韻字、蘆・壺・孤(上平声七虞)。

○**明光蘆花**　「明光浦十三景」詩のうちの一首なので、「明光」は、和歌浦《わかのうら》の古称である明光浦《あかのうら》の略。現在の和歌山市南部の景勝地。山部赤人が「若の浦に潮満ち来れば潟《かた》をなみ葦辺《あしべ》をさして鶴《たづ》鳴き渡る」(『万葉集』)と詠んだ歌枕でもある。○**蘆花**　蘆は水辺に群生するイネ科の多年生植物で、秋に白い花穂を出す。○**汀洲**　水に囲まれた中洲。○**野店**　野中の茶店。○**烟波**　もやがかかった水面。○**千頃**　面積の広いことの形容。

樹木のまばらな中洲は蘆の生育に適している。生い茂る蘆に取り囲まれた茶店の壺は酒で満たされている。行楽の客が立ち去って、夕風が吹くと、蘆の白い花が雪のように舞い散る。広々とした水面は霞んでいるが、中天には明るい月がぽつんと輝いている。

大潮元皓《だいちょうげんこう》

延宝六年(一六七八)—明和五年(一七六八)、九十一歳。法諱は元皓、道号は大潮。号は西溟《さいめい》・魯寮《ろりょう》など。本姓は浦郷《うらごう》氏。肥前国松浦郡伊万里《いまり》(現、佐賀県伊万里市)に生まれた。十五歳の元禄五年(一六九二)に同国蓮池の黄檗宗龍津寺の化霖道龍《けりんどうりゅう》について出家し、二十一歳でその法を嗣ぎ、京畿へ修行の旅に出た。三十五歳の時、江戸に赴き、荻生徂徠およびその一門と交遊し、影響を受けた。また岡島冠山《かんざん》に唐話を学んだ。享保八年(一七二三)龍津寺の三代住持となった。売茶翁は法兄である。詩文集に『西溟餘稿』『松浦《しょうほ》詩集』『魯寮詩偈』などがある。

78　牽牛花

湛湛琉璃碧
深看暁露中
開時空即色
凋処色即空

牽牛花《けんぎゅうか》

湛湛《たんたん》たり　琉璃《るり》の碧《あお》
深《ふか》く看《み》る　暁露《ぎょうろ》の中《なか》
開《ひら》く時《とき》は空即色《くうそくしき》
凋《しぼ》む処《ところ》は色即空《しきそくくう》

『松浦詩集』巻中。五言絶句。韻字、中・空(上平声一東)。

○牽牛花　アサガオ。　○湛湛　水が深くたたえられているさま。清澄なさま。　○琉璃　青色をした宝玉。　○空即色・色即空　「空」は、実体のないこと、空虚。「色」は、色や形のあるもの、すなわち物質的存在。『般若心経』の「色即是空《しきそくぜくう》、空即是色《くうそくぜしき》」による。この世の事象はじつは実体が無いのであるが、同時にその実体の無いものがさまざまな条件下で事象として立ち現われるという認識。　○処　「時」と同じ意味。

アサガオは瑠璃のような青色を湛《たた》えている。朝露に濡れて咲くそのアサガオをじっと見つめる。花が開く時には、空無から美しい花という実体が現われ出て「空即是色」という真理を表わし、花が凋む時には、美しい花という実体が空無に還って「色即是空」という真理を表わす。

79 示　人

百戯場中狂未休
人間万事総悠悠
朝来忽照青銅鏡

人《ひと》に示《しめ》す
百戯場中《ひゃくぎじょうちゅう》　狂《きょう》未《いま》だ休《や》まず
人間万事《じんかんばんじ》　総《すべ》て悠悠《ゆうゆう》
朝来忽《ちょうらいたちま》ち照《て》らす　青銅鏡《せいどうきょう》

演若当年自失頭

演若《えんにゃ》　当年《とうねん》　自《みずか》ら頭《こうべ》を失《うしな》ふ

『魯寮詩偈』。七言絶句。韻字、休・悠・頭(下平声十一尤)。

○百戯場　さまざまな遊戯の繰り広げられている場所。この世の中を突き放して見た言い方。宋の戴復古《たいふっこ》の「夏日雨後、楼に登る」詩に、「乾坤百戯場《けんこんひゃくぎじょう》」。**○人間万事**　世の中のすべての事柄。唐の貫休の「弘顗《こうぎ》の三蔵院に題す」詩に、「更《さら》に覚《おぼ》ゆ人間万事《じんかんばんじ》深《ふか》くして悠悠《ゆうゆう》たるを」。**○悠悠**　遥か遠くに行くさま。『詩経』小雅・黍苗に、「悠悠《ゆうゆう》たる南行《なんこう》、召伯之《しょうはくこれ》を労《ねぎら》ふ」。**○朝来**　早朝。朝早くから。**○演若**　古代インドの人、演《え》若達多《にゃだった》。演若達多は、朝、鏡を見ると自分の顔が写っていないので、妖怪に頭を取られたと勘違いして町中を探し回ったが、実は鏡の裏側を見たので写らなかったのだという。心の鏡に写して自分を見ることを忘れて、徒らに外に向かって求めても無意味だという話(『首楞厳経《しゅりょうごんきょう》』巻四、『臨済録』など)による。**○当年**　その当時。

さまざまな戯《ざ》れ事が繰り返されるこの世の中では、今も常軌を逸した振る舞いがやまない。そのようにして人間世界では万事が遥か遠くに過ぎ去っていく。朝早くふと青銅の鏡に自分の顔を写して思った。むかし演若達多《えんにゃだった》は鏡を見て自分の頭を取られたと早とちりして町中を探し回ったという。(それは自分を見失わないよう気をつけねばならないということだ。)

桂山彩巌《かつらやまさいがん》

延宝七年(一六七九)―寛延二年(一七四九)、七十一歳。名は義樹。字は君華。号は彩巌。江戸の人。林鳳岡《ほうこう》に学び、元禄九年(一六九六)十八歳で幕府に近習番として出仕した。その後、評定所儒者、御書物奉行などを歴任し、林家一門の詩人として知られた。梁田蛻巌や多湖《たご》栢山《はくざん》などと親交があり、蛻巌は彩巌の詩を「詩律精工」(『日本詩史』)と評した。『彩巌詩集』などがある。

80 漫興

返照落楼明
新蟬夜亦鳴
庭梧秋未老
露竹月初生

漫興《まんきょう》

返照《へんしょう》　楼《ろう》に落《お》ちて明《あか》るく
新蟬《しんせん》　夜《よる》も亦《ま》た鳴《な》く
庭梧《ていご》　秋未《あきいま》だ老《お》いず
露竹《ろちく》　月初《つきはじ》めて生《しょう》ず

五斗傷時命
二毛減宦情
悠々東海水
無処濯塵纓

五斗《ごと》　時命《じめい》を傷《いた》み
二毛《にもう》　宦情減《かんじょうげん》ず
悠々《ゆうゆう》たる東海《とうかい》の水《みず》
処《ところ》として塵纓《じんえい》を濯《あら》ふ無《な》し

『彩巌詩集』。五言律詩。韻字、明・鳴・生・情・纓(下平声八庚)。

○漫興　漫然と生じた感興。そぞろな思い。　○返照　夕陽の照り返し。　○新蟬　鳴き始めた蟬。季節的には、第三句ともども夏から秋に変わる頃の情景。唐の白居易の「六月三日夜、蟬を聞く」詩に、「微月初三《びげつしょさん》の夜《よる》、新蟬第一《しんせんだいいち》の声《こえ》」。　○庭梧　庭の梧桐《あおぎり》。　○秋未老　秋はまだ深まっていない。「梧桐一葉落ち、天下尽く秋を知る」(『群芳譜』)と言われるように、梧桐の葉が枯れ落ちることは秋の訪れを意味した。したがって、「秋未だ老いず」というのは、庭の梧桐の葉が枯れ落ちていないことによる判断。　○露竹　露(ここは夕露)が下りた竹。白居易の「夢得《むとく》が秋夕寐《しゅうせきい》ねられずして寄せ見《ら》るるに酬ゆ」詩に、「露竹燈影《ろちくとうえい》を偸《ぬす》む」。　○五斗　五斗米の略。もと県令の俸禄で、僅かな俸給を意味する。『晋書』陶潜伝に、「潜歎《せんたん》じて曰く、吾は五斗米の為に腰を折ること能はず」。

○時命　時の命運。白居易の「春日閑居三首」詩その二に、「慨然《がいぜん》として時命《じめい》を歎《なげ》く」。

○二毛　黒髪と白髪。白髪交りの髪の毛、すなわち老人をいう。○宦情　役人として勤仕する心持ち。○東海水　「東海」は、中国の東方の海中にある日本。ここは江戸の町を流れる川、すなわち隅田川を意識していよう。○塵纓　塵にまみれた冠の紐《ひも》。転じて、役人勤めで身についた世俗的な汚れ。

夕陽の照り返しが高殿を明るく照らし、鳴き始めた蝉は夜になっても鳴いている。まだ秋は深まっていないので庭の梧桐《あおぎり》は葉をつけており、竹に下りた露にはようやく月の光が宿った。薄給で役人勤めをせねばならない我が身の命運を傷ましく思い、白髪交りの老人になってからは役人勤めの意欲も失せてきた。江戸の町には絶えることなく悠悠と川の水が流れているが、そのどこにも役人勤めで身についた俗塵を濯い落す場所はない。

81 答人

寒日隠西岳
蕭々多北風

人《ひと》に答《こた》ふ

寒日《かんじつ》　西岳《せいがく》に隠《かく》れ
蕭々《しょうしょう》として北風《ほくふう》多《おお》し

衰残但乱草
軽挙羨飄蓬
半生病狂子
百年亡是公
此時遥問訊
君意故応同

衰残《すいざん》　但《た》だ乱草《らんそう》
軽挙《けいきょ》　飄蓬《ひょうほう》を羨《うらや》む
半生《はんせい》　病狂子《びょうきょうし》
百年《ひゃくねん》　亡是公《ぶぜこう》
此《こ》の時《とき》　遥《はる》かに問訊《もんじん》す
君《きみ》が意《い》は故《もと》より応《まさ》に同《おな》じなるべし

『彩巌詩集』。五言律詩。韻字、風・蓬・公・同(上平声一東)。
○**寒日**　寒々とした冬の太陽。晋の陶潜の「龐《ほう》参軍に答ふ并びに序」詩に、「惨惨《さんさん》たる寒日《かんじつ》、粛粛《しゅくしゅく》たる其風《きふう》」。○**西岳**　江戸からは西の方角に見える富士山を指す。○**衰残**　老いて衰えること。○**乱草**　乱れ生えている草。○**軽挙**　軽やかに舞い上がる。○**飄蓬**　風に吹かれて翻りながら飛ばされていく蓬《よもぎ》。○**病狂子**　狂疾を病む男、世間的な常識や基準から外れた人間。宋の蘇軾の「潁州《えいしゅう》に初めて子由《しゆう》に別る」詩に、「嗟我《ああわれ》久《ひさ》しく病狂《びょうきょう》」。○**百年**　人の寿命の概数。○**亡是公**　前漢の司馬相如の「子虚の賦」に登場する仮託の人物の名前。「是《こ》の公亡《こうな》し」を意味し、実際には存在しない人物をいう。○**問訊**　問い質す。

寒々とした冬の太陽は西の空に聳える富士山の陰に隠れ、北風はもの寂しく吹きすさんでいます。ただ乱れ生えた草のようにみすぼらしく老い衰えた私は、風に吹かれて軽やかに翻り飛ぶ蓬を羨ましく思っています。私はこれまで常軌を逸した狂者としての半生を過ごしてきましたが、私の一生は何の痕跡も残さずに終わることになるでしょう。そんな感慨にとらわれていた時、遥か遠くのあなたから(処世についての)お訊ねがありましたが、あなたのお考えはもとよりきっと私と同じでありましょう。

82　八嶋懐古

鑾輿一去帝王州
湖海腥風寄冕旒
井底有縁還玉璽
水浜誰復問膠舟
舞姫紈扇随潮落
飛将彫弓学月流

八嶋懐古《やしまかいこ》（二首その二）
鑾輿《らんよ》　一《ひと》たび去《さ》る　帝王州《ていおうしゅう》
湖海《こかい》の腥風《せいふう》　冕旒《べんりゅう》を寄《よ》す
井底《せいてい》　縁有《えんあ》りて玉璽還《ぎょくじかえ》り
水浜《すいひん》　誰《たれ》か復《ま》た膠舟《こうしゅう》を問《と》はん
舞姫《ぶき》の紈扇《がんせん》　潮《うしお》に随《したが》つて落《お》ち
飛将《ひしょう》の彫弓《ちょうきゅう》　月《つき》を学《まな》んで流《なが》る

定識寒烟衰草外
幾人曾倚望郷楼

定《さだ》めて識《し》る　寒烟衰草《かんえんすいそう》の外《そと》
幾人《いくにん》か曾《かつ》て倚《よ》る　望郷楼《ぼうきょうろう》

『彩巌詩集』。七言律詩。韻字、州・旒・舟・流・楼(下平声十一尤)。
○**八嶋**　源平合戦の古戦場。現、香川県高松市の北東部にある陸繫島である屋島。安徳天皇を奉じて都落ちをした平家一門が、摂津一の谷の戦いの後に逃れて根拠地とした。○**懐古**　昔のことを偲んで感慨に耽ること。○**鑾輿**　天子の乗物。○**一去**　源氏の大軍に都を攻められた平家一門は、寿永二年(一一八三)七月二十五日、六歳の安徳天皇を連れて西国へ向け都落ちした。○**帝王州**　京都を指す。○**冕旒**　冕(天子から卿大夫までが用いる儀式用の冠)の端に玉を貫き連ねて垂れる飾り。ここは、天皇と天皇に随従した平家の公卿を指す。○**井底**　張勃《ちょうぼつ》の『呉録』に、後漢の張譲らが天子を脅して璽を井戸の中に投じさせたが、世の中が落ち着いた後に洛陽城南の甄宮《けんきゅう》の井戸から五色の気が出たので、孫堅に命じて井戸を浚ったところ、漢の伝国の璽が出てきたという(『淵鑑類函』巻三十四「井」投璽による)。○**還玉璽**　「玉璽」は天子の御印。源平の戦いで、平家一門は壇の浦に追い詰められ、二位尼は安徳天皇を抱き、「宝剣を腰にさし、神璽を脇に挟み」て入水した(『源平盛衰記』巻四十三「二位禅尼入海」)が、その後、「宝剣は失せにけり。神璽は海上に浮けるを、常陸国の住人片岡太郎経春が取り上げ奉り」、都に戻されたこと(『源平盛衰記』巻四十四「神鏡神璽都入」)をいう。○**膠舟**　膠《にかわ》で貼り合わせて造った船。周の昭王が南征して漢江を渡ろうとした時、これを憎んだ楚の人が膠で貼り合わせた船を昭王に勧めたところ、江の中流で膠が融けて船が解体し、王は水中に沈んだという故事(『帝王世記』周)に拠り、戦いに敗れて壇の浦にあえなく沈んでしまった安徳帝や平家一門の乗った船を指す。○**舞姫**　「玉虫前《たまむしのまえ》共云ひ又は舞前《まいのまえ》共申す、今年十九にぞ成ける」(『源平盛衰記』巻四十二「屋島合戦」)という平家の女房。○**紈扇**　練り絹を張った扇。『源平盛衰記』巻四十二「屋島合戦」に、「皆《みな》紅《くれない》の扇に日出《いで》たるを枕に挟みて、船の舳頭《へがしら》に立て、是を射よとて源氏の方をぞ招きたる」。○**飛将**　すぐれた大将。名将。匈奴が敵将の前漢の李広を称したことに始まる。ここは源氏方の大将源義経を指す。○**彫弓**　飾りの彫刻が施された弓。屋島合戦で平家方の越中の次郎兵衛守嗣と戦った義経は、戦いの最中に「脇に挟みたる弓を海にぞ落しける」(『源平盛衰記』巻四十二「屋島合戦」)。○**学月流**　弦を張った弓張り月の形のまま流れる。○**定識**　底本とした『彩巌詩集』(国立国会図書館蔵写本)では「定謝」とあるが、『熙朝詩薈《きちょうしわい》』によって校定した。○**寒烟**　冷たいもや。○**衰草**　枯れ草。○**望郷楼**　故郷の方角を望み見る高殿。

天子の乗物は都を去り、天子とお付きの公卿たちは海辺の腥《なまぐさ》い風が吹くこの屋島に身を寄せた。井戸に投じられた漢の天子の玉璽が縁あって出てきたように、安徳天皇とともに海中に沈んだ神璽も浮び上って都に戻されたが、周の昭王の膠《にかわ》づけの船が水中に没してしまったように、安徳帝の船が沈んでしまったことなど、今となってはもう誰も気にかけない。しかし、昔この屋島では、平家の女房の掲げた絹張りの扇が弓で射られて潮の流れに落ちたり、源氏の名将義経の取り落とした弓が弓張り月の形さながらに流れ去ることがあった。枯れ草を掩う冷たい靄《もや》の向こうで、当時幾人もの平家一門の人々が、きっと高殿に身をもたせかけて故郷の京の都を懐かしんだことであろう。

◇菊池五山は『五山堂詩話』巻九(文化十二年刊)の巻頭に、桂山彩巌の詩を取りあげて、彩巌の詩はあまり世に知られていないが、近日手にした『彩巌集』二巻を読むと、「太《はなは》だ鴻富《こうふ》にして精華高潔、殆ど白石・蛻巌の下に在らず」と高く評価し、この「八嶋懐古」については「頗る人口に膾炙した」詩であると記している。

多湖《たご》栢山《はくざん》

延宝八年(一六八〇)—宝暦三年(一七五三)、七十四歳。名は安。通称は玄泰・玄岱。号は栢山。美濃加納藩の儒医多湖赤水の四男として美濃国加納に生まれ、家督を嗣いだ。壮年期に江戸に遊学して林鳳岡に朱子学を学び、桂山彩巌と親交した。また、新井白石・室鳩巣・梁田蛻巌・江村北海など当時の名流たちとも広く交遊があった。主家戸田家の国替えによって山城淀藩、志摩鳥羽藩を経て信濃松本藩士へと転じた。相継ぐ転封によって逼迫した藩の財政を建て直し、藩の教学にも大きな影響力を発揮した。詩や歌を能くし、『栢山集』『浅間温泉詩』などがある。

83　春晩到浅間村温泉

山村春已暮
携杖到温泉
身出鴻荒世
心如児戯年
微涼新樹外
斜日落花前

春晩《しゅんばん》、浅間村《あさまむら》の温泉《おんせん》に到《いた》る

山村《さんそん》　春已《はるすで》に暮《く》れ
杖《つえ》を携《たずさ》へて温泉《おんせん》に到《いた》る
身《み》は鴻荒《こうこう》の世《よ》に出《い》で
心《こころ》は児戯《じぎ》の年《とし》の如《ごと》し
微涼《びりょう》　新樹《しんじゅ》の外《そと》
斜日《しゃじつ》　落花《らっか》の前《まえ》

浴罷憑風檻　浴罷《よくや》みて風檻《ふうかん》に憑《よ》れば
飄々骨欲仙　飄々《ひょうひょう》として　骨《こつ》　仙《せん》せんと欲《ほっ》す

『浅間温泉詩』。五言律詩。韻字、泉・年・前・仙(下平声一先)。
○**浅間村温泉**　現、長野県松本市浅間温泉。松本城の北東の郊外にあり、現在も温泉地として知られる。　○**鴻荒世**　太古僻遠の世界。宋の陸游の「庵中事を紀す、前輩の韻を用ふ」詩に、「直《ただ》ちに疑《うたが》ふ身《み》は鴻荒《こうこう》の世《よ》に在《あ》るかと」。　○**児戯**　子供の遊び。唐の白居易の「滎陽《けいよう》に宿す」詩に、「児戯《じぎ》の時《とき》を追思《ついし》す」。　○**新樹**　新緑の樹木。　○**風檻**　風の吹き通る欄干。　○**骨欲仙**　仙人の骨相を「仙骨」ということから、仙人になろうとするの意。宋の王諶《おうしん》の「呉江橋」詩に、「虚《きょ》に憑《よ》りて骨仙《こつせん》せんと欲《ほっ》す」。

山村がもう晩春になろうとする頃、杖を曳いて温泉に赴いた。体は遠い太古の世界にやって来たようで、心は遊びに夢中な子供の頃に戻ったかのようだ。新緑の木々の辺りは微かに涼しく、花が散った所に夕陽が射している。温泉を浴びて風通しの良い欄干にもたれかかっていると、体が舞い上がって仙人になりそうな気がする。

太宰春臺《だざいしゅんだい》

延宝八年(一六八〇)―延享四年(一七四七)、六十八歳。名は純。字は徳夫。号は春臺・紫芝園《ししえん》。信濃飯田藩士の子として飯田に生まれ、父が浪人したため江戸に出た。十五歳の元禄七年(一六九四)但馬出石藩《たじまいずし》に仕えたが、後に致仕し、三十二歳の正徳元年(一七一一)荻生徂徠に入門した。服部南郭と共に徂徠門下の双璧で、詩文派の南郭に対し、経学派の筆頭と目された。自己の学識に対する自負心が強く、二百石以下の俸禄では仕えないと口にし、師の徂徠の言説に対しても批判することを憚らなかった。経世論に『経済録』、詩文集に『春臺先生紫芝園稿』などがある。

84 糶賤行　乙卯冬作

東都士民何匈匈
始自孟冬至季冬
海内糶賤諸侯困
哀哉方今士与農
郡国近歳頻有年

糶賤行《ちょうせんこう》　乙卯冬《いつぼうふゆ》の作《さく》

東都《とうと》の士民《しみん》　何《なん》ぞ匈匈《きょうきょう》たる
始《はじ》めは孟冬自《もうとうよ》りして季冬《きとう》に至《いた》る
海内《かいだい》　糶賤《うりよねいや》しく　諸侯困《しょこうこん》ず
哀《かな》しいかな　方今《ほうこん》　士《し》と農《のう》と
郡国《ぐんこく》　近歳《きんさい》　頻《しき》りに年有《みのりあ》り

粟米如土不直銭
廼詔有司議定価
号令数出紛紛然」
貴貨賤穀由上政
因循無人察利病
号令愈出愈不行
黎民何以保性命」
商賈何親戚
士農何仇讎
末厚本却薄
一楽一憂愁」
本末厚薄両易処
冠履倒置皆失拠
都鄙嗸嗸不聊生

粟米《ぞくべい》は土《つち》の如《ごと》く　銭《ぜに》に直《あた》らず
廼《すなわ》ち有司《ゆうし》に詔《しょう》して定価《ていか》を議《ぎ》せしむ
号令《ごうれい》　数《しばし》ば出《いで》て紛紛然《ふんぷんぜん》たり
貨《か》を貴《とうと》び穀《こく》を賤《いや》しむは上政《じょうせい》に由《よ》る
因循《いんじゅん》　人《ひと》の利病《りへい》を察《さっ》する無《な》し
号令《ごうれい》　愈《いよい》よ出《いで》て愈《いよい》よ行《おこな》はれず
黎民《れいみん》　何《なに》を以《もっ》てか性命《せいめい》を保《たも》たん
商賈《しょうこ》は何《なん》ぞ親戚《しんせき》ならんや
士農《しのう》は何《なん》ぞ仇讎《きゅうしゅう》ならんや
末《すえ》に厚《あつ》く本《もと》には却《かえ》つて薄《うす》し
一《いち》は楽《たの》しみ一《いち》は憂愁《うれ》ふ
本末《ほんまつ》　厚薄《こうはく》　両《ふた》つながら処《ところ》を易《か》へ
冠履《かんり》倒置《とうち》して皆《み》な拠《よりどころ》を失《うしな》ふ
都鄙《とひ》嗸嗸《ごうごう》として生《せい》を聊《たの》まざるに

在位肉食日暇豫」
君不見農夫辛苦把鋤犂
秋成粟米如塗泥
已知樹穀徒費力
来年誰復事夏畦」
天下求利相馳逐
那知金銭不如穀
一朝不炊終日飢
金銭寧充人口腹
冠冕君子胡然愚
皆道有銭斯有粟
郡国粟米鉅万万
何若挙棄之壑谷
不然鉅船捆載去

在位《ざいい》の肉食《にくしょく》　日《ひ》びに暇予《かよ》す
君見《きみみ》ずや　農夫《のうふ》は辛苦《しんく》して鋤犂《じょれい》を把《と》るも
秋《あき》に成《みの》る粟米《ぞくべい》は塗泥《とでい》の如《ごと》きを
已《すで》に知《し》る　穀《こく》を樹《う》ゑて徒《いたず》らに力《ちから》を費《ついや》すを
来年《らいねん》　誰《たれ》か復《ま》た夏畦《かけい》を事《こと》とせん
天下《てんか》　利《り》を求《もと》めて相馳逐《あいちちく》す
那《なん》ぞ知《し》らん　金銭《きんせん》は穀《こく》に如《し》かざるを
一朝炊《いっちょうかし》がざれば終日《しゅうじつ》飢《う》う
金銭《きんせん》　寧《いず》くんぞ人《ひと》の口腹《こうふく》を充《み》たさんや
冠冕《かんべん》の君子《くんし》　胡然《こぜん》として愚《おろ》かなり
皆《み》な道《い》ふ　銭《ぜに》有《あ》らば斯《すなわ》ち粟《ぞく》有《あ》り
郡国《ぐんこく》の粟米《ぞくべい》　鉅万万《きょまんまん》
挙《あ》げて之《これ》を壑谷《がくこく》に棄《す》つるは何若《いかん》
然《しか》らずんば鉅船《きょせん》に捆載《こんさい》し去《さ》り

遠向海外諸国鬻
愚哉四国有粟可金買
一方無糴何所告」

君不見盈虚消息天道彰
年歳穣倹豈有常
安知今日如土米
不為後来餓者糧
勧君儲蓄民間粟
用待凶年救飢荒

『春臺先生紫芝園稿』後稿・巻一。七言古詩。韻字、匈・冬・農(上平声二冬)」年・銭・然(下平声一先)」政・病・命(去声二十四敬)」讎・愁(下平声十一尤)」処・拠・豫

遠《とお》く海外《かいがい》の諸国《しょこく》に向《お》いて鬻《ひさ》がんと
愚《おろ》かなるかな　四国《しこく》に粟《ぞく》の金《かね》にて買《か》ふ可《べ》き有《あ》るも
一方《いっぽう》に糴《か》ふこと無ければ　何《なん》の告《つ》ぐる所《ところ》ぞ
君見《きみみ》ずや　盈虚《えいきょ》の消息《しょうそく》　天道彰《てんどうあき》らかなるを
年歳《ねんさい》の穣倹《じょうけん》　豈《あ》に常《つね》有《あ》らんや
安《いず》くんぞ知《し》らんや　今日《こんにち》　土《つち》の如《ごと》き米《こめ》
後来《こうらい》　餓者《がしゃ》の糧《かて》と為《な》らざるを
君《きみ》に勧《すす》む　民間《みんかん》の粟《ぞく》を儲蓄《ちょちく》し
用《も》つて凶年《きょうねん》を待《ま》ちて飢荒《きこう》を救《すく》はんことを

(去声六御)」犂・泥・畦(上平声八斉)」逐・穀・腹・粟・谷・鸞・告(入声一屋と入声二沃の東部入声の通押)」彰・常・糧・荒(下平声七陽)。

○糶賤行　「糶賤」は、米の売値が安いこと。「行」は、楽府体の詩。宋の王炎の「会稽六月初五日、新米、市に入り価減ず…」詩に、「田家《でんか》糶《うりよね》の賤《いや》しきに甘《あま》んず」。○乙卯　享保二十年(一七三五)。この年は豊作だったため、米価が暴落した。草間直方《くさまなおかた》『三貨図彙』によれば、大坂の米相場では、六月には米一石が銀六十から七十匁だったが、米を収穫した後の冬十二月には三十五匁から四十三・五匁くらいまで下落した。『有徳院殿《ゆうとくいんどの》御実紀』によれば、幕府はこの年十月に、「大坂にては米一石を四十二匁以上にて買取べし。…ことに低く買受はとがめあるべし」という米価調節令を発し、続く十一月、十二月にも同様の令を発した。春臺は『経済録』巻五「食貨」において、「凡《およそ》穀を蓄《たくわう》るは、治世には凶年饑饉の備《そなえ》となり、万一非常の変あれば、軍旅の食に宛《あつ》る故に、国家の要務也」と記して、米価の変動を調節したり、飢饉に備えたりするため、官が米を備蓄しておく常平倉《じょうへいそう》の設置を主張したが、幕府の採用するところにはならなかった。○匈匈　騒々しいさま。○孟冬　陰暦十月。○季冬　陰暦十二月。○郡国　諸国。○有年　豊年。「年」は、稔り、五穀の成熟。○詔　天子の命を告げる。みことのりする。ここは、将軍の命が発令されたことをいう。○有司　役人。○紛紛然　入り乱れるさま。○上政　お上の政策。○利病　利益と損害。得失。『経済録』巻一に、「銭穀の政は、人民の利《り》病《へい》の係《かか》る処」。○黎民　多くの民。人民。○性命　天から授かった命。○冠履倒置　冠と履の本来ある所が逆さまになっていること。上下の位置関係が転倒すること。○謷謷　やかましく騒ぐ声。○聊生　生活の頼りにする。『戦国策』秦策四に、「百姓《ひゃくせい》、生《せい》を聊《たの》まず」。○肉食　肉を食べる、高位高官の人をいう。○暇豫　暇で遊んでいること。○鋤犂　すき(農具)。○塗泥　泥濘《ぬかるみ》。○夏畦　夏の炎天下で農作業をすること。○金銭寧充人口腹　『経済録』巻五「食貨」に、「金銀は勝れたる宝と、人毎に思へども、飢たるとき、金銀を噛では腹充たず」。○冠冕君子　冠を付けている高位高官。「君子」については、『経済録』凡例に「凡《およそ》君子と云は、士より以上也」。○胡然　ぼんやりしたさま。○鉅万万　非常に多いこと。○壑谷　地下の穴蔵。○鉅船　大きな船。○稛載　満載。○四国　天下。四方の国々。○糴　穀物を買い入れること。○盈虚消息　満ち欠けの移り変わり。『易経』豊に、「天地の盈虚は、時と消息す」。また『経済録』巻十「易道」に、「天下の事、何にても消息盈虚なきはなし」。○年歳　穀物。『漢書』王吉伝に、「年歳《ねんさい》登《みの》らず、郡国《ぐんこく》多《おお》く困《くる》しむ」。○穰倹　豊作と不作。○如土米　『経済録』巻五「食貨」に、「米価甚賤しければ、民間にて米を視ること土の如し」。○儲蓄民間粟　穀物を民間に備蓄して窮民救済に役立てる義倉のこと。春臺は『経済録』巻五「食貨」において、「民の家々より、其貧富に応じて、毎年粟麦一石以下を出さしめ、是を聚《あつめ》て其在所の倉に蔵《おさ》め、其里の父老是を主《つかさ》どり、常に蓄置《たくわえおき》て、凶年飢餓のときに之を出して其難を済《すく》はしむ。是を義倉といふ。民間にて互に相恤《あいあわれん》で、急難を済ふが故に、義と名づけたり」と記して、民間主導の義倉の設置を主張した。○飢荒　穀物や野菜などが不作で飢えること。

江戸の武士や町人たちは、十月から始まって十二月に至るまで、なぜか落ち着きなくざわついている。日本国中、米の売値が安くて諸大名は困っており、今現在、武士も農民も哀れな目に遭っている。

諸国では近年豊作が続き、米はまるで土と同じでお金にはならなくなっている。そこで幕府は役人に命じて米価について議論させ、何度も米価についての号令を出して紛々たるありさまである。

貨幣を貴び、穀物を賤しむというのは、お上の政策に由来している。ところが旧例に拘るばかりで、お上には利害得失を考察する人物がいない。そのために号令が次々と出されても、いっこうに実行されることがない。民衆はどのようにして天から与えられた命を保てばよいのだろうか。

お上にとって、商人は親戚ではないし、武士と農民は仇敵ではない。お上の政策は末に対しては手厚いが、本に対しては却って手薄い。一方の商人は楽しんでいるが、一方の武士や農民は愁いにふさがれている。

本と末、厚くすべきところと薄くすべきところ、この二つのものを取り違えて、本末転倒し、皆が拠り所を見失っている。町も田舎も不安の声で騒がしく、安心して暮らせないのに、身分の高い人たちは日々暇をもてあましている。

あなたは見たことがないか、農民たちは苦労して鋤を手に農作業をしても、秋に実った穀物が泥のように価値のないものになっているのを。穀物を植えても無駄に労力を費やしたことが分かれば、来年になって誰が再び夏の炎天下で農作業に従事するであろうか。

世の中の人々は利を求めて走り回り、お金は穀物には及ばないということを知らない。朝になって炊事をしなければ、一日中ひもじい思いをする。どうしてお金で人の口や腹を充たすことができようか。ところが、冠を戴いて政治を行なっている高位高官の人々はぼんやりとして愚かで、皆が「お金があれば穀物を手に入れることはできる。日本各地は大量の穀物で溢れている。すべて地下の穴蔵に廃棄してはどうだろうか。そうでなければ、大きな船に満載して、遠い海外の国々に売ってはどうか」などと言うのである。なんと愚かなことではないか。天下にお金で買える穀物があったとしても、どこにも穀物を買い入れる所がなければ、どこに話を持っていけばよいのか。

あなたは知っているだろう、天の道理は明らかで、満ち欠けは移り変わるということを。穀物の豊作と不作は定まっているわけではない。今は土のように価値の無いものとして扱われている米が、将来には飢えた人の食糧になるかもしれないということを知らないのだ。あなたに勧めたい。民間に穀物を蓄えて不作の年に備え、不作の年にはそれで飢えた人々を救うということを。

◇この詩が作られた六年前の享保十四年（一七二九）、春臺は『経済録』と題する経世策を著したが、その巻五「食貨」には米価についての春臺の考え方が展開されている。米価の高下は民の生活を左右するものであるから、政治を担当する者は心を尽くしてこの問題に当たらなければならないとし、一般論として市民のうち士と農とは米を売るものであり、工と商は米を買うものであるから、本来的には米価が高いのは士と農に有利で、工と商には不利であり、米価が安いのはその逆であるという。しかし、貨幣経済が行き渡った現在では、米価が安いと米で収入を得る士や農が困るだけではなく、社会全体の景気が悪くなることによって、結果としては工や商も困るようになっているので、安い米価は結局「四民皆困窮」を招くことになると指摘する。そして、それを回避するためには米を備蓄して、米価が安い時は民間の米を高く買って倉に収め、逆に米価が高い時は安い値段で米を倉から民間に出すという、米価調節と飢饉対策のための「常平倉」を日本各地に設置すべきだと提言している。

この詩の背景には『経済録』が主張するこうした米価調節論があるが、春臺がこのようなテーマで詩を詠もうとしたのは、『経済録』巻一「経済総論」に、「徒《いたずら》に詩文著述を事として一生を過すは、真の学者に非ず。琴棋書画《きんきしょが》等の曲芸の輩に異ること無し。縦《たと》ひ一世の工を極て、其名を宇内に高くすとも、只自己を楽み、世の玩《もてあそび》となるのみにて、国家の為に益少ければ、聖人の大道を無用の閑事となす、其罪逃れ難かるべし」と記しているように、春臺自身がいわゆる詩人であることを屑《いさぎよ》しとせず、あくまでも経世済民の事業に携わる儒者であろうとしたからであった。

内田桃仙《うちだとうせん》

天和元年(一六八一)―享保五年(一七二〇)、四十歳。名は崎。号は桃仙。江戸の人。十歳で六経を学び、十一歳で詩文を作り、十二歳で『史記』『春秋左氏伝』を読んだ。大和郡山侯の奥向きに仕え、元禄六年(一六九三)十三歳の時、五代将軍徳川綱吉の郡山藩邸への御成に際し、御前で『詩経』を講じたという。十二歳の元禄五年(一六九二)には、江戸時代の女流の個人詩集としては最初のものである『桃仙詩稿』を出版し、「女子の神童」と称された。

85 春日遊東叡山宴花樹下、三友詠歌視余、余亦賦詩酬之

忽聴春過強出家
観遊此日思無邪
盛筵寛展歌声颺
酒幔軽颺舞袖斜
各述雅風唫雪樹

春日《しゅんじつ》、東叡山《とうえいざん》に遊《あそ》び、花樹《かじゅ》の下《もと》に宴《うたげ》す。三友《さんゆう》、歌《うた》を詠《えい》じて余《よ》に視《しめ》す。余《よ》も亦《ま》た詩《し》を賦《ふ》して之《これ》に酬《むく》ゆ

忽《たちま》ち春《はる》の過《す》ぐるを聴《き》いて強《し》ひて家《いえ》を出《い》づ
観遊《かんゆう》 此《こ》の日《ひ》 思《おも》ひ邪《よこしま》無《な》し
盛筵《せいえん》 寛《ひろ》く展《の》べて 歌声《かせい》颺《あが》り
酒幔《しゅまん》 軽《かる》く颺《あが》つて 舞袖《ぶしゅう》斜《なな》めなり
各《おのおの》の雅《が》風《ふう》を述《の》べて雪樹《せつじゅ》を唫《ぎん》じ

共倚美景酔煙霞
依稀三友紫清小
艶艶詠詞芳似花

共《とも》に美《び》景《けい》に倚《よ》りて煙霞《えんか》に酔《よ》ふ
依稀《いき》たり　三友《さんゆう》　紫清小《しせいしょう》
艶艶《えんえん》たる詠詞《えいし》　花似《はなより》も芳《かんば》し

『桃仙詩稿』。七言律詩。韻字、家・邪・斜・霞・花(下平声六麻)。
○東叡山　上野の寛永寺。江戸の桜の名所でもあった。　**○三友**　三人の友人。『論語』季氏に、「益者三友《えきしゃさんゆう》、損者三友《そんしゃさんゆう》」。　**○忽**　「蚕口ヨリ始メテ吐出シタル絲ヲ、忽ト云フ。極メテ微細ナル絲ユヘ、有ルカト思ヘバ、無キヤウニテモアルナリ。故ニ、今助語ニ用ル時、倏・忽トモニ、チラリ、ツトスル意ナリ」(『訓訳示蒙《くんやくじもう》』)。　**○観遊**　景色を眺めながら行楽すること。遊覧。　**○思無邪**　心に思うことに悪意や虚偽がない。『論語』為政に、「詩三百《しさんびゃく》、一言以《いちごんもっ》て之《これ》を蔽《おお》へば、曰《いわ》く、思《おも》ひ邪無《よこしまな》し」。　**○酒幔**　酒店の門前に懸ける幟《のぼり》。　**○雅風**　雅な詩風。風雅な詩。　**○雪樹**　花が咲いて雪が積もったように見える桜の樹。　**○依稀**　よく似ている。　**○紫清小**　紫式部、清少納言、小式部内《こしきぶのない》侍《し》。小式部内侍は和泉式部の娘で、歌人として知られた。『源氏物語』の作者紫式部と小式部内侍は中宮彰子に仕え、『枕草子』の作者清少納言は中宮定子に仕えた。いずれも平安時代を代表する才女。　**○芳似花**　「花似《はなより》も芳《かんば》し」は板本の訓点による。「芳《かんば》しきこと花《はな》に似《に》たり(花《はな》の似《ごと》し)」とも訓める。

春が過ぎ去ろうとしているとちらっと耳にしたので、思い立って家を出て、この一日を無邪気に春景色を眺めて遊ぶことにした。くつろいだ盛大な宴会の席には歌声が揚り、酒店の幟《のぼり》が風に吹かれて軽やかに揺れるなか、踊り手の袖も斜めに翻っている。各人が風雅な思いを述べようとして、雪が積もったかのような満開の桜を吟じ、美しい景色を共有して春霞に酔っている。いっしょに楽しい時を過ごしている三人の友は、紫式部・清少納言・小式部内侍という王朝の三才女を髣髴《ほうふつ》とさせる。あなた方の艶《あで》やかな歌は、桜の花よりも美しい。

安藤東野《あんどうとうや》

天和三年(一六八三)—享保四年(一七一九)、三十七歳。名は煥図。字は東壁。通称は仁右衛門。号は東野。下野黒羽《くろばね》藩医の滝田氏に生まれたが孤児になり、江戸に出て安藤氏を嗣いだ。初め中野撝謙《ぎけん》に儒学を学び、宝永三年(一七〇六)柳沢吉保に仕えて、荻生徂徠に入門した。正徳元年(一七一一)柳沢家を致仕した。詩文集に『東野遺稿』がある。

86 農事忙

桑麻葉密蔭村牆
枳殻花飛満古荘
時雨暁濃聞布穀
条風夏冷被菰蔣
悉言南畝苗堪樹
況復西疇麦上場
載餉児童新襏襫
蒸藜婦女旧褌襠
黄醅拍榼寧論肉
白汗随犂奈作漿
彭令孤舟棹幾日
少游下沢輾何郷
久従蓁莽埋羊径

農事《のうじ》忙《いそが》し

桑麻《そうま》　葉《は》密《みつ》にして村牆《そんしょう》を蔭《おお》ひ
枳殻《きこく》　花《はな》飛《と》んで古荘《こそう》に満《み》つ
時雨《じう》　暁《あかつき》に濃《こま》やかにして　布穀《ふこく》を聞《き》き
条風《じょうふう》　夏《なつ》に冷《ひや》やかにして　菰蔣《こしょう》に被《おお》はしむ
悉《ことごと》く言《い》ふ　南畝《なんぽ》　苗《なえ》は樹《う》うるに堪《た》へたりと
況《いわ》んや復《ま》た　西疇《せいちゅう》　麦《むぎ》は場《じょう》に上《のぼ》るをや
餉《かれいい》を載《はこ》ぶ児童《じどう》は新襏襫《しんはっせき》
藜《あかざ》を蒸《む》す婦女《ふじょ》は旧褌襠《きゅうこんとう》
黄醅《こうはい》　榼《たる》を拍《う》ちて　寧《いずく》んぞ肉《にく》を論《ろん》ぜんや
白汗《はくかん》　犂《すき》に随《したが》ひて　漿《しょう》を作《な》すを奈《いか》んせん
彭令《ほうれい》の孤舟《こしゅう》　棹《さお》さすこと幾日《いくにち》ぞ
少游《しょうゆう》の下沢《かたく》　輾《ひ》くこと何《いず》れの郷《さと》ぞ
久《ひさ》しく従《まか》す　蓁莽《しんもう》の羊径《ようけい》を埋《うず》むるに

惟識泥塗侵馬轡
為欲里胥顔色好
帰来蹄酒事祈禳

惟《た》だ識《し》る　泥塗《でいと》の馬轡《ばきょう》を侵《おか》すことを
里《り》胥《しょ》の顔色《がんしょく》の好《よ》からんことを欲《ほっ》するが為《ため》に
帰《かえ》り来《き》たつて　蹄酒《ていしゅ》　祈禳《きじょう》を事《こと》とす

『東野遺稿』巻上。七言排律。韻字、牆・荘・蔣・場・襠・漿・郷・轡・禳(下平声七陽)。

○**桑麻**　桑と麻。広く農作物をいう。晋の陶潜の「園田の居に帰る五首」詩その二に、「相見《あいみ》て雑言《ざつげん》無《な》く、但《た》だ道《い》ふ桑麻《そうま》長《ちょう》ずと」。　○**村牆**　村落の垣根。　○**枳殻**　カラタチの木。垣根などに用いる。晩春に芳香のある白い花が咲く。唐の雍陶の「城西に友人の別墅を訪ぬ」詩に、「村園《そんえん》の門巷《もんこう》多《おお》く相似《あいに》たり、処処《しょしょ》の春風《しゅんぷう》枳殻《きこく》の花《はな》」。　○**古荘**　古い村里。　○**時雨**　ちょうどよい時に降る雨。時を得た雨。　○**布穀**　郭公《かっこう》。日本には陰暦四月頃に渡来してカッコーと鳴く。唐の杜甫の「洗兵行」詩に、「田家《でんか》望望《ぼうぼう》雨《あめ》の乾《かわ》くを惜《お》しみ、布《ふ》穀《こく》処処《しょしょ》春種《しゅんしゅ》を催《うなが》す」。　○**条風**　東から吹いてくる風。　○**菰蔣**　真菰《まこも》。水辺に生え、食用にもする。唐の韋荘《いそう》の「漁翁に贈る」詩に、「陂《は》を遶《めぐ》る煙雨《えんう》菰蔣《こしょう》を種《う》う」。　○**南畝**　南の畑。『詩経』小雅・甫田に、「今南畝《いまなんぽ》に適《ゆ》けば、或《あるい》は耘《くさぎ》り或《あるい》は耔《つちか》ふ」。　○**西疇**　西の畑。陶潜の「帰去来の辞」に、「農人《のうじん》、余に告ぐるに春の及べるを以てす、将《まさ》に西疇《せいちゅう》に事有らんとす」。　○麦上場　収穫した麦を場内に乾す。「場」は、穀物を乾燥・脱穀する場所。宋の陸游の「五月一日作」詩に、「家家麦《いえいえむぎ》を場《じょう》に上《のぼ》す」。　○載餉　弁当を運ぶ。　○襏襫　蓑のような防雨の衣。陸游の「秋穫後即事」詩二首その二に、「雨中《うちゅう》に襏襫《はっせき》して寒蔬《かんそ》を種《う》う」。　○蒸藜　藜の若葉を蒸して食用にする。粗末な食べもの。唐の王維の「積雨輞川荘の作」詩に、「藜《あかざ》を蒸《む》し黍《きび》を炊《かし》いで東菑《とうし》に餉《かれいい》す」。　○褌襠　下袴《したばかま》。もんぺ。　○黄醅　黄色い濁り酒。陸游の「山園雑賦」詩四首その二に、「頼《さいわ》ひに黄醅《こうはい》の法有《ほうあ》り」。　○榼　蓋《ふた》付きの酒樽《さかだる》。　○肉　贅沢で美味な食べものを意味する。普段からこれを食べている高位高官の人を「肉食者」という。　○白汗　(過酷な労働によって流す)白い玉のような汗。　○漿　滴る水。　○彭令　一旦は彭沢《ほうたく》の県令となったものの八旬にして辞任し、故郷に帰った陶潜(淵明)を指す。　○孤舟　一艘の小舟。陶潜は彭沢の県令を辞した後、小舟に乗って帰郷した。陶潜の「帰去来の辞」は、舟による帰郷のさまを、「舟《ふね》は揺揺《ようよう》として以《もっ》て軽《かる》く颺《あが》り、風《かぜ》は飄飄《ひょうひょう》として衣《ころも》を吹《ふ》く」と記す。　○少游　後漢の馬少游《ばしょうゆう》。馬援の弟。足るを知って多くを求めなかったという。『後漢書』馬援伝に、「士は一世に生まれて、但だ衣食裁《わず》かに足り、下沢車《かたくしゃ》に乗り、款段馬《かんだんば》に御《ぎょ》して、郡の掾吏《えんり》と為り、墳墓を守りて、郷里に善人と称せらるることを取りて可なり。盈《えい》余《よ》を求むることを致さば、但だ自ら苦しむのみ」と語ったという。　○下沢　下沢車。

沢を行くための、轂の短い車。○蓁莽　草木が乱雑に生い茂っているさま。○羊径　羊の腸のようにうねうねと屈曲する小道。○泥塗　泥道。ぬかるみ。○馬韁　馬の手綱。○里胥　村役人。○蹄酒　蹄《ひづめ》と酒。祭祀のお供え物。「蹄」は牛・馬・豚など蹄のある獣をいう。宋の方岳の「山中」詩その五に、「盂《う》酒《しゅ》蹄《てい》肩《けん》社《しゃ》翁《おう》に賽《さい》す」。○祈禳　お祈りをし、お祓いをする。

茂った桑や麻の葉が村落の垣根を覆い、カラタチの白い花が風に吹かれて古い村里いっぱいに飛んでいる。夜明け時、時節柄の雨がたくさん降るなか、カッコウの声が聞こえてきて農作業を催《うなが》しているが、夏なのに東から吹く風が冷たいので真《ま》菰《こも》に覆いをかぶせる。皆が口々に南の畑は苗を植えるのに十分だ、ましてや西の畑の麦は収穫して脱穀場に上げてよかろうと言う。子供は新しい蓑を着て弁当を運び、女は古いもんぺを身につけて藜《あかざ》を蒸している。贅沢な肉を食べたいなどとは口にせず、酒樽を叩いて拍子を取りながら黄色い濁り酒を飲む。犂《すき》で畑を耕すという重労働のせいで、玉のような白い汗が滴り落ちるのは仕方がないことだ。晋の陶淵明が彭沢《ほうたく》の県令を辞めて故郷に帰る時に乗った小舟は、何日のあいだ棹さしたのであろうか。足ることを知っていた後漢の馬少《ばしょう》游《ゆう》が乗ったという下《か》沢車《たくしゃ》は、どこの村里に引かれていったのだろうか。淵明は故郷の家の曲がりくねった小道に雑草が生い茂るのを長い間そのままにしていたし、少游は下沢車を引く馬の手綱が泥にまみれていることを知っていた。(私もまた彼らと同じように久しぶりに故郷の村里に帰ってきたが、)村役人のご機嫌が良いことを願って、帰ってくると肉と酒をお供えしてお祀りをした。

服部南郭《はっとりなんかく》

天和三年(一六八三)—宝暦九年(一七五九)、七十七歳。名は元喬。字は子遷。通称は小右衛門。号は南郭・芙蕖館《ふきょかん》など。町人の子として京都に生まれ、幼い頃から和歌を学んだ。父の死後、江戸に下り、元禄十三年(一七〇〇)に当時武蔵川越《かわごえ》藩主だった柳沢吉保に歌人として仕えた。正徳元年(一七一一)頃、荻生徂徠に入門して古文辞学を学び、詩文にすぐれた。享保三年(一七一八)主家柳沢家を去り、その後は仕官せず、芝赤羽橋近くに塾を開いて生活した。徂徠門下一の詩人として知られ、『唐詩選』の和刻本を出版し、古文辞格調詩派の詩風の流行に尽力した。詩文集に『南郭先生文集』初編〜四編がある。

87　秋懐二首

天際雲飛木葉黄
感時臨眺客悲傷
高臺歳月頻揺落
大海煙波故渺茫
酔去晩餐三径菊
病来秋見二毛霜
吏情宦拙因称傲
被髪行歌似楚狂

秋懐二首《しゅうかいにしゅ》（その一）

天際《てんさい》　雲《くも》飛びて　木葉黄《ぼくようき》なり
時《とき》に感《かん》じ　眺《ながめ》に臨《のぞ》みて　客悲傷《きゃくひしょう》す
高台《こうだい》の歳月《さいげつ》　頻《しき》りに揺落《ようらく》し
大海《たいかい》の煙波《えんぱ》　故《ことさ》らに渺茫《びょうぼう》たり
酔去《すいきょ》　晩《くれ》に餐《くら》ふ　三径《さんけい》の菊《きく》
病来《びょうらい》　秋《あき》に見《み》る　二毛《にもう》の霜《しも》
吏情《りじょう》　宦拙《かんつたな》くして　因《よ》つて傲《ごう》と称《しょう》し
被髪《ひはつ》　行歌《こうか》　楚狂《そきょう》に似《に》たり

『南郭先生文集』初編・巻四。七言律詩。韻字、黄・傷・茫・霜・狂(下平声七陽)。

○秋懐　秋の日の物思い。南郭三十三歳の正徳五年(一七一五)の作。前年の正徳四年に南郭を引き立ててくれた主君柳沢吉保が没したため、南郭の柳沢家での立場は微妙なものになっていた。そうしたことへの感慨も託されている。　○感時　季節の移り変わり、あるいは時世のありさまに感慨を催す。唐の杜甫の「春望」詩に、「時《とき》に感《かん》じては花《はな》にも涙《なみだ》を濺《そそ》ぎ、別《わか》れを恨《うら》んでは鳥《とり》にも心《こころ》を驚《おどろ》かす」。 ○臨眺　高いところから遠くを眺める。 ○客　旅人。ここは故郷京都を離れて仕官している自分を指す。 ○高臺　高い楼台の意だが、ここは京師の比喩。『文選』に収める魏の曹植の「雑詩六首」(その一)に、「高台《こうだい》に悲風《ひふう》多《おお》し」とあり、その李善注に『新語』の「高台は京師に喩ふ」という解釈を引用する。 ○揺落　枯れ落ちる。零落する。ここは歳月の推移をいう。 ○煙波　水面にかかる靄《もや》。 ○三径菊　隠者の住まいの庭にある三本の小径に生えている菊。漢の蔣詡《しょうく》が庭に三径を作り、松・菊・竹を植えたという故事(『三輔決録』)に拠る。晋の陶潜の「帰去来の辞」に、「三径荒《さんけいこう》に就《つ》けども、松菊猶《しょうきくな》ほ存《そん》す」。なお、菊を餐《くら》うことは高潔な生活をしていることを意味する。戦国楚の屈原の「離騒」に、「朝《あした》には木蘭《もくらん》の墜《つい》露《ろ》を飲《の》み、夕《ゆうべ》には秋菊《しゅうきく》の落英《らくえい》を餐《くら》ふ」(『楚辞』)。 ○二毛霜　「二毛」は、白毛交じりの頭髪。「霜」は、白毛の比喩。 ○吏情　役人としての心情。『唐詩選』にも収める杜甫の「曲江にて酒に対す」詩に、「吏情更《りじょうさら》に覚《おぼ》ゆ滄州《そうしゅう》の遠《とお》きを」。 ○宦拙　役人勤めが下手なこと。 ○称傲　みずから傲吏(傲慢な役人)であると名乗る。 ○被髪　(冠をつけず)髪を振り乱したさま。 ○行歌　歩きながら歌う。 ○楚狂　楚の狂人。『論語』微子や『荘子』人間世に出てくる楚の人で佯狂《ようきょう》した接輿《しょうよ》のこと。接輿は「鳳《ほう》よ鳳よ、何ぞ徳の衰へたる。往く者は諫むべからず、来るものは猶ほ追ふべし。已《や》みなん、已みなん。今の政《まつりごと》に従ふ者は殆《あや》ふし」と歌いながら、孔子の傍を通り過ぎたという。

天の果てに白雲が飛び、木々は黄葉している。秋という季節に感慨を催し、高いところから遠望すると悲しくも傷ましい思いが湧いてくる。故郷京都での昔の出来事は歳月の推移とともにしきりに色あせていき、遠くに広がる大海原には靄がかかって、ことさら果てしなく思われる。夕暮れ時に私は酔うと、隠者の住まいのような我が家の庭の小径の菊を摘んで食膳に供するが、病み疲れた私の頭には秋になると霜のような白毛が目立つようになった。役人勤めが下手な私は自ら傲慢な役人だと称している。髪を振り乱し、歩きながら世を諷して歌う私の姿は、あの佯狂の人接輿《しょうよ》に似ている。

88　夜下墨水

金龍山畔江月浮
江揺月湧金龍流
扁舟不住天如水
両岸秋風下二州

夜《よる》、墨水《ぼくすい》を下《くだ》る
金龍山畔《きんりゅうさんぱん》　江月浮《こうげつう》かび
江揺《こうゆ》らぎ月湧《つきわ》きて　金龍流《きんりゅうなが》る
扁舟住《へんしゅうと》どまらず　天《てん》　水《みず》の如《ごと》し
両岸《りょうがん》の秋風《しゅうふう》　二州《にしゅう》を下《くだ》る

『南郭先生文集』初編・巻五。七言絶句。韻字、浮・流・州(下平声十一尤）。

○墨水　隅田川を中国風に言い換えたもの。『東藻会彙地名箋』に「墨水、スミダガハ」。

○金龍山　隅田川西畔の待乳山《まっちやま》と呼ばれる小丘の上に金龍山聖天宮《しょうてんぐう》が鎮座している。『東藻会彙地名箋』に「金龍山《アサクサノシャウデン》」。○江月　水の流れに映る月影。○金龍山畔江月浮・江揺月湧金龍流　この二句の表現は、『唐詩選』にも収める杜甫の「旅夜、懐《おも》ひを書す」詩の、「星垂《ほした》れて平野闊《へいやひろ》く、月湧《つきわ》いて大江流《たいこうなが》る」を意識する。○扁舟　小舟。○天如水　空に月が輝き、その月が川の水に映って、天と川の水との区別がつかない。○二州　二つの国。ここは、武蔵国と下総国。古くは隅田川は武蔵国と下総国の国境だった。○扁舟不住天如水・両岸秋風下二州　この二句の表現は、『唐詩選』にも収める李白の「早《つと》に白帝城を発す」詩の、「両岸《りょうがん》の猿声啼《えんせいな》いて住《とど》まらず、軽舟已《けいしゅうすで》に過《す》ぐ万重《ばんちょう》の山《やま》」を意識する。

金龍山のほとりでは隅田川の川面に月影が映り、川の水が揺れると月が水中から湧き出て来て、あたかも金の龍が流れているかのようだ。月の光に照らされて空と水との区別がつかない隅田川の両岸に秋風が吹き渡るなか、私の乗った小舟は停まることなく、武蔵と下総二州の国境《くにざかい》を下って行く。

89　斎中四壁自画山水戯作臥遊歌

性僻生来甘自棄
功名富貴非吾事
壮年壮心好漫遊
匏繫一方不得遂
晩歳頗遯尚平家
豈料随年老亦至
一骸痩羸骨空存
一心灰滅無生意
四支百体与疾倶
名山無分於我已」
神想不須労赤脚
夢魂東遊窺大壑

斎中《さいちゅう》の四壁《しへき》に自《みずか》ら山水《さんすい》を画《えが》き、戯《たわむ》れに臥遊歌《がゆうか》を作《つく》る

性僻《せいへき》にして　生来《せいらい》　自棄《じき》を甘《あま》んず
功名富貴《こうみょうふうき》は吾《わ》が事《こと》に非《あら》ず
壮年《そうねん》　壮心《そうしん》　漫遊《まんゆう》を好《この》み
一方《いっぽう》に匏繫《ほうけい》して遂《と》ぐることを得《え》ず
晩歳《ばんさい》　頗《すこぶ》る遯《のが》る　尚平《しょうへい》が家《いえ》
豈《あ》に料《はか》らんや　年《とし》に随《したが》ひて老《おい》も亦《ま》た至《いた》るを
一骸痩羸《いちがいそうるい》して骨《ほね》空《むな》しく存《そん》し
一心灰滅《いっしんかいめつ》して生意《せいい》無《な》し
四支百体《ししひゃくたい》　疾《しっ》と倶《とも》にあり
名山《めいざん》　分無《ぶんな》し　我《われ》に於《お》いて已《や》みぬ
神想《しんそう》　須《もち》ひず　赤脚《せききゃく》を労《ろう》することを
夢魂《むこん》　東遊《とうゆう》　大壑《たいがく》を窺《うかが》ふ

況復区中五岳期
鴻蒙拊髀可爵躍
奮然起掃四壁図
水墨雲煙随筆落
梁上峰連懸鬱蔥
障間江激揺崖崿
尺樹丈山縮地生
林巒泉石秋漠漠
自造迹疎痴自慚
写罷何妨供独楽」
吾今咫尺学壺公
別闢乾坤容此躬
病臥酔臥唯能睡
夢遊上下坐無窮

況《いわ》んや復《ま》た　区中《くちゅう》　五岳《ごがく》の期《き》
鴻蒙《こうもう》　髀《ひ》を拊《う》ちて爵躍《じゃくやく》す可《べ》し
奮然《ふんぜん》として起《た》ちて掃《はら》ふ　四壁《しへき》の図《ず》
水墨《すいぼく》　雲煙《うんえん》　筆《ふで》に随《したが》ひて落《お》つ
梁上《りょうじょう》　峰連《みねつら》なりて鬱蔥《うっそう》を懸《か》け
障間《しょうかん》　江激《こうげき》して崖崿《がいがく》を揺《ゆ》るがす
尺樹丈山《せきじゅじょうざん》　地《ち》を縮《ちぢ》めて生《しょう》じ
林巒泉石《りんらんせんせき》　秋漠漠《あきばくばく》たり
自造《じぞう》の迹《あと》は疎《そ》にして　痴《ち》なること自《みずか》ら慚《は》づ
写《うつ》し罷《や》めて何《なん》ぞ妨《さまた》げん　独楽《どくらく》に供《きょう》することを
吾《われ》　今《いま》　咫尺《しせき》に壺公《ここう》を学《まな》び
別《べつ》に乾坤《けんこん》を闢《ひら》いて此《こ》の躬《み》を容《い》る
病臥《びょうが》　酔臥《すいが》　唯《た》だ能《よ》く睡《ねむ》り
夢遊《むゆう》　上下《じょうげ》　坐《い》ながらにして窮《きわま》り無《な》し

鯨吼雷鳴大鼾響

呼吸従来帝座通

山霊海若応驚走

崑崙西極扶桑東

只任為雲復為雨

北窓五月帰清風

遽爾乃知物化理

偃然猶寝一室中

鯨吼_{げいこう} 雷鳴_{らいめい} 大鼾_{たいかん}響_{ひびき}

呼吸_{こきゅう} 従来_{じゅうらい} 帝座_{ていざ}に通_{つう}ず

山霊_{さんれい} 海若_{かいじゃく} 応_{まさ}に驚_{おどろ}き走_{はし}るべし

崑崙_{こんろん}の西極_{せいきょく} 扶桑_{ふそう}の東_{ひがし}

只_ただ任_{まか}す　雲_{くも}と為_なり復_また雨_{あめ}と為_なるに

北窓_{ほくそう}　五月_{ごがつ}　清風_{せいふう}に帰_{かえ}す

遽爾_{きょじ}として乃_{すなわ}ち知_しる　物化_{ぶっか}の理_り

偃然_{えんぜん}として猶_なほ寝_ねぬ　一室_{いっしつ}の中_{なか}

『南郭先生文集』四編・巻一。七言古詩。韻字、棄・事・遂・至・意・已（去声四寘と上声四紙の支部通押）脚・壑・躍・落・崿・漠・楽（入声十薬）」公・躬・窮・通・東・風・中（上平声一東）。

○斎中　書斎の中。　○四壁　部屋の四方の壁。『史記』司馬相如伝に、相如の貧しい住居を、「家居徒_{かきょただ}だ四壁_{しへき}のみ立つ」という。　○臥遊歌　横たわって山水画を見ながら、その地に遊んだ気になって楽しむのを詠んだ歌。南朝宋の宗炳_{そうへい}の臥遊の故事（『宋書』宗炳伝)に拠る。宗炳は山水を好み、遠遊を愛したが、病んで江陵に還った。老いて病気になったので、もう名山を遍く覧ることはできないだろうと宗炳は嘆いて、これまで自分が遊覧した所を室に描き、臥してその画面の山水に遊び楽しんだという。○性僻　性格が偏っている。ひねくれている。○自棄　人に後れを取ること。やけになること。○功名富貴非吾事　唐の司空図の「山中」詩に、「世間万事吾が事に非ず」。○匏繫　一つ所に繫がれて滞っていること。『論語』陽貨の、「吾れ豈に匏瓜《ほうか》ならんや。焉《いずく》んぞ能く繫《かか》りて食らはれざらん」に拠る。○尚平　後漢の尚長《しょうちょう》(字は子平)。子供の婚事を終えた後は家事を放棄したという。○痩羸　痩せ疲れる。○灰滅　燃え尽きる。○四支百体　両手両足と身体のすべて、すなわち全身。○無分　機縁がない。唐の杜甫の「九日五首」詩その一に、「竹葉人《ちくようひと》に於《お》いて既《すで》に分無《ぶんな》し」。○神想　心に想うこと。○赤脚　素足。○大壑　大海。『荘子』天地に、「諄芒《じゅんぼう》、将《まさ》に東のかた大壑に之《ゆ》かんとして、適《たま》ま苑風《えんぷう》に東海の浜に遇ふ」とあり、東海にあるとされた。○区中　限られた区域の中。『史記』司馬相如伝に、「区中の隘陜《あいきょう》を迫《せま》しとし、節を舒《ゆる》めて北垠《ほくぎん》に出づ」。○五岳　五つの名山、泰山・華山・衡山・恒山・嵩山。中国では天子がここに巡行して天を祭る封禅の儀式を行なった。○期　際会すること。○鴻蒙　『荘子』在宥に、「鴻蒙《こうもう》、髀《ひ》を拊《う》ち雀躍《じゃくやく》す」とあり、天地自然の元気を擬人化した言い方。○拊髀　腿《もも》を撃つ。勇み奮うさま。　○**爵躍**　跳びはねて喜ぶ。　○**掃**　画を描く。　○**鬱蔥**　草木が青々と繁茂しているさま。　○**障間**　ここは画の描かれた屏障の中の意。　○**崖崿**　がけ。　○**尺樹丈山**　一尺の高さの樹木と、一丈の高さの山。画に描かれた樹木や山。
○**林巒**　林と山。　○**漠漠**　一面に広がっているさま。　○**咫尺**　極めて近い距離。
○**壺公**　後漢の薬売りの老人の名。汝南の市で薬を売っていたが、市が終わると店頭の壺の中に跳び入った。市の役人だった費長房《ひちょうぼう》はこの壺公に導かれて壺の中に入ったところ、壺中に天地があり、費長房は壺公から仙術を学んだという(『後漢書』費長房伝)。
○**乾坤**　天地。　○**唯能睡**　南郭が寐ることを好み、眠りのなかに隠逸の境地を見出そうとしたことは、『南郭先生文集』四編・巻六「寐隠弁」に論じられている。　○**鯨吼雷鳴**　鯨の吼える声と雷の鳴る音。ともに大鼾《おおいびき》の形容。　○**帝座**　天帝の座所。明の王履の「曾て落雁峰を尋ねて所在を知らず…」詩に、「呼吸帝座《こきゅうていざ》に通《つう》ず」。　○**山霊海若**　山神と海神。　○**崑崙**　中国の西方にあるとされた伝説上の山の名。　○**扶桑**　中国の東方の海中にある神木、またその神木が生えている土地。　○**為雲復為雨**　戦国楚の宋玉の「高唐の賦」(『文選』)に、楚の懐王が高唐に遊び、昼寝をして夢の中で巫山の神女と交わったが、神女は「旦《あした》には朝雲《ちょううん》と為り、暮には行雨《こうう》と為る」と言って去ったという。
○**北窓五月帰清風**　晋の陶潜の「子の儼等《げんら》に与ふる疏《そ》」に、「常に言ふ、五六月中、北窓の下に臥し、涼風の暫《しばら》く至るに遇ふ。自ら謂ふ、是れ羲皇上《ぎこうじょう》の人と」に拠る。○遽爾にわかに。『荘子』斉物論に、荘周が夢に胡蝶となったが、「俄然として覚むれば、則ち蘧蘧然《きょきょぜん》として周なり。…此れをこれ物化と謂ふ」とあるのに拠る。○物化理　万物の変化の理《ことわり》。○偃然　安らかに臥すさま。『荘子』至楽に、「偃然として巨室に寝す」。

性格が偏っているので、生まれつき人に後れを取るのは仕方がないと思っている。名声を得ることや金持ちになることは、自分とは無縁だ。若い頃には気持も元気だったので気ままな旅をしたいと思ったが、一つ所に縛られて思うようにはならなかった。子育てを終えた尚平は家事を放棄したというが、私も晩年を迎えたので世事からすっかり逃れることにした。けれども、年齢を重ねるにつれて老もまたやって来るということを予想していなかった。体は痩せ疲れて骨だけが空しく存し、心は燃え尽きて生気を失っている。身体中あちこちが病いに冒されているので、名山との機縁も私においてはもはや終わってしまった。

しかし、想像の中では素足を労する必要はなく、夢で東方に遊んで大海を窺い見ることもできる。ましてや、この限られた書斎の中で五岳と際会する時は、かの鴻蒙《こうもう》が腿《もも》を撃って跳びはねたように、喜び勇んでそれに登ることもできる。奮い立って書斎の周囲の壁に山水を描くと、墨書きの雲や霞が筆の動きにつれて出来上がる。梁《はり》のあたりに描かれた峰々の連なりの下には草木の青々と茂る山肌が続き、襖障子に描かれた川は激しく流れて崖《がけ》を揺るがしている。高さ一尺の樹木や高さ一丈の山が縮小された地面に描かれ、秋の広々とした空間に林や山や泉や石が配置されている。自ら描いた筆の跡は粗雑で、愚かな出来が我ながら恥ずかしいが、描き終えて自分独りの楽しみにするには何の問題もない。

私はいま間近かで壺公《ここう》の縮地の術を学び、別天地を開いて我が身を容れている。病んで横になり、酔って横になり、いずれにしろ唯だひたすらよく眠っている。夢の中で天地を上下し、居ながらにしてどこにでも自由に動き回っている。私の大鼾《おおいびき》はまるで鯨が吼え、雷が鳴っているかのように響き渡り、その時の吐く息、吸う息は、もとより天帝の居場所にまで通じている。大鼾の音には山の神・海の神も驚いて、きっと世界の西の果ての崑崙山、東の果ての扶桑にまで逃げ出すであろう。夢の中では雲になろうと雨になろうと思うままだが、夏五月、北向きの窓辺で、清涼な風に吹かれて昼寝の夢から目覚める。その時、はたと万物の変化の理というものによって、自分が夢の中で山水に遊んでいたということに気づくが、私の身体はそれでもやはり安らかに書斎の中で横たわっているのである。

90　春草

赤羽渓辺草
頗関違世情
年年兼病長
日日喚愁生
青入春風細
碧留朝露軽
相憐窮巷色
莫使馬蹄行

春《しゅん》草《そう》

赤羽《せきう》渓辺《けいへん》の草《くさ》
頗《すこぶ》る違《い》世《せい》の情《じょう》に関《かか》はる
年年《ねんねん》　病《やまい》と兼《とも》に長《ちょう》じ
日日《ひび》　愁《うれ》ひを喚《よ》びて生《しょう》ず
青《あお》は春風《しゅんぷう》に入《い》りて細《こまや》かに
碧《みどり》は朝露《ちょうろ》を留《とど》めて軽《かる》し
相憐《あいあわ》れむ　窮巷《きゅうこう》の色《いろ》
馬蹄《ばてい》をして行《ゆ》かしむること莫《なか》れ

『南郭先生文集』四編・巻一。五言律詩。韻字、情・生・軽・行(下平声八庚)
○赤羽　江戸の芝の地名。現、東京都港区東麻布あたり。南郭は四十九歳の享保十六年(一七三一)冬に、赤羽川にかかる中の橋の北に転居し、赤羽先生と称された。　○渓辺谷川のほとり。ここは、赤羽川の土手をいう。唐の杜甫の「落日」詩に、「渓辺春事幽《けいへんしゅんじゆう》なり」。○**違世情**　時世と乖離しているという思い。世俗と同化できない心情。○**兼**　一緒に。○**喚愁生**　杜甫の「愁ひ」詩に、「江草日日《こうそうひび》愁《うれ》ひを喚《よ》びて生《しょう》ず」。○**窮巷色**　貧しい場末の町に生えている春草の色。○**馬蹄**　馬の蹄《ひづめ》。馬は武士など身分のある人の乗物。唐の劉長卿の「李判官の潤州の行営に之《ゆ》くを送る」詩に、「草色青青《そうしょくせいせい》として馬蹄《ばてい》を送《おく》る」。

春になると生えてくる赤羽川の土手の草には、時世に乖離しているという私の心情とはなはだ通じるものがある。春草は年々私の病いと一緒に姿を現わし、日々生長して私の愁いを喚び起こす。春風が吹くと草の緑は濃くなり、軽やかに朝露を載せる。貧しいこの場末の町に生えている春草の色を、私は愛《いとお》しく思う。世にときめく人が駈けさせる馬の蹄に踏みつけさせてはいけない。

山県周南《やまがたしゅうなん》

貞享四年(一六八七)—宝暦二年(一七五二)、六十六歳。修姓は県。名は孝孺。字は次公。

通称は少助。号は周南。長門萩藩儒山県良斎《りょうさい》の次男。宝永二年(一七〇五)父に従って江戸に出て、荻生徂徠に入門した。宝永四年に萩藩儒になり、正徳元年(一七一一)の朝鮮通信使との詩文の応酬によって文名を挙げた。藩校明倫館《めいりんかん》の創建に尽力して学頭となり、多くの門人を育てた。詩文集に『周南先生文集』などがある。

91

墨水泛舟　并序

丁未中元、邀物先生、泛舟於墨沱河、子遷子和諸友咸会、会者十餘人、多挟蔡伯喈桓叔夏之技、絃筦交奏、觚觵更命、僕帰期近逼、恐再会難継、乃不能無索居睽離之思云

鼓 楫 龍 山 阿
張 楽 墨 沱 河

墨水《ぼくすい》に舟《ふね》を泛《うか》ぶ　并《なら》びに序《じょ》

丁未《ていび》中元《ちゅうげん》、物先生《ぶつせんせい》を邀《むか》へ、舟《ふね》を墨沱河《すみだがわ》に泛《うか》ぶ。子遷《しせん》・子和《しわ》、諸友《しょゆう》咸《みな》会《かい》す。会《かい》する者十余人《ものじゅうよにん》、多《おお》くは蔡伯喈《さいはくかい》・桓叔夏《かんしゅくか》の技《わざ》を挟《も》つ。絃筦交《げんかんこもご》も奏《そう》し、觚觵《こかん》更《かわるがわ》る命《めい》ず。僕《ぼく》の帰期《きき》、近《ちか》くに逼《せま》る。再会《さいかい》の継《つ》ぎ難《がた》きを恐《おそ》る。乃《すなわ》ち索居睽離《さくきょきり》の思《おも》ひ無《な》きこと能《あた》はずと云《い》ふ。

楫《かじ》を鼓《こ》す　龍山《りゅうざん》の阿《くま》
楽《がく》を張《は》る　墨沱河《すみだがわ》

焱赫行蕩滌
沆瀣揚滄波
飛觴称逸興
笙鼓佐棹歌
秩秩賦既酔
僊僊且婆娑
歓楽在今日
如此良辰何
譬彼隴上雲
一去竟蹉跎
平生幾歳月
常苦別離多
一為参與商
此遊夢中過

焱赫《えんかく》　行《ゆ》く蕩滌《とうてき》し
沆瀣《こうがい》　滄波《そうは》を揚《あ》ぐ
飛觴《ひしょう》　逸興《いっきょう》を称《しょう》し
笙鼓《しょうこ》　棹歌《とうか》を佐《たす》く
秩秩《ちつちつ》として既酔《きすい》を賦《ふ》し
僊僊《せんせん》として且《か》つ婆娑《ばさ》たり
歓楽《かんらく》は今日《こんにち》に在《あ》り
此《こ》の良辰《りょうしん》を如何《いか》んせん
彼《か》の隴上《ろうじょう》の雲《くも》に譬《たと》ふれば
一《ひと》たび去《さ》りて竟《つい》に蹉跎《さた》す
平生《へいぜい》　幾歳月《いくとしつき》ぞ
常《つね》に別離《べつり》の多《おお》きを苦《くる》しむ
一《ひと》たび参《しん》と商《しょう》とに為《な》らば
此《こ》の遊《ゆう》は夢中《むちゅう》に過《す》ぎん

『周南先生文集』巻一。五言古詩。韻字、阿・河・波・歌・娑・何・跎・多・過(下平声五歌)。

○**墨水**　隅田川。　○**丁未中元**　享保十二年(一七二七)陰暦七月十五日。　○**物先生**　荻生徂徠。長門萩への帰国の時が迫っていた周南は、留別のため師の徂徠ほか同門の人々を招いて、隅田川での舟遊びを催したのである。　○**墨沱河**　隅田川。　○**子遷**　周南と同じ徂徠門下の服部南郭の字。『南郭先生文集』二編・巻四に収める七言律詩「県次公、舟を泛べて徂来先生を宴し、同じく賦するに秋の字を得たり」は、この留別の宴の時の作であろう。　○**子和**　周南と同じ徂徠門下の平野金華の字。『金華《きんか》稿刪《こうさん》』巻二に収める七言律詩「徂来先生に陪して服子遷・県次公と同じく舟を墨水に泛ぶ」は、この時の作と推定される。　○**挟**　持つ。　○**蔡伯喈**　後漢の蔡邕《さいよう》。字は伯喈。博学で辞章・数術・天文を好み、音楽を能くして琴を演奏するのに巧みだったという(『後漢書』蔡邕伝)。　○**桓叔夏**　晋の桓伊《かんい》。字は叔夏。音楽を能くして江左第一と称された(『晋書』桓伊伝)。　○**絃筦**　絃楽器と管楽器。　○**觚翰**　文字を記す木札と筆。ここは詩文を作ることをいう。　○**再会難継**　この舟遊びの後、徂徠は発病し、翌享保十三年一月十九日に没したので、周南の不安は現実のものになった。　○**索居**　友人などから離れて独り寂しくいること。　○**睽離**　離散すること。　○**鼓楫**　船べりを叩いて歌の拍子を取る。　○**龍山**　金龍山聖天宮の鎮座する隅田川西畔の小丘である待乳山を指す。　○**阿**　岸辺。　○**張楽**　楽器を連ねる。楽器を演奏する。　○**燄赫**　暑熱の盛んなこと。猛暑。　○**蕩滌**　洗い清める。　○**沆瀣**　夜間の露気。『楚辞』に収める戦国楚の屈原の「遠遊」に、「六気《ろっき》を餐《くら》ひ、沆瀣《こうがい》を飲《の》む」。　○**飛觴**　盃をやり取りすること。　○**逸興**　世俗を超脱した風流な趣き。　○**笙鼓**　笙の笛と鼓。『詩経』小雅・賓之初筵に、「籥舞《やくぶ》笙鼓《しょうこ》、楽《がく》既《すで》に和《ととの》ひ奏《かな》づ」。　○**棹歌**　船頭の歌う舟歌。『文選』に収める前漢の武帝の「秋風の辞」に、「中流《ちゅうりゅう》に横《よこ》たはりて素波《そは》を揚《あ》げ、簫鼓《しょうこ》鳴《な》りて棹歌《とうか》発《はっ》す」。　○**秩秩**　順序立っているさま。すらすらと。　○**既酔**　既に酒に酔っていること。『詩経』大雅・既酔に、「既《すで》に酔《よ》ふに酒《さけ》を以《もっ》てし、既《すで》に飽《あ》くに徳《とく》を以《もっ》てす」。　○**僊僊**　舞いを舞うさま。『詩経』小雅・賓之初筵に、「其《そ》の坐《ざ》を舎《す》てて遷《うつ》り、屢《しばし》ば舞《ま》ふこと僊僊《せんせん》たり」。　○**婆娑**　舞うさま。『詩経』陳風・東門之枌に、「東門《とうもん》の枌《にれ》、宛丘《えんきゅう》の栩《とち》、子仲《しちゅう》の子《こ》、其《そ》の下《した》に婆娑《ばさ》たり」。　○**良辰**　佳き日。　○**隴上雲**　隴山の上、また丘の上の雲。宋の蘇軾の「行香子《ぎょうこうし》　丹陽にて述古に寄す」詞の、「別来《べつらい》相憶《あいおも》ふ、知《し》る是《こ》れ何人《なんぴと》ぞ、湖《こ》中《ちゅう》の月《つき》、江辺《こうへん》の柳《やなぎ》、隴頭《ろうとう》の雲有《くもあ》り」から、別離を思い出させる景物。　○**蹉跎**　時機を失う。　○**参与商**　参星《しんせい》と商星《しょうせい》。この二星は遠く西と東に離れており、同時に現われることがないので、遠く離れて会うことがない別離の喩えに用いられる。唐の杜甫の「高三十五書記を送る十五韻」詩に、「各《おのおの》の天《てん》の一涯《いちがい》に在《あ》り、又《ま》た参《しん》と商《しょう》との如《ごと》し」。

[享保十二年七月十五日、荻生徂徠先生をお迎えして、隅田川で舟遊びをした。服部南郭や平野金華など同門の諸友たちも皆な集まった。集まった者は十余人で、多くは蔡邕《さいよう》や桓伊《かんい》のように楽器の演奏を巧みにした。そこで絃楽器や管楽器を交代で演奏し、代わる代わる詩文を作らせた。私が本藩に帰る時期は迫っていた。再会は期し難いのではないかと恐れ、このまま離散して独りになるのではないかという思いにとらわれてしまった。]

隅田川に舟を浮かべ、金龍山下の岸辺で舟べりを叩いて歌の拍子を取ったり、楽器を演奏したりした。舟を進めて行くと暑熱は洗い清められ、夜間の露気のなか青々とした波しぶきが揚がる。酒盃をやりとりしてすばらしい興趣だと称し、楽器を演奏して舟頭の歌う舟歌を助ける。酒の酔いに任せてすらすらと詩文を賦し、ひらひら、くるくると舞いを舞う。人生の歓楽は今日のこの一日にある。この佳き日をどうしようか。あの丘の上の雲に譬えるなら、一たび別れてしまえば、竟《つい》には時機を失って再び会うことはないのだ。これまで長い年月にわたって、普段から別離の多さには苦しんできた。一たび参星と商星のように遠く離れてしまえば、今日のこの行楽は夢の中で過ぎ去った儚《はかな》い出来事になってしまうのだ。

平野《ひらの》金華《きんか》

元禄元年(一六八八)―享保十七年(一七三二)、四十五歳。修姓は平。名は玄中。字は子和。通称は源右衛門。号は金華。磐城《いわき》国三春《みはる》の人。江戸に出て初めは千田玄智に医を学び、正徳元年(一七一一)頃、荻生徂徠に入門した。三河刈谷藩に仕えたが、享保十年(一七二五)頃に致仕し、その後磐城守山藩に仕えた。奔放奇矯な性格であったが、徂徠門下の蘐園《けんえん》においては服部南郭や高野蘭亭などとともに詩才を称された。詩文集に『金華稿刪《こうさん》』がある。

92　題壁　時余就羈絆

十年売薬都門外
酒肆屠家四方会
女児已知韓伯休
由来出処不可奈

壁《かべ》に題《だい》す　時《とき》に余《よ》、羈絆《きはん》に就《つ》く

十年《じゅうねん》　薬《くすり》を売《う》る　都門《ともん》の外《そと》
酒肆《しゅし》　屠家《とか》　四方《しほう》に会《かい》す
女児《じょじ》　已《すで》に韓伯休《かんはくきゅう》を知《し》る
由来《ゆらい》　出処《しゅっしょ》は奈《いか》んともする可《べ》からず

曾聞肥遯无不利
豈謂老去釈韋帯」
君不見鸞鳳生翩翩
朝搏扶桑暮虞淵
四海九州心所欲
一朝変化不沖天
如何樊籠区区物
一落人間長蕭然

曾《かつ》て聞《き》く　肥遯《ひとん》　利《り》ならざる无《な》しと
豈《あ》に謂《おも》はんや　老去《おいさ》りて韋帯《いたい》を釈《と》かんとは
君見《きみみ》ずや　鸞鳳《らんほう》は生《うま》れて翩翩《へんぺん》たるを
朝《あさ》には扶桑《ふそう》に搏《う》ち　暮《くれ》には虞淵《ぐえん》
四海《しかい》　九州《きゅうしゅう》　心《こころ》の欲《ほっ》する所《ところ》
一朝《いっちょう》　変化《へんか》して天《てん》に沖《ちゅう》せず
如何《いかん》ぞ　樊籠《はんろう》　区区《くく》の物《もの》
一《ひと》たび人間《じんかん》に落《お》ちて長《なが》く蕭然《しょうぜん》たる

『金華稿刪』巻一。七言古詩。韻字、外・会・奈・帯(去声九泰)」翩・淵・天・然(下平声一先)。

○**題壁**　壁に詩文を書きつける。また壁に書きつけた詩文。○**就羈絆**　束縛されるようになる。ここは、朝鮮通信使に応接するための要員として、享保四年(一七一九)に三十二歳の金華が三河刈谷藩に出仕することになったのをいう。○**十年売薬**　金華は江戸に出て医術を学び、徂徠に入門するまでは医者をしていた。○**都門外**　都の入口の門の外。金華が江戸の何処で医者をしていたかは未詳だが、江戸の見附のうちのいずれかの門外をいうか。○**屠家**　獣を屠殺してその肉を売る店。侠客などが出入りする場所。江戸の町にも獣肉を供する「ももんじ屋」と呼ばれる店があった。○**女児**　年の若い女。ここは「酒肆屠家」で働く女を指す。○**韓伯休**　後漢の韓康。字は伯休。長安の町で三十余年のあいだ薬を売ったが、掛値をしなかったので「小女子」にまで名前を知られるようになった。しかし、もともと名を避けたいと思っていたので覇陵山中に隠遯した(『後漢書』韓康伝)。金華自身の姿が托されている。○**由来**　もともと。元来。○**出処**　出でて官に仕えることと、退いて家に居ること。去就。○**肥遯**　肥《ゆた》かに悠々と世間から隠遯すること。○**无不利**　よろしくないことはない。『易経』遯に「上九、肥遯、利ならざる无し」。○**韋帯**　一重のなめし革の帯。貧賤の人が身につけるもの。○**鸞鳳**　瑞鳥の名。すぐれた人物の喩え。○**翩翩**　鳥が軽々と飛ぶさま。『詩経』小雅・四牡に、「翩翩《へんぺん》たる鵻《はと》は、載《すなわ》ち飛び載《すなわ》ち下《くだ》る」。○**搏**　羽ばたく。○**扶桑**　東海中の日の出るところにあるという神木。日本を指すこともある。『荘子』逍遥遊に、「鵬《ほう》の南冥《なんめい》に徙《うつ》るや、水の撃すること三千里、扶揺《ふよう》に搏《う》ちて上《のぼ》ること九万里」。「扶揺」は、扶桑に同じ。○**虞淵**　太陽が没するところとされる西のはて。○**四海九州**　四方の海と中国全土。すなわち天下をいう。○**沖天**　天に上る。○**樊籠**　鳥籠。官職や牢獄など自由を束縛される状態の喩え。晋の陶潜の「園田の居に帰る五首」詩その一に、「久《ひさ》しく樊籠《はんろう》の裡《うち》に在《あ》り」。○区区物　取るに足りないもの。

十年の間、江戸の門外で薬を売り、あちこちの居酒屋や獣店《けものみせ》に出入りしてきたので、女たちにもすっかり名前を知られてしまったが、元より出処進退というものは思うようにはならないものだ。悠々と隠遁自適するのはよいことだというのを昔聞いたことがあるが、一重の革帯を身につけた貧しくとも気ままな生活に、年老いてからおさらばするようなことになろうとは思ってもいなかった。

諸君は知っているだろう、鸑鳳のような瑞鳥は生まれつき軽々と飛ぶということを。朝には日の昇る東海の扶桑の辺りに、夕には日の沈む虞淵という西の果てにというように、鸑鳳はこの世界において心の欲する所に飛んでゆくものだが、それがある時姿を変えて天に上ることをやめてしまったのだ。鳥籠の中のつまらない存在になり、俗世に落ちてひっそりと生き続けていくことになってしまったというのは、何ということであろうか。

本多《ほんだ》猗蘭《いらん》

元禄四年(一六九一)―宝暦七年(一七五七)、六十七歳。修姓は滕。名は忠統《ただむね》。字は大乾。通称は駒之助。号は猗蘭・不言斎。西臺滕侯《せいだいとうこう》などとも称される。河内西代《にしだい》藩主本多忠恒の次男で、宝永元年(一七〇四)に襲封して西代藩主(一万石)となった。伊豫守に叙任され、奏者番・寺社奉行などを経て享保十年(一七二五)若年寄となり、幕政に貢献した。享保十七年、伊勢国神戸に移封され、五千石の加増を受けた。荻生徂徠の門下として詩文に長じ、徂徠門下の詩人たちと親交した。詩文集に『猗蘭臺集』などがある。

93　晩秋与子遷飲得林字

相対一尊酒
笑談意已深
青雲非我志
明月見君心
坐睨蒼龍闕

晩秋《ばんしゅう》、子遷《しせん》と飲《の》む、林字《りんじ》を得《え》たり

相対《あいたい》す　一尊《いっそん》の酒《さけ》
笑談《しょうだん》　意《い》已《すで》に深《ふか》し
青雲《せいうん》　我《わ》が志《こころざし》に非《あら》ず
明月《めいげつ》　君《きみ》の心《こころ》を見《み》る
坐《そぞ》ろに睨《み》る　蒼龍《そうりゅう》の闕《けつ》

興憐楓樹林
酔中秋欲晩
流水惜知音

興《きょう》じて憐《あわ》れむ　楓樹《ふうじゅ》の林《はやし》
酔中《すいちゅう》　秋《あき》晩《く》れんと欲《ほっ》し
流水《りゅうすい》　知音《ちいん》を惜《お》しむ

『猗蘭臺集』三稿・巻一。五言律詩。韻字、深・心・林・音(下平声十二侵)。
○子遷　同じ徂徠門下の詩人服部南郭の字。『猗蘭臺集』にも『南郭先生文集』にも互いの名前は頻出し、交遊関係が密だったことが分かる。**○得林字**　韻字を分担し、ここは猗蘭が韻字「林」(下平声十二侵)を用いて詩を作ったことをいう。**○一尊酒**「尊」は酒器。唐の杜甫の「春日、李白を憶ふ」詩に、「何《なん》の時《とき》か一樽《いっそん》(一尊に同じ)の酒《さけ》もて、重《かさ》ねて与《とも》に細《こま》かに文《ぶん》を論《ろん》ぜん」。**○青雲**　「青雲之志」は、立身出世したいと思う心。猗蘭は小大名であったが、幕閣においては奏者番、寺社奉行、若年寄を歴任し、出世を重ねていた。**○明月**　曇りのない明るい月。ここは南郭の清亮な心の比喩。杜甫の「李白を夢む二首」詩その一に、「落月《らくげつ》は屋梁《おくりょう》に満《み》ち、猶《な》ほ顔色《がんしょく》を照《て》らすかと疑《うたが》ふ」。**○坐**　何とはなしに。**○睨**　見る。**○蒼龍闕**　漢の長安城内の宮殿未央宮《びおうきゅう》の東にあった宮闕(宮城の門)の名から、転じて宮闕一般をいう。伊勢神戸藩の上屋敷は神田橋御門外にあったので、具体的には神田橋御門を指すか。**○流水惜知音**　「流水」は、流れる水。ここは藩邸の庭を流れる遣り水の音をいうか。「知音」は、琴の名手伯牙《はくが》が高山、時に流水を思いながら琴を弾ずると、友人の鍾子期《しょうしき》はその音色の違いを聞き分けた。伯牙は、鍾子期が死ぬと自分の琴の音色を聞き分ける人がいなくなったと言って、琴を破り絃を絶ったという「伯牙絶絃」(『蒙求』)の故事に拠る。ここは、猗蘭が自分を伯牙に擬し、南郭を鍾子期に擬して、南郭のことを自分を理解してくれる「知音」(知己)だとして愛惜(大切に)したのである。

向かい合って一つの酒器から酒を酌み交わせば、談笑の中にも深い思いがこもる。出世は私の志すところではなく、私はあなたの心に明月のような清らかな輝きを見る。近くの江戸城の御門を漫然と眺め、邸内の紅葉した楓の林を面白く賞でる。心地よい酔いのなか、秋はもう過ぎ去ろうとしている。流れる水音を聞きながら、伯牙《はくが》と鍾子期《しょうしき》の故事を思い出して、私にとってあなたは私のことを良く理解してくれる知音なのだと、あらためて大切に思う。

◇蘐園《けんえん》の詩人のなかには、この詩の作者である猗蘭侯本多忠統や鵞湖《がこ》侯諏訪忠林《ただとき》などのような大名もいた。本多猗蘭侯は伊勢神戸藩主、諏訪鵞湖侯は信濃高島藩主、いずれも小藩の藩主である。大名であった彼らは、藩儒や在野の人であった服部南郭・太宰春臺・安藤東野など蘐園の詩人たちと、身分差を越えた交わりを持ち、詩文を唱和して、各々それを『猗蘭臺集』や『鶩湖詩稿』というような自分の個人詩集に残した。蘐園の詩人たちがお互いに現実社会での出自や身分差を越えて、格調を重んずる擬古的な詩文を作り応酬したことは、己れを古代中国の士大夫に擬装して、風雅の共同体とでも呼べる世界に優遊することにほかならなかった。しかし、身分制度が機能していた江戸時代の現実と、蘐園の詩人たちが詩文の世界に構築しようとした風雅の共同体との間には、時に齟齬を来すこともあった。

「猗蘭藤侯に上《たてまつ》る書(第二書)」(『春臺先生紫芝園稿』後稿・巻十二)という猗蘭侯宛ての太宰春臺の書翰の中に、次のように文章が見られる。「往歳、僕に報書を賜ふに、唯だ貴号を書するのみにて、貴名を書せず。且つ頓首等の字無し。僕聞くに、書札は輿台《よだい》(召使い)に与ふると雖も、必ず自ら其の名を書するは礼なりと。頓首等の字に至つては、則ち君の臣を拝するの礼、天子と雖もこれ有り。況《ま》や書札に於いてをや。何ぞ自ら之を辱《は》ぢて嫌《いと》ふことを為すや。純(春臺の名)の如きは也た卑賤にして且つ狎《な》る。固《もと》より傷むこと無きなり。他人に於いては則ち宜しく是《か》くの如くなるべからず」。猗蘭侯が春臺に与えた書翰の書き方が、現実の身分的な上下関係を前提にして、礼を無視したものになっていることが春臺には許せず、春臺は猗蘭侯に強く抗議したのである。

秋山玉山《あきやまぎょくざん》

元禄十五年(一七〇二)―宝暦十三年(一七六三)、六十二歳。名は定政。字は子羽。通称は儀右衛門。号は玉山。熊本藩作事方棟梁の二男として生まれ、熊本藩医秋山需庵の養子になった。藩主に従って江戸に出て、林鳳岡に入門した。藩儒として仕え、藩校時習館《じしゅうかん》の創設に尽力した。服部南郭や高野蘭亭らとも交遊し、詩人としては新井白石・祇園南海・梁田蛻巌とともに正徳四家の一人に数えられた。詩集に『玉山先生詩集』がある。

94 看雲叟

浮雲多変態
人事多是非
人事何足道
浮雲自在飛

看雲叟《かんうんそう》

浮雲《ふうん》　変態《へんたい》多《おお》く
人事《じんじ》　是非《ぜひ》多《おお》し
人事《じんじ》は何《なん》ぞ道《い》ふに足《た》らん
浮雲《ふうん》は自在《じざい》に飛《と》ぶ

忽向空中滅
更傍石上微
出如抽繭緒
飄似脱錦機
英英照彩翰
曳曳為白衣
間与老僧偶
孤与貧士依
悠然看雲叟
此心与世違

忽《たちま》ち空中《くうちゅう》に向《お》いて滅《き》え
更《さら》に石上《せきじょう》に傍《そ》ひて微《かす》かなり
出《い》づるは繭緒《けんちょ》を抽《ぬき》んづるが如《ごと》く
飄《ただよ》へるは錦機《きんき》を脱《だっ》するに似《に》たり
英英《えいえい》として彩翰《さいかん》を照《て》らし
曳曳《えいえい》として白衣《はくい》と為《な》る
間《かん》は老僧《ろうそう》と偶《ぐう》し
孤《こ》は貧士《ひんし》と依《よ》る
悠然《ゆうぜん》たり　雲《くも》を看《み》る叟《おきな》
此《こ》の心《こころ》　世《よ》と違《たが》ふ

『玉山先生詩集』巻一。五言古詩。韻字、非・飛・微・機・衣・依・違(上平声五微)。

○**看雲叟**　雲を眺める老人。玉山自身を擬える。唐の王維の「終南の別業」詩の、「行《ゆ》きて水《みず》の窮《きわ》まる処《ところ》に到《いた》り、坐《ざ》して雲《くも》の起《おこ》る時《とき》を看《み》る、偶然林叟《ぐうぜんりんそう》に値《あ》ひ、談笑還期無《だんしょうかんきな》し」を意識するか。この王維の詩は、「無言の境、不可説の味」(『王孟詩評』)を表現したものと評されている。 ○**変態**　形を色々に変化させること。 ○**多是非**　善いこと、悪いことが入れ替わり立ち替わり起きる。唐の王昌齢の「東林《とうりん》の廉上人《れんしょうにん》の廬山《ろざん》に帰るを送る」詩に、「世情是非多《せじょうぜひおお》し」。 ○**向**　「於」と同意。 ○**傍石上**　雲は石から生ずるとされ、石が雲根《うんこん》と称されたことによる。唐の李白の「春日、羅敷潭《らふたん》に遊ぶ」詩に、「雲《くも》は石上従《せきじょうよ》り起《おこ》る」。 ○**繭緒**　繭《まゆ》の糸口。 ○**錦機**　錦を織り出す織機。 ○**英英**　軽やかで明るいさま。『詩経』小雅・白華に、「英英《えいえい》たる白雲《はくうん》、彼《か》の菅茅《かんぼう》を露《うるお》す」。 ○**彩翰**　彩筆。絵筆。 ○**曳曳**　長くたなびくさま。 ○**白衣**　雲の比喩。唐の杜甫の「歎《たん》ず可《べ》し」詩に、「天上《てんじょう》の浮雲《ふうん》は白衣《はくい》に似《に》たり、斯須《ししゅ》に改変《かいへん》して蒼狗《そうく》の如《ごと》し」。 ○**間**　ひっそりと静かなこと。唐の白居易の「裴侍中《はいじちゅう》の南園の静興を示さるるに和す」詩に、「間《かん》は雲《くも》と相似《あいに》たり」。 ○**偶**　並ぶ。同類である。 ○**貧士**　貧しい儒生。晋の陶潜の「貧士を詠ず七首」(その一)に、「孤雲独《こうんひと》り依《よ》ること無《な》し」。 ○**依**　寄り添う。なぞらえる。
○**与世違**　俗世間と違う。陶潜の「帰去来の辞」に、「世《よ》と我《われ》と相違《あいたが》ふ」。

空に浮かぶ雲は形を変えることが多いが、人の世の出来事も是非や善悪がさまざまに変化する。しかし、人の世の出来事など問題ではないかのように、空に浮かぶ雲は気ままに飛遊している。雲はふと空中で消滅したかと思うと、石の辺りにうっすらと漂ったりする。雲が生じるのはまるで繭から糸口を引き出すかのようであり、たゆたう雲は織機から錦が織り出されるかのようだ。空に浮かぶ雲の姿は、白い絵絹が絵筆を明るく照らしているようでもあり、長くたなびく白衣のようでもある。空に浮かぶ雲のひっそりとしたところは老僧と同類であり、ぽつんと孤立しているところは貧しい儒生と似ている。そのような雲の姿を悠然と眺めている老翁の心持ちは、是非にとらわれた世俗のものとは違っている。

95　前川捕魚歌

六月一放打魚船
前川蒹葭昼如烟
豪飲不知人間熱
氷盤氷壺照波偏
漁人挙網庖人躍
百金之魚出深淵

前川《ぜんせん》、捕魚《ほぎょ》の歌《うた》

六月《ろくがつ》　一《ひと》たび放《はな》つ　打魚《だぎょ》の船《ふね》
前川《ぜんせん》の蒹葭《けんか》　昼《ひる》　烟《けむり》の如《ごと》し
豪飲《ごういん》　知《し》らず　人間《じんかん》の熱《ねつ》
氷盤《ひょうばん》　氷壺《ひょうこ》　波《なみ》を照《てら》らして偏《あまね》し
漁人《ぎょじん》　網《あみ》を挙《あ》ぐれば　庖人《ほうじん》躍《おど》る
百金《ひゃっきん》の魚《うお》　深淵《しんえん》より出《い》づ

魚尾潑剌乱如雪
争向柁楼事撃鮮
忽聞戛戛鸞刀響
又見片片銀絲懸
酔後団欒同下筯
寒生歯頬忽飄然
呉江休恋張翰興
鄭国易欺子産賢
此時何須論魚楽
笑殺荘生濠上篇

魚尾《ぎょび》は潑剌《はつらつ》として乱《みだ》れて雪《ゆき》の如《ごと》し
争《あらそ》ひて柁楼《だろう》に向《お》いて撃鮮《げきせん》を事《こと》とす
忽《たちま》ち聞《き》く　戛戛《かつかつ》として鸞刀《らんとう》の響《ひび》くを
又《ま》た見《み》る　片片《へんぺん》として銀糸《ぎんし》の懸《かか》るを
酔後《すいご》　団欒《だんらん》　同《おな》じく筯《はし》を下《くだ》せば
寒《かん》は歯頬《しきょう》に生《しょう》じて忽《たちま》ち飄然《ひょうぜん》たり
呉江《ごこう》　恋《こ》ふることを休《や》めよ　張翰《ちょうかん》が興《きょう》
鄭国《ていこく》　易《やさ》しく欺《あざむ》く　子産《しさん》が賢《けん》
此《こ》の時《とき》　何《なん》ぞ須《もち》ひん　魚楽《ぎょらく》を論《ろん》ずることを
笑殺《しょうさつ》す　荘生《そうせい》が濠上《ごうじょう》の篇《へん》

『玉山先生詩集』巻二。七言古詩。韻字、船・烟・偏・淵・鮮・懸・然・賢・篇（下平声一先）。

○前川　向こうの川。　○六月　『礼記』月令の季夏（陰暦六月）に、「漁師に命じて蛟《こう》を伐ち、鼉《だ》を取り、亀を登《すす》め、黿《げん》を取る」とあり、六月は漁師が漁を命ぜられる月とする。

○打魚　網を打って魚を捕ること。　○蒹葭　荻《おぎ》と蘆《あし》。　○人間熱　世間の暑熱。　○氷盤・氷壺　ともに涼しげな月の光の比喩。　○偏　「偏」に同じ。すみずみまで行き渡る。　○庖人　料理人。　○百金之魚　高価な魚。『春秋公羊伝』隠公五年に、「百金の魚、公、之を張《あみは》る」。　○潑剌　ぴちぴちと跳びはねる。唐の杜甫の「漫成」詩に、「船尾《せんび》の跳魚潑剌《ちょうぎょはつらつ》として鳴《な》る」。　○向　「於」に同じ。　○柁楼　船体の後部にある舵《かじ》を取るためのやぐら。　○撃鮮　生きた獣や魚を料理する。　○戞戞　堅いものの触れ合う音。　○鸞刀　昔、祭の時に生け贄を割くのに用いた鸞鳥の飾りのある刀。『詩経』小雅・信南山に、「其《そ》の鸞刀《らんとう》を執《と》り、以《もっ》て其《そ》の毛《け》を啓《ひら》く」。　○片片　きれぎれなさま。○銀絲　魚の膾《なます》（刺身）の比喩。杜甫の「鄭広文に陪して何将軍の山林に遊ぶ十首」詩その二に、「鮮鯽銀糸《せんそくぎんし》の膾《なます》」。　○団欒　集まって車座に坐ること。　○筯　箸《はし》。　○歯頬　歯と頬、すなわち口の中。　○飄然　軽やかに消えて無くなるさま。　○呉江　呉淞江に同じ。中国の太湖に発して呉の地方を流れる川。　○張翰　晋の人。都で役人勤めをしていたが、秋風が吹くと、故郷である呉の名産の蓴羹鱸《じゅんこうろ》膾《かい》（蓴菜《じゅんさい》の吸物と鱸《すずき》の刺身）が食べたくなり、役人を辞めて帰郷した（『晋書』張翰伝）。　○鄭国　西周時代から春秋戦国時代まで、現在の河南省あたりに存在した小国。　○子産　春秋鄭の大夫公孫僑《こうそんきょう》。子産は字。『孟子』万章上の次のような故事に拠る。生きた魚を贈られた子産は、池守に池で飼っておくよう命じた。池守はその魚を煮て食べた後、池で飼っていた魚はどこかに泳いで逃げてしまいましたと子産に告げた。それを聞いた子産は、それは魚が所を得たということだから良かったと喜んだ。子産は知恵者だと言われているようだが、自分に欺されるなんてと言って池守は笑ったという。○魚楽　魚の楽しみ。『荘子』秋水の次のような故事に拠る。ある時、荘子が恵子と濠梁《ごうりょう》(濠水という川に架かる橋)のほとりを散歩していた。水中を悠々と泳いでいる鯈魚《ゆうぎょ》(はや)を見て荘子は、「これが魚の楽しみというものだ」と言った。それに対して恵子は、「あなたは魚ではないのに、どうして魚の楽しみが分かるのですか」と反論したので、荘子は「あなたは私ではないのに、どうして私が魚の楽しみを分かっていないということが分かるのかね」などと応答した。○**荘生濠上篇**　濠梁のほとりでの荘子と恵子の問答を記した『荘子』秋水の記事をいう。

六月になって漁をしようと網打ちの船を出した。向こうの川の岸辺には荻や蘆が茂っていて、昼でも靄っているように見える。酒を豪飲して人間世界の暑さを忘れているうちに、月が出てきて、清亮な月光が波の立ち始めた川面をすみずみまで照らしている。漁師が網から魚を取り挙げると、それをうけて料理人が腕を揮《ふる》う。高価な魚が深い水の中から出てきて尾ひれを勢いよく動かすと、雪のような水滴が乱れ散る。獲れたばかりの魚を船の後部のやぐらで競うようにして捌く。忽ちのうちに庖丁を使う音が鳴り響き、膾《なます》の一片一片が銀の糸のように次々と並べられていく。酒が回ったところで円座になり、一斉に箸をつけると、口の中に冷たさが生じ、一瞬にして消えてなくなるかのようだ。嘗て張翰《ちょうかん》は故郷呉の名産である鱸《すずき》の膾が食べたくて役人を辞めて帰郷したというが、そうした張翰の興感を恋い慕うのはやめなさい。また、鄭の国の池守は賢人子産《しさん》をやすやすと欺いて魚を煮て食べてしまったという。(だが、我々は役人勤めを辞めることも、賢人を欺くこともなく、今、新鮮な膾を口にしているではないか。) このような愉快な時に、どうして七面倒くさく魚の楽しみを論ずる必要があろうか。あの『荘子』の濠梁のほとりの話など笑い飛ばしておこう。

高野《たかの》蘭亭《らんてい》

宝永元年(一七〇四)―宝暦七年(一七五七)、五十四歳。名は惟馨。字は子式。号は蘭亭・東里。幕府御用達の魚問屋の子として江戸に生まれた。父は嵐雪《らんせつ》門下の俳人で百里と号した。十五歳で荻生徂徠に入門したが、十七歳の時に失明し、徂徠に勧められて詩人として身を立てることを決意した。徂徠門下の詩人としては服部南郭と並称され、多くの門人を擁した。晩年、鎌倉円覚寺の傍らに松濤館《しょうとうかん》を営んだ。詩集に『蘭亭先生詩集』がある。

96　雑詩三首

駕言出東城
逶迤道路長
策馬陟高岡
四野何茫茫
涼飈激林木
華葉皆焜黄
陰陽一何速
白露結為霜
人生宇宙間
忽如浮雲翔

雑詩《ざっし》三首《さんしゅ》（その三）

駕《が》言して東城《とうじょう》を出《い》づれば
逶迤《いい》として道路《どうろ》長《なが》し
馬《うま》に策《むち》ちて高岡《こうこう》に陟《のぼ》れば
四野《しや》　何《なん》ぞ茫茫《ぼうぼう》たる
涼飈《りょうひょう》　林木《りんぼく》に激《げき》し
華葉《かよう》　皆《み》な焜黄《こんこう》たり
陰陽《いんよう》　一《いっ》に何《なん》ぞ速《すみ》やかなる
白露《はくろ》　結《むす》びて霜《しも》と為《な》る
人《ひと》　宇宙《うちゅう》の間《かん》に生《うま》るれば
忽《たちま》ち浮雲《ふうん》の翔《と》ぶが如《ごと》し

感物多所懐
躑躅以彷徨
富貴安得久
栄枯使人傷
願言斟斗酒
歓楽以為常

物《もの》に感《かん》じて懐《おも》ふ所《ところ》多《おお》く
躑躅《てきちょく》して以《もっ》て彷徨《ほうこう》す
富貴《ふうき》は安《いずく》んぞ久《ひさ》しきを得《え》んや
栄枯《えいこ》は人《ひと》をして傷《いた》ましむ
願《ねが》はくは言《ここ》に斗《と》酒《しゅ》を斟《く》み
歓楽《かんらく》 以《もっ》て常《つね》と為《な》さん

『蘭亭先生詩集』巻一。五言古詩。韻字、長・茫・黄・霜・翔・徨・傷・常(下平声七陽)。

○**駕言**　馬車で出遊すること。「言」は助辞。『詩経』邶風《はいふう》・泉水に、「駕《が》言して出《い》で遊《あそ》んで、以《もっ》て我《わ》が憂《うれ》ひを写《はら》はん」。○**東城**　城下の東方。ここは江戸の町の東。唐の儲光義の「劉高士に貽《おく》りて別る」詩に、「夙《つと》に駕《が》して東城《とうじょう》を出《い》づれば、城傍《じょうぼう》に早霞《そうか》散《さん》ず」。○**逶迤**　曲がりくねって長く続くさま。○**陟**　登る。『詩経』魏風・陟岵《ちょくこ》に、「彼《か》の岵《こ》に陟《のぼ》り、父《ちち》を瞻望《せんぼう》す」。○**涼飈**　涼風。○**華葉**　花と葉。○**焜黄**　草木が黄ばんで衰えるさま。『文選』に収める古楽府「長歌行」に、「焜黄《こんこう》として華葉《かよう》衰《おとろ》ふ」。○**陰陽**　月日すなわち歳月のこと。○**白露**　白く見える露。『礼記』月令に、孟秋(陰暦七月)

に「白露降る」とあり、同じく季秋(陰暦九月)に「是の月や、霜始めて降る」とある。○感物　物を見たり触れたりして感を興す。唐の李白の「古風五十九首」詩その二十二に、「物《もの》に感《かん》じて我《わ》が心《こころ》を動《うご》かす」。○躑躅　足踏みする。行きつ戻りつする。○願言　「言」は語調を整える助辞で、「ここに」と訓ず。○斗酒　一斗の酒。大量の酒。唐の韋応物の「広陵に孟九雲卿に遇ふ」詩に、「歓楽《かんらく》す斗酒《としゅ》の前《まえ》」。

馬車に乗って城下の東に出遊すると、曲がりくねった道が長く続いている。馬に鞭打って高い岡の上に登れば、四方の野原のなんと広々としていることか。涼風が林の木々に激しく吹きつけて、花や葉は皆な黄ばんで枯れようとしている。歳月はなんと速やかに過ぎ去っていくことか。白い露の降りる季節が来たかと思うと、もう霜の季節になった。この宇宙の中での人の命は、浮雲が空を飛び去るように、一瞬のうちに過ぎ去ってしまうと思うと、物象に感情を動かされて考えることが多くなり、行きつ戻りつ彷徨《さまよ》うことになってしまう。久しいあいだ富貴であり続けることはできない。人の世の栄枯というものは傷ましいものだ。願うところは、一斗の酒を飲み干して、常に歓楽に身を任せたいということだ。

97　病懐

喪明身久棄
病渇老逾哀
豈学伝経術
空懐作賦才
風塵違伏枕
天地廃銜杯
自歎東流水
滔滔逝不回

病懐《びょうかい》

明《めい》を喪《うしな》ひて　身《み》久《ひさ》しく棄《す》つ
渇《かつ》を病《や》んで　老《お》いて逾《いよい》よ哀《かな》しむ
豈《あ》に学《まな》ばんや　伝経《でんけい》の術《じゅつ》
空《むな》しく懐《いだ》く　作賦《さくふ》の才《さい》
風塵《ふうじん》　枕《まくら》に伏《ふ》すに違《たが》ひ
天地《てんち》　杯《はい》を銜《ふく》むを廃《はい》す
自《おの》づから歎《なげ》く　東流《とうりゅう》の水《みず》
滔滔《とうとう》として逝《ゆ》きて回《かえ》らざるを

『蘭亭先生詩集』巻三。五言律詩。韻字、哀・才・杯・回（上平声十灰）。
○病懐　病気の時の物思い。　○喪明　視力を失う。　○渇　消渇《しょうかつ》。喉が渇いて小便が通じなくなる病気。糖尿病。　○伝経　経学を人に教授すること。　○作賦才　賦（事物の形勢を舗陳する韻文の形式の一つ）を作る才能の意であるが、ここは広く作詩の才能。前漢の司馬相如は作賦の才によって、武帝に重用された。　○風塵　俗世間。世俗的な事柄。明の王世貞の「感有り」詩に、「風塵《ふうじん》に伏枕《ふくちん》して懶未《らんいま》だ除《のぞ》かず」。○伏枕　病床に臥せること。○天地　天下。この空の下。○銜杯　酒杯を口に銜《ふく》む、すなわち飲酒すること。王世貞の「陸伯子の呉に還るを送る」詩に、「愁《うれ》ふる時天地《ときてんち》杯《はい》を銜《ふく》み尽《つ》くす」。○東流水　東に流れていく川の水。中国大陸では東に海があるので、基本的に川の水は東に流れてゆく。孔子が川のほとりに立って、「逝《ゆ》く者は斯《か》くの如きか。昼夜を舎《や》めず」と詠嘆したという『論語』子罕の故事から、事物は過ぎ去って二度と戻らないことの比喩。唐の李白の「夢に天姥《てんぼ》に遊ぶの吟、留別」詩に、「古来万事《こらいばんじ》東流《とうりゅう》の水《みず》」。○滔滔　水が盛んに流れるさま。

失明してからはずっと自棄《やけ》になっていたが、消渇《しょうかつ》の病に罹って、年を取るとますます悲哀を感じるようになった。経学を伝授する方法を学ぼうとは思わなかったが、作詩の才能は空しく持ち腐れになっている。病床に臥して俗世間とはすれ違った生活をするようになり、酒を飲むのもすっかり止めてしまった。東に向かって滔々と流れる川の水のように歳月は過ぎ去ってしまい、もう二度と戻ることはないということが嘆かわしい。

98　月夜繫舟牛渚

天開牛渚晩
月出墨河東
玉宇晴揚彩
清江水接空
依沙瑶沢迴
撃汰碧紋通
魚自行波底
人還棹雪中
三更雲窈窕
両岸樹玲瓏
洲鳥紛生白
漁燈暗奪紅
枕流耽夜色

月夜《げつや》、舟《ふね》を牛渚《ぎゅうしょ》に繫《つな》ぐ

天《てん》は開《ひら》く　牛渚《ぎゅうしょ》の晩《くれ》
月《つき》は出《い》づ　墨河《ぼくが》の東《ひがし》
玉宇《ぎょくう》　晴《は》れて彩《いろどり》を揚《あ》げ
清江《せいこう》　水《みず》は空《そら》に接《せっ》す
沙《すな》に依《よ》りて瑶沢迴《ようたくめぐ》り
汰《なみ》を撃《う》ちて碧紋通《へきもんつう》ず
魚《うお》は自《おの》づから波底《はてい》を行《ゆ》き
人《ひと》は還《かえ》つて雪中《せっちゅう》に棹《さお》さす
三更《さんこう》　雲《くも》は窈窕《ようちょう》たり
両岸《りょうがん》　樹《じゅ》は玲瓏《れいろう》たり
洲鳥《しゅうちょう》　紛《ふん》として白《はく》を生《しょう》じ
漁燈《ぎょとう》　暗《くら》きに紅《くれない》を奪《うば》ふ
流《なが》れに枕《まくら》して夜色《やしょく》に耽《ふけ》り

洗幘嘯秋風　　幘《さく》を洗《あら》ひて秋風《しゅうふう》に嘯《うそぶ》く
何客能吹笛　　何《なん》の客《きゃく》か　能《よ》く笛《ふえ》を吹《ふ》く
隣舟恨未同　　隣舟《りんしゅう》　恨《うら》み未《いま》だ同《おな》じからず

『蘭亭先生詩集』巻四。五言排律。韻字、東・空・通・中・瓏・紅・風・同（上平声一東）。

○**牛渚**　晋代、歴陽の近くにあった淵の名で、晋の袁宏《えんこう》が月夜に舟を泛べて謝尚《しゃしょう》と会し、詩を吟じたところ。ここはそれを意識しながら隅田川東岸の牛島を指す。現在の東京都墨田区向島。『東藻会彙地名箋』に「牛渚《ウシヾマ》」。○**墨河**　隅田川。『東藻会彙地名箋』に「墨河《スミダガハ》」。○**玉宇**　神仙の住む宮殿。ここは、仙女嫦娥《じょうが》が住むとされた月の宮殿、すなわち月をいう。○**揚彩**　美しい光を発する。○**瑶沢**　美しい水辺。明の李夢陽《りぼうよう》の「郊観に斎居して辺喬二太常《へんきょうにたいじょう》に柬《かん》す」詩に、「碧《みどり》は回《めぐ》る瑶沢《ようたく》の草《くさ》」。○**撃汰**　舟の棹が波を打って進む。『唐詩選』にも収める王維の「邢桂州《けいけいしゅう》を送る」詩に、「汰《なみ》を撃《う》ち復《ま》た舲《れい》を揚《あ》ぐ」。○**碧紋**　緑色の波紋。宋の宋祁《そうき》の「詠苔」詩に、「烟渚碧紋通《えんしょへきもんつう》ず」。○**棹雪中**　棹が水を打って飛沫《しぶき》が飛び散るのを雪に見立てた。○**三更**　真夜中。○**窈窕**　幽閑なさま。魏の曹植の「飛龍篇」詩に、「雲霧《うんむ》は窈窕《ようちょう》たり」。○**玲瓏**　玉のように美しいさま。唐の白居易の「新家醞《しんかうん》に対して自ら種《う》ゑし花を翫ぶ」詩に、「玲瓏《れいろう》たる五六《ごろく》樹《じゅ》」。○紛　入り乱れる。○生白　白いものが生じる。ここは鳥の羽毛が月の光をうけて白く見えるのをいう。○奪紅　紅色を奪い取ってきたかのように赤く輝いている。表現としては『論語』陽貨の、「紫《むらさき》の朱《あけ》を奪《うば》ふを悪《にく》む」を意識する。○枕流　水の流れに枕する。ここは船上で横たわることをいう。表現としては、晋の孫楚《そんそ》が王済《おうさい》に「枕石漱流《ちんせきそうりゅう》」と言うべきところを、「枕流漱石《ちんりゅうそうせき》」と言い誤り、それを王済に詰られると、孫楚が屁理屈をこねて抗弁したという故事(『晋書』孫楚伝)を意識する。○夜色　夜の景色。○幘　頭巾。○隣舟　隣の舟。唐の杜甫の「夜、觱篥《ひちりき》を聞く」詩に、「隣《りん》舟一《しゅうひと》たび聴《き》きて感傷多《かんしょうおお》し」。○恨　不平不満を抱き残念に思うこと。

牛島に暮色が広がり、月が隅田川の東に出た。晴れた空に月は明るく輝き、清らかな川の水は空と接している。舟を砂地伝いに進めると美しい水辺が次々と現われ、棹で波を打つと緑色の波紋が連なる。魚は自在に波の底を泳ぎ、波の飛沫《しぶき》が乱れ散ると舟の上の人は雪の中に棹さしているかのようだ。真夜中の雲は静かに夜空に浮かび、両岸の木々は月の光に美しく輝いている。中洲にいる鳥たちは入り乱れて白さを現わし、夜漁の灯火は暗闇のなかに赤々と燃えている。川の流れに枕するかのように舟の中に横たわって夜の景色を堪能し、川の水で頭巾を洗って秋風に吹かれながら吟嘯する。隣の舟で笛を巧みに吹いているのがどんな人かは分からないが、私が抱いている恨みの気持ちを共有するような人ではないようだ。

湯浅常山《ゆあさじょうざん》

宝永五年(一七〇八)—安永十年(一七八一)、七十四歳。名は元禎。字は之詳・士祥。通称は新兵衛。号は常山。備前岡山藩士湯浅子傑の子として生れ、享保十六年(一七三一)家督を嗣いだ。江戸に出府した際に、服部南郭や太宰春臺などの徂徠門下に学んだほか、井上蘭臺など林家の門人たちとも交遊した。藩の寺社奉行、町奉行などを歴任し、また藩の財政事務を担当したが、六十二歳の明和六年(一七六九)江戸詰の時、藩政を批判して隠居謹慎を命じられた。戦国時代から近世初頭にいたる武士の逸話を集成した『常山紀談』や、徂徠門下の人々の逸話を書き留めた『文会雑記《ぶんかいざっき》』を著わしたほか、詩文集に『常山楼集』などがある。

99　秋日二首

不将高躅擬先賢
謫籍蕭条閉戸年
慷慨関心両観戮
文章隕涙三閭篇
西郊旱色密雲外
九月繁霜落木前
社稷安危偏肉食
長歌一曲問青天

秋日《しゅうじつに》二首《しゅ》（その二）
高躅《こうちょく》を将《も》つて先賢《せんけん》に擬《なぞら》へず
謫籍《たくせき》蕭条《しょうじょう》たり　閉戸《へいこ》の年《とし》
慷慨《こうがい》　心《こころ》に関《かか》はるは両観《りょうかん》の戮《りく》
文章《ぶんしょう》　涙《なみだ》を隕《おと》すは三閭《さんりょ》の篇《へん》
西郊《せいこう》の旱色《かんしょく》　密雲《みつうん》の外《そと》
九月《くがつ》の繁霜《はんそう》　落木《らくぼく》の前《まえ》
社稷《しゃしょく》の安危《あんき》は偏《ひと》へに肉食《にくしょく》
長歌一曲《ちょうかいっきょく》　青天《せいてん》に問《と》ふ

『常山楼集』巻一。七言律詩。韻字、賢・年・篇・前・天(下平声一先)。
○秋日二首　六十二歳の明和六年(一七六九)、江戸藩邸詰めだった常山は藩政についての直言が禍して官職を罷免され、国元岡山での隠居謹慎を命ぜられた。そうした隠居謹慎中の秋の日の述懐の作。　**○高躅**　高潔な品行。隠遁生活をすることなどをいう。
○謫籍　罪を得て官職を奪われた者の名簿。罪人名簿。　**○蕭条**　もの寂しいさま。

○閉戸　戸を閉ざして外に出ず、刻苦して読書すること。○両観戮　「両観」は、宮城の門の両端に建っている望楼。「戮」は、殺すこと。『孔子家語』始誅に、魯の司寇となった孔子は、「政を乱すところの大夫少正卯《しょうせいぼう》を誅《ちゅう》し、これを両観の下に戮した」という。ここは、常山が少正卯のように藩政に有害な人物と判断されて斥けられたことが気になるというのであろう。○三閭篇　「三閭」は、戦国時代楚の三閭大夫であった屈原のこと。讒言によって宮廷から追放された屈原は憂愁のうちに「離騒」(『楚辞』)などの諸篇を作った。○西郊旱色密雲外　「旱色」は、旱魃の気配。「密雲」は、厚く覆う雲。また『易経』小畜に、「密雲あれど雨ふらず。我が西郊自《よ》りす」とあることから、上辺だけ悲傷のさまを見せて実は悲傷していないこと、すなわち空泣きすること、さらには民に施しが行なわれないことをいう。この一句は、秋の景色をいうだけでなく、藩の政治が民に恵みを及ぼしていないことを暗に表現する。○九月繁霜落木前　「繁霜」は、たくさん降りた霜。「九月」は霜が初めて降りる月なので、その月に「繁霜」であるのは時季尚早。「落木」は、秋になって落葉した木。唐の杜甫の「登高」詩に、「無辺《むへん》の落木《らくぼく》は蕭蕭《しょうしょう》として下《くだ》る」。この一句も前の句と同じように藩政の不穏を暗にいう。

○社稷　国家、ここは直接的には岡山藩を指す。○肉食　(肉を食べることのできる)高位高官の人。○長歌　声を長く引いて歌うこと。○青天　青空。

隠居したからといって自分を昔の賢人に擬えたりはしない。罪人の名簿に書き込まれて寂しく門を閉じて読書する一年になってしまった。政治を乱すとして城門の望楼の下で誅殺された少正卯《しょうせいぼう》と同じように、私も有害な人物だとして罪を得たのであれば、それが気にかかって嘆かわしい。そんな私にとって文章を読んで涙がこぼれるのは、讒言によって追放された三閭《さんりょ》大夫屈原《くつげん》の書いた「離騒」などの諸篇である。西の郊外では厚く雲が覆っているのに旱魃の気配が見え、木々の葉が落ちる以前の九月なのに、もう霜がたくさん降りている。藩の安否はひとえに藩の重臣たちにかかっている。私は長く声を引いて一曲の歌をうたい、心の中のわだかまりを青天に問いかけてみる。

◇常山の後輩で岡山藩儒になった井上四明(常山の友人井上蘭臺の養子)は、「藩故中軍司馬湯先生行状」(『常山楼集』巻五付録)という常山の伝記を撰しているが、その中に次のような記事がある。

明年、起ちて度支尚書《たくししょうしょ》・中軍司馬《ちゅうぐんしば》と為る。兵馬銭穀の政《まつりごと》、咸《み》な其の府に出づ。慨然として以謂《おもえ》らく、「近歳、有司多く私自《よ》りす。忽ち君の事を忘る。掾属《じょうぞく》媚佞《びねい》にして、士民窮乏し、倉廩《そうりんや》稍や以て空し。桴鼓《ふこ》一たび起れば、軍国の用、何を以て之に供へん。自ら奮ひて窮乏を救ひ、倉庾《そうゆ》を充たすこと有るは、復た烈公(池田光政公)の旧《むかし》の志なり」と。其の年、職を以て東都に往き、邸に留まること二期月、弾劾して忌まず。貴戚を廉正にし、官吏を歴詆《れきてい》して、略《ほ》ぼ難色無し。公、其の説を嘉納し、長吏・掾属、是に縁《よ》つて罪を得たり。明年、免黜《めんちゅつ》されて帰る。門を杜《とざ》して家居し、恬《てん》として慍《いか》る色無し。曰く、「吾は国家に於いて言を尽くし、臣職に於いて慙《は》づること無し。其の志命を遂げざるなり。復た孰《たれ》か之を怨まんや。門を杜《とざ》して業を修め、斯文《しぶん》に於いて一歩を進むるは、亦た天の寵霊ならずや」と。

この詩がなぜこのような詠まれ方をしたのか。右の「行状」からはその背景を窺うことができる。

鵜殿士寧《うどのしねい》

宝永七年(一七一〇)—安永三年(一七七四)、六十五歳。初め村尾氏、後に旗本鵜殿氏の養子となり禄六百五十石の家督を嗣いだ。名は長一・孟一。字は士寧。通称は主膳・左膳。号は桃花園・本荘。宝暦九年(一七五九)西城御書院の番士となり、明和七年(一七七〇)番を辞した。初め朱子学を学んだが、後に徂徠学に転じ、服部南郭に従学した。

県門《けんもん》（賀茂真淵門下）の三才女に数えられた歌人の鵜殿餘野子《よのこ》は妹。詩集に『桃花園稿』がある。

100　従猟駒原即事

漢家遊猟入蒼茫
日出平原鷹隼翔
扈従星陳珠勒馬
合囲雲集羽林郎
徒令揚子工裁賦
不分逢蒙独擅場
笑与少年斉並轡
紛紜競逐到斜陽

駒原《こまがはら》に従猟《じゅうりょう》す、即事《そくじ》
漢家《かんけ》の遊猟《ゆうりょう》　蒼茫《そうぼう》に入《い》る
日《ひ》出《い》でて　平原《へいげん》　鷹隼《ようしゅん》翔《かけ》る
扈従《こじゅう》　星《ほし》のごとく陳《なら》ぶ　珠勒《しゅろく》の馬《うま》
合囲《ごうい》　雲《くも》のごとく集《あつ》まる　羽林《うりん》の郎《ろう》
徒《いたず》らに揚子《ようし》をして工《たく》みに賦《ふ》を裁《さい》せ令《し》む
不分《ふぶん》なり　逢蒙《ほうもう》　独《ひと》り場《ば》を擅《ほしいまま》にするは
笑《わら》ひて少年《しょうねん》と斉《ひと》しく轡《くつわ》を並《なら》べ
紛紜《ふんうん》として競《きそ》ひ逐《お》ひて斜陽《しゃよう》に到《いた》る

『桃花園稿』巻三。七言律詩。韻字、茫・翔・郎・場・陽（下平声七陽）。
○**従猟**　主君の狩りに付き従う。十代将軍になる徳川家治《いえはる》が将軍世子《せいし》としてまだ西の丸にいた宝暦二年十一月十六日に家治は初めて鷹狩に出かけ、宝暦五年五月二十九日にも駒場野に出かけたという記事が『徳川家譜』にある。おそらくそのような機会に将軍世子家治に随従したのであろうが、宝暦二年なら士寧は四十三歳、宝暦五年ならば四十六歳である。士寧は長沼流の兵法を学び、武芸にも長じていた。○**駒原**　駒場、駒場野、駒が原とも。現在の東京都目黒区駒場。将軍家の狩場になっており、「代々木野に続きたる広原にして、上目黒村に属す。雲雀《ひばり》・鶉・野雉《きじ》・兎の類多く、御遊猟の地なり」(『江戸名所図会』巻三)。○**即事**　その場のことを詠ずるという詩題。○**漢家**　漢の王室をいうが、ここは徳川将軍家を指す。○**蒼茫**　青々とした広い草原。○**鷹隼**　狩りに用いる鷹や隼。○**扈従**　主君のお供をする。○**珠勒馬**　珠の飾りをつけた馬。唐の王維の「出塞の作」詩に、「玉靶角弓珠勒《ぎょくはかくきゅうしゅろく》の馬《うま》、漢家将《かんけまさ》に霍嫖姚《かくひょうよう》に賜《たま》はらんとす」。○**合囲**　四方から取り囲む。○**羽林郎**　宿衛や侍従などをつとめる官職。江戸幕府の職制では小姓や近習の番士を指す。○**揚子**　漢の揚雄。賦の作者として知られ、成帝の遊猟に従って詠んだ「羽猟の賦」(『文選』)がある。○**不分**　妬《ねた》ましいことだ。『助語審象』に、「不分　ネタイカナ。分・忿通ズ。忿セザランヤト云コトナリ」。六朝以来の俗語的表現。○**逢蒙**　伝説上の弓の名手。羿《げい》から弓を学んだが、羿がいては第一人者にはなれないと思い、羿を殺したという(『孟子』離婁下)。○**独擅場**　その人だけが思うままに振る舞う場所。　○並轡　馬を並べて駆ける。唐の杜甫の「河北諸道の節度の入朝を承聞し、歓喜して口号せし絶句十二首」その十に、「酒酣《さけたけなわ》にして轡《くつわ》を並《なら》べ金鞭《きんべん》垂《た》る」。　○紛紜　入り乱れるさま。

将軍世子の狩りに随従して広々とした緑の平原に入っていった。平原に日は上り、鷹や隼が空を舞っている。お付きの者たちは珠で飾られた馬に乗って夜空に輝く星のように居並び、近習の番士たちは雲のように集まってきて周りを取り囲む。今日の盛大なありさまを見ると、無駄に揚雄に巧みを凝らした「羽猟の賦」を作らせたものだと思うが、こんな場では弓の名手の逢蒙《ほうもう》が独り活躍するのだと思うと妬ましくなる。笑いながら年少の者たちと同じように轡をとって、入り乱れて馬を疾駆《しっく》させているうちに日が傾いた。

中期（明和―寛政期頃）

伊藤若冲「鸚鵡図」（草堂寺所蔵，画像提供＝和歌山県立博物館）

江《え》村《むら》北《ほっ》海《かい》

正徳三年(一七一三)―天明八年(一七八八)、七十六歳。名は綬。字は君錫。通称は伝左衛門。号は北海。越前福井藩儒伊藤龍洲《りゅうしゅう》の次男として生まれ、丹後宮津藩儒江村毅庵《きあん》の養嗣子となった。兄に伊藤家を嗣いだ錦里《きんり》、弟に清田《せいた》家を嗣いだ儋叟《たんそう》がいる。養父の跡を嗣いで宮津藩に仕え、三十歳で宮津藩の京留守居役になったが、藩主の美濃郡上への移封を機に致仕した。詩社を賜杖堂《しじょう》といい、安永・天明期の京都詩壇で詩人として活躍した。上代より江戸時代前期までの漢詩の変遷を概観した『日本詩史』や、江戸時代の元和期から安永期に至る五百二十名の詩を収める『日本詩選』というような著作があるほか、詩文集に『北海先生詩鈔』『北海先生文鈔』などがある。

101　有感

小蟹生江浦
営穴蘆岸下

感《かん》有《あ》り

小蟹《しょうかい》　江浦《こうほ》に生《う》まれ
穴《あな》を営《いとな》む　蘆岸《ろがん》の下《した》

穴中不盈寸
自以為大厦
朝慮沙岸崩
夕怕江潮瀉
物小識亦微
営営何為者

穴中《けっちゅう》　寸《すん》に盈《み》たざるも
自《みずか》ら以《もっ》て大厦《たいか》と為《な》す
朝《あした》に沙岸《さがん》の崩《くず》れんことを慮《おもんぱか》り
夕《ゆうべ》に江潮《こうちょう》の瀉《そそ》がんことを怕《おそ》る
物小《ものしょう》なれば識《しき》も亦《また》た微《び》なり
営営《えいえい》　何為《なにす》る者《もの》ぞ

『北海先生詩鈔』初編・巻上。五言古詩。韻字、下・厦・瀉・者(上声二十一馬)。
○江浦　水辺。　○大厦　大きな家屋。　○江潮　潮の満ち引き。　○識　見識。　○営営　あくせくとするさま。

小さな蟹は水辺に生まれ、蘆の生える岸の下に穴を穿って棲んでいる。穴の大きさは一寸にも満たないが、自分では大きな家だと思っている。朝には砂の岸が崩れるのではないかと心配し、夕には満ち潮が住処の穴に及ぶのではないかと恐れている。小さな生きものは見識もまた狭い。この小さな蟹は日々あくせくとして、いったい何をなそうとしているのであろうか。

◇水辺に棲む小さな蟹の営みに、小心翼々として世の中に生きている人間の姿を投影させた諷刺的な作である。江村北海には、同じような趣向の和文体の散文作品がある。北海五十歳の宝暦十二年(一七六二)秋に出版された『虫の諫《いさめ》』三巻である。北海は二十代の元文年間に二年程江戸藩邸詰めになったことがあった。その時に、藩邸の庭に秋の虫の声を聞いて、そこはかとなく思ったことを戯作したものという。自序に「人を以て虫を諫むるか、虫を以て人を諫むるなり」と記すように、蝶や蜂や蜘蛛や蚕や蟬などさまざまな虫を登場させて、その行動や習性を描きながら、そこに人間の行動や倫理道徳のあり方を仮託して、人間社会に対する批判や諷刺を展開した、近世小説のジャンルでいえば談義本《だんぎぼん》的な作品である。この作品に付されている北海の弟清田儋叟の書後によれば、北海が江戸藩邸にいた時に何か「激発」するところがあって、この『虫の諫』は著述されたという。北海が何に「激発」したのか、具体的には不明だが、藩邸詰めの生活の中で、儒者として鬱憤を感ぜずにはいられないようなことがあったように思われる。この「有感」詩は、そのような『虫の諫』に託された北海の思いと重なる心情が吐露された作品になっている。

102　九月十二日摂河道中

城外多幽事
況過揺落天
機声村巷裏
帘影野橋前
哀怨双池水
逢迎一屋烟
小尨頻掉尾
曾宿未経年

双池演劇称夫婦池者
一屋村北山元章所居

九月十二日《くがつじゅうににち》、摂河道中《せっかどうちゅう》

城外《じょうがい》　幽事《ゆうじ》多《おお》し
況《いわ》んや揺落《ようらく》の天《てん》を過《す》ぐるをや
機声《きせい》　村巷《そんこう》の裏《うち》
帘影《れんえい》　野橋《やきょう》の前《まえ》
哀怨《あいえん》　双池《そうち》の水《みず》
逢迎《ほうげい》　一屋《いちおく》の烟《けむり》
小尨《しょうぼう》の頻《しき》りに尾《お》を掉《ふ》るは
曾《かつ》て宿《しゅく》して未《いま》だ年《とし》を経《へ》ざればなり

双池《そうち》は演劇《えんげき》に夫婦池《めおといけ》と称《しょう》する者《もの》なり。
一屋村《ひとつやむら》は北山元章《きたやまげんしょう》が所居《しょきょ》なり。

『北海先生詩鈔』二編・巻二。五言律詩。韻字、天・前・烟・年(下平声一先)。

○**摂河道中**　京都から摂津・河内方面へ至る道の途中。　○**城外**　ここは京都の郊外をいう。　○幽事　静かな良い風物。唐の杜甫の「秦州雑詩二十首」その九に、「稠畳《ちゅうじょう》幽事《ゆうじ》多《おお》し」。　○揺落天　木の葉などが枯れ落ちる空。秋の空。宋の宋祁《そうき》の「斉雲亭、高きに憑《よ》りて感有り」詩に、「坐《ざ》して対《たい》す淮南揺落《わいなんようらく》の天《てん》」。　○機声　機織りの音。　○帘影　酒屋や茶店が掲げる旗。　○野橋　野川にかかる橋。　○哀怨　悲しみ怨むこと。　○双池　夫婦池。　○一屋　一軒の家屋という意味と、地名としての一津屋村(河内国)を掛ける。　○小尨　小さな尨犬《むくいぬ》。　○演劇称夫婦池　近松門左衛門に浄瑠璃『津国女《つのくにめ》夫池《おといけ》』(享保六年初演)があり、これに登場する文治兵衛夫婦は池に身を投げて死ぬ。近松のこの浄瑠璃は大坂の天満天神近く夫婦池を利用したものとされるが、一津屋村にも夫婦が身を投げたという夫婦池と呼ばれる池があったか。　○北山元章　河内国一津屋村(現、大阪府松原市一津屋)の医師北山橘庵(一七三一―九一)。元章は字。大坂の混沌社の詩人たちと交遊し、詩を能くした。

京の町を出ると静かな美しい風物が多い。秋の空の下を歩いて行くのだからなおさらだ。村里の中からは機織りの音が聞こえ、野川にかかる橋の前には茶店の旗がひらめいている。悲しくも怨めしい伝説のある夫婦池までやって来ると、一津屋村の炊事の煙が出迎えてくれる。小さなむく犬が頻りに尻尾を振ってくれるのは、前にここに泊めてもらってから、まだ余り年月が経っていないからだ。

103　郊居夏晩

戦風新竹報平安
濁酒瓦盆聊自寛
俗朴瓜田従納履
賓稀李下孰正冠
鳴蛙両部分池聴
棲鳥孤林隠机看
却愛駆蚊村巷夕
熏烟裊裊翠欄干

郊居《こうきょ》の夏《なつ》の晩《くれ》
風《かぜ》に戦《そよ》ぐ新竹《しんちく》　平安《へいあん》を報《ほう》ず
濁酒《だくしゅ》　瓦盆《がぼん》　聊《いささ》か自《みずか》ら寛《ゆる》うす
俗朴《ぞくぼく》にして　瓜田《かでん》　履《くつ》を納《い》るるに従《まか》せ
賓稀《ひんまれ》にして　李下《りか》　孰《たれ》か冠《かんむり》を正《ただ》さん
鳴蛙《めいあ》　両部《りょうぶ》　池《いけ》を分《わか》ちて聴《き》き
棲鳥《せいちょう》　孤林《こりん》　机《つくえ》に隠《よ》りて看《み》る
却《かえ》つて愛《あい》す　蚊《か》を駆《か》る村巷《そんこう》の夕《ゆうべ》
熏烟《くんえん》　裊裊《じょうじょう》　翠欄干《すいらんかん》

『北海先生詩鈔』三編・巻三。七言律詩。韻字、安・寛・冠・看・干(上平声十四寒)。
○郊居　郊外の住居。　○新竹報平安　唐の段正式の『酉陽雑俎《ゆうようざっそ》』続集・巻十四・支植下に、「惟《た》だ童子《どうじ》寺《じ》に竹一窠《たけいっか》有り。纔《わず》かに長さ数尺、相伝ふるに、其の寺の綱維《こうい》(寺の事務を管掌する僧)、毎日竹の平安を報ず」とあることから、「竹報平安」は、平安無事の知らせが来ることをいう。○濁酒　にごり酒。どぶろく。○瓦盆　素焼きの酒器。金の元好問の「雪谷暁行図」詩に、「瓦盆濁酒火鑪《がぼんだくしゅかろ》の頭《ほとり》」。○俗朴　風俗が淳朴。○瓜田従納履　疑わしい行為をしないという意の諺の典拠になった、古楽府「君子行」中の一句「瓜田に履を納れず」を用いた表現。○賓　賓客。○李下孰正冠　古楽府「君子行」中の一句「李下に冠を正さず」を用いた表現。もとは疑わしい行為をしないという意であるが、ここは賓客が来ることも稀れなので、冠をきちんとかぶることもないの意に用いる。○両部　もとは古代の音楽の立部と座部をいうが、ここは蛙の鳴き声が合唱しているかのように聞こえること。『南史』孔珪《こうけい》伝に、「門庭の内、草莱《そうらい》剪らず。中に蛙の鳴く有り。或ひと之に問ひて曰く、陳蕃《ちんばん》と為るを欲するかと。珪笑ひて曰く、此を以て両部の鼓吹に当つ。何ぞ必ずしも効《なら》はん」とあるのに拠る。○棲鳥　ねぐらに帰る鳥。○孤林　孤立した樹林。○隠机　机に寄りかかる。○却愛　「却」のニュアンスについては、『助辞訳通』に「助語ニ用テ、カヘツテト読ム時モ、迹《あと》ヘシザリ退ク意ヲ帯ブ。然レドモ詩詞・俗語ニ多ク用ル字ニテ、軽キ助語也。又ノ字ノ意ニモ用ユ」とある。○熏烟　くすべた煙。ここは蚊遣りの煙。○裊裊　ゆらゆらと煙が立ち昇るさま。○翠欄干　青い竹の欄干。

若竹の葉が風にそよぎ、平安無事を知らせてくれているかのようだ。素焼きの酒器で酌む濁り酒が、少しばかりゆったりとした気分をもたらしてくれる。ここは風俗が淳朴なので、瓜の田に履物をはいて足を踏み入れても疑われる心配はなく、訪ねてくる賓客もいないので、李《すもも》の花の下で冠をきちんとかぶり直す必要もない。合唱しているかのように聞こえてくる蛙の鳴き声を、この声はこの池、あの声はあの池と聴き分け、机に寄りかかりながら、こんもりとした林のねぐらに帰っていく鳥を眺める。村里の夕暮れ時、蚊遣りの煙が青い竹の欄干辺りにゆらゆらと立ち昇っている情景が、私は好きだ。

龍《りゅう》草廬《そうろ》

正徳四年(一七一四)—寛政四年(一七九二)、七十九歳。本姓は武田。名は公美。字は君玉・子明。通称は彦二郎。号は草廬・竹隠など。山城国伏見に生まれる。宇野明霞《めいか》に入門して徂徠学を学んだが、浮華を咎められて離門したという。元文三年(一七三八)京都で塾を開いた。寛延三年(一七五〇)には彦根藩に仕え、宝暦七年(一七五七)に彦根に移住したが、安永三年(一七七四)に彦根藩を致仕して京都に帰った。詩社幽蘭社《ゆうらんしゃ》を結成して詩人として活躍したほか、国学・和歌にも関心が深かった。詩集に『草廬集』初編〜

七編がある。

104　伏水道中

少小辞郷里
于今二十秋
年華悲草樹
往事見江流
三寸存吾舌
一身負客愁
帰来蘇季子
愧破黒貂裘

伏水《ふしみ》道中《どうちゅう》

少小《しょうしょう》より郷里《きょうり》を辞《じ》して
今《いま》に二十秋《にじっしゅう》
年華《ねんか》　草樹《そうじゅ》を悲《かな》しみ
往事《おうじ》　江流《こうりゅう》を見《み》る
三寸《さんずん》　吾《わ》が舌《した》存《そん》し
一身《いっしん》　客愁《かくしゅう》を負《お》ふ
帰《かえ》り来《きた》る蘇季子《そきし》
黒貂裘《こくちょうきゅう》の破《やぶ》るるを愧《は》づ

『草廬集』二編・巻二。五言律詩。韻字、秋・流・愁・裘(下平声十一尤)。
○**伏水道中**　京と伏見を結ぶ伏見街道。『東藻会彙地名箋』に「伏水《フシミ》」。　○**二十秋**　二十年。養子に迎えられ、草廬が京都に向けて伏見を去ったのは八歳頃のことと推測されている。それから二十年なので、この詩の作詩時期はおおよそ草廬二十八歳の頃、草廬は京都の烏丸小路で塾を開いていた。○年華　歳月。○草樹　草と樹木。宋の周紫芝の「中秋、小児を携へて湖隄を歩む」詩に、「草樹今夕《そうじゅこんせき》に悲《かな》しみ、家郷去秋《かきょうきょしゅう》を隔《へだ》つ」。○往事見江流　『論語』子罕の、孔子が川のほとりに立って「逝《ゆ》く者は斯《か》くの如きか。昼夜を舎《や》めず」と詠嘆したという故事を意識する。○三寸舌　三寸は人間の舌の長さ。言葉の発せられるところ。『史記』平原君伝に、「毛先生は三寸の舌を以て、百万の師よりも彊《つよ》し」。○蘇季子　戦国時代の蘇秦。季子はその字。河南洛陽の人。強国秦に対抗すべく、燕・趙・韓・魏・斉・楚の六国が合従《がっしょう》することを説いた。唐の杜甫の「遠遊」詩に、「敝裘《へいきゅう》の蘇季子《そきし》、歴国未《れきこくいま》だ還《かえ》るを知《し》らず」。○黒貂裘　黒い貂《てん》の皮で製した外套。『戦国策』秦策一に、蘇秦が秦王に自説を進言したが用いられなかった時、困窮していた蘇秦の黒貂裘はボロボロだったとある。この一句は、故郷へ錦を飾れない自分を恥じるの意。

幼くして故郷の伏見を去ってから今や二十年。長い歳月が過ぎて、故郷の草や木のありさまが変わってしまったのが悲しく、流れ去る淀川の水を眺めていると、過去はもう戻ってくることはないのだという思いに迫られる。私には弁舌を揮うことのできる三寸の舌があるのだからと、これまで旅暮らしの愁いを一身に背負いながら生活してきた。しかし、今の私は遊説がうまく行かずに帰郷した蘇秦と同じだ。困窮した蘇秦はボロボロの黒貂の外套を着ていたというが、破れ衣を身にまとう我が姿が恥ずかしい。

105　春日湖中書懐

一従題柱作儒生
志在四方違帝京
世事百年胡蝶夢
郷愁千里杜鵑声
登楼幾処留王粲
病渇何人憐馬卿
想像楊花閨裏婦
白頭吟就不勝情

春日《しゅんじつ》、湖中《こちゅう》に懐《おも》ひを書《しょ》す

一《ひと》たび柱《はしら》に題《だい》して儒生《じゅせい》と作《な》りし従《よ》り
志《こころざし》は四方《しほう》に在《あ》りて帝京《ていけい》を違《さ》る
世事《せいじ》百年《ひゃくねん》　胡蝶《こちょう》の夢《ゆめ》
郷愁《きょうしゅう》千里《せんり》　杜鵑《とけん》の声《こえ》
登楼《とうろう》　幾処《いくところ》か　王粲《おうさん》を留《とど》め
病渇《びょうかつ》　何人《なんびと》か　馬卿《ばけい》を憐《あわ》れむ
想像《おもいや》る　楊花《ようか》　閨裏《けいり》の婦《ふ》
白頭吟《はくとうぎん》就《な》りて情《じょう》に勝《た》へざるを

『草盧集』二編・巻三。七言律詩。生・京・声・卿・情(下平声八庚)。

○**湖中**　琵琶湖のある近江国のなか。彦根藩に出仕して彦根に住んでいた時の作。○**題柱**　前漢の司馬相如は郷里を出て昇仙橋を通り過ぎる時、橋柱に「立身出世して四頭立ての馬車に乗ってでなければ、二度とこの橋を渡るまい」と書きつけたという故事(『史記』司馬相如伝)を踏まえる。○**世事百年**　「世事」は、世間のありさま。「百年」は、人間の寿命。唐の杜甫の「秋興八首」詩その四に、「百年《ひゃくねん》の世事《せいじ》悲《かな》しみに勝《た》へず」。○**胡蝶夢**　荘周が胡蝶になった夢を見て、夢から覚めた後、自分が夢で胡蝶になったのか、その胡蝶がいま夢の中で自分になっているのか、どちらが本当なのか分からないという疑いを抱いたという『荘子』斉物論の故事から、夢と現実の違いが定かでないこと、あるいは人生が儚《はかな》いことの喩え。○**杜鵑声**　望帝と号した蜀王杜宇は位を譲り、死後その霊魂は西山に隠れた。二月になると杜鵑《ほととぎす》が「不如帰《ふじょき》(帰るに如かず)」と鳴くので、蜀の人々は望帝の霊魂が鳴いていると思うようになったという故事(『華陽国志』など)に拠る。○**王粲**　三国魏の人。建安七子の一人に数えられた。文才に優れ、「登楼賦」(『文選』)がある。「登楼賦」は、董卓《とうたく》の乱の時に荊州に避難した王粲が、江陵の楼に登って時事を嘆き、望郷の念を述べた作。○**病渇**　喉が渇いて小便が通じなくなる病気。消渇とも。糖尿病。司馬相如は「消渇の疾」(『史記』司馬相如伝)を患っていた。○**馬卿**　司馬相如。○**楊花**　柳絮《りゅうじょ》。楊柳の種子について乱れ飛ぶ白い綿毛。これが空中を乱れ飛ぶのは、春の終わりを告げる景物。唐の王維の「丘為《きゅうい》の唐州に往くを送る」詩に、「楊花《ようか》暮春《ぼしゅん》を惹《ひ》く」。○閨裏婦　京都の留守宅にいる草廬の妻を指す。草廬は自分の家族にも作詩の手ほどきをしていたらしく、幽蘭社の詞華集『麗沢詩集』には、草廬の二人の息子である世華・世文、三人の娘である菊・貴・輝の作も収められているので、草廬の妻も作詩の嗜みがあったかもしれない。○白頭　白髪頭。「白頭吟」は楽府体の詩で、前漢の司馬相如の妻であった卓文君が、夫の相如が茂陵の女を妾にしようとしたのを知って「白頭吟」を作り、離縁の気持を述べたところ、相如はその女を妾にすることを止めたという(『西京雑記』)。

一旦故郷を出る時に橋柱に立身出世の思いを書きつけた司馬相如のように、儒者になった私は四方に旅して志を得ようと都を去った。人生百年の寿命を得てもそれは胡蝶の夢のように儚《はかな》いものであり、遠く故郷を離れてホトトギスの鳴き声を聴けば郷愁にとらわれる。王粲のように私も旅先で幾つかの高楼に登って満たされぬ思いを吐露してきたが、消渇の病を患った司馬相如のように病気がちな私を誰が憐れんでくれよう。都に残してきた妻が寝室の中から空に乱れ飛ぶ柳絮を眺めながら、白髪頭になった自分を顧みない夫を怨んで「白頭吟」という詩を詠み、何とも言えない気持になっているであろうことを、私は想像してしまうのである。

106　犬声

十二街中天未明
家家人静四無声
跫然応是酔帰客
一犬寥寥送月鳴

犬声《けんせい》

十二街中《じゅうにがいちゅう》　天未《てんいま》だ明《あ》けず
家家《いえいえ》　人《ひと》は静《しず》かにして四《よも》に声無《こえな》し
跫然《きょうぜん》　応《まさ》に是《こ》れ酔帰《すいき》の客《きゃく》なるべし
一犬寥寥《いっけんりょうりょう》として月《つき》を送《おく》りて鳴《な》く

『草廬集』七編・巻二。七言絶句。韻字、明・声・鳴(下平声八庚)。
○十二街　唐の都長安は、南北七街、東西五街からなっていたことから、長安の都をいうが、ここは京都の市街を指す。　○跫然　足音のさま。　○寥寥　もの寂しいさま。唐の劉長卿の「鄭山人の所居に過《よ》ぎる」詩に、「寥寥《りょうりょう》として一犬桃源《いっけんとうげん》に吠《ほ》ゆ」。

京の町はまだ夜が明けず、家々はひっそりと寝静まって、どこにも人の声はしない。聞こえてきた足音は、きっと酔っぱらいが家に帰っていくのであろう。夜空に輝く月を見送りながら、一匹の犬がもの寂しげに鳴いている。

野村東皐《のむらとうこう》

享保二年(一七一七)―天明四年(一七八四)、六十八歳。名は公臺。字は子賤。通称は新左衛門。号は東皐・蘘園《じょうえん》。近江彦根藩の家老庵原《いはら》氏の家臣野村政明の次男。京都で若林強斎《きょうさい》に、ついで彦根で沢村琴所《きんしょ》に学んだ後、さらに江戸で服部南郭に従学し、漢詩を能くした。兄の死により家督を嗣ぎ、藩主井伊直幸に認められて藩儒となった。詩文集に『蘘園集』などがある。

107　安土山懐古

覇王園陵巌壑間
荒涼城郭対江湾
幽渓鬼哭陰雲合
深樹猿啼白日閑
陳迹百年餘古寺
雄図一世有空山
逢僧試問前朝事

安土山懐古《あづちやまかいこ》

覇王《はおう》の園陵《えんりょう》　巌壑《がんがく》の間《かん》
荒涼《こうりょう》たる城郭《じょうかく》　江湾《こうわん》に対《たい》す
幽渓《ゆうけい》　鬼哭《きこく》して　陰雲合《いんうんがっ》し
深樹《しんじゅ》　猿啼《さるな》いて　白日閑《はくじつしず》かなり
陳迹《ちんせき》　百年《ひゃくねん》　古寺《こじ》を余《あま》し
雄図《ゆうと》　一世《いっせい》　空山有《くうざんあ》り
僧《そう》に逢《あ》ひて試《こころ》みに問《と》ふ　前朝《ぜんちょう》の事《こと》

腸断秋風掩涙還　　腸《ちょう》断《た》えて　秋風《しゅうふう》　涙《なみだ》を掩《おお》ひて還《かえ》る

『蘘園集』前編・巻二。七言律詩。韻字、間・湾・閑・山・還(上平声十五刪)。○**安土山**　近江国の琵琶湖東岸(現、滋賀県近江八幡市)にある標高一九八メートルの山。織田信長によって天正四年(一五七六)に壮麗な天守閣を有する安土城が築城されたが、天正十年の本能寺の変で信長が滅亡した後に焼失し、廃城となった。○**覇王**　覇権を握った王者。織田信長を指す。○**園陵**　墓所。安土城の二の丸跡に「織田信長公本廟」がある。『近江名所図会』巻四「安土山の古城」には、「天守の跡に信長公の墳墓あり」。○**巌壑**　岩と谷。○**江湾**　入江。○**鬼哭**　亡霊が声を挙げて泣く。○**陰雲**　暗い雲。雨雲。○**白日**　日中。白昼。○**陳迹**　古い跡。旧跡。○**古寺**　安土城の城郭内に信長によって創建された捴見寺《そうけんじ》(臨済宗妙心寺派)を指す。○**雄図**　雄大な計略。○**空山**　人気《ひとけ》のないひっそりとした山。○**前朝**　前の時代、すなわち信長が覇権を握っていた時代。○**腸断**　「断腸」の故事(『世説新語』黜免《ちゅつめん》)から、悲哀の感情にとらわれる。○**掩涙**　手で顔をおおって泣く。晋の陶潜の「雑詩十二首」その九に、「涙《なみだ》を掩《おお》ひて汎《はん》として東逝《とうせい》す」。

覇者織田信長公の墓所は岩と谷の間にあり、荒れ果てた安土城の城郭は琵琶湖の入江に臨んでいる。雨雲の覆う奥深い谷間に亡霊が声を挙げて泣き、ひっそりとした白昼に深い木々の中で猿が啼いている。百年を経た旧跡には古い寺が残されているが、雄大な計略は一世で潰えて人気《ひとけ》のない山になった。出会った僧侶に信長公時代のことを試みに問い尋ねると、腸《はらわた》がちぎれるほどの悲哀の情にとらわれてしまい、秋風の吹くなか涙を覆い隠しながら家路についた。

108　示児駒

望汝以千里
小名呼阿駒
自慙牛舐犢
誰謂鳳将雛
懶惰匹陶子
書詩殊韓符
須知豚犬質

児駒《じこま》に示《しめ》す

汝《なんじ》に望《のぞ》むに千里《せんり》を以《もっ》てし
小名《しょうみょう》を阿駒《おこま》と呼ぶ
自《みずか》ら慙《は》づ　牛《うし》の犢《こうし》を舐《なむ》るを
誰《たれ》か謂《い》はん　鳳《ほう》　雛《ひな》を将《ひき》ゐると
懶惰《らんだ》　陶子《とうし》に匹《たぐい》し
書詩《しょし》　韓符《かんふ》に殊《こと》なる
須《すべから》く豚犬《とんけん》の質《しっ》を知《し》りて

努力保微軀　努力《どりょく》して微軀《びく》を保《たも》つべし

『蘘園集』後編・巻二。五言律詩。韻字、駒・雛・符・軀(上平声七虞)。

○示児駒　駒という名の息子(駒太郎とか駒之助などという幼名だったのであろう)に訓示する。『蘘園集』後編・巻一には「児に対して嘆く」という題の、同じテーマの五言古詩が収められている。○千里　年少で才能のすぐれた者の喩え「千里の駒」を踏まえる。『陔餘叢考《がいよそうこう》』に、「千里の駒の三字は、実に戦国より起る。年少にして逸才有る者を謂ふ」。○小名　幼名。○阿駒　「阿」は、親しみをこめて呼ぶ時に、その名前などの上につける接頭語。『陔餘叢考』に、「俗、小児の名を呼ぶに、輒《すなわ》ち阿某《あぼう》と曰ふ。此れ古《いにしえ》より然り」。○鳳将雛　「鳳」は、聖人が出現すると現われるという瑞鳥で、すぐれた者の喩え。「鳳雛《ほうすう》」という言葉があり、将来、大成する年少者をいう。○匹陶子　晋の陶潜(淵明)の子に匹敵する。陶潜には儼《げん》以下五人の男児がいたが、陶潜は「子を責む」と題する詩の中で、「総《すべ》て紙筆《しひつ》を好《この》まず」「懶惰《らんだ》故《まこと》に匹無《たぐいな》し」などと出来の悪さを嘆いている。○書詩　詩書に同じで、広く書籍をいう。○韓符　「符」は、唐の韓愈の息子の名。韓愈の五言古詩「符、書を城南に読め」は、息子の符に読書することを勧めた作で、「詩書《ししょ》勤《つと》むれば乃《すなわ》ち有《あ》り、勤《つと》めざれば腹空虚《はらくうきょ》なり」とある。○豚犬　愚か者の喩え。多く自分の子供が愚かだと謙遜していう時に用いる。○微軀　取るに足りない賤しい体。

お前に望みをかけて「千里の駒」という言葉を意識して、幼名を阿駒《おこま》と呼ぶことにした。しかし、まるで牛が子牛を舐めるように甘やかして育てて来たことを我ながら恥ずかしく思う。私たち親子を見て、瑞鳥の鳳が将来の楽しみな雛をつれているなどと誰が言おうか。お前の怠けぶりときたら陶淵明の息子たちに匹敵するほどだし、書物を倦むことなく読んだであろう韓愈《かんゆ》の息子の符《ふ》とは似ても似つかない。お前は自分が愚かな生まれつきであることを自覚し、取るに足りない我が一身を保つよう努力することが大切だ。

大典顕常《だいてんけんじょう》

享保四年(一七一九)—享和元年(一八〇一)、八十三歳。法諱は顕常、道号は梅荘《ばいそう》。号は大典・蕉中・北禅など。近江国神崎郡伊庭の儒医今堀東安の子として生まれた。十歳で相国寺慈雲庵の独峰慈秀《どくほうじしゅう》に参じ、十一歳で得度した。安永元年(一七七二)慈雲庵主となり、同六年（一七七七）五十九歳で相国寺百十四世となった。天明元年（一七八一）には朝鮮修文職に任ぜられて対馬の以酊庵《いていあん》に滞在した。宇野明霞・大潮元皓に古文辞派の儒学と詩文を学んだ。詩文集に『昨非集《さくひしゅう》』『小雲棲稿《しょううんせいこう》』『北禅詩草』『北禅文草』などがある。

109　宇治橋上歩月

宇治橋在内宮

散歩長橋道
冷然両袖風
輪光離嶺上
桂影入波中
畳樹含蒼靄
片雲流碧空
三声何処鹿
偶与客吟同

宇治橋《うじばし》の上《うえ》、月《つき》に歩《ほ》す

宇治橋《うじばし》は内宮《ないくう》に在《あ》り

散歩《さんぽ》す　長橋《ちょうきょう》の道《みち》
冷然《れいぜん》たり　両袖《りょうしゅう》の風《かぜ》
輪光《りんこう》　嶺上《れいじょう》を離《はな》れ
桂影《けいえい》　波中《はちゅう》に入《い》る
畳樹《じょうじゅ》　蒼靄《そうあい》を含《ふく》み
片雲《へんうん》　碧空《へきくう》に流《なが》る
三声《さんせい》　何処《いずこ》の鹿《しか》ぞ
偶《たま》ま客吟《かくぎん》と同《おな》じうす

『北禅詩草』巻一。五言律詩。韻字、風・中・空・同(上平声一東)。
○宇治橋　伊勢神宮の内宮参道口に、五十鈴川(御裳濯川《みもすそがわ》)をまたいで架かる橋。『伊勢参宮名所図会』(寛政九年刊)巻四に、「普通の橋より反《そり》あつて、長さ六十間、広さ四間半、正中《まんなか》の高さ三丈。前後に鳥居あり」。○冷然　涼しく軽やかなさま。『荘子』逍遥遊に、「夫《そ》れ列子は風に御《ぎょ》して行き、冷然として善し」。○輪光　満月。○桂影　月の光。月には桂の巨木が生えているという伝説に拠る言い方。○蒼靄　青黒いもや。○碧空　青い空。○三声　三度の鳴き声。唐の杜甫の「秋興八首」詩その二に、「猿《さる》を聴《き》きて実《まこと》に下《くだ》す三声《さんせい》の涙《なみだ》」。○客吟　旅人が詩を口ずさむこと。この「客」は、伊勢参宮の旅をしている大典自身を指す。

長い橋の上をそぞろ歩けば、涼しい風が両袖を軽やかに吹き抜ける。満月は山の峰を離れて空に輝き、月の光は五十鈴川の川波に照り映えている。重なり合う樹々は青黒い靄を含み、一片《ひとひら》の雲は青い夜空を漂い流れる。どこかで鳴く鹿の声が三度聞こえてきたが、それは詩を口ずさんでいる私とたまたま同じように鹿も感興を催したからであろう。

110　秋興八首　并序

秋興八首《しゅうきょうはっしゅ》　并《なら》びに序《じょ》　(その一)

少陵秋興八首、後無来者、至明何李輩祖述為之、雖則彩絢、要亦日月後爝火耳、近来詩人間有擬作、率皆集零傾匱餖飣為八、曷足観乎、余既到津島、自夏度秋、風土之所殊、時物之所改、不能不感于懐而咏于口、賦成八首、輒復以秋興命之、何敢摸倣前脩云乎哉

僧房寂寞倚林丘
海上風烟動紺楼
一徙衣盂来絶域
已看草木入悲秋
郷音遥隔九州駅

少陵《しょうりょう》が秋興八首《しゅうきょうはっしゅ》、後《のち》に来《き》たる者無《ものな》し。明《みん》に至《いた》りて何《か》・李《り》が輩《はい》、祖述《そじゅつ》して之《これ》を為《な》す。則《すなわ》ち彩絢《さいけん》なりと雖《いえど》も、要《よう》するに亦《ま》た日月《じつげつ》の後《のち》の爝火《しゃっか》なるのみ。近来《きんらい》、詩人《しじん》間《ま》ま擬作《ぎさく》有《あ》り。率《おおむ》ね皆《み》な零《れい》を集《あつ》め匱《き》を傾《かたむ》けて、餖飣《とうてい》して八《はち》と為《な》す。曷《なん》ぞ観《み》るに足《た》らんや。余《よ》、既《すで》に津島《つしま》に到《いた》り、夏《なつ》より秋《あき》を度《わた》る。風土《ふうど》の殊《こと》なる所《ところ》、時物《じぶつ》の改《あらた》まる所《ところ》、懐《おも》ひに感《かん》じて口《くち》に咏《えい》ぜざること能《あた》はず。賦《ふ》して八首《はっしゅ》と成《な》す。輒《すなわ》ち復《ま》た秋興《しゅうきょう》を以《もっ》て之《これ》に命《めい》ず。何《なん》ぞ敢《あ》へて前脩《ぜんしゅう》に摸倣《もほう》すと云《い》はんや。

僧房《そうぼう》　寂寞《せきばく》として林丘《りんきゅう》に倚《よ》る
海上《かいじょう》の風烟《ふうえん》　紺楼《こんろう》に動《うご》く
一《ひと》たび衣盂《いう》を徙《うつ》して絶域《ぜついき》に来《き》たり
已《すで》に草木《そうもく》の悲秋《ひしゅう》に入《い》るを看《み》る
郷音《きょういん》　遥《はる》かに隔《へだ》つ　九州《きゅうしゅう》の駅《えき》

邦信近通百済舟
自分不才居散職
日憑軒檻見群鷗

邦信《ほうしん》 近《ちか》く通《つう》ず　百済《くだら》の舟《ふね》
自《みずか》ら分《ぶん》とす　不才《ふさい》　散職《さんしょく》に居《お》ることを
日《ひ》びに軒檻《けんかん》に憑《よ》つて群鷗《ぐんおう》を見《み》る

『北禅詩草』巻二。七言律詩。韻字、丘・楼・秋・舟・鷗(下平声十一尤)。

○**少陵秋興八首**　唐の杜甫(少陵は杜甫が家を構えた地であることから、杜甫を指す)の連作詩「秋興八首」。杜甫の夔州《きしゅう》時代大暦元年(七六六)の絶唱として名高く、その第一、第三、第五、第七の四首は『唐詩選』にも収録される。○**何李輩**　明の何景明《かけいめい》と李攀《りはん》龍《りょう》など。盛唐詩の格調を摸倣することを主張した擬古主義的な詩風を鼓吹した古文辞派の詩人で、何景明はその前七子の一人、李攀龍はその後七子の一人。徂徠門下の蘐園の詩人たちに大きな影響を与えた。○**彩絢**　絢爛多彩なさま。○**日月後爝火**　日や月という明るい光が出た後の松明《たいまつ》の火、すなわちあまり存在意義のない、ぱっとしないものの喩え。『荘子』逍遥遊に、「日月出づるに而も爝火息《や》まず。其の光に於けるや亦た難《かた》からずや」。○**擬作**　摸擬・摸倣の詩。○**集零**　落ちこぼれたものを拾い集める。○**傾匱**　箱を傾けて、中に残ったものを出す。○**餖飣**　食べものを並べること、転じて詩文の作において、陳腐な表現を並べること。○**為八**　八句の律詩に仕立てる。

○**津島**　対馬のこと。大典は六十三歳の天明元年(一七八一)五月に以酊庵輪住として対馬に赴き、天明三年に任期を終えて帰洛した。○**前脩**　先賢。ここは杜甫を指す。○**紺楼**　寺院。対馬の以酊庵を指す。○**衣盂**　僧衣と食事に用いる鉢。僧侶としての日用の品。○**絶域**　辺境の地。○**悲秋**　悲哀を感じさせる秋。○**郷音**　郷里からの音信。○**九州**　九カ国。もとは古代中国で全土を九つの州に分けたことから中国全土を指すが、ここは日本の西海道すなわち筑前・筑後・豊前・豊後・肥前・肥後・日向・大隅・薩摩九カ国を意識しつつ、対馬が多くの国々から遠く距たっていることをいう。○**邦信**　国家同士でやり取りする文書。外交文書。○**百済**　朝鮮の三国時代、半島西南部にあった国。日本との関係が深かったが、七世紀に滅亡した。ここは李朝を指しているが、五句目の「九州」の語と対にするため、「百済」の語を用いた。○**散職**　閑職。○**軒檻**　てすり。欄干。○**群鷗**　鷗の群れ。杜甫の「客至る」詩に、「但《た》だ見《み》る群鷗《ぐんおう》の日日《ひび》に来《きた》るを」。また、同じく杜甫の「旅夜懐ひを書す」詩(『唐詩選』にも収める)に、「飄飄《ひょうひょう》何《なん》の似《に》たる所《ところ》ぞ、天地《てんち》の一沙《いちさ》鷗《おう》」とあり、この詩の「一沙鷗」が杜甫自身のことであるとすれば、これらの杜甫の詩を踏まえて、大典は自らを群から離れた「一沙鷗」に擬え、目前の「群鷗」に友人たちの姿を思い出していることになろうか。

[杜甫の「秋興八首」は絶後の傑作であるが、明代になって何景明や李攀龍などが、その後を継いで作詩した。それらは絢爛多彩ではあったが、要するに太陽や月が明るい光を輝かした後の松明の光のようなもので、取るに足りないものに過ぎなかった。近頃の詩人たちの中にも往々にしてこれに摸擬する作が見られる。しかし、それらは残り物を拾い集め、陳腐な表現を並べて八句の律詩に仕立て上げただけであり、見るに堪えないものである。私は対馬に赴任して、春から夏の季節を過ごした。風土の違いや、季節の変化というものを心に感じて、吟詠せずにはいられなくなり、八首の詩を作った。そこでまた「秋興」という題をつけたが、これはけっして先賢杜甫の作を摸倣したというわけではない。]

僧堂は木々に囲まれた丘の上にもの寂しく建っており、海から吹きつける風が海霧を運んでくる。衣や鉢など僧として日々必要なものを取りまとめてこの辺境の地にやって来たのだが、もはや草木は悲哀の情を催す秋の景色を見せている。故郷からの便りは多くの宿駅を経て遥か彼方から届けられるが、国と国との外交文書は朝鮮からの船によって間近かにもたらされる。才能の無い私にとって、この辺境の地での閑職は分相応だと思う。日々寺の欄干に寄りかかりながら、鷗の群れを眺めている。

111　早起偶興

山堂燈不点
落月入窓明
宿火炉猶暖
暁庭霜可清
荒城聞狗吠
空寺候鐘鳴
冉冉人間事
寥寥物外情
滄桑観変態
衣鉢送残生
只有無何境
未論壊与成

早起偶興《そうきぐうきょう》

山堂《さんどう》　燈《ひ》点《とも》さず
落月《らくげつ》　窓《まど》に入《い》りて明《あきら》かなり
宿火《しゅくか》　炉《ろ》猶《な》ほ暖《あたた》かに
暁庭《ぎょうてい》　霜《しも》清《きよ》かる可《べ》し
荒城《こうじょう》　狗《いぬ》の吠《ほ》ゆるを聞《き》き
空寺《くうじ》　鐘《かね》の鳴《な》るを候《ま》つ
冉冉《ぜんぜん》たり　人間《じんかん》の事《こと》
寥寥《りょうりょう》たり　物外《ぶつがい》の情《じょう》
滄桑《そうそう》　変態《へんたい》を観《み》
衣鉢《いはつ》　残生《ざんせい》を送《おく》る
只《た》だ無何《むか》の境有《きょうあ》りて
未《いま》だ壊《え》と成《じょう》と論《ろん》ぜず

『北禅詩草』巻五。五言排律。韻字、明・清・鳴・情・生・成(下平声八庚)。

○偶興　ふと感じた興趣。　○山堂　山中の寺。　○落月　西に傾いた月。　○宿火　昨夜からの埋み火。　○荒城　荒れ果てた古い城市。宋の梅堯臣の「開封の古城に過《よ》ぎる」詩に、「荒城残日《こうじょうざんじつ》に臨《のぞ》み、雞犬三四家《けいけんさんしか》」。　○空寺　人気《ひとけ》のない寺。　○冉冉　漸進的に移り変わって行くさま。　○寥寥　虚無なさま。もの寂しく静かなさま。　○物外情　俗世間から隔絶した心情。唐の牟融《ぼうゆう》の「僧を送る」詩に、「飄飄《ひょうひょう》たり物外《ぶつがい》の情《じょう》」。　○滄桑観変態　世の移り変わりの激しいことの喩えである「桑田変《そうでんへん》じて滄海《そうかい》と成《な》る」に拠る。　○衣鉢　僧の袈裟と施しを受ける鉄鉢。転じて、師僧から伝授された仏法の意にも用いる。　○無何境　「無何郷」「無何有郷」に同じ。何も無く果てしなく広がる所。『荘子』逍遥遊に記された荘子の理想郷。唐の白居易の「渭村に退居し、礼部の崔侍郎・翰林の銭舎人に寄する詩一百韻《いっぴゃくいん》」詩に、「不動《ふどう》を吾《わ》が志《こころざし》と為《な》し、無何《むか》は是《こ》れ我《わ》が郷《きょう》、憐《あわ》れむ可《べ》し身《み》と世《よ》と、此従《これよ》り両《ふた》つながら相忘《あいわす》れん」。　○壊与成　仏教では、世界の生成から次の世界が始まるまでの四つの時期の変遷を四劫《しこう》といい、成《じょう》(生成)、住《じゅう》(存続)、壊《え》(破壊)、空《くう》(空無)という四劫を繰り返すとされた。宋の陸游の「臥病」詩に、「生死《せいし》も亦《ま》た何《なに》か有《あ》らん、成壊《じょうえ》は同一《どういつ》の漚《あわ》」。

山中の寺では早起きしても灯りは点《つ》けないが、西に傾いた月の光が窓から入ってきて明るい。昨夜からの埋み火で炉はまだ暖かく、夜明け時の庭に降りた霜は清らかであろう。荒廃した町で犬が鳴いているのを聞きながら、人気《ひとけ》のない寺の鐘が撞かれるのを待っている。人間世界での出来事は次第に移り変わってゆくが、俗世間から隔絶している私の心はひっそりとして動かされることはない。私は世の中の激しい移り変わりを観てきて、袈裟と鉄鉢だけを所有する一僧侶として余生を送っている。有るのは只だ何も無く果てしなく広がる世界だけで、今は世界が破壊されている壊《え》の時期なのか、あるいは世界が生成されている成《じょう》の時期なのかということは、私にとってはまだ問題ではない。

清田《せいた》儋叟《たんそう》

享保四年(一七一九)―天明五年(一七八五)、六十七歳。名は絢。字は君錦。通称は文平。号は儋叟・孔雀楼《くじゃくろう》など。福井藩儒伊藤(初め清田氏)龍洲の三男として京都に生まれた。兄に伊藤錦里と江村北海がいる。少年期には母の実家があった播磨国明石で過ごし、明石藩儒梁田《やなだ》蛻巌《ぜいがん》の影響を受けた。寛延二年(一七四九)福井藩儒となったが、平生は京都に住んで、龍草廬・皆川《みながわ》淇園《きえん》・富士谷《ふじたに》成章《なりあきら》など京都の文人たちと交遊した。中国白話小説にも通じてその紹介と批評を行なった。詩文集に『孔雀楼文集』、随筆に『孔雀楼筆記』などがある。

112 白雪魚歌

北陸雄藩福井城
三冬雪霰大雷鳴
黒風吹海潮如馬
衝崖転石勢縦横」
万艘葉点海浜漁
与波上下似安車
垂天之綱如使臂
白雪紛紛白雪魚」
進奉之餘不論銭
儋叟先生喜気偏
紅鱒銀鯽何須数

白雪魚《はくせつぎょ》の歌《うた》

北陸《ほくりく》の雄藩《ゆうはん》　福井城《ふくいじょう》
三冬《さんとう》　雪霰《ゆきあられ》ふり　大雷《たいらい》鳴《な》る
黒風《こくふう》　海《うみ》を吹《ふ》いて　潮《うしお》は馬《うま》の如《ごと》し
崖《がけ》を衝《つ》き石《いし》を転《ころ》がして　勢《いきお》ひ縦横《じゅうおう》たり
万艘《ばんそう》　葉《は》は点《てん》ず　海浜《かいひん》の漁《りょう》
波《なみ》と上下《じょうげ》して安車《あんしゃ》に似《に》たり
垂天《すいてん》の綱《つな》は臂《ひじ》を使《つか》ふが如《ごと》し
白雪《はくせつ》　紛紛《ふんぷん》　白雪魚《はくせつぎょ》
進奉《しんぼう》の余《よ》　銭《ぜに》を論《ろん》ぜず
儋叟先生《たんそうせんせい》　喜気《きき》偏《ひとえ》なり
紅鱒《こうそん》　銀鯽《ぎんせき》　何《なん》ぞ数《かぞ》ふることを須《もち》ひん

当称汝是魚中仙」
氷刀揮処水晶寒
玉椀盛来雲母団
露下芙蓉迎暁月
風前柳絮点鳴湍」
松花仙酒金叵羅
為汝何妨満酌多
白雪魚兮我愛汝
賦詩還媿白雪歌

当《まさ》に称《しょう》すべし　汝《なんじ》は是《こ》れ魚中《ぎょちゅう》の仙《せん》と
氷刀《ひょうとう》揮《ふる》ふ処《ところ》　水晶《すいしょう》寒《さむ》く
玉椀《ぎょくわん》盛《も》り来《きた》つて　雲母《うんも》団《まる》し
露下《ろか》の芙蓉《ふよう》　暁月《ぎょうげつ》を迎《むか》へ
風前《ふうぜん》の柳絮《りゅうじょ》　鳴湍《めいたん》に点《てん》ず
松花《しょうか》の仙酒《せんしゅ》　金叵羅《きんはら》
汝《なんじ》が為《ため》に何《なん》ぞ妨《さまた》げん　満酌《まんしゃく》の多《おお》きを
白雪魚《はくせつぎょ》　我《われ》は汝《なんじ》を愛《あい》す
詩《し》を賦《ふ》して還《かえ》つて媿《は》づ　白雪歌《はくせつか》

『孔雀楼文集』巻一。七言古詩。韻字、城・鳴・横(下平声八庚)」漁・車・魚(上平声六魚)」銭・偏・仙(下平声一先)」寒・団・湍(上平声十四寒)」羅・多・歌(下平声五歌)。

○白雪魚　鱈《たら》。『本朝食鑑』鱗部二・鱈に、「鱈の字、古書に未だ之を見ず。本朝に製する所なり。然して義に於いて相協《あいかな》ふ。曾て聞く、鱈魚、冬月初雪の後に当りて、必ず多く之を採る。故に字は雪に従ふか」。儋叟の『孔雀楼筆記』巻四に、「予少年のとき白雪魚の七言歌行を作る」という記事がある。　○福井城　僊叟の仕えた越前福井藩三十万石の城下町。　○三冬　冬三ヶ月。孟冬・仲冬・季冬。　○雪霰　雪と霰。また、広く雪を指す。　○大雷　大きな雷。日本海側の地では冬には寒冷前線が通過すると多く雷が発生し、「雪起こしの雷」、「寒雷」とも呼ばれた。　○黒風　暴風。　○潮如馬　馬が疾駆するかのように潮が速く流れること。明の徐熥《じょとう》の「秋日、徐茂呉司理を訪ふ」詩に、「銭唐江上潮《せんとうこうじょううしお》は馬《うま》の如《ごと》し」。　○葉点　木の葉のように点々と海に浮かぶ。　○安車　坐って乗る小型の馬車。老人や高級官吏や貴婦人の乗物。　○垂天之綱　空から垂れ下がっている綱。鱈の漁には延縄《はえなわ》を用いた。延縄は、一本の幹縄に多くの鉤のついた枝縄を垂らして釣る漁法。多くの枝縄が垂れ下がっているのをこう表現したのであろう。新楽《にいら》間叟《かんそう》の『間叟雑録』に、「雪ふれば鱈のとれる期なり。雪魚といふもむべなる事也。海上十四五里も洋にてとれるもの也。其釣なわへ大蟹かならずついてあがる」。なお、僊叟の随筆『孔雀楼筆記』巻三にも延縄の記事がある。　○使臂　思い通りになることの喩え。唐の李白の「君道曲」に、「心《こころ》の臂《ひじ》を使《つか》ふが如《ごと》し」。　○進奉　進め、さし上げる。ここは藩主への献上をいうか。　○喜気　喜ばしい気持。　○紅鱒　紅鮭《べにざけ》に同じ。産卵期の秋に濃赤色になる。　○銀鯽　鮒。銀白色で、洗いや甘露煮などにされる銀鮒と称される鮒の種類もある。　○魚中仙　魚類の中の仙人。鱈の身が清浄潔白なことからいう。　**○氷刀**　氷のような白く鋭い刀。白刃。　**○玉椀**　玉で造った碗。美しい椀。**○雲母**　六角板状の結晶をなすケイ酸塩鉱物。真珠のような光沢がある。唐の白居易の「仙を夢む」詩に、「朝《あした》には雲母《うんも》散《さん》を飡《くら》ふ」とあるように、仙薬の材料にもなった。　**○芙蓉**　蓮の花。　**○鳴湍**　早瀬。急流。　**○松花仙酒**　「松花酒」は、松の花で醸した酒。宋の蘇軾の「定慧《じょうえ》の欽長老《きんちょうろう》の寄せ見《ら》るるに次韻す八首」詩その二に、「松花仙酒《しょうかせんしゅ》を醸《かも》す」。**○金叵羅**　黄金の酒杯。李白の「酒に対す」詩に、「蒲萄《ぶどう》の酒金叵羅《さけきんはら》」。　**○満酌**　杯になみなみ酒をつぐこと。『唐詩選』にも収める唐の于武陵《うぶりょう》の「酒を勧む」詩に、「君《きみ》に勧《すす》む金屈巵《きんくっし》、満酌辞《まんしゃくじ》するを須《もち》ひず」。　**○兮**　感歎の語気を表わしたり、語勢を整えたりするための助辞。　**○白雪歌**　古代の楚の歌曲の名で「白雪曲」ともいい、高尚で唱和するのが難しいとされた。転じて、高雅な詩詞をいう。

福井は北陸の雄藩の城下町である。冬になると雪が舞い、雷鳴が轟く。海の上を暴風が吹き、馬が疾駆するかのような海流が捲き起こって、縦横無尽の勢いで海崖に衝き当たり、石を転がす。

漁のために多くの小舟が木の葉を浮かべたように海上に点在し、波の動きにつれて海面を上下し、まるで安車に坐乗しているかのようだ。垂れ下がった延縄《はえなわ》は臂を動かすかのように自在に操られ、白雪が紛々と舞うなか、白雪魚《たら》が水揚げされる。殿様に献上された残りは高値で売買されるが、手に入れることができた僧叟先生は喜色満面である。美味とされる紅鮭《べにざけ》や銀鮒《ぎんぶな》も物の数ではない。お前はまさに魚のなかの仙人と称されるべきだ。

水晶のような冷たく冴え冴えとした身に、氷のような切れ味の良い庖丁を揮い、美しい椀に切り身を盛れば、まるで銀白色に輝く雲母を丸めたようだ。それは、露の降りた白い蓮の花を暁方の月が照らしているようでもあり、また、風に吹かれた白い柳の綿毛が急流の上に舞い落ちたようでもある。

松の花を醸した清浄な酒と黄金の酒杯。お前があれば、しばしばその酒杯に清浄な酒をなみなみと満たすことになろう。白雪魚《たら》よ、私はお前を愛するあまりこのような詩を作ったものの、思い直せば、高雅な「白雪歌」に対して恥ずかしい気がする。

三浦梅園《みうらばいえん》

享保八年（一七二三）—寛政元年（一七八九）、六十七歳。名は晋。字は安貞。号は梅園。豊後国国東《くにさき》郡富永村の医者の家に生まれ、家業の医を嗣いだ。十六、七歳の頃に豊後杵《き》築《つき》藩儒綾部《あやべ》絅斎《けいさい》や豊前中津藩儒藤田敬所《けいしょ》に従学したが、いずれも短期間で、おおむね独学で学問を修め、独創的な条理学を樹立したほか、幅広く経世論や洋学にも関心を持ち、漢詩文も能くした。梅園三語と称される『玄語』『贅語』『敢語』という哲学的な著作のほか、詩の字法・句法・韻法などを広く取り上げて整理した詩法書『詩轍《してつ》』を著述し、詩集に『梅園詩集』などがある。

113 掩屍詞

婦人懐中抱嬰児
中児負笈息路岐
大児呻吟在父肩
荒村日暮欲雨時
為問汝是何処子
自何処来何処之
我是西肥瓊浦者
家遭顛覆無立錐

掩屍《えんし》の詞《し》
婦《ふ》人《じん》は懐中《かいちゅう》に嬰児《えいじ》を抱《いだ》き
中児《ちゅうじ》は笈《おい》を負《お》ひて路岐《ろき》に息《いこ》ふ
大児《たいじ》は呻吟《しんぎん》して父《ちち》の肩《かた》に在《あ》り
荒村《こうそん》　日《ひ》暮《く》れて　雨《あめ》ふらんと欲《ほっ》する時《とき》
為《ため》に問《と》ふ　汝《なんじ》は是《こ》れ何処《いずこ》の子《こ》ぞ
何処自《いずこよ》り来《きた》り　何処《いずこ》にか之《ゆ》くと
我《われ》は是《こ》れ西肥《さいひ》瓊浦《けいほ》の者《もの》
家《いえ》は顛覆《てんぷく》に遭《あ》ひて立錐無《りっすいな》し

飄零南海又向西
肩頭病児命如絲
路頭拱手待其斃
悲心欲裂往愬誰
吾聞此語不能去
不覚双涙闌干垂
為借隣人空宅在
薬餌米蔬并相遺
龍宮禁方人不伝
膏肓二豎無人医
狗馬猶自覆蓋帷
不忍垢衣殮死屍
室内探得一匹布
持此将欲贈永離

南海《なんかい》に飄零《ひょうれい》し又《ま》た西《にし》に向《むか》ふ
肩頭《けんとう》の病児《びょうじ》　命《いのち》は糸《いと》の如《ごと》し
路頭《ろとう》　手《て》を拱《こまね》いて其《そ》の斃《たお》るるを待《ま》つ
悲心《ひしん》　裂《さ》けんと欲《ほっ》す　往《ゆ》きて誰《たれ》にか愬《うった》へんと
吾《われ》　此《こ》の語《ご》を聞《き》きて去《さ》ること能《あた》はず
覚《おぼ》えず　双涙《そうるい》　闌干《らんかん》として垂《た》る
為《ため》に隣人《りんじん》の空宅《くうたく》を借《か》りて在《あ》らしめ
薬餌《やくじ》　米蔬《べいそ》　并《あわ》せて相遺《あいおく》る
龍宮《りゅうぐう》の禁方《きんぽう》　人伝《ひとつた》へず
膏肓《こうこう》の二《に》豎《じゅ》　人《ひと》の医《い》する無《な》し
狗馬《くば》すら猶《な》ほ自《おの》づから蓋帷《がいい》を覆《おお》ふ
忍《しの》びず　垢衣《こうい》もて死屍《しし》を殮《れん》するに
室内《しつない》　探《さぐ》り得《え》たり　一匹《いっぴき》の布《ぬの》
此《これ》を持《じ》して将《まさ》に永離《えいり》に贈《おく》らんと欲《ほっ》す

養弟自言母有衣
裁縫嘗供終焉期
我知母聞必施予
不予恐負母所思
殮殯事了隣伍集
紙旆飛飛葬山陲
貴賤之路隔雲泥
人情何異破甑悲
孤童不願停此地
杳追舐犢行処随
清風明月長弔汝
他山有石拾為碑
祇今雨露偏四海
世上無告有若斯

養弟《ようてい》自《みずか》ら言《い》ふ　母《はは》に衣《ころも》有《あ》り
裁縫《さいほう》して嘗《かつ》て終焉《しゅうえん》の期《き》に供《そな》ふと
我《われ》は知《し》る　母《はは》聞《き》かば必《かなら》ず施予《しよ》せんと
予《あた》へずんば恐《おそら》くは母《はは》の思《おも》ふ所《ところ》に負《そむ》かん
殮殯《れんぴん》事了《ことおわ》りて　隣伍《りんご》集《あつま》る
紙旆《しはい》飛飛《ひひ》として　山陲《さんすい》に葬《ほうむ》る
貴賤《きせん》の路《みち》　雲泥《うんでい》を隔《へだ》つるも
人情《にんじょう》何《なん》ぞ異《こと》ならん　破甑《はそう》の悲《かな》しみ
孤童《こどう》は願《ねが》はざらん　此《こ》の地《ち》に停《とど》まるを
杳《よう》として舐犢《しとく》の行《ゆ》く処《ところ》を追《お》ひて随《したが》はん
清風《せいふう》　明月《めいげつ》　長《なが》く汝《なんじ》を弔《とむら》ひ
他山《たざん》　石有《いしあ》らば　拾《ひろ》ひて碑《ひ》と為《な》さん
祇《た》だ今《いま》　雨露《うろ》　四海《しかい》に偏《あまね》きも
世上《せじょう》の無告《むこく》　斯《かく》の若《ごと》き有《あ》り

王侯第宅玉為簾
露湿雨香花満枝
桃李春風解語花
春風好傍裙帯吹
天子九重紫微深
公侯分憂守藩籬
我聞孺子匍匐隠
充之四海只由推
漢家太宗孝文帝
賈誼猶進積薪辞
草莽無復苞桑責
含啼為作掩屍詞

王侯《おうこう》の第宅《ていたく》　玉《ぎょく》を簾《れん》と為《な》し
露湿《つゆうるお》ひ　雨香《あめかお》りて　花《はな》は枝《えだ》に満《み》つ
桃李《とうり》　春風《しゅんぷう》　解語《かいご》の花《はな》
春風《しゅんぷう》　好《よ》し　裙帯《くんたい》に傍《そ》ひて吹《ふ》くに
天子《てんし》　九重《きゅうちょう》　紫微《しび》深《ふか》く
公侯《こうこう》　憂《うれ》ひを分《わか》ちて藩籬《はんり》を守《まも》る
我《われ》聞《き》く　孺子《じゅし》　匍匐《ほふく》して隠《かく》れ
之《これ》を四《し》海《かい》に充《あ》つるも只《た》だ推《すい》に由《よ》ると
漢家《かんけ》の太宗孝文帝《たいそうこうぶんてい》
賈誼《かぎ》猶《な》ほ進《すす》む　積薪《せきしん》の辞《じ》
草莽《そうもう》　復《ま》た苞桑《ほうそう》の責《せき》無《な》きも
啼《てい》を含《ふく》んで為《ため》に作《つく》る　掩屍《えんし》の詞《し》

『梅園詩集』巻下。七言古詩。韻字、児・岐・時・之・錐・絲・誰・垂・遺・医・屍・離・期・思・陲・悲・随・碑・斯・枝・吹・籬・推・辞・詞（上平声四支）。

○掩屍　屍《しかばね》を覆う。　○中児　年齢的に真ん中の子供。　○笈　荷物を入れて背に負う籠。　○路岐　路の分かれる所。　○大児　年長の子供。兄。　○呻吟　苦しみうめく。　○荒村　荒廃した村。片田舎の村。　○西肥　肥前国の西部（現在の長崎県あたり）を指す。　○瓊浦　長崎の美称。　○家遭顚覆　家計が破産したことをいう。　○立錐　「立錐之地」の略で、わずかな居場所。　○命如絲　辛うじて命をつないでいるさま。　死に瀕しているさま。　○路頭　道ばた。路上。　○拱手　手を束《つか》ねて為すすべのないさま。　○愬　訴える。　○闌干　涙がとめどなく流れ落ちるさま。唐の白居易の「長恨歌」に、「玉容寂寞涙闌干《ぎょくようせきばくなみだらんかん》」。　○薬餌　薬。　○米蔬　米と野菜、すなわち食物。　○龍宮禁方　龍宮にあるという秘伝の薬方。唐の名医孫思邈《そんしばく》が龍王の子供である蛇の病気を治したところ、龍王が感激して三十種の龍宮の禁方を孫思邈に与えたという伝説（『続仙伝』）に拠る。　○膏肓　「膏」は心臓の下の部分、「肓」は横隔膜の上の部分を指し、薬や鍼が及ばない部分なので、病気の治りがたい箇所、あるいは病気が進行して治癒しがたいことをいう。　○二豎　病気。春秋時代、晋の景公が病気になった時、病魔が二豎子（二人の子供）となって夢に現われ、治療の及ばない膏肓に宿ろうと相談したという故事（『春秋左氏伝』成公十年）に拠る。　○狗馬猶自覆蓋帷　「狗馬」は犬と馬。「覆蓋帷」は車蓋（車の上の覆い）と帷幕（引き幕と垂れ幕）で包む。『礼記』檀弓下に、「仲尼《ちゅうじ》の畜狗《ちくく》死す。子貢をして之を埋め使めて曰く、吾之を聞く、敝帷《へいい》は棄てざるは馬を埋めんが為なり、敝蓋《へいがい》は棄てざるは狗《いぬ》を埋めんが為なり」とあるのに拠る。○垢衣　垢で汚れた衣服。○殮　かりもがり。埋葬するまでの間、仮に死体を棺に入れて室内に安置すること。○死屍　死体。○一匹布　古くは長さ四丈の布。時代によって長さは変化した。江戸時代は二端の布をいう。一人分の衣服を製する布の長さ。○永離　永遠の別離。死別。○養弟　父母の養子で自分より年下の者。梅園の妹りくは、梅園三十七歳の宝暦九年(一七五九)に婿養子を迎えた。この義弟に当たる婿養子は字を安節といった。○終焉期　梅園の母ふさは、梅園四十八歳の明和七年(一七七〇)に八十歳で没した。○施予　施し与える。○殯殯　死者の亡骸を棺にいれて一定期間安置すること。かりもがり。○隣伍　隣近所。○紙旆　紙の旗。野辺送りに用いる葬具。○飛飛　ひらひらと棚引くさま。○山陲　山の辺り。○隔雲泥　大きくかけ離れている。○破甑　甑《こしき》(米を蒸すのに用いる土器)を毀《こわ》す。後漢の孟敏は甑を地に落として毀し、顧みることもなく立ち去ったので、林宗《りんそう》が理由を問うと、甑はもう毀れてしまったのだから、振り返って見ても何の益も無いと答えたという故事(『後漢書』孟敏伝)に拠り、ここは大切なものを失って、元に戻らないことをいう。○孤童　孤児。ここは、(死んで家族と別れ)独りぼっちになった子供。○杳　はるか遠い。○舐犢　親牛が子牛を舐める。転じて、子供を可愛がる親をいう。○他山有石　他の山から出る石。『詩経』小雅・鶴鳴に、「他山の石、以て玉を攻《みが》く可し」。○祇今　「只今」に同じ。○雨露　天下泰平の世の恵み。○四海　天下。○無告　誰にも救いを告げ訴えることのできない者。頼るものの無い困窮者。『書経』大禹謨《だいうぼ》に、「無告《むこく》を虐《しいた》げず」。○第宅　邸宅。○解語花　言葉を解する花、すなわち美女の比喩。○裙帯　裳《も》(女性の腰から下につける衣)の帯。○九重　幾重もの門の中にある天子の宮殿。○紫微　天子の宮殿。○守藩籬　国境を警護する。○孺子　幼児。○匍匐隠　腹這いになって身を隠すこと。○由推　推測による。○漢家太宗孝文帝　前漢の五代皇帝劉恒(文帝)。『資治通鑑』には「太宗孝文皇帝」とある。大規模工事を中止し、減税をしばしば行なうなど、民力を養うことに腐心した。また、生母である薄氏に孝行を尽くし、自ら毒味をした皇帝として、二十四孝の一人に数えられた。○賈誼　前漢の洛陽の人。二十二歳で孝文帝に召されて博士となり、信任されて大中大夫に至り、しばしば経世策を上奏した。○積薪辞　孝文帝に進言する者は皆な天下は已に安らかに治まっていると奏上したが、賈誼だけはまだそのような状態ではないとし、今は「火を抱いて之を積薪の下に厝《お》いて、其の上に寝、火未だ燃ゆるに及ばざる」危険な状態だと進言したという(『漢書』賈誼伝)。○草莽　民間人。梅園自身をいう。○苞桑　桑の木の根。転じて、国を強固

にすること。『易経』否に、「其《そ》れ亡《ほろ》びなん、其《そ》れ亡《ほろ》びなんとて、苞桑《ほうそう》に繋《かか》る」。○含

啼　啼きそうなこと。悲しみの表情を見せること。

女は懐《ふところ》に赤ん坊を抱き、真ん中の児は荷物籠を背負って岐路で休み、年長の児は苦しそうに呻《うめ》いて父親の肩に担がれている。片田舎の寂しい村里の雨の降る夕暮れ時である。「お前はどこの人間か、どこからやって来てどこに行こうとしているのか」と父親に声をかけた。すると、「私は肥前国長崎の者ですが、一家破産して居場所がなくなり、南の海辺にさすらい、さらに西の方へと向かっています。病気の児は辛うじて命を繋いでいますが、なすすべも無く死ぬのを待つばかりです。悲しみで私の心は張り裂けそうですが、いったい誰に訴えに行けばよいのでしょうか」と、父親は答えた。

私はこの言葉を聞いて、その場を立ち去ることができず、思わず両目から涙がとめどなく流れ落ちてきた。そこで、隣人の空家《あきや》を借りて住まわせ、薬と食物を併せて贈った。しかし、私は龍宮の秘伝の薬方を伝えているわけではなく、児の重い病を治すことができなかった。

犬や馬でさえその死屍を埋める時には車蓋や帷幕で覆うという。亡くなった児の屍を

棺に納めるのに、垢で汚れた衣のままだというのは忍びないことだった。そこで室内を探すと二端《にたん》の布があった。此を持っていって、葬《とむら》いに贈ろうと思った。すると義弟が、「お母さんは昔、死んだ時のために裁縫して死装束を用意していました」と言った。母がこのたびのことを耳にしたなら、きっとこの布を施し与えたと思う。もし与えないならば、恐らく母の考えに背くことになるだろう。かりもがりの行事が終わると隣近所の人が集まり、ひらひらと紙旗を棚引かせながら野辺送りをして山のほとりに埋葬した。

貴賤の差によって人生行路に雲泥の違いがあるとしても、元には戻らない大切なものを失った悲しみの情に、何の違いがあろうか。死んで家族から離れてひとりぼっちになったこの児は、異郷のこの地に止まることを願わず、可愛がってくれた親の行く先をはるか遠くまで追って行くことだろう。清風明月のもと末長くお前を弔い、他の山に石が有るならば、拾ってきてそれを墓碑に充てよう。

今の時代は恩恵が天下に行き渡っているというが、世の中には救いを訴えることさえできないこのような困窮者もいる。王侯のお屋敷では、高価な玉の簾を垂れ、露に潤い、香しい雨を受けて枝いっぱいに美しい花が咲いており、桃李の花のような美女たちの裳裾の帯を春風が吹いている。天子は宮殿の奥深くにおられ、大名たちは外憂を分かちあって国境を守備している。

私は聞いたことがある。幼い子供は腹這いになって隠れると、ただ推測によってその隠れた場所を天下だと思うということを。漢の太宗孝文帝は民の力を養うのに腐心したという。それでも賈誼は、当時の社会状況は薪の上に寝ているように危険なものだということを孝文帝に進言した。私のような民間人には国家を強固にする責任は無いのであるが、(現状を看過するに忍びず)私は涙を呑みつつ、この「掩屍の詞」を作った。

松崎観海《まつざきかんかい》

享保十年(一七二五)―安永四年(一七七五)、五十一歳。丹波篠山藩士松崎観瀾《かんらん》の男。名は惟時。字は君修。通称は才蔵。号は観海。十三歳で父に従って江戸に赴き、太宰春臺に入門し、詩を高野蘭亭に学んだ。延享三年(一七四六)父の跡を承けて家督を嗣ぎ、留守居・御側取次などの職を経て、明和二年(一七六五)世子の傅役と侍読を兼ねた。春臺門下として経世済民の学に志したが、温雅な人となりで詩文も能くし、『観海先生集』がある。

114　寄題田子耜息偃館田与岡公修輩号牛門四友

明時小吏厭婆娑
直暇従容息偃多
撫枕風生随弱柳
移牀月転到垂蘿
日升晏起三竿後
門鎖纔開四友過
眠熟羲皇応入夢
北窓高臥意如何

田子耜《でんしし》の息偃館《そくえんかん》に寄題《きだい》す。田《でん》は岡公修輩《おかこうしゅうはい》と牛門《ぎゅうもん》四友《しゆう》と号《ごう》す

明時《めいじ》の小吏《しょうり》　婆娑《ばさ》を厭《いと》ふ
暇《か》に直《あた》れば　従容《しょうよう》として息偃《そくえん》多《おお》し
枕《まくら》を撫《ぶ》すれば　風生《かぜしょう》じて弱柳《じゃくりゅう》随《したが》ひ
牀《しょう》を移《うつ》せば　月転《つきてん》じて垂蘿《すいら》に到《いた》る
日《ひ》升《のぼ》りて晏《おそ》く起《お》く　三竿《さんかん》の後《のち》
門鎖《もんさ》して纔《わず》かに開《ひら》けば　四友《しゆう》過《よ》ぎる
眠《ねむ》り熟《じゅく》して　羲皇《ぎこう》　応《まさ》に夢《ゆめ》に入《い》るべし
北窓《ほくそう》の高臥《こうが》　意《い》如何《いかん》

『観海先生集』巻五。七言律詩。韻字、娑・多・蘿・過・何(下平声五歌)。

○**田子耜**　幕府の御徒であった大田南畝。観海より二十四歳年少で、明和三・四年(一七六六・六七)頃に観海に入門した。田は修姓、子耜は字。本巻四六一頁参照。○**息偃館**　牛込仲御徒町(現、東京都新宿区中町)の組屋敷にあった大田南畝の書斎の号。南畝

が新たに書斎を構えて息偃館と号し、諸家に題詩を求めたのは、南畝二十歳の明和五年頃。「息偃」は、憩い休む。『詩経』小雅・北山に「或《あるい》は息偃《そくえん》して牀《しょう》に在《あ》り」とあるのに拠る。○**岡公修**　岡部四溟(名は正懋、字は公修)。牛込山伏町に住んでいた幕臣。南畝より四歳年長。○**牛門四友**　明和二年頃、牛込に住んでいた大田南畝、岡部四溟、菊池衡岳、大森華山の四人で結成した詩人グループで、明和四年に『牛門四友集』を出版した。○**明時**　天下泰平の時代。○**小吏**　小役人。下級官吏。○**婆娑**　徘徊するさま。○**直暇**　休暇に当たる。○**撫枕**　寝つけない時のふるまい。○**弱柳**　なよやかな柳の若枝。○**移牀**　牀几《しょうぎ》(寝台《ねだい》)を移動する。唐の白居易の「虚白堂」詩に、「牀《しょう》を移《うつ》し日《ひ》に就《つ》きて檐間《えんかん》に臥《ふ》す」。○**垂蘿**　垂れ下がった蔦。○**晏起**　朝遅く起きる。○**三竿**　竿三本分の高さに日が昇った時刻、午前八時頃をいう。○**纔開**　底本の『観海先生集』では「纔門」となっており、意味を取りがたい。この詩を収める写本『息偃遊娯《そくえんゆうご》詩《し》巻《かん》』では「纔開」となっている。底本の「門」は誤刻と考えて、「開」に改めた。○**羲皇**　中国の伝説上の皇帝伏羲《ふっき》。『晋書』陶潜伝に、「嘗て言ふ、夏月虚閑、北窓の下に高臥し、清風颯至《さっし》す。自ら謂《おも》へらく、羲皇上《ぎこうじょう》の人なり」とあるのを踏まえる。
○**高臥**　世俗を離れ志を高くして眠る。

泰平の世の下級役人は出歩くのを厭って、休暇になるとゆったりと休息することが多い。その下級役人である君が枕を撫でているうちに、風が吹き始めて柳の若枝はなよなよと揺れ、牀几を移すと月は移動して垂れ下がった蔦を照らす。朝は日が高く昇った後に君が起き上がり、鎖《とざ》した門を少しばかり開けておくと、牛門四友を名乗る盟友たちが立ち寄る。熟睡すれば君の夢の中にはきっと古代中国の羲《ぎ》皇《こう》が現われるのであろう。息偃館の北向きの窓の下で俗世間と距離を置き、志を高く持して眠る気持というのは、いったいどんなものなのかね。

千《ち》葉《ば》芸《うん》閣《かく》

享保十二年(一七二七)―寛政四年(一七九二)、六十六歳。名は玄之。字は子玄。通称は茂右衛門。号は芸閣。江戸の人。秋山玉山に従学した。宝暦年中に下総古河《こが》藩に仕え、世子の侍講を勤めたが、数年にして致仕し、江戸駒込に塾を開いて門人に教授した。朱子学を主としたが、蘐園風の詩文を作り、『唐詩選』の入門的な注釈『唐詩選掌故』を出版した。詩文集に『芸閣先生文集』がある。

115 観潮坂寓居

容膝三間屋
寓居臨海天
鷗飛揺白羽
潮満払蒼煙
嚢橐雖如笨
莓苔総若銭
四隣風俗悪
仍憶里仁篇

観潮坂《かんちょうざか》の寓居《ぐうきょ》
膝《ひざ》を容《い》る　三間《さんけん》の屋《おく》
寓居《ぐうきょ》　海天《かいてん》に臨《のぞ》む
鷗《かもめ》飛《と》んで白羽《はくう》を揺《ゆ》らし
潮《しお》満《み》ちて蒼煙《そうえん》を払《はら》ふ
嚢橐《のうたく》は笨《ほん》の如《ごと》しと雖《いえど》も
莓苔《ばいたい》は総《すべ》て銭《ぜに》の若《ごと》し
四隣《しりん》　風俗《ふうぞく》悪《あ》しく
仍《しき》りに憶《おも》ふ　里仁《りじん》の篇《へん》

『芸閣先生文集』巻二。五言律詩。韻字、天・煙・銭・篇(下平声一先)。
○観潮坂　潮見坂《しおみざか》。江戸湾が眺望されることから名づけられた坂の名で、江戸には数箇所の潮見坂があったが、ここは駒込の潮見坂(団子坂とも)。ちなみに、駒込千駄木のこの坂上に住んだ森鷗外は、書斎を観潮楼と名づけた。**○寓居**　仮住まい。自分の住居の謙遜した言い方。**○容膝**　膝を容れられるだけの小さな家の意。晋の陶潜の「帰去来の辞」に、「膝を容るるの安んじ易きを審《つまびら》かにす」。○三間屋　柱と柱の間が三つの小さな家。○海天　海と空。○蒼煙　青海原を覆う靄。○嚢橐雖如笨　「嚢橐」は、財産を容れる袋。「笨」は、粗末で役に立たない。家計が貧しいことをいう。○莓苔　総若銭　苔が銭の形をしている。唐の孫鲂《そんほう》の「梅嶺泉に題す」詩に、「莓苔《ばいたい》は自《おの》づから銭《ぜに》を学《まな》ぶ」。○四隣　近隣。この坂の下には飲食店など町屋が広がっていた。○里仁篇　『論語』の篇名。朱熹《しゅき》の『集注《しっちゅう》』では、その初めの一文を「子《し》の曰《のたま》はく、里《さと》は仁《じん》なるを美《よ》しと為《な》す」と読み、「里は仁厚《じんこう》の俗《ぞく》有るを美しと為す。里を択《えら》びて是に居《お》らずんば、則ち其の是非の本心を失ひて知と為ることを得ず」と注しているように、「里仁」は仁厚の美しい風俗が行われている村里をいう。

わずかに膝を容れるだけの間口《まぐち》三間の小さな私の住まいは、海と空に臨んでいる。ここからは、鷗が白い羽を揺らしながら飛んでいるのが見え、潮が満ちてきて青い海面を覆っていた靄が霽れて行くのが眺められる。我が家の財産を入れておく袋は粗末で役に立たないが、庭に生えている苔はすべて銭のようだ。近隣は風俗が悪いので、『論語』の里仁篇に記されている風俗の美しい村里のことが、しきりに思われる。

細井平洲《ほそいへいしゅう》

享保十三年(一七二八)―享和元年(一八〇一)、七十四歳。修姓は紀。名は徳民。字は世馨。通称は甚三郎。号は平洲・如来山人《にょらいさんじん》・嚶鳴館《おうめいかん》など。尾張国知多郡の農家に生まれ、延享元年(一七四四)名古屋の中西淡淵《たんえん》に入門して儒学を学んだ。後に江戸に出て嚶鳴館を開き、諸生に教授した。米沢藩の上杉治憲《はるのり》(鷹山《ようざん》)に学を講じ、藩校興譲館《こうじょうかん》の設立に関与した。安永九年(一七八〇)尾張藩儒となり、藩校明倫堂の督学として尾張藩の教学に携わった。詩集に『嚶鳴館詩集』、詩文集に『嚶鳴館遺稿』などがある。

116　述懐十首贈河仲栗飛鳥子静

西海三千里
壮遊一蒯緱
骯髒辞郷国
独行指九州
九州隔且遠

述懐十首《じゅっかいじっしゅ》、河仲栗《かちゅうりつ》・飛鳥子静《あすかしせい》に贈《おく》る　(その八)

西海《さいかい》　三千里《さんぜんり》
壮遊《そうゆう》　一蒯緱《いちかいこう》
骯髒《こうそう》　郷国《きょうこく》を辞《じ》し
独行《どっこう》　九州《きゅうしゅう》を指《さ》す
九州《きゅうしゅう》は隔《へだた》りて且《か》つ遠《とお》し

積水何悠悠
旅服蒙霜露
漂泊臥孤舟」
旦凌広陵濤
暮困玄海若
遠遊一何艱
羇心日遼落

積水《せきすい》　何《なん》ぞ悠悠《ゆうゆう》たる
旅服《りょふく》　霜露《そうろ》を蒙《こうむ》り
漂泊《ひょうはく》　孤舟《こしゅう》に臥《ふ》す
旦《あした》に広陵《こうりょう》の濤《なみ》を凌《しの》ぎ
暮《くれ》に玄海《げんかい》の若《じゃく》に困《こん》ず
遠遊《えんゆう》　一《いつ》に何《なん》ぞ艱《くる》しき
羇心《きしん》　日《ひ》びに遼落《りょうらく》たり

『嚶鳴館詩集』巻一。五言古詩。韻字、緱・州・悠・舟(下平声十一尤)」若・落(入声十薬)。

○述懐十首　平洲は十八歳の延享二年(一七四五)長崎に遊学し、三年の滞在の後、母の病気を聞いて帰東した。少年期に学に志して以後、長崎遊学中の頃までを振り返って詠んだ五言古詩十首の連作。　**○河仲栗・飛鳥子静**　平洲が長崎遊学中に交遊した人物。「細井平洲先生行状」(『事実文編』巻四十二)に、「崎陽に到れば、則ち其の土の高士小河仲栗を主とし、飛鳥子静を友とし、相結びて兄弟と為す」。小河仲栗(一七一二―六一)

は平洲と同じく中西淡淵に学び、長崎で医を業としていた。平洲は「小河仲栗先生伝」(『嚶鳴館遺稿』巻七)を撰している。飛鳥子静は、号を圭洲。長崎の商家の子として生まれた。名古屋に遊学し、平洲・仲栗と同じく名古屋で中西淡淵に儒を学び、後に江戸に移り住んだ。宝暦五年(一七五五)没。○**三千里**　故郷尾張から長崎までの距離をいうが実数ではなく、遥かな距離であることを示す。○**壮遊**　壮んな志を抱いて旅をすること。○**蒯緱**　縄で巻いた剣。粗末な剣。○**骯髒**　志を高く保って剛直なこと。唐の李白の「参寥子に贈る」詩に、「骯髒故《こうそうこ》園《えん》を辞《じ》す」。○**郷国**　故国。○**積水**　集まりたまった水。大海原。唐の王維の「秘書晁監の日本国に還るを送る」詩に、「積水《せきすい》極《きわ》む可《べ》からず」。○**広陵濤**　広陵は揚州のことで、そばを流れる曲江(浙江)の潮。前漢の枚乗《ばいじょう》の「七発」(『文選』)に、「兄弟並びに往きて濤を広陵の曲江に観る」とあるのを踏まえて、李白の「当塗《とうと》趙少府《ちょうしょうふ》の長蘆《ちょうろ》に赴くを送る」詩に、「便《すなわ》ち広陵《こうりょう》の濤《なみ》を観《み》る」とある。ここは『東藻会彙地名箋』に「広陵《ヒロシマ》」とあるように、広陵は広島を指すので、現実的には広島沖すなわち瀬戸内海の波を意味していよう。○**玄海若**　北方の海の神。『荘子』秋水に「北海若」。ここは九州北西部の海域を指す玄界灘の海神をいう。○**羇心**　旅心《たびごころ》。旅情。○**遼落**　遥か遠くまで空漠たるさま。

壮《さか》んな志を抱き、粗末な剣を携えて、三千里かなたの西の海にやって来た。剛直な思いを曲げることなく、故国を発って九州を目ざした独り旅であった。九州は遠隔の地であり、広がる海が何と悠々と横たわっていたことか。私の旅衣《たびごろも》は霜や露に濡れそぼち、一艘の小舟の中で寝るような漂泊の旅をしてきた。

朝には瀬戸内の波濤を凌ぎ、夕には玄界灘の海神から困難な目に遭わされた。遠くへ旅するというのは何と苦しいことであろうか。旅人である私の心は、日々、遥か遠くまでやって来たのだという思いに囚われていた。

117　偶成

十歳東関客未帰
自憐書剣一身微
堂前養老傷徒食
厨下催妻売敝衣
弾瑟雨寒原憲室
草玄春暮子雲扉

偶《ぐう》成《せい》

十歳《じっさい》　東関《とうかん》　客《きゃく》未《いま》だ帰《かえ》らず
自《みずか》ら憐《あわ》れむ　書剣《しょけん》　一身微《いっしんび》なることを
堂前《どうぜん》　老《おい》を養《やしな》ひて徒食《としょく》を傷《いた》み
厨下《ちゅうか》　妻《つま》を催《うなが》して敝衣《へいい》を売《う》る
弾瑟《だんしつ》　雨《あめ》は寒《さむ》し　原憲《げんけん》が室《しつ》
草玄《そうげん》　春《はる》は暮《く》れぬ　子雲《しうん》が扉《とびら》

猶令出処期知己　猶《な》ほ出処《しゅっしょ》をして知己《ちき》に期せ令《し》むれども
何識生涯我竟非　何《なん》ぞ識《し》らん　生涯《しょうがい》　我《われ》竟《つい》に非《ひ》なるを

『嚶鳴館詩集』巻四。七言律詩。韻字、帰・微・衣・扉・非(上平声五微)。
○**十歳東関**　箱根の関を越えて関東にやって来て十年。平洲が江戸に移住したのは二十四歳の宝暦元年(一七五一)。したがってこの詩は宝暦十一年頃に詠まれたものと推測される。当時、平洲は江戸で嚶鳴館という塾を開いて諸生に教授して暮らしていたが、「細井平洲先生行状」によれば、「室は徒らに四壁、薪米は数日を支ふ可からず」という困窮した生活だった。○**書剣**　書籍と刀剣、すなわち書生の持ち物。○**養老**　老いた親を養う。○**徒食**　有為な仕事もせずに無駄飯を食べる。○**弾琴**　琴(大形の琴)を演奏する。○**原憲**　孔子の門人。字は子思。清貧に甘んじ、『荘子』譲王に、「上は漏り下は湿《しめ》るも、匡坐《きょうざ》して弦歌す」とあるように、雨漏りのする陋屋で弦歌していた。○**草玄**　『太玄経』を草する。『太玄経』は前漢の揚雄が『易経』に倣って著作したもの。○**子雲**　揚雄の字。揚雄は「人となり簡易佚蕩《かんいてっとう》、口吃《ども》りて劇談すること能はず。黙して深湛《しんちん》の思ひを好み、清静亡為《せいせいむい》、耆欲《しよく》少なくして、富貴に汲汲たらず、貧賤に戚戚《せきせき》たらず。廉隅《れんぐう》を修めて以て名を当世に徼《もと》むることをせず」(『漢書』揚雄伝、『蒙求』揚雄草玄)とあるように、家に閉じこもって読書し、思索することを好んだ。○出処　出仕と隠退。○知己　自分の真価をよく理解していること。また、親友。○非　過ち。思うようにはならないこと。『淮南子』原道訓に、「蘧伯玉《きょはくぎょく》は年五十にして四十九年の非を知る」。

関東に旅住まいをするようになって十年経ったが、まだ帰郷できるような状況ではなく、未だに取るに足りない書生の身であることに我ながら憐れみを感じている。座敷に居る老いた親を養うために為さねばならないこともなさずに徒食しているのを哀しく思い、台所では妻に破れ衣を売らせて食べものを工面させるといったありさまだ。清貧の原憲《げんけん》が雨漏りのする部屋で弦歌したように、また揚《よう》雄《ゆう》が家に閉じこもって『太玄経《たいげんきょう》』を草したように、私も冷たい雨が降る日に琴を弾き、私も暮春の一日、扉を閉めて著述にいそしんでいる。それでもなお出処進退について、私をよく知る友人に私は期待させているが、結局のところ私の生涯は思うようにはならないということなのかもしれない。

118　羽中冬日

羽中冬日《うちゅうとうじつ》

地　形　周　匝　勢　如　環

地形《ちけい》は周匝《しゅうそう》して　勢《せい》は環《わ》の如《ごと》し

四壁千尋雪作山
中有天涯独遊客
涙為氷玉落蒼顔

四壁《しへき》　千尋《せんじん》　雪《ゆき》は山《やま》を作《な》す
中《なか》に天涯独遊《てんがいどくゆう》の客《きゃく》有《あ》り
涙《なみだ》は氷玉《ひょうぎょく》と為《な》りて蒼顔《そうがん》に落《お》つ

『嚶鳴館遺稿』巻三。七言絶句。韻字、環・山・顔(上平声十五刪)。

○羽中　出羽国のなか。平洲は明和元年(一七六四)に出羽米沢藩に出仕し、以後三度、米沢に赴任・滞在した(『事実文編』巻四十二、上杉治憲「平洲先生碑銘」)。○周匝　周りを取り巻く。○千尋　山などの非常に高いこと。「尋」は、長さの単位。○蒼顔　老人の青黒い顔。

周囲を取り巻く地勢は環のようで、四方は高い壁になっており、雪が山のように積もっている。そのような険しい天の果ての地に、単身で旅して来た私がいる。我が家が恋しくて流す涙は氷の玉となって、老いた私の青黒い顔にこぼれ落ちる。

中井《なかい》竹山《ちくざん》

享保十五年(一七三〇)―享和四年(一八〇四)、七十五歳。名は積善。字は子慶。通称は善太。号は竹山。医者で懐徳堂《かいとくどう》の二代学主を務めた中井甃庵《しゅうあん》の長男として大坂に生まれた。弟は中井履軒《りけん》、嫡子は蕉園《しょうえん》。懐徳堂助教五井蘭洲《ごいらんしゅう》に学び、天明二年(一七八二)懐徳堂四代学主になり、寛政四年(一七九二)に火災で焼失した懐徳堂の再建に尽力した。詩文を能くし、葛子《かつし》琴《きん》や木村蒹葭《けんか》堂《どう》など混沌社の社友たちと親交した。史書に『逸史』、詩文集に『奠陰集《てんいんしゅう》』などがある。

119　懐徳書院小集拈肴韻

辛巳歳晩

詩盟歳晏会朋交
塵世乗除驀地拋
新法満城糜沸日
草堂秉燭細推敲

懐徳書院小集《かいとくしょいんしょうしゅう》、肴韻《こういん》を拈《と》る
辛巳《しんし》歳晩《さいばん》　(二首その二)

詩盟《しめい》　歳晏《さいあん》　朋交《ほうこう》と会《かい》し
塵世《じんせい》の乗除《じょうじょ》　驀地《ばくち》に拋《なげう》つ
新法《しんぽう》　満城《まんじょう》　糜沸《ひふつ》の日《ひ》
草堂《そうどう》に燭《しょく》を秉《と》りて細《こま》かに推敲《すいこう》す

『奠陰集』詩部・巻一。七言絶句。韻字、交・拋・敲(下平声三肴)。
○**懐徳書院**　懐徳堂、大坂学問所とも。大坂の上層町人が中心になって享保九年(一七二四)に設立した郷学で、幕府官許の学問所になった。朱子学を中心にした経学のほか歴史・詩文などが教えられ、富永仲基や山片蟠桃《やまがたばんとう》なども学んだ。○拈肴韻　下平声三肴の韻字を選び取って詩を作る。○辛巳歳晩　宝暦十一年(一七六一)の年末。竹山三十二歳。○詩盟　詩の集まり。○歳晏　歳の暮れ。年末。○朋交　朋友。○乗除　掛け算と割り算。転じて、あれこれ計算すること、また人世の栄枯盛衰。○驀地　たちまち。○新法　新しい法令。この年十二月晦日に、大坂の町人に対し、米の空名売買と印金売買を禁止する法令が出された(『浚明院殿御実紀《しゅんめいいんどの》』)。○満城　町じゅう。満街。○糜沸　(粥が沸き立つような)騒ぎになること。○草堂　懐徳堂の学舎をいう。尼ヶ崎町一丁目北(現、大阪市東区今橋四丁目)にあった。○秉燭　灯火を手に持つ。

俗世間でのあれこれの計算はすぐに投げ出して、歳の暮に朋友と詩の集まりを持った。商売に関する新たな法令が出されて町じゅうが騒々しく沸き立っている時、学舎の中で灯火を手にして細かく詩句を推敲している。

120　送木世粛徙勢　木世粛《ぼくせいしゅく》の勢《せい》に徙《うつ》るを送《おく》る

蒹葭采々粛霜初
道阻秦声更起予
駅馬纔携三口橐
洋船已載五車書
畿邦山水情何歇
勢海魚鰕興未疎
屏迹従茲耽著述
史遷発憤在刑餘

蒹葭《けんか》采々《さいさい》たり　粛霜《しゅくそう》の初《はじめ》
道《みち》阻《へだた》るも　秦声《しんせい》　更《あらた》めて予《よ》を起《た》たしむ
駅馬《えきば》　纔《わず》かに携《たずさ》ふ　三口《さんこう》の橐《ふくろ》
洋船《ようせん》　已《すで》に載《の》す　五車《ごしゃ》の書《しょ》
畿邦《きほう》の山水《さんすい》　情何《じょうなん》ぞ歇《や》まん
勢海《せいかい》の魚鰕《ぎょか》　興未《きょういま》だ疎《そ》ならず
屏迹《へいせき》　茲《これ》従《よ》り著述《ちょじゅつ》に耽《ふけ》らん
史遷《しせん》の発憤《はっぷん》　刑余《けいよ》に在《あ》り

『奐陰集』詩部・巻七。七言律詩。韻字、初・予・書・疎・餘(上平声六魚)。

○**木世粛**　木村蒹葭堂(一七三六—一八〇二)。坪井屋吉右衛門と称して大坂で酒造業を営んだ。混沌社の社友として竹山とも親しく、竹山は明和七年(一七七〇)一月に「蒹葭堂記」を書いている。この詩の詩題に「世粛は蓋し譴《けん》を受け業を失ひ、去りて長島侯に托すと云ふ」という注記があるように、寛政二年(一七九〇)、許可を越える酒量を醸造したという嫌疑によって処罰を受けた蒹葭堂は、旧知の文人大名伊勢長島藩主増山雪斎《ましやませっさい》侯を頼って伊勢国長島(現、三重県長島町)に移居することになった。その旅立ちに際して寛政二年十月に詠まれた送別の詩である。○**徙勢**　伊勢に移居する。○**蒹葭采々**　蒹《よし》と葭《あし》が生い茂るさま。『詩経』秦風・蒹葭の、「蒹葭《けんか》采采《さいさい》たり、白露《はくろ》未《いま》だ已《や》まず」に拠る。○**粛霜初**　万物を縮こまらせる冷たい霜の降りる初め。旅立ちが陰暦十月なので、こういう。○**道阻**　『詩経』秦風・蒹葭に、「道阻《みちへだた》りて且《か》つ長《なが》し」。○**秦声**　『詩経』秦風・蒹葭の詩を指す。○**起予**　私を奮い立たせる。○**駅馬**　宿駅の馬。○**三口橐**　家族三人の家財を入れた袋。○**洋船**　海上を航行する大船。○**五車書**　五台の車に積むほどの多くの書物。『荘子』天下に、「恵施《けいし》は多方にて、其の書は五車」。蒹葭堂は長崎に船載される書画や書籍や博物標本を積極的に購入する蒐集家として名高かった。○**畿邦**　畿内の地域。○**勢海**　伊勢国長島の面する伊勢湾の海。○**魚鰕**　魚と海老、転じて水産物。○**疎**　少なくなる。うとんじる。○**屏迹**　隠跡。隠居。○**史遷発憤**　「史遷」は、『史記』の著者司馬遷。司馬遷は匈奴に捕虜になった友人李陵を弁護したため、前漢の武帝の怒りに触れて宮刑に処された。司馬遷はその屈辱に発憤して『史記』を著わしたという。

冷たい霜の降り始めた頃、難波江に生い茂る蒹《よし》や葭《あし》のように、吾が友蒹葭堂《けんかどう》は元気な姿を見せている。君が向かう伊勢国長島までの道は遠いが、『詩経』秦風の「蒹葭」の詩を思い出して、改めて私は沈みがちな別離の気持を奮い立たせている。君が雇う宿駅の馬は僅かに家族三人の荷物を入れた袋を運ぶだけだが、かつて君は外洋船で運ばれてきた書籍を買い入れて五台の車に載せるほどの蔵書家だった。畿内の山や川に対して君が親しみを感じなくなることはないだろうが、今のところ君は伊勢の海から揚がる魚や海老に興味津津だ。これから君は隠居先で著述に耽ることになろう。司馬遷は刑罰を受けた後に発憤して『史記』を著わしたというのだから。

多田季婉《ただきえん》

?—安永五年(一七七六)。名は順。字は季婉。越後黒川藩士多田升長の女。同藩の佐野源内の妻。『資治通鑑』と『源氏物語』を好んで読み、詩と和歌を能くした。諸侯の藩邸に出入りして、女公子(お姫様)を教えた。遺稿詩集に『綽約集《しゃくやくしゅう》』があり、昌平坂学問所の勤番野沢酔石《すいせき》に依頼された菊池五山は、そこから『五山堂詩話』巻六に五首の詩を採録した。

121　暮春有感

憔悴花前自恨春
花開花落白頭新
顚狂柳絮今相似
昔日深窓詠雪人

暮春《ぼしゅん》、感有《かんあ》り
憔悴《しょうすい》　花前《かぜん》　自《おの》づから春《はる》を恨《うら》む
花開《はなひら》き　花落《はなお》ちて　白頭新《はくとうあら》たなり
顚狂《てんきょう》の柳絮《りゅうじょ》　今相似《いまあいに》たり
昔日《せきじつ》　深窓《しんそう》に雪《ゆき》を詠《えい》ずるの人《ひと》

『五山堂詩話』巻六。七言絶句。韻字、春・新・人(上平声十一真)。
○憔悴　痩せ衰えること。　○花開花落　唐の劉商の「花を羨まず」詩に、「花開《はなひら》き花落《はなお》ちて人《ひと》は旧《むかし》の如《ごと》し」。　○白頭新　白髪頭に新たな感慨をもよおす。唐の駱賓王の「春日、長安を離るる客中、懐ひを言ふ」詩に、「処処白頭新《しょしょはくとうあら》たなり」。　○顚狂柳絮　風に吹かれて乱れ飛ぶ柳の白い綿毛。この詩句と結句の「詠雪人」という詩句とは、『世説新語』言語篇の次のような故事を踏まえる。寒い冬の日、晋の文人謝安《しゃあん》の一族が集まっていた時、雪が降り出した。謝安がそれを見て「何に似ていると思うか」と問うたところ、謝安の兄謝拠《しゃきょ》の子の胡児《こじ》が「塩を空中に撒《ま》いたのに似ている」と答えたのに対し、謝安の兄謝奕《しゃえき》の女道蘊《どううん》が「もっとよく似ているのは風に吹かれて飛ぶ柳の綿毛よ」と答えたので、謝安は道蘊の才気に感心したという。　○深窓　家の奥深くにある婦女の室の窓。〇詠雪人　直接的には幼い頃、雪を柳の綿毛に見立てた才気煥発な謝道蘊を指し、同時に幼い頃の才気煥発だった自分自身を投影する。

花の前に痩せ衰えた我が姿をさらすと、春という季節が自ずから恨めしく感じられる。今年もまた花が咲き花が散って春も終わろうとしているが、白髪頭に改めて老いを自覚させられる。今の私は風に吹かれて乱れ飛ぶ柳の白い綿毛のようなもの。昔は、屋敷の奥深い部屋の窓辺で雪を柳の綿毛に見立てた、謝道蘊《しゃどううん》のような才気煥発な娘だったのに。

立花玉蘭《たちばなぎょくらん》

?―寛政六年(一七九四)。筑後柳川藩主立花貞俶の兄立花茂之の次女として生まれた。名は玉蘭。字は蘊香《うんこう》。若くして学を好み、詩を能くした。初め柳川藩の武宮謙叔に学び、ついで肥前の大潮元皓《だいちょうげんこう》に師事した。増上寺の円海上人の仲介で服部南郭に入門し、書信によって詩の添削を受けた。宝暦初年頃、柳川藩の家老矢島行崇の妻になった。詩集に宝暦八年(一七五八)の服部南郭の序文を付す『中山詩稿《ちゅうざん》』がある。

122　梅雨晩霽

五月連朝雨
苔痕四壁空
新晴含返照
濁潦浸残虹
開帙薫風至
把盃荷気通
暮蟬啼未歇
孤月挂林東

梅雨《ばいう》、晩《ばん》に霽《は》る
五月《ごがつ》　連朝《れんちょう》の雨《あめ》
苔痕《たいこん》　四壁《しへき》空《むな》し
新晴《しんせい》　返照《へんしょう》を含《ふく》み
濁潦《だくろう》　残虹《ざんこう》を浸《ひた》す
帙《ちつ》を開《ひら》けば薫風《くんぷう》至《いた》り
盃《さかずき》を把《と》れば荷気《かき》通《つう》ず
暮蟬《ぼぜん》　啼《な》いて未《いま》だ歇《や》まず
孤月《こげつ》　林東《りんとう》に挂《かか》る

『中山詩稿』。五言律詩。韻字、空・虹・通・東(上平声一東)。
○苔痕　苔の生えている跡。宋の陸游の「道院」詩に、「四壁苔痕長《しへきたいこんちょう》ず」。　○返照　夕日の光。　○濁潦　濁った溜まり水。　○帙　書物を保護するための覆い。　○薫風　初夏の風。　○荷気　蓮の花の香り。　○暮蟬　夕暮れに鳴く蟬。

五月になって連日雨が降り、四方の壁は苔に覆われた。晴れた空には夕陽が射し、濁った溜まり水には消え残りの虹が映っている。書物の覆いを開くと初夏の風が吹き渡り、盃を手にすると蓮の花の香りが伝わってくる。夕暮れ時、蟬は鳴きやまず、林の見える東方の空にはぽつんと月が懸っている。

六《りく》　如《にょ》

享保十九年(一七三四)―享和元年(一八〇一)、六十八歳。法諱は慈周。字は六如。号は白楼・無着庵。医者苗村介洞《なむらかいどう》の子として、近江八幡に生まれた。延享元年(一七四四)十一歳で比叡山に登り、観国について得度し、江戸寛永寺や川越喜多院に住み、宝暦七年(一七五七)京都善光院住職になった。その後、宗門内の紛争によって籍を削られ、真葛《まくず》原《はら》(現、京都市東山区)などに住んだが、赦されて正覚院主となった。さらに愛宕山白雲教寺に入って長床坊に住み、近江柏原菩提院主を兼ねた。彦根の野村東皐に詩を学び、南宋の陸游に私淑して宋詩を鼓吹した。妙法院宮真仁法親王に寵遇され、伴蒿蹊《ばんこうけい》・大典顕常・村瀬栲亭《こうてい》・皆川淇園・小沢蘆庵《ろあん》らと交遊した。詩集に『六如庵詩鈔』初編・二編・遺編、詩話に『葛原詩話《かつげんしわ》』などがある。

123　野田黄雀行

嘖嘖復嘖嘖
黄雀野田飛
遺穂不満嗉
霜露湿毛衣」
大行騏蹢覆粟車
餘粒粲然在泥沙」
群禽下食争相嚇
汝独胡為甘痩瘠」
豈不寒且饑
不忍利其悲」
洪鈞賦仁性
何曾択么麼
願言附鸑鷟

野田《やでん》黄雀行《こうじゃくこう》
嘖嘖《さくさく》　復《ま》た嘖嘖《さくさく》
黄雀《こうじゃく》　野田《やでん》に飛《と》ぶ
遺穂《いすい》　嗉《そ》に満《み》たず
霜露《そうろ》　毛衣《もうい》を湿《うるお》す
大行《たいこう》　騏《き》蹢《つまず》いて粟車《ぞくしゃ》を覆《くつがえ》せば
余粒《よりゅう》　粲然《さんぜん》として泥沙《でいさ》に在《あ》り
群禽《ぐんきん》　下《くだ》り食《しょく》し　争《あらそ》ひて相嚇《あいかく》するに
汝独《なんじひと》り胡為《なんす》れぞ痩瘠《そうせき》を甘《あま》んずる
豈《あ》に寒《さむ》うして且《か》つ饑《う》ゑざらんや
其《そ》の悲《かな》しみを利《り》するに忍《しの》びず
洪鈞《こうきん》　仁性《じんせい》を賦《ふ》す
何《なん》ぞ曾《かつ》て么麼《ようま》を択《えら》ばんや
願《つね》に言《われ》は鸑鷟《がくさく》に附《ふ》して

去啄玉山禾　　　去《さ》りて玉山《ぎょくざん》の禾《か》を啄《ついば》まん

歌)。『六如庵詩鈔』初編・巻一。楽府体。韻字、飛・衣(上平声五微)」車・沙(下平声六麻)」嚇・瘠(入声十一陌)」饑・悲(上平声五微と上平声四支の支部通押)」麼・禾(下平声五

○野田黄雀行　楽府題。魏の曹植、隋の蕭轂《しょうこく》、唐の李白・儲光義・僧貫休・僧斉己などにこの題の作がある。現実の出来事を諷したり、不平の意を寓したりする時に作られた。この詩題には「以下の四首は並びに丁亥の歳の作にして、楽府を借りて諷する所有り」という注記が付されており、この作は丁亥(明和四年)に宗門内の紛争によって籍を削られるなどの処分を受けたことを諷した作である。○嘖嘖　鳥の啼く声。唐の儲光義の「野田黄雀行」に、「嘖嘖《さくさく》たり野田《やでん》の雀《すずめ》」。○黄雀　雀の一種で、嘴や脚などが黄色味を帯びたもの。○野田　田野。○遺穂　稲や麦の落ち穂。唐の杜甫の「白鳧行《はくふこう》」に、「故畦《けい》の遺穂《いすい》已《すで》に蕩尽《とうじん》す」。○嗉　鳥の餌袋《えぶくろ》。○大行　遠くへ行くこと。また、大事業。○騏　青黒い馬、また優れた馬。○粲然　白く輝くさま。○瘦瘠　瘦せていること。○洪鈞　天。○仁性　慈愛の性。○么麽　つまらないこと。○願言　常に私は。「願」は、常に。「言」は、我。『詩経』邶風・二子乗舟に、「願《つね》に言《われ》は子《し》を思《おも》

ふ」。　○鸑鷟　瑞鳥である鳳凰の別名。　○玉山禾　伝説にいう、崑崙山に生える稲。

唐の王維の「青雀の歌」に、「青雀《せいじゃく》翅羽《しう》短《みじか》く、未《いま》だ遠《とお》く玉山《ぎょくざん》の禾《か》を食《く》らふこと能《あた》はず」。

チュンチュン、チュンチュンと啼きながら黄雀が田野を飛んでいる。稲の落ち穂だけでは餌袋は満たされず、羽は霜や露に濡れそぼっている。

遠くへ荷を運ぶ馬が躓いて、穀物を載せた馬車が覆ってしまい、落ちこぼれた米粒が泥のなかで白く輝いている。

鳥たちは舞い降りてきてお互い威嚇しながら、争うようにして米粒を啄んでいるのに、お前だけはどうしてそれに加わらず痩せたままでいるのか。

お前だって寒いだろうし、ひもじいだろう。しかし、お前は他者の悲しみを利用するのに忍びないのだ。

天はお前に慈愛の性を賦与した。そんなお前が卑劣な行ないを選択することがあろうか。いつも自分は鳳凰に随ってここを飛び去り、崑崙山の稲を啄みたいと思っているのだ。

124　所愛払菻狗死

有客販汝二千銭
贖而畜養纔三年
寒暑饑渇常調護
朝夕坐臥相夤縁」
至性知主狎家童
口雖不言情自通
能認熟客輒上膝
怒吠生面不少容」
拋果呼名走前向
拱手人立作乞状
跳擲匍匐惟指揮
倦来眠氈却酣暢」
一朝嬾困如臥輪

愛《あい》する所《ところ》の払菻狗《ふつりんく》の死《し》

客有《きゃくあ》り　汝《なんじ》を二《に》千銭《せんせん》に販《ひさ》ぐ
贖《あがな》ひて畜養《ちくよう》すること纔《わず》かに三年《さんねん》
寒暑《かんしょ》　饑渇《きかつ》　常《つね》に調護《ちょうご》し
朝夕《ちょうせき》　坐臥《ざが》　相夤縁《あいいんえん》す
至性《しせい》　主《あるじ》を知《し》り　家童《かどう》に狎《な》る
口言《くちい》はずと雖《いえど》も　情自《じょうおの》づから通《つう》ず
能《よ》く熟客《じゅっかく》を認《みと》めて　輒《すなわ》ち膝《ひざ》に上《あが》り
怒《いか》りて生面《せいめん》を吠《ほ》えて　少《すこ》しも容《ゆる》さず
果《か》を拋《なげう》ちて名《な》を呼《よ》べば　走《はし》りて前向《ぜんこう》し
手《て》を拱《こまね》き　人立《じんりつ》して　乞《こ》ふ状《じょう》を作《な》す
跳擲《ちょうてき》　匍匐《ほふく》　惟《た》だ指揮《しき》による
倦《う》み来《きた》れば氈《せん》に眠《ねむ》りて却《かえ》つて酣暢《かんちょう》たり
一朝《いっちょう》　嬾困《らんこん》　臥輪《がりん》の如《ごと》し

心悟有疾救無因
薬餌百計不肯受
鼻吻乾燥志気湮」
微微揺尾強擡頭
向人似欲訴沈憂
殊類相感生恩義
初信胞与莫不収」
弊席裏屍瘞梵区
為起小墳樹浮図
夜帰猶疑出戸迎
金鈴聳耳響有無」
情懐作悪幾廃餐
終日兀兀坐蒲団
応被高人笑愚惑

心《こころ》に疾《しつ》有《あ》ることを悟《さと》れども　救《すく》ふに因《よし》無《な》し
薬餌《やくじ》百計《ひゃっけい》すれども肯《あえ》て受《う》けず
鼻吻《びふん》乾燥《かんそう》して志気《しき》湮《ふさ》ぐ
微微《びび》として尾《お》を揺《ゆ》らし　強《し》ひて頭《あたま》を擡《もた》ぐ
人《ひと》に向《むか》ひて沈憂《ちんゆう》を訴《うった》へんと欲《ほっ》するに似《に》たり
殊類《しゅるい》　相感《あいかん》じて　恩義《おんぎ》を生《しょう》ず
初《はじ》めて信《しん》ず　胞与《ほうよ》　収《おさ》めざること莫《な》きを
弊席《へいせき》　屍《しかばね》を裹《つつ》みて梵区《ぼんく》に瘞《うず》め
為《ため》に小墳《しょうふん》を起《おこ》して浮図《ふと》を樹《た》つ
夜帰《やき》　猶《な》ほ疑《うたが》ふ　戸《と》を出《い》でて迎《むか》ふるかと
金鈴《きんれい》　耳《みみ》を聳《そばだ》てて　響《ひびきあ》有りや無《な》しや
情懐《じょうかい》　悪《あく》を作《な》して幾《ほと》んど餐《さん》を廃《はい》し
終日《しゅうじつ》　兀兀《ごつごつ》として蒲団《ふとん》に坐《ざ》す
応《まさ》に高人《こうじん》に愚惑《ぐわく》を笑《わら》はるべし

安知此心非仁端　安《いず》んぞ知《し》らん　此《こ》の心《こころ》　仁《じん》の端《はし》に非《あら》ざることを

『六如庵詩鈔』初編・巻一。七言古詩。韻字、銭・年・縁(下平声一先)」童・通・容(上平声一東)」向・状・暢(去声二十三漾)」輪・因・湮(上平声十一真)」頭・憂・収(下平声十一尤)」区・図・無(上平声七虞)」餐・団・端(上平声十四寒)。

○払菻狗　犬の一種、狆《ちん》。愛玩用の犬として室内で飼われた。この詩に詠まれた犬が死んだ後、六如は再び払菻狗を飼った。そして、その二代目の払菻狗が行方不明になった後、年を越えて戻ってきたことを喜んで詠んだ、「養ふ所の払菻狗、一旦之を失す。年を踰《こ》えて復た還る。感じて其の事を紀す」と題する長編の七言古詩も、『六如庵詩鈔』二編・巻一に収められている。○二千銭　銭二千文。現在のお金に換算すれば、おおよそ四、五万円くらいか。○調護　保護する。○夤縁　まつわる。寄りすがる。○至性　天の与えた善良な性質。○熟客　馴染みの客。○生面　初めて見る顔。○拱手　両手を胸の前で組んでお辞儀をする。○人立　人のように立つ。○跳擲　飛んだり跳ねたりすること。○匍匐　腹這いになること。○酣暢　のんびり、ゆったりすること。○嬾困　ものうく疲れたさま。○臥輪　横にした車輪。何の働きもないさま。金の史粛の「復斎」詩に、「身《み》は臥輪《がりん》に似《に》て伎倆無《ぎりょうな》し」。○鼻吻　鼻と口。

○志気　気力。　○湮　塞がる。　○沈憂　深い憂い。　○殊類　類を異にする。　○相感　相感応する。　○胞与　「民胞物与」の略。違いを超えて一切の人と物とをあまねく愛する。宋の張載の『西銘』に、「民は吾が同胞《はらから》、物は吾が与《ともがら》なり」に拠る。　○収　(愛情を)受け入れる。　○弊席　破れたムシロ。『礼記』檀弓下に、「仲尼の畜狗死す。子貢をして之を埋め使めて曰く、吾之を聞く、敝帷(破れた垂れ幕)は棄てざるは馬を埋めんが為なり、敝蓋(破れた車の覆い)は棄てざるは狗を埋めんが為なり」とあるに拠る。　○梵区　清浄な区域。寺域。　○浮図　仏塔。ここは卒塔婆。　○情懐作悪　気分がふさいで不快である。宋の陸游の「梅花絶句」詩その十に、「漸《ようや》く老《お》いて情懐《じょうかい》は多《おお》く悪《あく》を作《な》す」。　○兀兀　独りじっとしているさま。　○高人　才識のすぐれた人。　○愚惑　愚かしい惑い。　○仁端　儒教の徳目の一つである仁(慈愛の心)に到達する端緒(糸口)。

お前を二千文で売る商人がいたので買い求め、飼い始めてどうやら三年が経った。寒い時も暑い時も、腹がすいてないか、喉が渇いてないかと、いつも可愛がったので、お前は朝夕、私の傍に坐ったり横になったり、まつわりついていた。

お前は天から与えられた善良な性質で、誰が主人なのかを知り、下男にもなついた。

お前はものは言わないが、心は自ずから通じていて、馴染みの客のことはよく見分けて膝の上に乗り、初めて見る顔には怒って吠えかかり、少しも容赦しようとしなかった。

木の実を投げて名前を呼ぶと、走って来て前に向き、手を組んで人間のように立った姿で頂戴という振りをする。ただこちらの指揮に従って、飛んだり跳ねたり、また腹這いになったり、それに飽きると毛氈の上で眠って、それまでとはうって変わって寛いださまを見せる。

ところがある朝、懶《ものう》く疲れた様子で臥せた車輪のように横たわっていたので病気だと思ったが、救おうにも原因が分からない。薬を飲ませようとあれこれ試みたが受けつけず、鼻や口は乾いて元気を失っていた。

わずかに尻尾を振り、頑張って頭を持ち上げ、私に向かってもの憂さを訴えかけようとするかのようだった。異類であっても感情が通い相えば恩義が生ずる。人畜の違いを越えて愛情を受け入れることがあるのを、私は初めて信じた。

破れたムシロに遺骸を包んで寺域に埋め、小さな塚を作って卒塔婆を建てた。夜になって家に帰ると、戸口を出て迎えにくるのではないかとまだ疑い、首につけていた金の鈴が鳴っているのではないかと耳を聳《そばだ》ててしまう。

私は心持ちがすぐれないので幾《ほと》んど食事も取らず、一日中、座布団の上に独りじっと坐っている。才識のすぐれた人には、きっと私のこの愚かしい惑いは笑われるであろうが、この心が仁徳の糸口なのではあるまいか。

125　夏日早起

破暁袢襟疎且清
長河半没大星明
低顔紅槿如含笑
拆蕾碧花疑有声
隣井挈瓶童始起
短籬棲露蛬猶鳴
天涯一抹霞光動
便覚塵機滚滚生

夏日早起《かじつそうき》

破暁《はぎょう》　袢襟《はんきん》　疎《そ》にして且《か》つ清《きよ》し
長河《ちょうが》　半《なか》ば没《ぼっ》し　大星明《たいせいあき》らかなり
顔《かお》を低《た》るる紅槿《こうきん》　笑《えみ》を含《ふく》むが如《ごと》く
蕾《つぼみ》を拆《ひら》く碧花《へきか》　声《こえ》有《あ》るかと疑《うたが》ふ
隣井《りんせい》　瓶《かめ》を挈《さ》げて童《どう》は始《はじ》めて起《お》き
短籬《たんり》　露《つゆ》を棲《す》ましめて蛬《こおろぎ》は猶《な》ほ鳴《な》く
天涯《てんがい》　一抹《いちまつ》　霞光動《かこうご》けば
便《すなわ》ち覚《おぼ》ゆ　塵機《じんき》の滚滚《こんこん》として生《しょう》ずるを

『六如庵詩鈔』初編・巻四。七言律詩。韻字、清・明・声・鳴・生(下平声八庚)。

○破暁　夜明け。　○袢襟　肌着の襟。　○長河　天の川。銀河。　○大星　大きく明るく輝く星。ここは夜明け方に東の空に輝く金星をいう。　○紅槿　木槿《むくげ》の紅い花。夏から秋にかけて咲き、朝に開いて、夜に凋む。唐の劉威の「秋日、陳景孚秀才に寄す」詩に、「露花《ろか》紅槿低《こうきんた》る」。　○碧花　蓮の花の緑色の蕾。　○疑有声　蓮の花は開く時にポンという音がするとされてきたことを踏まえる。　○短籬　丈の低い生垣。　○一抹　刷毛で一塗りする。唐の杜牧の「隋苑」詩に、「紅霞《こうか》一抹広陵《いちまつこうりょう》の春《はる》」。　○霞光　ここは朝焼けの光。　○塵機　世俗的な心意。俗念。唐の白居易の「簡寂観に宿す」詩に、「臥《ふ》して覚《おぼ》ゆ塵機《じんき》の泯《ほろ》ぶるを。名利《めいり》心既《こころすで》に忘《わす》る」。　○滾滾　盛んに湧き起るさま。

夜明け時、肌着の襟元を寛《くつろ》げると清々しい。銀河は半分ほど西の空に沈み、東の空には大きな星が明るく輝いている。紅い木槿の花が俯いて咲いているのは笑みを含んでいるかのようだ。蓮の花の緑の蕾は開く時に音を立てているのだろうか。隣家の下男はようやく起き出し、瓶を提げて井戸へ水汲みに向かっているが、丈の低い生垣には露が宿っていてコオロギはまだ鳴いている。空の彼方に刷毛で一塗りしたような朝焼けの光が射し始めると、自分の中に俗念が盛んに湧き起こり始めたような気がする。

126 春寒

花信猶寒淰淰風
老年情味火籠中
搘頤乍憶童時楽
何処鳶箏鳴遠空

春《しゅん》寒《かん》

花信《かしん》　猶《な》ほ寒《さむ》し　淰淰《だんだん》の風《かぜ》
老年《ろうねん》の情味《じょうみ》　火籠《かろう》の中《なか》
頤《あご》を搘《ささ》へて乍《たちま》ち憶《おも》ふ　童時《どうじ》の楽《たの》しみ
何《いず》れの処《ところ》の鳶箏《えんそう》か　遠空《えんくう》に鳴《な》る

『六如庵詩鈔』初編・巻五。七言絶句。韻字、風・中・空(上平声一東)。
○**春寒**　立春以後の寒さ。春になってから戻ってきた寒さ。　○**花信**　花の開花のたより。小寒から穀雨に至る四ヶ月の間に、五日ごと新たな花を咲かせる二十四番の風が吹くとされ、その風を花信風と称した。　○**淰淰**　物の定まらないさま。唐の杜甫の「船を放つ」詩に、「山雲《さんうん》淰淰《だんだん》として寒《さむ》し」。　○**火籠**　籠の中に小さな火盆を入れた暖房器具。置き炬燵。　○**搘頤**　頬杖《ほおづえ》をつく。　○**鳶箏**　紙鳶につけた唸《うな》り。紙鳶は凧《たこ》(関西では、いかのぼり)。唸りは、竹や鯨の鬚などを薄く削って凧につけ、風によって音が出るようにしたもの。

開花を順にもたらすはずの風が不安定で、春になってもまだ寒い。そんな日に炬燵に入っていると、老年のしみじみとした情懐にとらわれる。頬杖をつきながら、ふと幼い頃の楽しかった事を思い出した。子供たちはどこで凧揚げに興じているのだろうか、どこか遠くの空で凧の唸《うな》りが鳴っている。

127 霜暁

暁枕覚時霜半晞
満窓晴日已熹微
臥看紙背寒蝿集
双脚挼挲落復飛

霜《そう》暁《ぎょう》

暁枕《ぎょうちんさ》覚むる時《とき》　霜半《しもなかば》は晞《かわ》く
満窓《まんそう》の晴日《せいじつ》　已《すで》に熹微《きび》たり
臥《ふ》して看《み》る　紙背《しはい》に寒蝿《かんよう》の集《あつま》るを
双脚挼挲《そうきゃくださ》して　落《お》ちて復《ま》た飛《と》ぶ

『六如庵詩鈔』初編・巻六。七言絶句。韻字、晞・微・飛(上平声五微)。

○霜暁　霜の降りた早朝。○晞　日光が当たって乾燥する。○熹微　日光が微かに射していること。晋の陶潜の「帰去来の辞」に、「晨光《しんこう》の熹微《きび》なるを恨《うら》む」。○紙背　障子窓の紙の裏側。○寒蝿　冬の蝿。宋の張耒《ちょうらい》の「四月二十日、二首を書す」詩その一に、「鈍《どん》は寒蝿《かんよう》に似《に》ること老《お》いて自《みずか》ら知《し》る」。○挼挲　手足を揉んだり、さすったりすること。

夜明け時に寝床で目覚めると、霜は半分ほど乾いており、すでに窓じゅうに明るい日ざしが微かに射していた。窓の障子の裏側に冬の蠅が集まっているのを、横になったまままじっと見ていると、蠅は二本の足を擦り合わせるとポトリと落ちたが、再び飛び上ってきた。

◇写実的な印象鮮明な詩だが、六如はこれを作詩した時、おそらくは宋の楊万里の次のような七言絶句を意識していたであろう。

凍蠅

隔窓偶見負暄蠅
双脚挼挲弄暁晴
日影欲移先会得
忽然飛落別窓声

凍《とう》蠅《よう》

窓《まど》を隔《へだ》てて偶《たまた》ま見《み》る　暄《けん》を負《お》ふ蠅《はえ》
双脚《そうきゃく》挼挲《ださ》して　暁晴《ぎょうせい》を弄《ろう》す
日影《にちえい》移《うつ》らんと欲《ほっ》して　先《ま》づ会《かい》し得《え》たり
忽然《こつぜん》として別窓《べっそう》に飛《と》び落《お》つる声《こえ》

128　柏原山寺冬日雑題十六首

柏原《かしわばら》の山寺《やまでら》の冬日雑題《とうじつざつだい》十六首《じゅうろくしゅ》（その一）

憶昔豪遊隘大都
老知畎畝是良図
耜経蔬譜講逾熟
酒祟詩魔降欲無
丹葉偏餘鄭虔紙
金苞全缺李衡奴
有時煨芋呼隣曲
一盞松肪囲地炉

憶《おも》ふ昔《むかし》　豪遊《ごうゆう》　大都《だいと》を隘《せま》しとす
老《お》いて知る　畎畝《けんぽ》は是《こ》れ良図《りょうと》なるを
耜経《しけい》　蔬譜《そふ》　講《こう》じて逾《いよい》よ熟《じゅく》し
酒祟《しゅすう》　詩魔《しま》　降《こう》じて無《な》からんと欲《ほっ》す
丹葉《たんよう》　偏《ひと》へに余《あま》す　鄭虔《ていけん》の紙《かみ》
金苞《きんぽう》　全《まった》く欠《か》く　李衡《りこう》の奴《ど》
時有《ときあ》りて芋《いも》を煨《や》いて隣曲《りんきょく》を呼び
一盞《いっさん》の松肪《しょうぼう》　地炉《ちろ》を囲《かこ》む

『六如庵詩鈔』二編・巻一。七言律詩。韻字、都・図・無・奴・炉(上平声七虞)。
○**柏原山寺**　六如は五十二歳の天明五年(一七八五)九月に近江国柏原(現、滋賀県米原市柏原)の成菩提院(円乗寺)の院主になり、五十六歳の寛政元年(一七八九)四月まで院主を務めたので、その間の作と推測される。○**大都**　大都会。かつて住んだ京都あるいは江戸をいうのであろう。○**畎畝**　田野。田畑。○**良図**　良い計りごと。○**耜経**　「耜」は農具の鋤で、「経」は道理を説いた書物の意なので、すなわち農書。○**蔬**

譜「蔬」は野菜で、「譜」は分類し系統立てて並べた書物の意なので、すなわち野菜百科事典。○**酒祟**　酒の祟《たた》り。宋の方岳の「梅辺」詩に、「酒《さけ》は能《よ》く祟《たたり》を作《な》せば酒《さけ》を忘《わす》る可《べ》し、詩《し》は人《ひと》を窮《きゅう》せずんば未《いま》だ是《こ》れ詩《し》ならず」。○**詩魔**　人を詩に引き込む魔性のもの。唐の白居易の「間吟」詩に、「唯《た》だ詩魔《しま》有《あ》つて降《くだ》すこと未《いま》だ得《え》ず」。○**丹葉**　紅葉した葉。○**鄭虔紙**　鄭虔は唐の人。玄宗皇帝の時、広文館博士・著作郎に任ぜられた。『新唐書』鄭虔伝によれば、山水画を能くし書を好んだが、貧しくて紙が無いのに苦しみ、慈恩寺に貯えられていた柿の葉を紙がわりにして思う存分練習した。後日、自書の詩画を皇帝に献上したところ、皇帝がその末尾に「鄭虔三絶」と大書したという。○**金苞**　黄金色の包み、蜜柑の実をいう。○**李衡奴**　李衡は三国時代呉の丹陽大守。『襄陽記』によれば、李衡は龍陽に橘を千株植えて、子供に「自分には千の木奴がいるので、その毎年の収穫で今後衣食に困ることはないだろう」と言ったという。そのことから、蜜柑の実をつける橘のことを橘奴ともいう。○**煨芋**　芋を焼く。宋の方岳の「夢に梅を尋ぬ」詩に、「青灯芋《せいとういも》を煨《や》きて桑麻《そうま》を話《わ》す」。○**隣曲**　隣人。晋の陶潜の「移居二首」詩その一に、「隣曲時時来《りんきょくときどききた》る」。○**一盞**　さかずき一つ。○**松肪**　松やに。『神農本草経』に拠れば、身を軽くし、不老延年の功があるという。また松やにを用いて造った酒。松肪酒。宋の陸游の「庵中独居の感懐」詩三首その三に、「松肪一椀《しょうほういちわん》夜《よる》に書《しょ》を観《み》る」。　○地炉　囲炉裏《いろり》。

思うに、昔は大都会でさえ狭く感じて思う存分遊び回ったものだが、年を取ってからは田野に住むことこそ人生の良計だと分かるようになった。農書や野菜百科の書物を講じているうちにいよいよ農事を熟知するようになり、酒の祟りや詩の魔物は降参してどこかへ行ってしまいそうだ。唐の鄭虔《ていけん》が紙の代わりに用いたという紅い柿の葉はここには有り余るほどあるものの、三国時代呉の李衡《りこう》が子孫の役に立つよう橘の木を植えて木奴と呼んだという、その金色の実をつける木奴はここにはまったく生えていない。時々、芋を焼いて隣人を招き、さかずき一杯の松やにを服用しながら、囲炉裏を囲むという生活をしている。

皆川淇園《みながわきえん》

享保十九年(一七三四)―文化四年(一八〇七)、七十四歳。名は愿。字は伯恭。通称は文蔵。号は淇園・有斐斎など。京都の富商皆川成慶(号は春洞)の長男として生まれた。国学者富士谷成章は実弟。大井蟻亭《ぎてい》・三宅牧羊《ぼくよう》・伊藤錦里などに従学した。五十歳頃に開《かい》物学《ぶつがく》と称する独自の経学を提唱し、私塾弘道館を開いて多くの門人に教授した。詩・書・画を能くし、柴野栗山《りつざん》・赤松滄州《そうしゅう》・清田儋叟らと三白社を結成した。平戸藩主松浦静山ほか諸侯に学を講じ、上田秋成や円山応挙などとも交遊関係があった。詩文集に『淇園詩集』『淇園文集』などがある。

129　若冲画白鸚鵡

城南能画滕処士
深於写生存神理
本生知我好雕繢
持絹昨促良工伎
描来鸚鵡羽褵褷
粉翎色鮮勢欲起
霊性含暎阿堵裏
金環彩架承紺趾
緑蓮花捧玉盌水

若冲《じゃくちゅう》が画《えが》ける白鸚鵡《はくおうむ》

城南《じょうなん》　能画《のうが》の滕処士《とうしょし》
深《ふか》く写生《しゃせい》に於《お》いて神理《しんり》を存《そん》す
本生《ほんせい》　我《わ》が雕繢《ちょうかい》を好《この》むことを知《し》り
絹《きぬ》を持《じ》して　昨《きのう》　良工《りょうこう》の伎《わざ》を促《うなが》す
描《えが》き来《きた》る　鸚鵡《おうむ》　羽《はね》の褵褷《りし》たるを
粉翎《ふんれい》　色鮮《いろあざ》やかにして　勢《いきお》ひ起《おこ》らんと欲《ほっ》す
霊性《れいせい》　含《ふく》みて暎《うつ》す　阿堵《あと》の裏《うち》
金環《きんかん》　彩架《さいか》　紺趾《こんし》を承《う》く
緑蓮《りょくれん》　花《はな》は捧《ささ》ぐ　玉盌《ぎょくわん》の水《みず》

鸚鵡翹冠側目視
隴山樹上想旧止
無恨長鎖及朱蘂
雲嘴氤氳含何辞
嗟乎巧絶乃至斯」
有如将酒灑真真
他時聞語知何人

鸚鵡《おうむ》　冠《かんむり》を翹《かか》げ　目《め》を側《そばだ》てて視《み》る
隴山《ろうざん》の樹上《じゅじょう》　旧止《きゅうし》を想《おも》ふ
長鎖《ちょうさ》と朱蘂《しゅずい》とを恨《うら》むこと無《な》からんや
雲嘴《うんし》　氤氳《いんうん》として　何《なん》の辞《じ》をか含《ふく》める
嗟乎《ああ》　巧絶《こうぜつ》　乃《すなわ》ち斯《ここ》に至《いた》る
酒《さけ》を将《も》つて真真《しんしん》に灑《そそ》ぐ如《ごと》きこと有《あ》らば
他時《たじ》　語《ご》を聞《き》くこと　知《し》んぬ　何人《なんぴと》ぞ

『淇園詩集』巻一。七言古詩。韻字、士・理・績・伎・褫・起・裏・趾・水・視・止・蘂・辞・斯(上声四紙と去声四寘と上平声四支の支部通押)」真・人(上平声十一真)の各句押韻。

○**若冲**　享保元年(一七一六)―寛政十二年(一八〇〇)。伊藤氏。名は汝鈞。字は景和。号は若冲・斗米庵など。京都高倉錦小路《にしきこうじ》の青物問屋桝源《ますげん》の長男に生まれ、二十三歳で家督を継いだが、四十歳で弟に家督を譲った。狩野派の画を学んだ後、さまざまな画風を採り入れて独自の画風を完成し、動植物画を得意とした。　○**白鸚鵡**　白い羽毛の鸚鵡。

若冲には何点かの白鸜鵒図が残されており、白鸜鵒図の版画もある。○城南　京都の南を指す。天明八年(一七八八)の京都大火で洛中錦小路の家を焼失後、若冲は伏見深草の石峯寺《せきほうじ》門前に隠居したので、ここはその住まいをいうか。○滕処士　「滕」は姓の伊藤を修したもの。「処士」は、官に仕えていない民間の人。○神理　霊妙で奥深い理法。○本生　例えば本多や本間など、姓に「本」という字がつく門人と思われるが、具体的には未詳。○雕績　美しい色彩の彫刻や絵画。○良工　腕の良い職人。ここは優れた絵師。○褵褷　羽毛の初めて生えるさま。『文選』に収める晋の木華《ぼくか》の「海賦」に、「鳬《ふ》雛《すう》離《り》褷《し》たり、鶴子《かくし》淋滲《りんさん》たり」。「褵褷」は「離褷」に同じ。○粉翎　白い羽。○霊性　生まれつきの賢さ。鸜鵒は人の言葉を口まねするので、こう言ったのであろう。○暎　はっきりと映している。○阿堵裏　この中。晋の顧愷之《こがいし》は人物を画いた後、何年も瞳を入れなかったので、人がその理由を尋ねたところ、「伝神写照、正に阿堵の中に在り」と答えたという『晋書』顧愷之伝を典故にして、描かれた白鸜鵒の眼の中の意。○紺趾　鸜鵒の紺色の足。○緑蓮　緑の蓮。若冲の画いた白鸜鵒図の伝存作品の幾つかには、緑色の玉で造られた蓮の花のような水入れ状のものが描かれている。○玉盌　玉で造った碗。○翹冠　毛を冠のように逆立てる。○側目　横目に見る。唐の杜甫の「画鷹」詩に、「目《め》を側《そばだ》てて愁胡《しゅうこ》に似《に》たり」。○隴山　陝西省隴県と甘粛省清水県に跨がる山。鸚鵡の産地とされた。唐の皮日休の「正楽府十篇」その十「哀隴民」に、「隴山千万仞《ろうざんせんばんじん》、鸚鵡《おうむ》其《そ》の巓《いただき》に巣《す》くふ」。○旧止　むかし居た所。○朱蘂　鸚鵡を繋ぎ止める鎖につけた朱色の房飾《ふさかざ》り。その形状が花の蘂《しべ》に似ているのでいう。○雲嘴　雲の塊のような盛り上がった嘴《くちばし》。○氤氳　気の盛んなさま。○真真　画中の美女の名。唐の杜荀鶴《とじゅんかく》の『松窗雑記《しょうそうざっき》』の次のような記事を典故とする。唐の進士趙《ちょう》顔《がん》は、画工の所で美女の画を見て、もしこの画中の美女を生かすことができるなら、妻にしたいと画工に言った。画工はこれは私の神画で、名前も真真《しんしん》と付けてある。百日の間、昼夜已《や》むことなく名前を呼べば、必ず応答するであろう。応答があったら、百家彩灰酒をこれに注ぎかければ、必ず生きた女として現われるであろうと教えた。そこで趙願が教え通りにしたら、画中の美女は生きた女になったという。

画を能くする洛南の滕処士《とうしょし》は、写生に奥妙の法を得ていた。本生《ほんせい》は私が彩色画を好むことを知って、昨日、絵絹を持参してその優れた絵師に画技を揮うよう求めた。描かれた鸚鵡の羽毛はふさふさとし、白い羽は色鮮やかで、今にも飛び立つかのようである。描かれた鸚鵡の眼には生まれつきの賢さが映っており、金の輪や美しく彩られた横木は鸚鵡の紺色の足を受けとめている。緑色の蓮の花のような玉碗は水を湛え、毛を冠のように逆立てた鸚鵡は横目に何かをじっと見ている。故郷隴山《ろうざん》の木の上の昔の住まいを想っているのだ。我が身を繫ぎ止めている長い鎖と朱色の房飾りを恨めしく思わないことがあろうか。気が満ち溢れている雲のような嘴《くちばし》は、どんな言葉を含んでいるのであろうか。ああ、この画はこんなにも巧みな技倆を示している。

唐の趙顔《ちょうがん》は真真《しんしん》という名の画中の美女に酒を注いで、生きた美女に変えたというが、もしこの鸚鵡の画に酒を注いだならば、鸚鵡の言葉はいつ誰が聞くことになるのであろうか。

130　言懐示諸子

斎鑯同二酉
家訓在三餘
開物通仲尼
知言継子輿
不沽終櫝秘
屢酔乏嚢儲

懐《おも》ひを言《い》ひて諸子《しょし》に示《しめ》す

斎鑯《さいせん》　二酉《にゆう》に同《おな》じく
家訓《かくん》　三余《さんよ》に在《あ》り
開物《かいぶつ》　仲尼《ちゅうじ》に通《つう》じ
知言《ちげん》　子輿《しよ》に継《つ》ぐ
沽《う》らずして終《つい》に櫝秘《とくひ》し
屢《しばし》ば酔《よ》ひて嚢儲《のうちょ》に乏《とぼ》し

曳尾泥中好　　尾《お》を泥中《でいちゅう》に曳《ひ》くこと好《よ》し
吾生足著書　　吾《わ》が生《せい》　書《しょ》を著《あら》はすに足《た》る

『淇園詩集』巻二。五言律詩。韻字、餘・輿・儲・書（上平声六魚）。○斎籤　書斎の蔵書の書名などを記した札。○二酉　湖南省阮陵県の西北にある大酉・小酉の二山。この二山の洞穴には千巻の書物があったということから、蔵書の豊富なことをいう。○三餘　三つの余りの時間、すなわち一年の余りの時間である冬、一日の余りの時間である夜、時の余りである陰雨の時間、この三つの余りの時間にこそ学問すべきであると言った魏の董遇《とうぐう》の故事（『魏志』王粛伝の注）に拠る。○開物　淇園は長年にわたる『易経』研究を基礎にして、「古今名義の深浅の別」を言語学的な方法で分析検討することによって、「古今文理の異」すなわち物事についての認識の相異を解明しようとした（『淇園文集』巻三「太田玄貞に答ふる書」）。そして、そのような自己の学問の方法を『易経』の語に拠って「開物」と名づけた。○仲尼　孔子の字。○知言　言辞を弁析すること。淇園の重要な学問的方法。○子輿　孟子の字。公孫丑から「先生は何に長じているのですか」と尋ねられた時、孟子は「我、言を知る。我、善く浩然の気を養ふ」と答えた（『孟子』公孫丑上）。○不沽　「沽」は、（自分の学問）を売る。『論語』子罕の次の故事を意識した表現。門人の子貢が「美しい玉がありますが、匵《とく》(箱)に入れてしまっておきましょうか、それとも善い買い手を探して売りましょうか」と尋ねたところ、孔子は「これを沽《う》らんかな、これを沽らんかな。我は賈《こ》を待つ者なり」と答えた。　○**櫝秘**　箱に秘しておく。　○**嚢儲**　袋の中の貯え。金銭の貯え。
○**曳尾泥中**　尻尾を泥の中に引きずる。貧賤に甘んじて自由に生きることの比喩。『荘子』秋水の、亀は死んでその骨を貴ばれる方がよいか、生きて尾を泥の中に曳いた方がよいかという話に拠る。唐の白居易の「九年十一月二十一日、事に感じて作る」詩に、「何《なん》ぞ泥中《でいちゅう》尾《お》を曳《ひ》く亀《かめ》に似《し》かん」。

我が書斎には二《に》酉山《ゆうざん》の洞穴と同じように豊かな蔵書がある。そして、三余の時間を惜しんで学問に励むというのが我が家の訓《おし》えである。我が学問の要諦とする「物を開く」ということは孔子の教えに通じ、「言を知る」ということは孟子の後を継ぐものである。しかし、私は自分の学問を売らずにずっと箱にしまい込んでいるので、しばしば酒に酔って支払いをしようとしても、金入れの金が足りない。亀が泥の中に尻尾を引きずるような自由な生き方を私は好しとしている。私の人生は書物を著述すれば十分なのである。

西山拙斎《にしやませっさい》

享保二十年（一七三五）―寛政十年（一七九八）、六十四歳。名は正。字は子雅（士雅）。号は拙斎。医師西山恕玄の子として備中国鴨方《かもがた》に生まれた。十六歳の寛延三年（一七五〇）大坂に出て、医を古林見宜《ふるばやしけんぎ》に、儒を岡白駒《おかはっく》・那波魯堂《なばろどう》に学んだ。帰郷して欽塾《きんじゅく》を開き、門人に教授した。朱子学を奉じて、幕府に儒者として登用された柴野栗山に書信を送り、朱子学以外の異学を禁ずべきことを勧めた。菅茶山《かんちゃざん》・頼春水《らいしゅんすい》らと交遊し、白居易を宗として詩を能くし、また和歌も詠んだ。詩集に『拙斎西山先生詩鈔』、随筆に『間窓瑣言《かんそうさげん》』などがある。

131　読大日本史有感

巍巍義公筆
刪修祖獲麟
書探石室秘
館延老儒紳
彰考主微闡

大日本史《だいにほんし》を読《よ》みて感有《かんあ》り

巍巍《ぎぎ》たり　義公《ぎこう》の筆《ふで》
刪修《さんしゅう》　獲麟《かくりん》を祖《そ》とす
書《しょ》は石室《せきしつ》の秘《ひ》を探《さぐ》り
館《かん》は老儒紳《ろうじゅしん》を延《ひ》く
彰考《しょうこう》　微闡《びせん》を主《しゅ》とし

文質自彬彬
一洗前史穢
愈知皇統真
特書分正閏

黜神功于皇后伝、陞大友于帝紀、繋正朔于南朝之類、皆大義所繋、特筆直書以革前史之失

微意警君臣

創立将軍伝及家族家臣伝、蓋微意所寓、以正名分于既往、垂儆戒于将来也

文質《ぶんしつ》　自《おの》づから彬彬《ひんぴん》
一《ひと》たび前史《ぜんし》の穢《けが》れを洗《あら》ひて
愈《いよい》よ皇統《こうとう》の真《まこと》なるを知《し》る
特書《とくしょ》　正閏《せいじゅん》を分《わか》ち

神功《じんぐう》を皇后伝《こうごうでん》に黜《しりぞ》け、大友《おおとも》を帝紀《ていき》に陞《のぼ》せ、正朔《せいさく》を南朝《なんちょう》に繋《か》くるの類《るい》、皆《み》な大義《たいぎ》の繋《か》かる所《ところ》、特筆直書《とくひつちょくしょ》して以《もっ》て前史《ぜんし》の失《しつ》を革《あらた》む。

微意《びい》　君臣《くんしん》を警《いまし》む

将軍伝《しょうぐんでん》及び家族《かぞく》・家臣伝《かしんでん》を創立《そうりつ》するは、蓋《けだ》し微意《びい》の寓《ぐう》する所《ところ》、以《もっ》て名分《めいぶん》を既往《きおう》に正《ただ》し、儆戒《けいかい》を将来《しょうらい》に垂《た》るるなり。

謹厳名器重
勧懲衮鉞陳
豈止王家衛
抑為幕府親
功当擬補浴
志在叙彝倫
永懸済世鑑
寧効蔵山珍
南董与遷固
瞠乎避後塵
猗歟君子国
有若君子人
達観一百世
理乱目中新

謹厳《きんげん》　名器《めいき》重《おも》く
勧懲《かんちょう》　衮鉞《こんえつ》陳《つら》ぬ
豈《あ》に止《た》だに王家《おうけ》の衛《まもり》のみならんや
抑《そもそ》も幕府《ばくふ》の親為《しんた》り
功《こう》は当《まさ》に補浴《ほよく》に擬《ぎ》すべく
志《こころざし》は彝倫《いりん》を叙《じょ》するに在《あ》り
永《なが》く懸《か》く　済世《さいせい》の鑑《かがみ》
寧《なん》ぞ効《なら》はんや　蔵山《ぞうざん》の珍《ちん》
南董《なんとう》と遷固《せんこ》と
瞠乎《どうこ》として後塵《こうじん》を避《さ》く
猗歟《ああ》　君子国《くんしこく》
若《かくのごと》き君子《くんし》人《じん》有《あ》り
達観《たっかん》す　一百世《いっぴゃくせい》
理乱《りらん》　目中《もくちゅう》に新《あら》たなり

誰済継述美
憶齢輝王春

誰《たれ》か継述《けいじゅつ》の美《び》を済《な》して
憶齢《おくれい》　王春《おうしゅん》を輝《かがや》かさん

『拙斎西山先生詩鈔』巻下。五言古詩。韻字、麟・紳・彬・真・臣・陳・親・倫・珍・塵・人・新・春(上平声十一真)。

○**大日本史**　水戸藩主徳川光圀の発起で編纂された紀伝体の日本歴史。明暦三年(一六五七)に編集に着手し、紀・伝は正徳五年(一七一五)に脱稿、享保五年(一七二〇)に幕府に献上された。志・表の編集はその後も継続され、全三九七巻が完成したのは明治三十九年(一九〇六)のことである。○**巍巍**　偉大なさま。○**義公**　徳川光圀の諡号《しごう》。○**刪修**　書物を編集すること。○**獲麟**　瑞兆とされる麒麟が乱世に捕獲されたのに感じて、孔子は史書『春秋』を著わしたとされることから、史書『春秋』をいう。○**書探石室秘**　古代中国では秘書を石室に保存した。○**館**　『大日本史』の編集所である彰考館。初め江戸小石川の水戸藩邸内に設けられ、後に水戸城内に別館が設けられた。○**彰考**　往事を彰らかにし、将来を考えること。晋の杜預「春秋左氏伝序」(『文選』)に、「若《も》し夫《そ》れ制作の文は、往くを彰《あら》はし、来るを考ふる所以《ゆえん》、情は辞に見《あら》はる」。○**微闡**　顕著な事象の中に微妙な道理を探って明らかにする。『易経』繋辞下に、「夫《そ》れ易は往くを彰らかにし来るを察し、顕を微にして幽を闡《ひら》く」。○文質彬彬　外見の美しさと実質とが程よく調和していること。『論語』雍也に、「文質彬彬として然る後に君子なり」。○皇統　天皇家の血統。○特書　特別に書き記すこと。特筆。○正閏　正統と閏統。純正な系統と傍系の系統。○黜神功于皇后伝…　儒教的な名分史観に基づく『大日本史』の特徴的な歴史的判断は「三大特筆」と称された。一つめは従来の史書では帝紀に列せられていた神功皇后を后妃伝に列したこと。二つめは壬申の乱で敗れて自害した大友皇子を弘文天皇として帝紀に列したこと。三つめは南北朝並立においては南朝を正統とし、北朝を閏統としたこと。○正朔　正月と朔日《ついたち》。転じて、暦。ここは南朝の年号を用いること。○大義　大いなる道義。ここは尊皇の大義をいう。○微意　隠されている深意。○名分　名義と本分。儒教とくに朱子学では、名義と本分が一致した時に国や社会の秩序は安定するという名分論が唱えられ、史書の編纂においては名分を明らかにし、勧善懲悪の意を寓することを求める名分史観が支持された。○儆戒　戒め。○名器　「名」は、爵位。「器」は、車や衣服。すなわち、尊卑貴賤の区別。『春秋左氏伝』成公二年に、「唯だ器と名とは、以て人に仮《か》す可からず、君の司る所なり」。○勧懲　勧善懲悪。善を勧め悪を懲らしめる。○袞鉞　古代中国では褒める時には袞衣《こんい》(天子の礼服)を賜り、懲罰する時には斧鉞《ふえつ》(斧《おの》と鉞《まさかり》)を賜ったことから、褒貶することをいう。○補浴　「補天浴日」の略。「補天」は女媧氏《じょかし》が五色の石を錬って天の欠けたのを補ったという伝説(『淮南子』覧冥訓)、「浴日」は羲和《ぎか》が日を甘淵に浴びさせたという伝説(『山海経』大荒南経)から、国家に大きな功績があることをいう。○彝倫　倫理道徳。○済世鑑　世を救うための鑑。儒教の歴史観には名分史観と並んで、歴史的な事実を直書すれば君臣の道徳的なありかたが鑑のように映し出されるとする鑑戒史観と称されるものがあった。○効　まねる。ならう。○蔵山珍　山に蔵された珍書。○南董　春秋時代、斉の南史(史官の名前)と晋の董狐。ともに直筆の良史。○遷固『史記』の著者司馬遷と、『漢書』の著者班固。ともに優れた歴史家。○瞠乎　驚いて目を見張るさま。○避後塵　車馬のたてる塵ほこりを避ける。すなわち、人の後に就くのを避ける。○猗歟　感歎の声。○君子国　東海中にあるという礼儀正しい国。ここは日本を指す。○君子人　「君子」に同じ。『論語』泰伯に、「君子人《くんしじん》か、君子人なり」。○達観　広く全体を見通す。○理乱　治乱。○済美　先人の事業を受け継ぎ、立派にまとめ上げる。『春秋左氏伝』文公十八年に、「世々《よよ》其の美を済《な》して、其の名を隕《おと》さず」。○継述　先人の後を継いで著述すること。○億齢　一億年。永久。○王春　周の天子の正月。転じて、天下太平の春。

光圀公の筆は偉大である。公は『春秋』を手本にして史書を編集しようとされた。そこで、石室に秘蔵されていた書籍を探索し、優れた儒者を史館にお招きになった。『大日本史』は、往事を彰らかにして将来を考察し、微妙な事蹟の中に道理を明らかにすることを主とし、その文辞の美しさと内容と自ずから調和したものになっている。従前の史書の汚れをいったん洗い流して、ますます皇統の真《まこと》なることを知らしめている。特筆して正統と閏統の区別をし、［神功皇后を帝紀から除外して后妃伝に入れ、大友皇子を弘文天皇として帝紀に上げ、暦年に南朝の年号を用いるという類のことは、皆な大義に関係するところであって、そのことを特筆直書して従前の史書の過失を改めている。］文辞の背後に隠されている深意は君臣のあり方を警めるものになっている。［将軍の伝記や家族・家臣の伝記を創立したのは、おそらくそこには隠れた深意が寓されており、そうすることで過去の事象における名分を正すことによって、将来に戒めを垂れようとしたのである。］謹厳な態度で尊卑貴賤の区別を重んじ、勧善懲悪の意を以て褒貶の評価を下している。光圀公は唯だ天皇家を衛るというだけではなく、そもそもまた幕府将軍家の親族でもある。その国家に対する功績は「補天浴日」の故事に擬えられるような大きなものであり、その志は倫理道徳を叙述することにあった。『大日本史』の編纂は永く世を救うための鑑《かがみ》を懸けるようなものであって、山に珍籍を秘蔵しておくような真似はしない。斉の南史や晋の董狐《とうこ》、『史記』の著者司馬遷や『漢書』の著者班固という優れた歴史家たちも驚いて目を見張り、その後塵を拝するのを避けようとするであろう。ああ、君子の国日本にこのような君子がいる。光圀公は永い年月を広く見通し、代々の治乱はその目の中に生き生きと見えていた。光圀公の事業を受け継いで誰かがこの史書を立派に完成させたならば、永久に天下太平の春を輝かすことになろう。

藪《やぶ》孤《こ》山《ざん》

享保二十年(一七三五)—享和二年(一八〇二)、六十八歳。名は愨。字は士厚。通称は茂次郎。号は孤山。肥後熊本藩士藪慎庵《やぶしんあん》の男。二十三歳で江戸に遊学し、京都でも学び、二十六歳で帰郷した。二十七歳で藩校時習館の訓導となり、後に教授に累進した。朱子学者として藩校の整備をし、徂徠学派の太宰春臺の「孟子論」(『斥非』附録)を批判して『崇孟《すうもう》』を著述出版した。詩文集に『孤山先生遺稿』がある。

132　平安客舎歌

平安客舎《へいあんかくしゃ》の歌《うた》

有舌無佩六国印
有鋏無弾孟嘗門
七尺之軀何無能
奔走三年離故園」
平安客舎如黄犢
四壁空立頭支屋
出戸輒被児輩嘲
甘心我本非魚服
唯有牀頭一壺酒
釜甑十日不炊穀

舌《した》有《あ》るも六国《ろっこく》の印《いん》を佩《お》ぶること無《な》く
鋏《きょう》有《あ》るも孟嘗《もうしょう》の門《もん》に弾《だん》ずること無《な》し
七尺《しちしゃく》の軀《からだ》　何《なん》ぞ能《のう》無《な》からんや
奔走三年《ほんそうさんねん》　故園《こえん》を離《はな》る
平安《へいあん》の客舎《かくしゃ》　黄犢《こうとく》の如《ごと》く
四壁《しへき》空《むな》しく立《た》ちて　頭《あたま》は屋《おく》を支《ささ》ふ
戸《と》を出《い》づれば　輒《すなわ》ち児輩《じはい》に嘲《あざけ》られ
心《こころ》に甘《あま》んず　我《われ》は本《もと》魚服《ぎょふく》に非《あら》ざるを
唯《た》だ有《あ》り　牀頭《しょうとう》　一壺《いっこ》の酒《さけ》
釜甑《ふそう》　十日《とおか》　穀《こく》を炊《た》かず

『孤山先生遺稿』巻十三。七言古詩。韻字、門・園(上平声十三元)」犢・屋・服・穀(入声一屋)。

○**平安客舎**　京都遊学中の宿舎。孤山は二十三歳の宝暦七年(一七五七)江戸に遊学し、次いで翌宝暦八年から十年まで足掛け三年にわたって京都で学んだ、その間の作。○

佩六国印　戦国時代、諸侯に遊説した縦横家蘇秦の故事。蘇秦は燕・趙・韓・魏・斉・楚六国を遊説し、合従の策を説いて強国秦に対抗させ、その盟約の長となって六国の宰相の印を佩びた（『史記』蘇秦伝）。　**○弾鋏**　戦国時代、斉の孟嘗君の食客だった馮驩《ふうかん》が待遇の悪いのを諷して、剣を弾じながら「長鋏帰り来らんか、食に魚無し」と歌ったという故事（『史記』孟嘗君伝）。「長鋏」は、長いつかの剣、また長刀。　**○孟嘗**　戦国時代、斉の宰相田文《でんぶん》の号。天下の賢士を招き、常に数千人の食客を抱えていたという。　**○七尺之軀**　一人前の男子の身体。晋の陸機の「挽歌詩三首」（『文選』）その三に、「昔《むかし》は七尺《しちしゃく》の軀《からだ》為り、今《いま》は灰《はい》と塵《ちり》とに成《な》る」。　**○黄犢**　蝸牛《かたつむり》の別名。「蝸牛廬」は、陋屋をいう。　**○四壁空立**　「四壁」は、部屋の四面の壁。『史記』司馬相如伝に、司馬相如が卓文君を連れて逃げ帰った成都の住まいを、「家居徒《た》だ四壁のみ立つ」と記したことから、貧しくて家具のないことをいう。　**○甘心**　甘んじて認める。　**○魚服**　身分の貴い人が身を窶《やつ》すこと。白龍が魚に化したため、豫且《よしょ》に射られたという故事に拠る。　**○牀頭**　寝床のあたり。枕もと。唐の高適の「酔後、張九旭に贈る」詩に、「牀頭一壺《しょうとういっこ》の酒《さけ》」。　**○釜甑**　釜《かま》と甑《こしき》。煮炊きする道具。

弁舌の才はあっても蘇秦のように六国の宰相の印を佩るような出世をすることはなく、

長刀は手にしていても馮驩《ふうかん》のように食客としての待遇に不満を表わすため打ち鳴らすこともない。一人前の男でありながらどうして才能が無いことがあろうかと思い、三年ものあいだ故郷を離れて奔走してきた。

この京都の住まいはまるで蝸牛の殻のような陋屋で、部屋の四面には壁があるだけで家具は無く、頭で屋根を支えているかのような狭苦しさである。戸口を出れば町の子供たちからは嘲られるが、今の自分は身を窶《やつ》しているだけだなどとは言えないことを、甘んじて認めるほかないのである。枕もとには唯だ一壺の酒だけが置いてあって、もう十日も釜や甑《こしき》で米を炊くということをしていない。

柴野《しばの》栗山《りつざん》

元文元年(一七三六)—文化四年(一八〇七)、七十二歳。名は邦彦。通称は彦輔。号は栗山。讃岐国牟礼《むれ》に生まれる。初め高松藩儒後藤芝山《しざん》に従学した。十八歳で江戸に遊学して林家に入門し、昌平黌に学んだ。明和四年(一七六七)、阿波藩儒となって京都に住み、皆川淇園らと三白社を結んで交遊した。天明八年(一七八八)、幕府に招かれて江戸に赴き、昌平黌の教授となって寛政異学の禁を進めた。後に幕府に招かれた尾藤二洲《びとうじしゅう》・古賀《こが》精里《せいり》とあわせて寛政の三博士と称された。詩も能くして『栗山堂詩集』がある。

133
早渡天龍川
鳳曆天明第八年
維正月吉渡龍川
東風挟雨川雲黒
知是天龍飛上天

早《つと》に天龍川《てんりゅうがわ》を渡《わた》る
鳳曆《ほうれき》　天明第八年《てんめいだいはちねん》
維《こ》れ正月吉《しょうがつきち》　龍川《りゅうせん》を渡《わた》る
東風《とうふう》　雨《あめ》を挟《はさ》みて　川雲黒《せんうんくろ》し
知《し》んぬ　是《こ》れ天龍《てんりゅう》の飛《と》びて天《てん》に上《のぼ》るを

『栗山堂詩集』巻一。七言絶句。韻字、年・川・天(下平声一先)。

○**早渡**　朝早く渡る。　○**天龍川**　諏訪湖を源流とし、伊那盆地を経て遠州灘に注ぐ河川。『東海道名所図会』巻三に、「川幅十町ばかり、一ノ瀬、二ノ瀬の二流となる。船渡しなり」。　○**鳳曆**　曆《こよみ》の美称。鳳は能く天時を知るということから、鳳の字を冠した。　○**維**　次にくる語を強調する助辞。　○**正月吉**　一月一日。「吉」は朔日《ついたち》。『周礼』天官・大宰に、「正月の吉」。幕府の召しに応じた栗山は、天明七年十二月二十六日に京を発ち、天明八年一月八日に江戸に着いた。　○**東風**　東の方角から吹く風。春風。　○**川雲**　川の上の雲。龍は雲に乗って天に昇るとされた。唐の杜甫の「修覚寺に遊ぶ」詩に、「川雲自《せんうんおの》づから去留《きょりゅう》す」。

暦は天明八年、その一月一日に天龍川を渡る。東から吹く春風は雨を帯び、川を覆う雲は黒々としている。天龍という川の名のように、この雲に乗って龍が天に昇るのだということが分かった。

◇京都時代の栗山の門人であった菊池五山は、その『五山堂詩話』巻三(文化六年刊)に、天龍川畔の旅宿の壁に書きつけてあったこの栗山の詩を紹介し、続けて五山が十年後に再びそこに立ち寄った時には、栗山の詩の後に次のような詩が書き添えられていたという。

天龍川上天龍躍
龍已升天雲不従
至竟天龍成底事
江湖只合作潜龍

天龍川上《てんりゅうせんじょう》　天龍躍《てんりゅうおど》る
龍《りゅう》は已《すで》に天《てん》に升《のぼ》りて　雲《くも》は従《したが》はず
至竟《しきょう》　天龍《てんりゅう》　底事《なにごと》をか成《な》す
江湖《こうこ》　只《た》だ合《まさ》に潜龍《せんりゅう》と作《な》るべきに

栗山は先の詩において、幕府の儒者に登用されて学制改革のため江戸に赴く自分の姿を暗に「天龍」に擬えたように思われるが、十年後に五山が見たこの詩は、そうした栗山の出処進退を批判した詩になっている。『五山堂詩話』ではこの詩の作者を不明とするが、実はこの詩は『寛斎先生遺稿』巻四に収められており、市河寛斎《いちかわかんさい》の作であった。寛斎は五山が参加した江戸の江湖詩社の盟主である。おそらく五山は栗山批判のこの詩の作者が寛斎であることを知りながら、幕府儒者である栗山の出処進退を批判する詩であったため、故意に作者不明として『五山堂詩話』に紹介したものと思われる。ちなみに、五山が京都を去って江戸に出て江湖詩社に参加したきっかけは、京都において栗山から破門されたためだったという。

134　壇浦懐古

黒鼠餐牛丹水乾
六龍西幸海漫漫
簪纓満地当時怨
独有陶真曲裡弾

壇浦懐古《だんのうらかいこ》

黒鼠《こくそ》　牛《うし》を餐《くら》ひて丹水《たんすい》乾《かわ》き
六龍《ろくりゅう》　西《にし》に幸《こう》して海漫漫《うみまんまん》
簪纓《しんえい》　満地《まんち》　当時《とうじ》の怨《うら》み
独《ひと》り陶真《とうしん》の曲裡《きょくり》に弾《だん》ずる有《あ》り

『栗山堂詩集』巻一。七言絶句。韻字、乾・漫・弾(上平声十四寒)。

○**壇浦**　現、山口県下関市、関門海峡東端の早鞆《はやとも》の瀬戸北岸一帯。元暦二年(一一八五)三月二十四日、源平最後の合戦が行なわれた古戦場で、安徳天皇は入水、平家一族の武将たちも多く戦死し、平氏は滅亡した。　○**黒鼠餐牛**　作者未詳の「野馬臺詩《やばたいのし》」中の一句「黒鼠牛腸《こくそぎゅうちょう》を飡《くら》ふ」を典拠とする。この詩を収める『本朝一人一首』において、著者林鵞峰は「黒鼠とは、平清盛を謂ふ。壬子《みずのえね》の年を以て生れて、而して王室を侮る」と注している。つまり、清盛の生年の干支によって黒(五行思想では水に配当)い鼠(子年《ねどし》)と表現したというのである。しかし、平清盛は元永元年(一一一八)に生まれたとされ、干支は戊戌なので合わない。「餐牛」は、牛を食べる。犠牲の祭祀を行なわずに牛を食べたこと、すなわち清盛が朝廷の儀式を無視して実権を握ったことをいうか。『五山堂詩話』巻三に拠れば、菊池五山は京都で柴野栗山に学んでいた頃、この詩を栗山が皆川淇園に示したのを屏風の陰から目撃したという。この詩を示された淇園が「黒鼠丹水」の典拠が分からず詩意の解釈に困っていたところ、典拠が「野馬臺詩」であることを栗山が明かしたので、「二人、掌《たなごころ》を拍《う》つて大いに笑ふ」ことがあったという。　○**丹水**　黄河に注ぐ川の名だが、ここは丹心(天子への忠誠心)の継続をいうか。「野馬臺詩」に「丹水流《たんすいなが》れ尽《つ》きて後《のち》、天命三公《てんめいさんこう》に在《あ》り」とあるのを踏まえる。『本朝一人一首』において林鵞峰は、「天命三公に在りとは、源頼朝、四海を領し、三代将軍と為るを謂ふ」と注している。○六龍　天子の乗物。『易経』乾卦に、「時に六龍に乗り、以て天を御す」。○西幸　天子が西国に行幸する。都落ちした平家一門に擁されて安徳天皇が西国に赴いたことをいう。○簪纓　冠を留める笄《こうがい》と紐。高位高官のこと。ここは平家の公達を指す。○陶真　『平家物語』を語る盲目の琵琶法師を指す。明の田汝成の『西湖遊覧志餘』煕朝楽事に、「杭州の男女の瞽者《こしゃ》、多く琵琶を学び、古今の小説平話を唱へ、以て衣食を覓《もと》む。之を陶真と謂ふ」。

黒い鼠が祭祀も行なわずに牛を食らうかのように、平清盛が権力を恣《ほしいまま》にして以来、天子に対する忠誠心は涸渇し、天子の乗物は果てしなく広がる西海へと行幸することになった。戦に敗れて、平家の公達たちの冠の笄や紐があたり一面に散り敷くことになった当時の怨みは、今はただ盲目の琵琶法師が演奏するばかりである。

葛《かっ》子《し》琴《きん》

元文四年(一七三九)—天明四年(一七八四)、四十六歳。本姓の葛城を修して葛。橋本氏。名は張。字は子琴。号は螙庵《とあん》・御風楼《ぎょふうろう》。医者橋本貞淳の男として大坂に生まれた。菅谷《すがのや》甘谷《かんこく》・兄楽郊《えのらくこう》に古文辞学を学び、上洛して医を学んだ後、帰坂して医を業とした。明和二年(一七六五)片山北海が盟主となって結成した詩社混沌社の中心的な詩人として活躍し、頼春水や岡公翼《こうよく》らと親交した。書や篆刻を能くし、笙《しょう》や篳篥《ひちりき》も演奏した。詩集に『葛子琴詩抄』などがある。

135　十六夜御風楼小集

臨水楼臺人徙倚
月明何処多秋思
荻蘆花乱浪涵虚
蟋蟀声寒霜布地」
砧鳴烏語市橋頭
孤燭何須照夜遊
芳桂残尊沈酔後
争探珠玉満江秋

十六夜《じゅうろくや》、御風楼《ぎょふうろう》小集《しょうしゅう》
水《みず》に臨《のぞ》む楼台《ろうだい》　人《ひと》　徙倚《しい》す
月明《げつめい》　何《なん》の処《ところ》か　秋思《しゅうし》多《おお》き
荻蘆《てきろ》　花乱《はなみだ》れて　浪《なみ》は虚《きょ》を涵《ひた》し
蟋蟀《しっしゅつ》　声寒《こえさむ》くして　霜《しも》は地《ち》に布《し》く
砧《きぬた》は鳴《な》り　烏《からす》は語《かた》る　市橋《しきょう》の頭《ほとり》
孤燭《こしょく》　何《なん》ぞ須《もち》ひん　夜遊《やゆう》を照《て》らすことを
芳桂《ほうけい》　残尊《ざんそん》　沈酔《ちんすい》の後《のち》
争《いか》でか珠玉《しゅぎょく》を探《さぐ》らん　満江《まんこう》の秋《あき》

『葛子琴詩抄』巻二。七言古詩。韻字、倚・思・地（去声四寘）」頭・遊・秋（下平声十一尤）。

○十六夜　陰暦（八月）十六日の夜。毎月十六日は子琴の参加した混沌社の例会日。おそらくこの日は、大坂堂島の玉江橋北詰にあった子琴の家の書斎御風楼が会場になったのであろう。　○水　玉江橋の架かる堂島川を指す。　○徙倚　徘徊する。往ったり来たりする。　○秋思　秋の日の寂寞たる思い。　○荻蘆　荻《おぎ》と蘆《あし》。ともにイネ科の多年草で、水辺の湿地に生え、秋に茎頂に花穂をつける。　○虚　天空。　○蟋蟀　コオロギ。唐の白居易の「九日、微之《びし》に寄す」詩に、「蟋蟀《しっしゅつ》声《こえ》寒《さむ》くして初《はじ》めて雨《あめ》を過《す》ぎ、茱萸《しゅゆ》色浅《いろあさ》くして未《いま》だ霜《しも》を経《へ》ず」。　○砧　布を打って柔らかくしたり光沢を出したりするための木槌や、石の台。その音は秋を感じさせる景物。　○烏語　夜烏《よがらす》が鳴く。　○市橋　町なかにある橋。ここは玉江橋を指す。　○芳桂　芳香を放つ桂の木。月に桂の巨木が生えているという伝説から、ここは月あるいは月光。唐の李嶠《りきょう》の「崔主簿の滄州に赴くを送る」詩に、「芳桂尊中《ほうけいそんちゅう》の酒《さけ》」。　○残尊　酒器に残っている酒。　○沈酔　酔いつぶれること。　○珠玉　美しい詩句の比喩。唐の杜甫の「賈至舎人《かししゃじん》の早《つと》めて大明宮《だいめいきゅう》に朝《ちょう》するを和し奉る」詩に、「詩《し》成《な》りて珠玉揮毫《しゅぎょくきごう》に在《あ》り」。　○満江秋　川面いっぱいに広がる秋景色。

月明かりのもと、どの場所が秋を感じるのにもっともふさわしいだろうかと、川に臨む高楼のなかを往ったり来たりする。荻や蘆の花が風に吹かれて乱れ散るなか、水面に立つ波は空と接し、月の光に照らされてまるで霜が降りたような地上では、コオロギが寒々と鳴いている。

町なかの橋のほとりでは、秋の夜を感じさせる砧を打つ音や夜鳥の鳴き声が聞こえてくるので、ことさら燭台に明かりをともして、この夜の遊びを照らし出す必要はない。川面いっぱいの秋景色のなか、夜空には月が輝いている。まだ酒は残っているが、酔いつぶれてしまった後では、もう誰も美しい詩句を探り出そうとはしない。

136　小山伯鳳見恵牛
肉一臠係以詩賦
此酬謝

小山伯鳳《こやまはくほう》、牛肉一臠《ぎゅうにくいちれん》を恵《めぐ》まれ、係《か》くるに詩《し》を以《もっ》てす。
此《これ》を賦《ふ》して酬《むく》い謝《しゃ》す

金牛吾不見　　金牛《きんぎゅう》　吾《われ》見《み》ざるに
一臠獲東隣　　一臠《いちれん》　東隣《とうりん》に獲《え》たり
孺子分称善　　孺子《じゅし》は分《わか》つに善《よ》しと称《しょう》し

細君遺得仁
既餘投刃地
寧効売刀人
更有甯詞美
大牢味愈珍

細君《さいくん》は遺《のこ》して仁《じん》を得《え》たり
既《すで》に余《あま》す　刃《やいば》を投《とう》ずるの地《ち》
寧《なん》ぞ効《なら》はん　刀《かたな》を売《う》るの人《ひと》
更《さら》に甯詞《ねいし》の美《び》有《あ》り
大牢《たいろう》　味《あじ》　愈《いよい》よ珍《ちん》なり

『葛子琴詩抄』巻三。五言律詩。韻字、隣・仁・人・珍(上平声十一真)。
○**小山伯鳳**　寛延三年(一七五〇)―安永三年(一七七四)。名は儀。字は伯鳳。通称は作兵衛。号は養快。大坂久宝寺町の薬種商で、混沌社の社友の一人。博学で神仙怪異に詳しく、号をもじって戯れに「妖怪」と称されたという。著書に『竹取物語』の注釈書『竹取物語抄』がある。　○**一臠**　一切れ。　○**係以詩**　詩を添える。　○**金牛**　金の精が化した牛。『述異記』に、「呉の孫権の時、人をして金を掘ら令《し》む。金化して牛と為り、走りて山に上る」。　○**東隣**　小山伯鳳の家は子琴の家からは少し離れた東南の方角にあった。正確には東隣ではないが、次の典故によってこう記したのであろう。『易経』既済《きせい》に、「東隣の牛を殺すは、西隣の禴祭《やくさい》(簡易な祭り)して、実に福を受くるに如かず」。　○**孺子**　幼児。　○**細君**　自分の妻。もとは東方朔の妻の名。『漢書』東方朔伝に、肉を賜った東方朔が剣で肉を切り取って、「帰りて細君に遺《おく》る。何ぞ仁」とあることから、次の「仁」の語を引き出す。　○仁　慈愛の徳。　○投刃　料理のために刃(庖丁)を用いる。晋の孫綽《そんしゃく》の「天台山に遊ぶの賦」(『文選』)に、「刃を投ずるに皆な虚し。牛を目《み》るに全きこと無し」。　○売刀　『蒙求』龔遂《きょうすい》勧農に、「民に刀剣を帯ぶる者有れば、剣を売つて牛を買ひ、刀を売つて犢《こうし》を買はしむ」とあるのを踏まえる。　○甯戚《ねいせき》扣角《こうかく》　『蒙求』甯戚扣角に、春秋時代、衛の甯戚が牛の角を叩きながら、「昏《こん》より牛に飯《はん》して夜半に薄《いた》る」云々という歌を高らかに歌って、斉の桓公から大夫に任じられたとあるのを踏まえて、牛肉に添えて贈られた伯鳳の詩を褒めた。　○大牢　天子が社稷を祭る時に供える、牛・羊・豚三種の犠牲。ここは牛肉をいう。

貧しくて黄金に無縁な私は、黄金の精が化したという牛を見たことはありませんが、東隣の隣人から一かたまりの牛肉を頂きました。それを切り分けると子供たちは「やったあ」と言い、妻は食べ残しを子供たちに分け与えて慈愛の徳があるという評判を得ました。庖丁を使って料理する牛肉をすでに得たのですから、刀を売って牛を手に入れた人の真似はしません。おまけに甯戚《ねいせき》の歌のような立派な詩まで添えられていたのですから、牛肉はいよいよ珍味になりました。

137 港口泛舟

海門秋色満漁船
収網傾樽割小鮮
蘆荻乱飛吹笛裏
鸕鷀驚起鼓舷前
一区島嶼啣紅日
三面峰巒抹翠烟
凝望滄州何処是
金臺銀闕晩波天

港口《こうこう》に舟《ふね》を泛《うか》ぶ
海門《かいもん》の秋色《しゅうしょく》　漁船《ぎょせん》に満《み》ち
網《あみ》を収《おさ》め　樽《たる》を傾《かたむ》けて　小鮮《しょうせん》を割《さ》く
蘆荻《ろてき》は乱《みだ》れ飛《と》ぶ　笛《ふえ》を吹《ふ》く裏《うち》
鸕鷀《ろじ》は驚《おどろ》き起《た》つ　舷《げん》を鼓《たた》く前《まえ》
一区《いっく》の島嶼《とうしょ》　紅日《こうじつ》を啣《ふく》み
三面《さんめん》の峰巒《ほうらん》　翠烟《すいえん》を抹《まっ》す
凝望《ぎょうぼう》す　滄州《そうしゅう》は何《いず》れの処《ところ》か是《こ》れなる
金台銀闕《きんだいぎんけつ》　晩波《ばんぱ》の天《てん》

『葛子琴詩抄』巻五。七言律詩。韻字、船・鮮・前・烟・天(下平声一先)。
○**港口**　港の入口。ここは諸国からの廻船が停泊した大坂の安治川の川口あたりをいう。
○**海門**　川が海に注ぎ込むあたり。　○**収網**　漁網を引き上げる。　○**小鮮**　小ざかな。
○**鸕鷀**　鵜。　○**鼓舷**　船ばたを叩く。ここは興に乗じて、笛の音に合わせてする動作。
○**一区島嶼**　一かたまりになった島影。遠くに見える淡路島をいうか。　○**啣紅日**

「啣」は口にくわえるの意で、紅い夕日が島影に沈もうとしているさま。○三面峰巒　ここは安治川の川口から、北・東・南の三方向に見える山々。○抹　刷毛で一塗りする。○翠烟　緑色の靄《もや》。○滄州　「滄洲」に同じ。仙人や隠者の住むところ。唐の杜甫の「曲江にて酒に対す」詩に、「吏情更に覚ゆ滄洲の遠きを《りじょうさらにおぼゆそうしゅうのとおきを》」。○金臺銀闕　金銀で飾られた美しい楼台や宮城の門。仙人の住む宮殿をいう。○晩波　夕波《ゆうなみ》。

秋の気配に包まれて、釣舟を川口に浮かべて舟遊びをした。網を引き上げ、酒を酌み交わし、捕ったばかりの小魚を料理する。興に乗って笛を吹くと、岸辺の蘆や荻の花は風に吹かれて乱れ飛び、笛の音に合わせて船ばたを叩くと、水面に浮かんでいる鵜が驚いて飛び立つ。一かたまりの島影に赤い夕日が落ちかかり、三方向に見える山々の連なりは緑色の靄をさっと刷毛で一塗りしたようだ。仙人の住む滄州はどの辺りだろうかと目をこらして遠くを望むと、夕波の向こうの空に美しい建物が聳え立っているのが見えるが、これがその滄州なのだろうか。

川治《かわじ》南山《なんざん》

生没年未詳。名は義豹。字は伯玄。通称は泰蔵。号は南山。初め鵜殿士寧《うどのしねい》に業を受け、また服部仲山に学び、近江宮川藩に仕えた。安達清河《あだちせいか》は「伯玄の詩は融暢《ゆうちょう》高華、事論《じろん》混成す。然るに斧鑿《ふさく》の迹《あと》を見ず。又た且つ温柔敦厚の旨を失はざるに幾《ちか》し」(『熙朝詩薈《きちょうしわい》』巻五十八)と評した。詩集に『高眠亭録稿《こうみんていろくこう》』がある。

138　観喎蘭人入都

数万里外紅毛国
辺陲絶域倚西北
乾坤到処舟為家
諸島交易事貨殖
曾自我邦加仁風
長篚玄黄期不忒
春王二月入都城
懐柔応慰蘭闍声

喎蘭人《からんじん》の都《みやこ》に入《い》るを観《み》る

数万里外《すうまんりがい》の紅毛国《こうもうこく》
辺陲《へんすい》　絶域《ぜついき》　西北《せいほく》に倚《よ》る
乾坤到《けんこんいた》る処《ところ》　舟《ふね》を家《いえ》と為《な》し
諸島《しょとう》　交易《こうえき》　貨殖《かしょく》を事《こと》とす
曾《かつ》て我邦《わがくに》の仁風《じんぷう》を加《くわ》へし自《よ》り
長《なが》く玄黄《げんこう》を篚《はこ》にして　期《き》　忒《たが》はず
春王二月《しゅんおうにがつ》　都城《とじょう》に入《い》り
懐柔《かいじゅう》　応《まさ》に慰《い》すべし　蘭闍《らんじゃ》の声《こえ》

高鼻赤面長八尺
長狄喬如見弟兄
銀鎖為帽刺繡韈
燦然美服映日明
言語侏離元難辨
不妨重訳伸其情
筆端纏繞何所似
宛如藤蔓架上行」
有時召見玉墀傍
軽紈細綺帯恩光
憐爾遠在荒服外
年年奉職向東方

高鼻《こうび》　赤面《せきめん》　長《た》け八尺《はっしゃく》
長狄《ちょうてき》　喬如《きょうじょ》　弟兄《ていけい》を見《み》る
銀鎖《ぎんさ》を帽《ぼう》と為《な》し　韈《べつ》に刺繡《ししゅう》す
燦然《さんぜん》たる美服《びふく》　日《ひ》に映《えい》じて明《あき》らかなり
言語《げんご》は侏離《しゅり》にして元《も》と弁《べん》じ難《がた》きも
妨《さまた》げず　訳《やく》を重《かさ》ねて其《そ》の情《じょう》を伸《の》ぶるを
筆端《ひったん》　纏繞《てんじょう》　何《なん》の似《に》たる所《ところ》ぞ
宛《あたか》も藤蔓《とうまん》の架上《かじょう》に行《い》くが如《ごと》し
時有《ときあ》りて召見《しょうけん》さる　玉墀《ぎょくち》の傍《かたわら》
軽紈細綺《けいがんさいき》　恩光《おんこう》を帯《お》ぶ
憐《あわ》れむ　爾《なんじ》が遠《とお》く荒服《こうふく》の外《そと》に在《あ》りて
年年《ねんねん》　職《しょく》を奉《ほう》じて東方《とうほう》に向《むか》ふを

『高眠亭録稿』。七言古詩。韻字、国・北・殖・忒(入声十三職)」城・声・兄・明・情・行(下平声八庚)」傍・光・方(下平声七陽)。

○喎蘭人　オランダ人。長崎のオランダ商館長は、毎年(寛政二年〈一七九〇〉以後は四年に一度)江戸に参府し、将軍に拝謁した。この詩が具体的に何年の、何という商館長の参府を詠んだものかについては未詳。○都　江戸を指す。○紅毛国　オランダ国。○辺陲　世界の果て。○絶域　辺境。○乾坤　天地の間。○仁風　恩沢が行き渡るのを称賛する言葉。ここは将軍がオランダに貿易を許可するという恩恵を与えたことを指す。○篚　物を盛る円い竹の器。明の王世貞の「擬古七十首」その三十四に、「玄黄《げんこう》は既《すで》に篚《はこ》に在《あ》り」。○玄黄　天地。○忒　間違う。誤る。○春王　春の季節。『春秋』に「春王正月」などとあり、王の治めている天下の春の意。○懐柔　手なづける。○蘭闍声　お褒めの言葉。○長狄　古の北狄の一種。身長が百尺あるという。○喬如　高いさま。○弟兄　『論語』顔淵に、「君子は敬して失《しつ》無く、人と恭《うやうや》しくして礼有らば、四海の内は皆な兄弟たり」。○韈　靴下。○侏離　理解しにくい野蛮人の言葉。『後漢書』南蛮伝に、「語言《ごげん》、侏離《しゅり》たり」。○重訳　翻訳を重ねること。○伸　申し述べる。○玉墀　玉石を敷いた石だたみ。転じて宮殿をいい、ここは江戸城を指す。○軽紈細綺　軽い白の練り絹と、目の細かな綾絹。将軍が下賜する高級な織物。『唐詩選』にも収める唐の杜甫の「韋諷録事《いふうろくじ》の宅にて曹将軍の画馬《がば》の図を観る引《いん》」詩に、「軽紈細綺《けいがんさいき》相追《あいお》うて飛《と》ぶ」。○荒服　五服の一。昔、中国で天子の都を中心として天下を五つの地域(五服)に分けたときの、都から最も遠く離れた地域。『書経』禹貢に「五百里は荒服」。

数万里彼方の紅毛国オランダは、世界の西北の果てにある。船を家にして天地の間《かん》いたるところに往来し、島々と交易して金儲けに従事している。かつて我が国が交易許可の恩恵を与えてより、天地を物を盛る円い器とみなして活動し、時期を違えることなくやって来る。

春二月、江戸の町に入り、将軍さまが懐《なつ》けようとしてお褒めの言葉をかければ、お前たちの苦労も慰められることになろう。お前たちは鼻が高く、顔が赤く、身長は八尺もあり、まるで長身の北狄の一種族のようだが、会ってみれば兄弟のようでもある。銀の鎖で帽子を飾り、靴下に刺繡し、美しい服はきらきらとして日の光に明るく輝いている。言葉は野蛮で、もとより意味は理解しがたいが、翻訳を重ねれば心情を述べる障害にはならない。その文字はうねうねと纏わりついて、まるで藤の蔓が藤棚を這って行くようだ。

江戸城に召されて将軍さまに拝謁すると、お前たちには美しく高級な織物が恩賜される。遠く地の果てに住みながら、お前たちが毎年その職のために、日の昇る東方の我が日本にやって来るのが愛おしく思われる。

山村蘇門《やまむらそもん》

寛保二年(一七四二)―文政六年(一八二三)、八十二歳。名は良由。字は君裕。号は蘇門。尾張藩木曾代官の山村良啓の次男。宝暦十一年(一七六一)、江戸に出て大内熊耳《ゆうじ》に従学した。天明元年(一七八一)に家督を嗣ぎ、木曾代官となって木曾福島の代官屋敷に住んだ。能吏の才を認められ、天明八年に尾張藩家老に抜擢されて禄三千石を賜った。寛政十年(一七九八)に致仕した。詩集に『清音楼詩鈔』などがある。

139　偶成二首

岐岨秦桟似
鳥道鬱林間
十一雲辺駅
百千渓上山

偶成《ぐうせい》二首《にしゅ》(その二)

岐岨《きそ》は秦桟《しんさん》に似て
鳥道《ちょうどう》鬱林《うつりん》の間《かん》
十一《じゅういち》雲辺《うんぺん》の駅《えき》
百千《ひゃくせん》渓上《けいじょう》の山《やま》

東西分両岳
村落隔重関
風景斯中好
令予自在攀

東西《とうざい》　両岳《りょうがく》を分《わ》かち
村落《そんらく》　重関《じゅうかん》を隔《へだ》つ
風景《ふうけい》　斯《こ》の中《うち》好《よ》し
予《よ》をして自在《じざい》に攀《よ》ぢ令《し》む

『清音楼詩鈔』初編・巻上。五言律詩。韻字、間・山・関・攀（上平声十五刪）。　○**偶成**　偶然にできた詩。　○**岐岨**　「木曾」の漢語的表記。『東藻会彙地名箋』に「岐《キ》岨《ソ》徂徠峡中紀行」とあり、用例が荻生徂徠の「峡中紀行」に見えることをいう。　○**秦桟**　秦の時代に造られた秦の地（現、陝西省）と蜀の地（現、四川省）をつなぐ桟道（絶壁に沿って懸けられた橋の道）。唐の李白の「友人の蜀に入るを送る」詩に、「芳樹《ほうじゅ》秦桟《しんさん》を籠《こ》め、春流《しゅんりゅう》蜀城《しょくじょう》を遶《めぐ》る」。　○**鳥道**　鳥でなければ通えないような険しい山道。李白の「蜀道難」詩に、「秦塞《しんさい》と人煙《じんえん》を通《つう》ぜず、西太白《にしたいはく》に当《あた》つて鳥道《ちょうどう》有《あ》り」。　○**鬱林**　茂った林。　○**十一**　中山道の一部をなしている木曾街道（木曾路）には信濃国塩尻から美濃国中津川までの間に十一の宿場があった。　○**東西分両岳**　蘇門が住む代官屋敷の置かれた木曾福島の東には駒ヶ岳（標高二九五六メートル）、西には御嶽山（標高三〇六七メートル）という二つの高山が聳えていた。　○**重関**　厳重な関所。木曾福島には代官の山村家が管理する関所が置かれており、東海道の箱根の関所や今切の関所と並ぶ厳重な関所とされた。　○自在攀　自由自在によじ登る。宋の慧遠《えおん》の「偈頌一百零二首」その一に、「剣樹刀山自在《けんじゅとうざんじざい》に攀《よ》づ」。

木曾路は秦の桟道《さんどう》に似ていて、鳥でなければ通えないような険しい山道がうっそうとした木々の中に通じている。雲の漂う辺りに十一の宿場が置かれ、渓谷に沿って百千の山々が連なっている。東西には二つの山岳が分立し、村里は厳重な関所で隔てられている。この山国の中は風景が素晴らしく、至るところ思いのままに私をよじ登らせてくれる。

赤松蘭室《あかまつらんしつ》

寛保三年(一七四三)―寛政九年(一七九七)、五十五歳。名は勲。字は大業。通称は太郎兵衛。号は蘭室。播磨赤穂藩儒赤松滄洲の長男として生まれ、父に学んで詩文に長じた。十八歳の時に喀血して有馬温泉に湯治に出かけ、帰途京都に遊んで藪孤山や河野《こうの》恕斎《じょさい》と交遊し、海内三才子と称されたという。宝暦十三年(一七六三)、父の跡を嗣いで赤穂藩儒となった。山水に遊ぶことを好み、酒茶を愛した。詩文集に『蘭室先生文集』などがある。

140　旅館聴雨

孤剣天涯客
況逢秋色深
寒窓聴雨夕
遠道憶人心
淅瀝芭蕉老
凄涼蟋蟀沈
終宵夢不就
撫枕又長吟

旅館《りょかん》に雨《あめ》を聴《き》く

孤剣《こけん》　天涯《てんがい》の客《きゃく》
況《いわ》んや秋色《しゅうしょく》の深《ふか》きに逢《あ》ふをや
寒窓《かんそう》　雨《あめ》を聴《き》く夕《ゆうべ》
遠道《えんどう》　人《ひと》を憶《おも》ふ心《こころ》
淅瀝《せきれき》として芭蕉《ばしょう》老《お》い
凄涼《せいりょう》として蟋蟀《しっしゅつ》沈《ひそ》む
終宵《しゅうしょう》　夢《ゆめ》就《な》らず
枕《まくら》を撫《な》でて又《ま》た長吟《ちょうぎん》す

『蘭室先生文集』巻二。五言律詩。韻字、深・心・沈・吟(下平声十二侵)。

○**孤剣**　一振りの刀。単独で行動する武士をいう。○**秋色**　秋景色。秋の気配。○

寒窓　寒々とした窓。○遠道　長い道のり。遠路。○淅瀝　雨音などのもの寂しいさま。○芭蕉老　秋が深まって芭蕉の葉が枯れ破れる。○凄涼　うら寂しいさま。○蟋蟀沈　コオロギの声が聞こえなくなる。○終宵　夜通し。○長吟　声を長く引いて詩を吟ずる。心中の鬱屈を発散するさま。唐の杜甫の「解悶十二首」詩その七に、「性霊《せいれい》を陶冶《とうや》する底物《なにもの》か存《そん》す、新詩《しんし》を改《あらた》め罷《や》みて自《みずか》ら長吟《ちょうぎん》す」。

一振りの刀を携えて遠く天の果てを旅しているが、秋の気配が深まるとなおさら孤独を感じる。寒々とした窓辺で雨音に耳を傾ける夕暮れ時、長い道のりを旅して故郷の人を思う心は何ともいえないものがある。寂しげに降る雨に打たれて庭の芭蕉の葉はすがれ、コオロギは鳴き止んでひっそりとしている。夜通し夢を結ぶことはなく、枕を撫でながら声を長く引いて詩を吟誦する。

亀井《かめい》南冥《なんめい》

寛保三年(一七四三)—文化十一年(一八一四)、七十二歳。名は魯。字は道載。通称は主水。号は南冥など。筑前国早良郡の医者亀井聴因の長男。初め荻生徂徠と交遊があった肥前国蓮池の禅僧大潮元皓に詩文を学び、二十歳で大坂に遊学して古医方《こいほう》の医業を永富《ながとみ》独嘯庵《どくしょうあん》に学んだ。帰国後、父聴因と医業に携わる傍ら私塾蜚英館《ひえいかん》を営んだ。三十六歳で福岡藩儒となり、徂徠学を奉ずる藩校甘棠館《かんとうかん》（西学）の祭酒になったが、朱子学を奉ずる藩校修猷館《しゅうゆうかん》（東学）との党派的な軋轢のため、五十歳の寛政四年（一七九二）退役処分を受けた。自宅の火災によって焼死したが、自殺とも言われる。伝存する詩文稿は『亀井南冥・昭陽全集』第八巻・上に集成されている。

141 霖雨

城居寂寞臥愁霖
無復塵囂累我心
久戒樽醪時自酌
寧妨刀筆日相尋
風揺喬木雲光薄
潦溢交衢江水深
顧命門人調薬餌

霖《りん》雨《う》

城居《じょうきょ》　寂寞《せきばく》として　愁霖《しゅうりん》に臥《ふ》し
復《ま》た塵囂《じんごう》の我《わ》が心《こころ》を累《わずら》はす無《な》し
久《ひさ》しく樽醪《そんろう》を戒《いまし》むるも　時《とき》に自《みずか》ら酌《く》む
寧《いずく》んぞ妨《さまた》げんや　刀筆《とうひつ》の日《ひ》びに相尋《あいたず》ぬるを
風《かぜ》は喬木《きょうぼく》を揺《ゆるが》して　雲光薄《うんこううす》く
潦《にわたずみ》は交衢《こうく》に溢《あふ》れて　江水深《こうすいふか》し
門人《もんじん》に顧命《こめい》して薬餌《やくじ》を調《ちょう》ぜしむ

民瘼恐有雨婬侵　民《たみ》の瘼《や》むは　恐《おそ》らく雨婬《ういん》の侵《おか》すこと有《あ》らん

『南冥前稿二』。七言律詩。韻字、霖・心・尋・深・侵（下平声十二侵）。○霖雨　長く降り続く雨。○城居　城下町の住まい。○愁霖　鬱陶しい長雨。○塵囂　俗世間の騒々しさ。晋の陶潜の「桃花源詩」に、「焉《いずく》んぞ塵囂《じんごう》の外《ほか》を測《はか》らん」。○樽醪　酒樽の中の濁り酒。○刀筆　「刀筆之吏」の意。文書係の役人。○雲光　雲を通して感じる日の光。雲間から洩れ出る光。○潦　水たまり。○交衢　街路の交叉するところ。十字路。○江水　川の水。○顧命　顧みて命ずる。○門人　南冥はもともとは医を業としていたので、医学の門人もいた。○薬餌　薬と栄養になる食べ物。○瘼　病む。○雨婬　雨が長く降ること。『春秋左氏伝』昭公元年に、「雨淫《あめいん》すれば腹疾《はらやま》し」。

鬱陶しい長雨に降り込められ、城下町の住まいでひっそり横になっていると、俗世間の騒々しさに心を煩わされることはない。酒を飲むのは久しく戒めているが、それでもこんな時にはみずから酒を酌むこともあるし、お城から文書係の役人が尋ねて来ても、それを避けたりはしない。高い木々を揺がすような強い風が吹いて、空を覆う雲は薄暗く、十字路には溜まり水が溢れて、川の水も深くなっている。この長雨はおそらく人々に病をもたらすであろうと考え、門人に命じて薬の調合をさせている。

142　雨後看月

驟雨過城雲尚懸
何来皎月照林泉
芙渠池上風難定
葉々明珠琢未円

雨後《うご》、月《つき》を看《み》る
驟雨《しゅうう》　城《しろ》を過《す》ぎて　雲尚《くもな》ほ懸《かか》る
何《いつ》か来《きた》りし皎月《こうげつ》　林泉《りんせん》を照《て》らす
芙渠池上《ふきょちじょう》　風定《かぜさだ》まり難《がた》く
葉々《ようよう》の明珠《めいしゅ》　琢《みが》きて未《いま》だ円《まど》かならず

『南冥前稿五』。七言絶句。韻字、懸・泉・円(下平声一先)。

○雨後看月　純粋の叙景詩のようでもあるが、寓意詩として読むこともできる。この詩の作詩年時が明らかでないので推測の域を出ないが、藩校の学風をめぐる党派的な軋轢にかかわる寓意があるかもしれない。つまり、藩校における一時の騒動は小康状態を得たものの、落着したわけではなく、なお不安定な状態が続いているというのであろうか。

○驟雨　にわか雨。　○皎月　白く輝く月。　○林泉　林や泉のある庭園。　○芙渠蓮。　○明珠　明るく輝く玉。　○琢　彫琢研磨する。

にわか雨は城下を通り過ぎたが、空にはまだ雲が残っている。いつの間にか出てきた白い月が庭を照らしている。蓮池の上を吹く風はなかなか止まず、蓮の葉の上に残された雨粒は月の光を受けて明るく輝いているものの、風に吹かれて葉の上をあちらこちらへと転がる。それはまるで玉が琢きをかけられているようにも見えるが、まだ丸い形にはなっていない。

143　詩榻遷坐

勢交非我素
巧宦伐吾仁
与其貴而富
不如賤而貧
貧賤雖坎壈
猶勝瘁精神

詩《し》榻遷坐《とうせんざ》

勢交《せいこう》は我《わ》が素《そ》に非《あら》ず
巧宦《こうかん》は吾《わ》が仁《じん》を伐《そこな》ふ
其《そ》の貴《とうと》くして富《と》まん与《より》は
如《し》かず　賤《いやし》くして貧《まず》しきに
貧賤《ひんせん》は坎壈《かんらん》なりと雖《いえど》も
猶《な》ほ勝《まさ》る　精神《せいしん》を瘁《つか》らすに

命僮移短榻
坐嘯対松筠
詩就渾神理
嫩辞企古人
人生各有適
林臥葆天真

僮《どう》に命《めい》じて短榻《たんとう》を移《うつ》さしめ
坐嘯《ざしょう》して松筠《しょういん》に対《たい》す
詩《し》の就《な》るは渾《すべ》て神理《しんり》
嫩辞《びじ》　古人《こじん》を企《くわだ》つ
人生《じんせい》各《おのおの》の適《てき》すること有《あ》り
林《はやし》に臥《ふ》して天真《てんしん》を葆《たも》たん

『南冥乙卯稿』。五言古詩。韻字、仁・貧・神・筠・人・真(上平声十一真)。

○**詩榻遷坐**　南冥五十三歳の寛政七年(一七九五)に詠んだ「独楽園八詠」その七の詩題。独楽園は寛政四年の退役処分以来、隠居謹慎していた南冥の住まいの号。「詩榻」は、詩人が坐る長椅子。「遷坐」は、榻の位置を移動すること。○**勢交**　権勢や利益を得るのを目的とした交際。○**素**　本性。○**巧宦**　巧みに上官に取り入って出世すること。『論語』学而に、「巧言令色《こうげんれいしょく》、鮮《すく》なし仁《じん》」。○**伐**　敗る。破壊する。○**仁**　慈愛の徳。○**坎壈**　不遇。失意。○**瘁**　疲れる。やつれる。○**僮**　下僕。○**短榻**　低くて短めの長椅子。○**坐嘯**　坐ったまま詩を吟ずる。『蒙求』に「成瑨《せいしん》坐嘯」があり、後漢の南陽の太守成瑨は党人の争いを避けるため、政治を弘曹岑晊《しんしつ》に任せて、「但だ坐嘯」していたという。　○松筠　松と竹。単に庭に植えてある松と竹というだけではなく、松は常緑樹で色を変えないことから節操があることの隠喩、また竹も節があり中空のことから節操があり正直なことの隠喩表現にもなっている。　○神理　人知を越えた神妙な理法。　○孅辞　美辞に同じ。美しい表現。　○人生各有適　「有適」は、意に適《かな》うことがある。宋の李光の「憶筍」詩に、「人生《じんせい》各《おのお》の適《てき》すること有《あ》り、王子猷《おうしゆう》を語《かた》ること勿《なか》れ」。　○林臥　林の中に横たわる。すなわち隠逸の生活をする。　○葆天真　「葆」は、大切に守る。「天真」は、『荘子』漁父の「礼なる者は世俗の為す所なり。真なる者は天より受くる所以《ゆえん》なり。自然にして易《か》ふ可からざるなり」から、世俗に拘束されない天から与えられた純粋な本性。明の王廷陳の「詠懐三十四首」詩その十に、「悠《ゆう》悠《ゆう》として天真《てんしん》を葆《たも》たん」。

権勢や利益のために人と交わるのは私の本性に悖《もと》り、上役に取り入って出世するのは私の人徳を損なう。(そんなことをするくらいなら、)富貴であるよりも貧賤であるほうがましだ。貧賤だと不遇なことが多いが、それでも精神を疲弊させるよりはましだ。下男に命じて長椅子を移動させ、それに坐って詩を吟じながら庭の松や竹に向かい合う。詩が出来上がるかどうかはすべて人知を越えた不可思議な理《ことわり》によるが、昔のすぐれた詩人に肩をならべるような美しい詩句を得たいと思っている。人にはそれぞれ自分の意に適うような人生の過ごし方があるが、私は林の中に隠逸して、天から与えられた本性を守って生きていきたい。

村瀬《むらせ》栲亭《こうてい》

延享元年(一七四四)―文政元年(一八一八)、七十五歳。本姓は源。名は之熙。字は君績。通称は嘉右衛門。号は栲亭。京都に医師の子として生まれた。医を堀元昌(廻瀾)に、儒を武田梅龍に学んだ。二十三歳の明和三年(一七六六)に武田梅龍の後を継いで妙法院宮真仁法親王の侍講になり、四十歳の天明三年(一七八三)に秋田藩に儒者として招聘され、藩政にも参与した。寛政三年(一七九一)、秋田藩儒の職を辞し、以後は京都で文人として活動し、上田秋成などとも親交があった。詩文集に『栲亭稿』初稿～三稿など、また詠物詩を好んで『垂絲《すいし》海棠詩《かいどうし》纂《さん》』『楓樹詩纂』などの編著もある。

144　庚子之臘連雪入春又大雪陌上諸児転雪毬為戯因有感

新風凍殺去年泥
大道十二鋪玻瓈
屐歯格格金石響
一歩一跌滑馬蹄
連朝雨雪又盈尺
児童讙呼陌東西
転雪恰恰団似月
過痕斜引一道霓」
都見群鼻桃花丹
十指如堕不言寒」
因憶余亦在童穉

庚子《こうし》の臘《ろう》、連《しき》りに雪《ゆき》ふる。春《はる》に入《い》りて又《ま》た大《おおい》に雪《ゆき》ふる。陌上《はくじょう》の諸児《しょじ》、雪毬《せっきゅう》を転《ころが》して戯《たわむ》れと為《な》す。因《よ》つて感有《かんあ》り

新風凍殺《しんぷうとうさつ》す　去年《きょねん》の泥《どろ》
大道十二《たいどうじゅうに》　玻瓈《はり》を鋪《し》く
屐歯格格《げきしかくかく》として金石響《きんせきひび》き
一歩《いっぽ》　一跌《いってつ》　馬蹄滑《ばていすべ》る
連朝《れんちょう》の雨雪《うせつ》　又《ま》た盈尺《えいしゃく》
児童讙呼《じどうかんこ》す　陌《みち》の東西《とうざい》
雪《ゆき》を転《ころ》がせば恰恰《こうこう》として団《まる》きこと月《つき》に似《に》たり
過痕《かこん》　斜《なな》めに引《ひ》く　一道《いちどう》の霓《げい》
都《すべ》て見《み》る　群鼻《ぐんび》　桃花《とうか》のごとく丹《あか》きを
十指《じっし》堕《お》つるが如《ごと》くなれども　寒《さむ》きを言《い》はず
因《よ》つて憶《おも》ふ　余《よ》も亦《ま》た童穉《どうち》に在《あ》りて

喚冲携齓作此戯
当時屢蒙慈親呵
始悟詩書立吾志」
自後六甲半已遍
瓦礫雖大無人眄
送往迎来徒爾為
不知何以慰霊眷
慨然聚雪烹清茶
稽顙故向祠前薦

冲《ちゅう》を喚《よ》び　齓《しん》を携《たずさ》へて　此《こ》の戯《たわむ》れを作《な》せしを
当時《とうじ》　屢《しばし》ば慈親《じしん》の呵《しか》りを蒙《こうむ》りて
始《はじ》めて悟《さと》る　詩書《ししょ》　吾《わ》が志《こころざし》を立《た》つることを
自後《じご》　六甲《ろっこう》　半《なかば》は已《すで》に遍《めぐ》り
瓦礫《がれき》は大《だい》なりと雖《いえど》も人《ひと》の眄《み》る無《な》し
往《ゆ》くを送《おく》り来《きた》るを迎《むか》へて徒爾《とじ》たり
知《し》らず　何《なに》を以《もっ》てか霊眷《れいけん》を慰《なぐさ》めん
慨然《がいぜん》として雪《ゆき》を聚《あつ》めて清茶《せいちゃ》を烹《に》
稽顙《けいそう》　故《ことさ》らに祠前《しぜん》に向《む》いて薦《すす》む

『栲亭稿』初稿・巻一。七言古詩。韻字、泥・瓈・蹄・西・霓(上平声八斉)」丹・寒(上平声十四寒)」稺・戯・志(去声四寘)」遍・眄・眷・薦(去声十七霰)

○**庚子之臘**　安永九年(一七八〇)十二月。栲亭三十七歳。○**陌上**　街路の上。○**雪毬**　雪玉。雪を転がし丸めて大きな塊にしたもの。○**新風**　新年の風。○**凍殺**　凍らせる。「殺」は、強意の助辞。○**大道十二**　東の都長安は南北七街・東西五街あったことから十二街は都長安の街路をいう。転じて、ここは京都の街路を指す。○玻瓈　水晶、またガラス状のもの。○格格　カチカチ。堅いものが打ち当たる音。○一跌　一たび蹪《つまず》く。○雨雪　降った雪。また、雪が降ること。○盈尺　一尺に満ちる。唐の白居易の「早朝雪を賀して陳山人に寄す」詩に、「長安盈尺《ちょうあんえいしゃく》の雪《ゆき》」。○恰恰　ゴロゴロ。丸いものを転がす音。○一道霓　一すじの虹。○童稺　幼童。子供。○冲幼い子供。○齔　乳歯が抜け替わる年頃の子供。幼い子供。○六甲　暦のなかで、甲子・甲戌・甲申・甲午・甲辰・甲寅という六つの甲のつく歳の一回り、すなわち六十歳。栲亭は甲子の歳の生まれ。○瓦礫　瓦と小石。価値の無いものの喩えで、ここは自分を謙遜して言った。○眄　(流し目で)見る。○徒爾　無駄なさま。○為　助辞。焉に同じ。○霊眷　死者の霊。ここは亡き父母の霊魂。○慨然　憂え嘆くさま。○清茶　清爽な茶。○稽顙　顙を地につけて敬礼する。顙《ぬか》ずく。○祠前　御霊屋(先祖の霊を祀る祭壇)の前。

[庚子の歳、安永九年十二月には降雪が続いた。年が明けて春になって更にまた大雪が降った。道路の上では子供たちが雪玉を転がして遊んでいた。それを見て思うところがあった]

新年の風は旧年の泥を凍らせ、都の道はガラスを敷いたようにツルツルになった。下駄の歯はカチカチと金石が打ち当たったように響き、馬の蹄は一足ごとに滑って躓いた。雪は毎朝降り続いて一尺にもなり、子供たちは道のあちこちで歓声をあげている。雪を転がすとゴロゴロとして丸い月のようになり、その痕は道の上に斜めに引いた一すじの虹のようだ。

子供たちの鼻はみな桃の花のように赤くなり、十本の指は凍ってちぎれそうだが、寒いなどとは口にしない。

そこで思い出した。私も幼かった頃、幼児たちと誘い合わせて一緒にこの遊びをしたことを。その頃、慈しみ深い親からしばしば叱られ、詩書を学んで立派な人間になろうという志を立てるべきだと、初めて悟った。

それ以後時が経って、干支の一回りである六十年の半ばが已に過ぎたが、役に立たない大人になってしまった私に目を呉れるような人はいない。無駄に時を過ごしてしまい、何を以て亡き父母の霊を慰めればよいのかも分からない。そうした我が身を憂え嘆きながら、降り積もった雪を集めて爽やかな茶を煮立て、父母の霊を祀る祭壇にお供えする。

145　晩夏赴伏水途中作

歩出城南郭
行過竹田扉
苽区接荳塢
一鷺驚人飛
畎澮分泉路
径断人跡稀
時躡乱石渉
細泥汚我衣
衣汚不足慳
但願稲粱肥
涼飇乍入袂
能掃午炎威
喫茗憩野店

晩夏《ばんか》、伏水《ふしみ》に赴《おもむ》く途中《とちゅう》の作《さく》

歩《ある》いて城南《じょうなん》の郭《かく》を出《い》で
行《い》きて過《す》ぐ　竹田《たけだ》の扉《いえ》
苽《こ》区《く》　荳塢《とうう》に接《せっ》し
一鷺《いちろ》　人《ひと》に驚《おどろ》きて飛《と》ぶ
畎澮《けんかい》　泉路《せんろ》を分《わか》ち
径《こみち》断《た》えて人跡《じんせき》稀《まれ》なり
時《とき》に乱石《らんせき》を躡《ふ》みて渉《わた》れば
細泥《さいでい》　我《わ》が衣《ころも》を汚《けが》す
衣《ころも》の汚《けが》るるは慳《おし》むに足《た》らず
但《た》だ願《ねが》ふ　稲粱《とうりょう》の肥《こ》ゆるを
涼飇《りょうひょう》　乍《たちま》ち袂《たもと》に入《い》りて
能《よ》く午炎《ごえん》の威《い》を掃《はら》ふ
茗《ちゃ》を喫《きっ》して野店《やてん》に憩《いこ》ひ

脱笠望翠微
莫是豊公墟
桃林鬱依依
浮世如輪転
臧穀孰是非
尚随抱甕侶
倘佯得息機

笠《かさ》を脱《ぬ》いで翠微《すいび》を望《のぞ》む
是《こ》れ豊公《ほうこう》の墟《きょ》なること莫《なか》らんや
桃林《とうりん》は鬱《うつ》として依依《いい》たり
浮世《ふせい》は輪《わ》の転《てん》ずるが如《ごと》し
臧穀《ぞうこく》　孰《いずれ》か是非《ぜひ》なる
尚《こいねが》はくは抱甕《ほうおう》の侶《りょ》に随《したが》ひて
倘佯《しょうよう》して機《き》を息《や》むことを得《え》ん

『栲亭稿』二稿・巻一。五言古詩。韻字、扉・飛・稀・衣・肥・威・微・依・非・機（上平声五微）。

○**伏水**　伏見（現、京都市伏見区）。○**城南郭**　京の町の南の御土居《おどい》。御土居は、豊臣秀吉が京都の防衛のために築いた土塁。○**竹田**　現、京都市伏見区竹田。京の南の出口である竹田口と伏見の船着き場を繋ぐ竹田街道が通っていた。○**扉**　屋舎。○**菰区**　真菰の生えている区域。真菰は水辺に生えるイネ科の多年草。○**荳塲**　豆の植えてある土手。○**畎澮**　田に水を引く溝。○**泉路**　水路。○**稲粱**　穀物。○**涼飇**

涼風。多く秋風をいう。宋の陸游の「七月二十四日作」詩に、「涼颸《りょうし》袂《たもと》に入《い》りて詩《し》初《はじ》めて就《な》る」。「涼颸」は「涼颷」に同意。○午炎　昼時の猛暑。○野店　野中の茶店。○翠微　青く霞んで見える山肌。○豊公墟　豊臣秀吉公の遺跡。秀吉によって伏見の桃山に築かれた伏見城の跡を指している。○桃林　桃山一帯には桃の木が多く植えられ、桃見の名所になっていた。『宇治川両岸一覧』に、「桃山　この辺りは一円に城廓の古趾なり。後世この丘に桃樹を数千株うゑて、方十有余の桃林となす」。○依依　ぼんやりしたさま。晋の陶潜の「園田の居に帰る五首」詩その一に、「曖曖《あいあい》たり遠人《えんじん》の村《むら》、依依《いい》たり墟里《きょり》の烟《けむり》」。○如輪転　輪が回転して止まることがないようなさま。『淮南子』原道訓に、「輪転して廃《や》むこと無し」。○臧穀　『荘子』駢拇《べんぼ》に登場する「臧」「穀」という二人の召使い。ともに羊を飼っていたが、臧は読書をしていて羊を逃がし、穀は賭けごとをしていて羊を逃がした。その行ないに善と悪との違いはあるが、肝腎の羊を逃がしたという点では同じなのだから、臧が是で穀が非だとは言えないという『荘子』の寓言をいう。○尚　『文語解』巻四に、「尚コヒネカハクハ…書経ニ多用ユ庶幾也ト注ス」。○抱甕侶　甕《かめ》を抱く仲間。以下の『荘子』天地の話から、拙くても純真潔白な生き方をする仲間の意。子貢が旅をしていた時、畑作りをしている一人の老人に出会った。老人は切り通しの道を掘って井戸に入り、「甕を抱きて出でて」水を灌《そそ》いでいた。その効率の悪さを見て子貢は槹《はねつるべ》という機械を用いて効率をあげたらどうかと勧めたところ、老人は「機械有る者は必ず機事有り。機事有る者は必ず機心有り。機心、胸中に存すれば、則ち純白備はらず」と言って断ったという。「機心」は、策略をめぐらす心。○倘佯　気ままに徘徊する。○息機　機心を停止する。唐の白居易の「除夜」詩に、「功名《こうみょう》已《すで》に機《き》を息《や》む」。

歩いて京の南の御土居《おどい》を出、竹田の町並みを通り過ぎた。真菰の生えている水辺が豆の植えてある土手に接するあたりを歩いて行くと、人に驚いて一羽の鷺が飛び立った。田に水を引き込む溝が水路から分岐している辺りまでやって来ると、小道が途切れて人の足跡も稀れになった。乱雑に点在する石を踏んで溝を渡ると、細かな泥で着物が汚れてしまった。着物が汚れるのは惜しくはない。ただ願うのは、穀物が豊かに実ることだけだ。涼風が急に袂に入ってきて、真昼の猛暑を吹き払ってくれた。野中の茶店で茶を飲んで休憩し、笠を脱いで青く霞む山肌を眺める。あれはきっと豊臣公の遺跡であろう。うっそうとした桃林がぼんやりと見える。この世のありさまは輪が転がるように止まることなく移り変わってゆく。『荘子』に記された臧《ぞう》と穀《こく》という二人の召使いは、行ないに善と悪との違いはあっても、結局どちらも羊を逃がしてしまったという点で、是非の区別はないのである。できることなら『荘子』のいう甕を抱いて水を灌いだ老人の仲間のように、気ままに徘徊して企みの心を忘れ、純真潔白に生きたいと思う。

頼《らい》　春水《しゅんすい》

延享三年(一七四六)―文化十三年(一八一六)、七十一歳。名は惟寛(惟完)。字は千秋。通称は弥太郎。号は春水。安藝国加茂郡竹原に頼亨翁《こうおう》の長男として生まれた。大坂に遊学して朱子学を学び、家塾青山社を開いた。大坂の詩社混沌社に参加して詩人としても活動し、書家としても知られた。天明元年(一七八一)広島藩に儒者として招聘され、藩学を朱子学に統一した。江戸に度々赴任して世子浅野斉賢《なりかた》の侍講を勤め、昌平坂学問所でも講義した。国史を素材とした詠史詩を能くし、国史を著述しようと試みたが中途で挫折した。春風《しゅんぷう》・杏坪《きょうへい》の二弟があり、山陽《さんよう》は男《むすこ》である。詩文集に『春水遺稿』などがある。

146　鹿苑院道義

長者当年独自誇

鹿苑院道義《ろくおんいんどうぎ》

長者《ちょうじゃ》　当年《とうねん》　独《ひと》り自《みずか》ら誇《ほこ》る

林垌黼黻極豪華
秋明鹿苑空門樹
春満牛車馳道花
西域紫泥欺日月
北山金榭臥煙霞
若非権勢与時会
安得治綱帰一家

林垌《りんけい》　黼《ほ》黻《ふつ》　豪華《ごうか》を極《きわ》む
秋《あき》には明《あか》るし　鹿苑《ろくおん》　空門《くうもん》の樹《じゅ》
春《はる》には満《み》つ　牛車《ぎっしゃ》　馳道《ちどう》の花《はな》
西域《せいいき》の紫泥《しでい》　日月《にちげつ》を欺《あざむ》き
北山《ほくざん》の金榭《きんしゃ》　煙霞《えんか》に臥《ふ》す
若《も》し権勢《けんせい》の時《とき》と会《かい》するに非《あら》ずんば
安《いず》くんぞ得《え》ん　治綱《ちこう》　一家《いっか》に帰《き》するを

『野史詠』(『春水遺稿』巻一にも「足利義満」の詩題で収める)。七言律詩。韻字、誇・華・花・霞・家(下平声六麻)。
○**鹿苑院道義**　室町幕府第三代将軍足利義満(一三五八―一四〇八)。鹿苑院は法号。道義は法名。　○**長者**　一族の長。義満は永徳三年(一三八三)に武家として初めて源氏長者となり、奨学・淳和両院の別当に任ぜられ、准三宮宣下も受けて、名実ともに公武両勢力の頂点に上った。　○**林垌**　郊外の地。　○**黼黻**　華美な繍のある礼服。　○**秋明**　秋には月が明るく照らす。　○**鹿苑**　「鹿野苑」の略。釈迦が最初に説法したという場所で、鹿が多くいたのでいう。なお、義満が建立した相国寺内に、永徳三年に義満のための禅の道場として鹿苑院が建てられた。　○空門　仏寺。　○牛車　義満は永徳二年に左大臣・右近衛大将に任じられ、次いで蔵人別当を兼務して牛車での参内を許された。○馳道　天子が車駕に乗って通る道。　○西域紫泥　「紫泥」は、紫色の印泥で、天子の書を封ずるのに用いた。ここは、応永九年(一四〇二)に明の恵帝(建文帝)が書を送って義満を日本国王に冊封したが、その書には義満のことが「日本国王源道義」と記されており、義満はそれを喜んだという。　○欺日月　「日月」は、天子。ここは、義満を「日本国王」と称したことは、天皇を蔑《ないがし》ろにすることになるの意。　○北山金榭　義満が京都北山《きたやま》に築いた金閣寺をいう。　○臥煙霞　山水の好風景の中で起居すること。転じて隠居すること。義満は応永元年(一三九四)に将軍職を子の義持に譲って北山に隠居した。但しその後も、実権を手放すことなく政務を執った。　○治綱　国家を治めること。

足利義満は源氏の長者になった時、権力を独り擅《ほしいまま》にし、郊外の別荘や儀式の装いに豪奢を極めた。秋には義満の座禅の道場であった鹿苑院の樹木は明るい月に照らされ、春には牛車に乗った義満が参内する道には花が満開だった。しかし、西方の明国皇帝から義満に送られて来た国書は天皇を蔑ろにするものであり、義満は北山の金閣寺に隠退しても実権を手放そうとはしなかった。もしも権力の趨勢が時運と合致することがなかったならば、国家の政治が足利氏のものになることはなかったであろうに。

147　追悼葛子琴

無由薦絮酒
堋在浪華浜
烟水三千里
音容廿五春
青年胆相照
白髪夢猶親
縦使遺編逸
口碑終不泯

葛子琴《かつしきん》を追悼《ついとう》す
絮酒《じょしゅ》を薦《すす》むるに由無《よしな》し
堋《はか》は浪華《なにわ》の浜《はま》に在《あ》り
烟水《えんすい》　三千里《さんぜんり》
音容《おんよう》　廿五春《にじゅうごしゅん》
青年《せいねん》　胆《たん》は相照《あいて》らし
白髪《はくはつ》　夢《ゆめ》に猶《な》ほ親《した》しむ
縦使《たと》ひ遺編《いへん》は逸《いっ》するも
口碑《こうひ》は終《つい》に泯《ほろ》びず

『春水遺稿』巻七。五言律詩。韻字、浜・春・親・泯(上平声十一真)。

○葛子琴　大坂時代の春水の混沌社での親友。本巻三九四頁参照。○絮酒　後漢の徐《じょ》穉《ち》が綿を酒に浸して墓に供えたという故事(『後漢書』徐穉伝)から、死者へのお供え。○堋　土葬の墓。子琴の墓は大坂天満東寺町(現、大阪市北区与力町)の宝樹山栗東寺にある。○烟水　靄でかすんだ水面。○三千里　距離の長いことをいう。○音容　ここは子琴の声と姿。○廿五春　二十五年。子琴が没したのは天明四年(一七八四)五月七日、四十六歳だった。この詩は文化五年(一八〇八)に広島で作られた。子琴の死から二十五年が経っていた。○胆相照　「肝胆相照らす」に同じ。お互い心の底をうちあけて話す。○白髪　この年、春水は六十三歳。○遺編　子琴の遺稿。子琴には『葛子琴詩抄』などの遺稿詩集があったが、出版されなかった。○口碑　言伝え。伝説。春水は混沌社時代の子琴の才気溢れる人となりや子琴との交遊関係を、『在津紀事』や『師友志』という漢文体随筆に生き生きと書き留めている。○泯　滅びる。なくなる。

(広島にいる私には)墓前に供え物をする手立てがない。子琴は大坂の海辺近くに葬られているのだから。靄でかすんだ水面の遥か遠くにその墓はあるが、子琴の声と姿は二十五年前のまま思い出される。若かった子琴と私は肝胆相照らし、私は白髪になった今なお夢の中で子琴と親しく接している。たとえ子琴の遺稿が散逸するようなことになっても、子琴についての言伝えが湮滅するようなことは決してないだろう。

尾《び》藤《とう》二洲《じしゅう》

延享四年（一七四七）―文化十年（一八一三）、六十七歳。名は孝肇。字は志尹。通称は良佐（良助）。号は二洲・約山。伊豫国川之江で、回船業を営む家に生まれた。幼時、船上で怪我をしたため、生涯、脚が不自由になった。二十四歳の明和七年（一七七〇）、大坂に遊学して片山北海に学び、北海が盟主になった詩社混沌社にも参加した。四十五歳の寛政三年（一七九一）、寛政の改革の学政一新により幕府に招聘され、昌平黌で朱子学を教授して寛政三博士の一人に数えられた。白居易の詩風を好み、それに反対する古賀精里と寛政十二年に白居易評価をめぐって「学白論争」を展開した。詩文集に『静寄軒《せいきけん》集《しゅう》』などがある。

148　除夜作

世計日拙唯守迂

除夜《じょや》の作《さく》

世計《せいけい》　日《ひ》び拙《せつ》にして唯《た》だ迂《う》を守《まも》るのみ

三百六旬亦須臾
年歯強壮何所為
多病似老杖自扶
甘心於世為棄物
堪笑人称我為儒
惟迂惟拙得斯逸
臥聴門前儺者呼

三百六旬《さんびゃくろくじゅん》も亦《ま》た須臾《しゅゆ》
年歯《ねんし》　強壮《きょうそう》　何《なん》の為《な》す所《ところ》ぞ
多病《たびょう》　老《おい》に似《に》て杖自《つえおの》づから扶《たす》く
世《よ》に甘心《かんしん》して棄物《きぶつ》と為《な》り
笑《わら》ふに堪《た》へたり　人《ひと》の我《われ》を称《しょう》して儒《じゅ》と為《な》すを
惟《た》だ迂《う》　惟《た》だ拙《せつ》にして　斯《こ》の逸《いつ》を得《え》たり
臥《ふ》して聴《き》く　門前《もんぜん》に儺者《だしゃ》の呼《さけ》ぶを

『静寄軒集』巻一。七言古詩。韻字、迂・臾・扶・儒・呼(上平声七虞)。

○**除夜作**　幕府の招聘に応ずる四十五歳、寛政三年(一七九一)以前、大坂で私塾を開いていた時代の除夜に詠まれた詩。○**世計**　世の中を生きていくための手段。○**守迂**　世渡りにおいて迂闊さに甘んじる。「守拙」に同じ。○**三百六旬**　三百六十日。一年の日数。唐の白居易の「除夜懐《おも》ひを言ふ、兼ねて張常侍《ちょうじょうじ》に贈る」詩に、「三百六旬《さんびゃくろくじゅん》今《こん》夜《や》尽《つ》き、六十四年《ろくじゅうよねん》明日《みょうにち》催《もよお》す」。○**須臾**　短い時間。○**年歯**　年齢。○**強壮**　『礼記』曲礼上に四十歳を「強」、三十歳を「壮」ということから、働き盛りの年齢。○

何所為　白居易の詩に用例が多い。例えば「首夏の病間」詩に、「竟日何《きょうじつなん》の為《な》す所《ところ》ぞ」。
○甘心　心に甘んずる。満足する。白居易の「拙を養ふ」詩に、「心《こころ》に甘《あま》んじて名利《めいり》を謝《しゃ》す」。**○棄物**　捨てて用いない物。廃《すた》り物。『老子』に、「聖人常に善く物を救ふ。故に棄物無し」。**○惟迂惟拙**　白居易の「晩に香山寺に帰り因つて所懐を詠ず」詩に、「吾《わ》が道《みち》は本《もと》と迂《う》拙《せつ》、世途《せいと》険艱《けんかん》多《おお》し」。**○逸**　世間から外れた気ままな楽しみ。放逸。
○儺者　大晦日の夜、疫病神を払うため鬼やらいをする人。追儺《ついな》の行事をする人。

生きていくことが下手で、唯だ迂闊さに甘んじているばかりの日々を過ごしており、一年三百六十日もあっという間に過ぎ去ってしまう。働き盛りの年齢ではあるが、いったい私は何を為そうとしているのか。病気勝ちのためにまるで老人のように杖に助けられているありさまだ。私は世間の廃《すた》り物であることに甘んじており、人が私を儒者と呼ぶのは笑うほかない。唯だ私は迂闊で拙いが故に、我家の門前で鬼やらいが叫ぶ声に、横たわったまま耳を傾けるという安逸な生活をしているのである。

149

釈褐自遣

昔人皆為失意、而作自遣詩、余乃得官而有此作、以出仕非其素志、猶有恋野之念也、読者当笑其痴

廿年住津上
幽僻甘寒酸
一朝奉明命
力疾上征鞍
豈有心栄達
拒命諒無端
千里山又水
不問行路難

釈褐《しゃくかつ》して自《みずか》ら遣《や》る

昔人《せきじん》は皆《み》な意《い》を失《うしな》ふが為《ため》に、而《しこう》して自遣《じけん》の詩《し》を作《つく》る。余《よ》は乃《すなわ》ち官《かん》を得《え》て此《こ》の作《さく》有《あ》り。出仕《しゅっし》は其《そ》の素志《そし》に非《あら》ず、猶《な》ほ野《や》を恋《こ》ふるの念《ねん》有《あ》るを以《もっ》てなり。読《よ》む者《もの》、当《まさ》に其《そ》の痴《ち》を笑《わら》ふべし。

廿年《にじゅうねん》　津上《しんじょう》に住《す》み
幽僻《ゆうへき》　寒酸《かんさん》に甘《あま》んず
一朝《いっちょう》　明命《めいめい》を奉《ほう》じ
疾《やまい》を力《つと》めて征鞍《せいあん》に上《のぼ》る
豈《あ》に栄達《えいたつ》に心《こころ》有《あ》らんや
命《めい》を拒《こば》むは諒《まこと》に端《はし》無《な》し
千里《せんり》　山《やま》又た水《みず》
行路《こうろ》の難《かた》きを問《と》はず

来入都門裏
壮麗方殊観
吾本一惰農
何勝戴峨冠
従列時朝見
顧影不自安
幽臥雖宿志
須羞其素餐
明時若不仕
斯道亦孤単
往事且休説
為国具一官

来《きた》りて入《い》る　都門《ともん》の裏《うち》
壮麗《そうれい》　方《まさ》に観《かん》を殊《こと》にす
吾《われ》は本《もと》と一惰農《いちだのう》
何《なん》ぞ勝《た》へんや　峨冠《がかん》を戴《いただ》くに
列《れつ》に従《したが》ひて時《とき》に朝見《ちょうけん》し
影《かげ》を顧《かえり》みて自《みずか》ら安《やす》んぜず
幽臥《ゆうが》は宿志《しゅくし》と雖《いえど》も
須《すべか》らく其《そ》の素餐《そさん》を羞《は》づべし
明時《めいじ》　若《も》し仕《つか》へずんば
斯道《しどう》も亦《ま》た孤単《こたん》なり
往事《おうじ》　且《しばら》く説《と》くことを休《や》めよ
国《くに》の為《ため》に一官《いっかん》に具《そな》はらん

『静寄軒集』巻二。五言古詩。韻字、酸・鞍・端・難・観・冠・安・餐・単・官(上平声十四寒)。

○釈褐　「褐」は褐衣で、粗末な衣服。それを脱ぎ捨てる、つまり仕官する。　○自遣　自ら思いを晴らす。　○得官　四十五歳の寛政三年(一七九一)、幕府から召命があり、二洲はいったんは辞退しようとしたが、結局は召しに応じて昌平黌の教官になった。○素志　年来の志。　○恋野　在野の人間であることに心が引かれる。　○津上　渡し場のほとり。浪華津(大坂)を指す。二洲は二十四歳の明和七年(一七七〇)に大坂に遊学し、以来この寛政三年まで二十年余り大坂に住んだ。　○幽僻　片隅にひっそりとしていること。　○寒酸　貧窮。　○明命　君主の命令。ここは将軍からの命令。　○力疾　病体に鞭打って事を行なう。　○上征鞍　旅行するために馬に乗る。旅立つ。　○無端　理由がない。　○行路難　旅の困難なこと。転じて世渡りの困難さをいい、「行路難」は楽府体の詩の題。世渡りの難しさをテーマにした詩として多くの詩人たちによって詠まれた。　○都門　都の入口の門、転じて都をいうが、ここは江戸を指す。唐の白居易の「長恨歌」に、「西のかた都門《ともん》を出《い》づること百余里《ひゃくより》」。　○一惰農　一人の怠惰な農夫。尾藤家はかつては代々川之江で農業を営み庄屋を務める家柄であったことからいう。　○回船業を営むようになったのは四代前の先祖から。　○峨冠　高い冠。士大夫のかぶる冠。
○従列　序列に従う。　○朝見　臣下が参内して天子(ここは将軍)にお目にかかること。
○顧影　自らの影を顧みる。唐の王維の「冬夜懐ひを書す」詩に、「影《かげ》を顧《かえり》みて朝謁《ちょうえつ》を慚《は》づ」。○素餐　功績や才能がないのに俸禄を貪ること。白居易の「悟真寺に遊ぶ詩一百三十韻」に、「拙直《せっちょく》にして時《とき》に合《あ》はず、益無《えきな》くして素餐《そさん》に同《おな》じ」。二洲には『素餐録』(安永六年成立)と題する随筆がある。○明時　天下太平の時代。○斯道　この道、すなわち儒教の道。○孤単　孤独。孤立して頼るものがないこと。白居易の「和答詩十首　その六　雉媒に和す」詩に、「死《し》に至《いた》るまで孤単《こたん》を守《まも》る」。

［昔の人は失意の状態になって、自ら鬱屈した思いを晴らす詩を作った。ところが、私は官職を得てこの詩を作る。仕官することは私にとっては年来の志ではなく、いまだに在野の人間であることに心引かれているからである。この詩を読む人は、きっと私の愚かさを笑うであろう。］

二十年にわたって浪華津に住み、ひっそりと過ごして貧窮に甘んじてきた。ところが、急に幕府の命を蒙り、病をおして旅立つことになった。栄達したいという気持などはないのだが、召命を拒絶するというのもまことに由無《よし》いことである。山また川を越えて千里もの路を旅してきたが、その旅路の困難さは問題ではない。江戸の町に到着してみると、城下の壮麗さはこれまで見たことがないようなものであった。私はもともと一人の怠惰な農夫に過ぎない。どうして士大夫が身につけるという聳え立つような冠に堪えられようか。時には序列に従って将軍に拝謁するが、そんな我が影を顧みると自《おの》ずから心安らかではいられない。ひっそりと横たわったままの隠逸生活はかねてからの願いであったが、しかし、そのような無駄飯食らいの生活は恥ずべきである。太平の世に生きていながら出仕しなければ、儒教の道もまた社会とは没交渉の孤立したものということになる。取りあえずは過ぎ去ったことをあれこれ言うのはやめよう。与えられた官職に就いて国のために尽力したいと思う。

赤田《あかた》臥牛《がぎゅう》

延享四年(一七四七)—文政五年(一八二二)、七十六歳。名は朱義、のち元義。字は伯宜。通称は新助。号は臥牛。飛騨国高山の酒造業を営む家に生まれた。独学で経史を学び、荻生徂徠・太宰春臺・服部南郭らに私淑した。後に津野滄洲に学び、江村北海や松平君山らと交遊し、私塾静修館を開いた。李白・杜甫・王維・孟浩然の詩を喜び、詩集に『臥牛集初編』がある。

150　秋日作八首

秋日《しゅうじつ》の作八首《さくはっしゅ》　(その六)

郭外田平野水流

郭外《かくがい》　田《た》平《たいら》かにして野水《やすい》流《なが》る

医王山畔稲粱秋
林昏鳥雀啾啾過
雨散郊村曲曲幽
越海魚塩随転易
江都租税事誅求
幸逢今日無荒飢
長嘯応同漆室憂

医王山畔《いおうさんぱん》　稲粱《とうりょう》の秋《あき》
林《はやし》昏《くら》くして　鳥雀《ちょうじゃく》　啾啾《しゅうしゅう》として過《す》ぎ
雨散《あめさん》じて　郊村《こうそん》　曲曲《きょくきょく》幽《ゆう》なり
越海《えっかい》の魚塩《ぎょえん》　転易《てんえき》に随《したが》ひ
江都《こうと》の租税《そぜい》　誅求《ちゅうきゅう》を事《こと》とす
幸《さいわい》に今日《こんにち》の荒飢《こうき》無《な》きに逢《あ》ふも
長嘯《ちょうしょう》　応《まさ》に漆室《しっしつ》の憂《うれ》ひに同《おな》じなるべし

『臥牛集初編』巻四。七言律詩。韻字、流・秋・幽・求・憂(下平声十一尤)。
○**郭外**　城郭の外。　○**医王山**　医王山飛騨国分寺。現、岐阜県高山市総和町にある真言宗の寺院で、飛騨随一の古刹。　○**稲粱**　稲と粱《おおあわ》、広く穀物をいう。　○**鳥雀**　雀などの小鳥。唐の劉廷芝《りゅうていし》の「白頭を悲しむ翁に代る」詩に、「惟《た》だ黄昏鳥雀《こうこんちょうじゃく》の悲《かな》しむ有《あ》るのみ」。　○**啾啾**　鳥や虫などの鳴き声。唐の王建の「田家」詩に、「啾啾《しゅうしゅう》として雀樹《すずめじゅ》に満《み》つ」。　○**越海魚塩**　越前・越中・越後(福井・富山・新潟)の海で獲れた魚と塩、すなわち海産物。飛騨高山にもたらされたのは主に越中の海で獲れた海産物。　○**転易**

運んで売買する。　○**江都租税**　江戸に納める年貢。高山は幕府の天領で代官の陣屋が置かれ、租税徴収の仕事がなされていた。　○**誅求**　租税などを厳しく取り立てること。唐の杜甫の「豎子《じゅし》を駆りて蒼耳《そうじ》を摘ましむ」詩に、「乱世誅求急《らんせいちゅうきゅうきゅう》なり」。　○**荒飢**　飢饉。凶作。　○**長嘯**　長く延ばして声音を発する。うそぶく。心中の思いを発散するさま。杜甫の「公安県の懐古」詩に、「長嘯一《ちょうしょういつ》に情《じょう》を含《ふく》む」。　○**漆室憂**　魯の漆室という村に住んでいた女が過去に不幸なことが起こったのを思い出し、国を憂え人を傷んで悲しみ嘯《うそぶ》き、終に自ら縊《くび》れて死んだという故事(『後漢書』盧植伝の注)に拠る。

町の郊外には平らな田圃が開け、野川が流れている。医王山飛騨国分寺の辺りは実りの秋である。薄暗い林を雀たちがチュンチュンと鳴きながら飛び過ぎ、雨が止んだ村里は隅々までひっそりとしている。越中の海で獲れた魚や塩はこの地に運ばれて売買されるが、この地では江戸に納める年貢が厳しく取り立てられる。幸いなことに今年は飢饉の年ではなかった。しかし、かつて魯の漆室の女は過去の不幸を悲しみ嘯いて自死したという。その女の憂いと同じ憂いを抱いている私は、長く嘯いて心中の思いを発散している。

菅《かん》　茶山《ちゃざん》

延享五年(一七四八)—文政十年(一八二七)、八十歳。本姓は菅波、修姓して菅。名は晋帥。字は礼卿。通称は太中。号は茶山。備後国川北村神辺《かんなべ》で農業と酒造業を営む家に生まれた。明和三年(一七六六)十九歳で上洛し、那波魯堂に朱子学を、和田東郭に医術を学び、安永年間にかけて大坂の混沌社の詩人たちとも交遊した。三十四歳の天明元年(一七八一)頃、郷里の神辺に家塾を開き、福山藩から郷塾として認められ、廉塾《れんじゅく》と称した。また福山藩士に取り立てられ、大目付格に遇せられた。写実的で感情豊かな詩を能くして、山陽道随一の詩人として広く名を知られ、黄葉夕陽村舎《こうようせきようそんしゃ》と号した書斎には、山陽道を往来する詩人・文人たちの来訪が絶えなかった。廉塾では頼山陽や北条霞亭《かてい》が都講を務めたこともある。詩文集に『黄葉夕陽村舎詩』前編・後編・遺稿のほか、和文体の随筆『筆のすさび』などがある。

151　歳杪放歌

三十二年胡忩忩
単身千里六向東

歳杪放歌《さいびょうほうか》

三十二年《さんじゅうにねん》　胡《なん》ぞ忩忩《そうそう》
単身《たんしん》　千里《せんり》　六《ろく》たび東《ひがし》に向《む》かふ

満腔慷慨成底事
負郭田園半為空
唯有風月供多病
今年又尽伏枕中」
屠龍無用已知之
一寒如此於我宜
堪喜阿連麤識字
尊前唱和餞歳詩

満腔《まんこう》の慷慨《こうがい》　底事《なにごと》をか成《な》す
負郭《ふかく》の田園《でんえん》　半《なかば》は空《くう》と為《な》る
唯《た》だ風月《ふうげつ》の多病《たびょう》に供《きょう》する有《あ》るのみ
今年《ことしま》又た尽《つ》く　伏枕《ふくちん》の中《なか》
屠龍《とりゅう》　無用《むよう》　已《すで》に之《これ》を知《し》る
一寒《いっかん》　此《こ》の如《ごと》く我《われ》に於《お》いて宜《よろ》し
喜《よろこ》ぶに堪《た》へたり　阿連《あれん》の麤《ほ》ぼ字《じ》を識《し》るを
尊前唱和《そんぜんしょうわ》す　餞歳《せんさい》の詩《し》

『黄葉夕陽村舎詩』前編・巻一。七言古詩。韻字、忩・東・空・中(上平声一東)」之・宜・詩(上平声四支)。

○**歳杪**　歳の暮れ。　○**放歌**　大声で歌う。　○**三十二年**　茶山の三十二歳は安永八年(一七七九)。　○**忩忩**　あわただしいさま。　○**単身千里六向東**　遊学のため、この年までに六度、神辺を発って京坂の地に向かったことをいう。　○**満腔**　満身。身体中に漲っているさま。　○**負郭田園**　城郭を背にした田畑。ここは福山城下近郊の田畑。

『史記』蘇秦伝に、「我をして雒陽《らくよう》負郭の田二《に》頃《けい》有ら使《し》めば、吾豈《あ》に能く六国の相印を佩《お》びんや」。　○為空　手放して失う。　○風月　清風と明月。美しい景色。　○多病　病気がちなこと。唐の杜甫の「野望」詩に、「惟《た》だ遅暮《ちぼ》を将《も》て多病《たびょう》に供《きょう》す」。　○伏枕　病床に横たわること。　○屠龍　龍を屠《ほふ》ること。『荘子』列禦寇《れつぎょこう》に見える、龍を屠殺する技を身につけるのに多くの費用と時間をかけたが、いざ龍を屠殺しようとしても龍がいなかったので、その技は役に立たず無用に終わったという故事に拠る。茶山はしばしば遊学して学芸を身につけたものの、それは実際の用に立つものではないことをいう。
○一寒　ひどく貧しいこと。『史記』范雎《はんしょ》伝に、「范叔一寒、此の如きかな」。　○阿連　南朝宋の謝霊運が族弟恵連を「阿連」と称した(『宋書』謝霊運伝)ことから、広く家弟をいう。ここは茶山の末弟耻庵(名は晋宝、字は信卿・圭二)、この年十二歳を指す。『黄葉夕陽村舎詩』前編・巻一では、この詩の四首後に「家弟信卿の西山先生に従ひて書を読むを送る」と題する七言古詩を収める。　○麤　粗に同じ。ほぼ。おおよそ。
○尊前　酒器の前。　○餞歳詩　一年が過ぎ去るのを送る詩。

この世に生まれてから三十二年の歳月は、何とあわただしく過ぎ去ったことであろうか。その間には単身で遠路はるばる六度も東のかた京坂の地に遊学した。悲憤慷慨の情は身体中を満たしていたが、私はいったい何事を成したのであろうか。城下近郊の故郷の田畑の半ばは人手に渡ってしまい、唯だ美しい風景が病気がちの私のそばにあるだけだ。こうして今年も病床の中で歳が暮れようとしている。

　お金と時間をかけて身につけた屠龍の技のような私の学問が、結局のところ無用だということは分かっている。このような寒酸な境涯が私にはふさわしいのだ。弟が漢字をあらまし理解するようになったのが何よりも喜ばしく、酒杯を前にして弟と年送りの詩を唱和している。

152　冬日雑詩十首

寒星爛爛帯林扉
杉頂孤雲凍不飛
隣舎喧嘩縁底事
村人獲鹿鼎掆帰

冬日雑詩十首《とうじつざっしじっしゅ》　(その六)
寒星《かんせい》　爛爛《らんらん》として林扉《りんぴ》を帯《たい》し
杉頂《さんちょう》の孤雲《こうん》　凍《こご》えて飛《と》ばず
隣舎《りんしゃ》の喧嘩《けんか》　底事《なにごと》にか縁《よ》る
村人《そんじん》　鹿《しか》を獲《え》て鼎掆《ていこう》して帰《かえ》る

『黄葉夕陽村舎詩』前編・巻三。七言絶句。韻字、扉・飛・帰(上平声五微)。

○寒星　冷たく輝く冬の星。　○爛爛　キラキラと輝くさま。　○林扉　山林の中にある屋舎。　○杉頂　杉の木の真上。　○獲鹿　猪や熊や鹿などの獣の猟は、秋から冬にかけて犬を連れて夜間に行なうことが多く、その猟を夜興引《よこひ》きといった。俳諧では「夜興引き」は冬の季語。　○鼎擱　「鼎」は、三本脚の青銅器。「擱」は、重いものを担ぎ上げる。

冬の星がキラキラと冷たく輝いて、山林の中の茅屋を取り巻き、杉の木の上に浮かぶ一片の雲は、凍りついたようにじっとしている。隣家が騒々しくなったのは何かあったのだろうかと思っていたら、村人が鹿を捕獲して、鼎《かなえ》を運ぶかのように重そうに担いで帰ってきた。

153　挿田歌同諸子賦

林塢陰昏摽有梅
穉苗払払可移栽
今年麦事未全畢

挿田歌《そうでんか》、諸子《しょし》と同《おな》じく賦《ふ》す

林塢《りんお》　陰昏《いんこん》　摽《お》ちて梅《うめ》有《あ》り
穉苗払払《ちびょうふつふつ》として移《うつ》し栽《う》う可《べ》し
今年《ことし》　麦事《ばくじ》　未《いま》だ全《まった》くは畢《おわ》らず

已被鳴禽苦死催」
昨雨今雨漲溢渠
不消桔槹与踏車
西疇東菑相呼応
碌碡従横土如酥」
西家家僮数十口
挙村聚救唯恐後
鼓鉦作節人作隊
須臾挿遍幾千畝」
東舎孤孀雀様癯
藍縷満身委泥塗
大児時抱啼児来
同蔭溝樹立乳哺」
野陰茫茫風景暮

已《すで》に鳴禽《めいきん》に苦死《くし》して催《うなが》さる
昨雨《さくう》　今雨《こんう》　漲《みなぎ》りて渠《きょ》に溢《あふ》れ
消《もち》ひず　桔槹《きっこう》と踏車《とうしゃ》とを
西疇《せいちゅう》　東菑《とうし》　相呼応《あいこおう》し
碌碡《ろくとく》　従横《じゅうおう》　土《つち》は酥《そ》の如《ごと》し
西家《せいか》の家僮《かどう》　数十口《すうじっこう》
村《むら》を挙《あ》げて聚《あつま》り救《たす》くるは唯《た》だ後《あと》を恐《おそ》るるのみ
鼓鉦《こしょう》は節《せつ》を作《な》し　人《ひと》は隊《たい》を作《な》す
須臾《しゅゆ》にして挿《さ》すこと遍《あまね》し　幾千畝《いくせんぼ》
東舎《とうしゃ》の孤孀《こそう》　雀様《かくよう》に癯《や》せ
藍縷《らんる》　満身《まんしん》　泥塗《でいと》に委《ゆだ》ぬ
大児《たいじ》　時《とき》に啼児《ていじ》を抱《かか》へ来《きた》り
同《おな》じく溝樹《こうじゅ》に蔭《いん》して立《た》ちて乳哺《にゅうほ》す
野《や》陰茫茫《いんぼうぼう》として風景《ふうけい》暮《く》れ

只聞謡声怨且慕
潟畔竹喧餉童還
津頭水鳴疲牛渡」
書生鹵莽事謡吟
摛藻何益徒苦心
誰知蓑唱嚶獰裡
伝得豳風七月音

只《た》だ聞《き》く　謡声《ようせい》の怨《うら》み且《か》つ慕《した》ふを
潟《し》畔《はん》　竹喧《たけかまびす》しく　餉童還《しょうどうかえ》り
津頭《しんとう》　水鳴《みずな》りて　疲牛渡《ひぎゅうわた》る
書生《しょせい》　鹵莽《ろもう》にして謡吟《ようぎん》を事《こと》とし
摛藻《ちそう》　何《なん》の益《えき》か　徒《いたず》らに心《こころ》を苦《くる》しむ
誰《たれ》か知《し》らん　蓑唱《さしょう》　嚶獰《おうどう》の裡《うち》
伝《つた》へ得《え》たり　豳風七月《ひんぷうしちがつ》の音《おと》

『黄葉夕陽村舎詩』前編・巻四。七言古詩。韻字、梅・栽・催(上平声十灰)」渠・車・酥(上平声六魚と上平声七虞の魚部通押)」口・後・畝(上声二十五有)」癯・塗・哺(上平声七虞)」暮・慕・渡(去声七遇)」吟・心・音(下平声十二侵)。

○**揷田歌**　田植えの様子を詠んだ歌。唐の劉禹錫に「揷田歌」と題する五言古詩がある。

○**同諸子賦**　詩会などの場で参加者たちと同じ題で作詩したの意。　○**林塢**　林の中の低く窪んだところ。　○**陰昏**　日が当たらず暗いこと。　○**摽有梅**　熟して落ちた梅の実が有る。『詩経』召南に「摽有梅」の詩がある。　○**稺苗**　早苗。　○**払払**　草の茂るさま。　○麦事　麦を育てる農事。麦の収穫は初夏。　○鳴禽　囀る鳥。古来、初夏にホトトギスが鳴き始めるのは田植えを促す合図とされた。　○苦死　懸命に。切《せつ》に。○渠　溝。用水路。　○不消　「不要」「不用」に同じ。　○桔槹　はねつるべ。水を汲み上げる仕掛け。宋の陸游の「村居秋日」詩に、「桔槹水《きっこうみず》を引《ひ》いて荒畦《こうけい》に繞《めぐ》らす」。　○踏車　足踏みの水車。田に水を注ぎ込むための仕掛け。宋の范成大の「梅雨五絶」詩その一に、「卧《ふ》して聴《き》く打鼓《だこ》踏車《とうしゃ》の声《こえ》」。　○西疇東菑　あちらこちらの田畑。　○磟碡　田畑を掘り起こして平にするため、牛などに引かせる農具。唐鋤《からすき》(犂)の類。范成大の「四時田園雑興」詩に、「牛《うし》を繫《つな》いで凝《さまた》ぐること莫《なか》れ門前《もんぜん》の路《みち》、移《うつ》し繫《つな》げ門西《もんせい》磟碡《ろくとく》の辺《あたり》」。○酥　牛や羊などの乳から作られた滑らかなクリームやチーズなどの類。ここは土が軟く滑らかなさまをいう。　○家僮　召使い。下男・下女。　○作節　拍子を取る。　○幾千畝　広い田圃。「畝」は面積の単位で、時代によって違うが、一畝はほぼ五〜六アールほど。　○孤孀　寡婦。　○寉様癯　鶴のように瘦せている。　○藍縷　ぼろ。破れた衣。　○泥塗　泥濘《ぬかるみ》。　○大児　年長の子供。兄。　○溝樹　水路の堤に生えている樹木。　○乳哺　乳を含ませる。授乳する。　○野陰　野原が翳ること。　○謡声　田植歌の歌声。　○渴畔　用水路の堰《せき》のほとり。　○餉童　田畑で働く人の弁当を運ぶ僮僕。　○鹵莽　粗略で愚かなこと。　○謡吟　詩歌を吟唱すること。　○摛藻　詩文を作ること。　○蓑唱　蓑を着て歌う、またその歌。　○嚶儜　音声の清婉なさま。劉禹錫の「挿田歌」に、「斉唱《せいしょう》す田中《でんちゅう》の歌《うた》、嚶儜竹枝《おうどうちくし》の如《ごと》し」。　○豳風七月音　『詩経』豳風に農事を詠んだ「七月」詩がある。

日の当たらない林の窪地に、熟した梅の実が落ちている。早苗も成長したので、田圃に移し植えるべきだ。今年の麦を収穫するための農作業はまだ残っているが、もうホトギスが鳴き始めて、しきりに田植えをうながしている。

昨日も今日も雨が降って用水路には水が漲り溢れているので、田に水を引くために桔槔《はねつるべ》や足踏み水車を使う必要はない。あちらこちらの田圃で一斉に農作業が始まり、田圃は縦横に犂《からすき》で掘り起こされて土は滑らかになった。

西隣の家は使用人が数十人もいる大地主だが、村を挙げてその家の農作業を手伝うのは、ただ後難を恐れるがためである。太鼓や鉦で拍子を取り、人々が隊列をなして田植えにいそしんだので、あっという間に数千畝もの広い田圃の田植えは終わった。

東隣の寡婦は鶴のように痩せ細り、ぼろを身にまとって全身泥田につかっている。年長の児が啼いている赤ん坊を抱いてやって来ると、寡婦は用水路の土手の木陰で立ったまま乳を含ませる。

日暮れになると野は翳って辺りは暗くなり景色は見えなくなるが、農作業は続いていて、怨みや恋慕の気持を歌う田植歌の歌声だけが聞こえてくる。用水路の堰《せき》の辺りに生えている竹が夕風に吹かれて喧しい音を立てているなかを、弁当を持ってきた僮僕は帰ってゆき、渡し場のほとりでは農耕に疲れた牛が水音を立てながら川を渡ってゆく。

愚かな世間知らずの書生である私は、詩歌を吟唱することにかまけ、詩文を作ることに無駄に心を労して、いったい何の益があるというのだろうか。農民たちが蓑を纏って歌う清らかで哀切な歌の中に、『詩経』豳風《ひんぷう》「七月」の歌声が伝わっているということに、誰も気づいていないのである。

154　横尾途上

間行全勝薬
忘却抱痾身
飛鳥還知晩
狂花自作春
霜前山已痩

横尾《よこお》途上《とじょう》

間行《かんこう》は全《まった》く薬《くすり》に勝《まさ》れり
忘却《ぼうきゃく》す　抱痾《ほうあ》の身《み》
飛鳥《ひちょう》　還《かえ》つて晩《くれ》を知《し》り
狂花《きょうか》　自《おの》づから春《はる》を作《な》す
霜前《そうぜん》　山已《やますで》に痩《や》せ

水後市偏貧
大路城門近
喧然輸税人

水後《すいご》　市偏《いちひと》へに貧《まず》し
大路《たいろ》　城門近《じょうもんちか》し
喧然《けんぜん》たり　税《ぜい》を輸《ゆ》するの人《ひと》

『黄葉夕陽村舎詩』後編・巻一。五言律詩。韻字、身・春・貧・人(上平声十一真)。○横尾　現在の広島県福山市横尾町。茶山の住んだ神辺から福山の城下へ出る街道の途中にある。○間行　ぶらぶらと散歩すること。○抱痾　病気持ち。○狂花　季節外れに咲いた花。狂い咲きの花。○山痩　山の木々が落葉したことをいう。○水後　横尾は芦田川を背にする町。○城門　福山は福山藩十万石の城下町。その城下に入る門をいう。○喧然　騒々しいさま。○輸税　租税を納める。

ぶらぶら歩きの散歩は薬よりもはるかに勝れた効果があり、自分が病気持ちだということを忘れてしまう。空を飛ぶ鳥は夕暮れが近いのを知って塒《ねぐら》に向かい、季節外れに咲いている花は春でもないのにおのずから春らしい景色を見せている。霜が降りる前だというのに、已に木々が葉を落とした山は痩せて見え、川を背にした町は貧しいというほかないたたずまいを呈している。大きな道を歩いて福山城下の門に近いところまで来ると、年貢を納める人々で騒然としていた。

155　即事二首

垂楊交影掩前楹
下有鳴渠徹底清
童子倦来閑洗硯
奔流触手別成声

即事《そくじ》二《に》首《しゅ》（その一）

垂楊《すいよう》影《かげ》を交《まじ》へて前楹《ぜんえい》を掩《おお》ふ
下《した》に鳴渠《めいきょ》の徹底《てってい》して清《きよ》らかなる有《あ》り
童子《どうじ》倦《う》み来《きた》つて閑《かん》に硯《すずり》を洗《あら》へば
奔流《ほんりゅう》手《て》に触《ふ》れて別《べつ》に声《こえ》を成《な》す

『黄葉夕陽村舎詩』後編・巻四。七言絶句。韻字、楹・清・声(下平声八庚)。
○**即事**　その場のことを詠むという詩題。廉塾の情景を詠んだ作。　○**垂楊**　枝垂れ柳。
○**前楹**　家屋の前部正面の東西に立っている柱。唐の白居易の「夜坐」詩に、「斜月前《しゃげつぜん》楹《えい》に入《い》る」。　○**鳴渠**　水が流れる音のする溝。唐の盧仝《ろどう》の「秋夢行」詩に、「湘水冷冷《しょうすいれいれい》として徹底《てってい》して清《きよ》し」。　○**徹底清**　底が見えるほど清らか。　○**奔流**　ほとばしるような水の流れ。

枝垂れ柳の枝がもつれ合って塾舎の正面を掩っている。その柳の下に、底まで透き通る清らかな水が音を立てながら流れている溝がある。学課に飽きた子供がここで静かに硯を洗うと、ほとばしるような水の流れが子供の手に当たって別の音を立てる。

156　今年癸未不雨自四月至七月、適某畧開戯場、士女喧闐経旬匝月、近村農夫恚甚、謀撞壊其場、父老慰喩而止、菅子聞而作此

郊外之鼓声淵淵
争禱霊雨暁猶喧
市中之鼓響洶洶
競観戯場夜始還
市人心喜此炎旱

今年《ことし》癸未《きび》、雨《あめ》ふらざること四月《しがつ》より七《しち》月《がつ》に至《いた》る。適《たまた》ま某《なにがし》、畧《ひそ》かに戯場《げじょう》を開《ひら》く。士女《しじょ》、喧闐《けんてん》すること旬《じゅん》を経《へ》、月《つき》を匝《めぐ》る。近村《きんそん》の農夫《のうふ》、恚《いか》ること甚《はなは》だしく、其《そ》の場《じょう》を撞壊《どうかい》せんことを謀《はか》る。父老《ふろう》、慰喩《いゆ》して止《や》む。菅子《かんし》、聞《き》きて此《これ》を作《つく》る

郊外《こうがい》の鼓《つづみ》　声《こえ》淵淵《えんえん》たり
争《あらそ》ひて霊雨《れいう》を禱《いの》り　暁《あかつき》猶《な》ほ喧《かまびす》し
市中《しちゅう》の鼓《つづみ》　響《ひびき》洶洶《きょうきょう》たり
競《きそ》ひて戯場《げじょう》を観《み》　夜《よる》始《はじ》めて還《かえ》る
市人《しじん》　心《こころ》に喜《よろこ》ぶ　此《こ》の炎旱《えんかん》

米価踊貴利可専
況乃毎戸逋租賦
称貸斂息倍常年
村人心憂此飢荒
離散溝壑免終難
一人向隅坐不楽
如何幸災日娯歓
鼓声到処同一響
怪他憂楽許判然

今時上下同窮乏
時需大半仰市人
市人驕奢故其所
独恐人情見物遷

米価《べいか》踊貴《ようき》して　利《り》専《もっぱ》らにす可《べ》し
況《いわ》んや乃《すなわ》ち　毎戸《まいこ》　租賦《そふ》を逋《とどこお》らせ
称貸《しょうたい》して息《そく》を斂《おさ》むること常年《じょうねん》に倍《ばい》す
村人《そんじん》　心《こころ》に憂《うれ》ふ　此《こ》の飢荒《きこう》
離散《りさん》　溝壑《こうがく》　免《まぬか》るること終《つい》に難《かた》し
一人《ひとり》　隅《すみ》に向《むか》へば　坐《ざ》は楽《たの》しまず
如何《いか》んぞ　災《わざわい》を幸《さいわい》として日《ひ》びに娯歓《ごかん》せん
鼓声到《こせいいた》る処《ところ》　同一《どういつ》の響《ひびき》
怪他《あや》しむ　憂楽《ゆうらく》　許《か》くのごとく判然《はんぜん》たるを

今時《こんじ》　上下《じょうげ》　同《おな》じく窮乏《きゅうぼう》し
時需《じじゅ》　大半《たいはん》　市人《しじん》を仰《あお》ぐ
市人《しじん》の驕奢《きょうしゃ》は故《もと》より其《そ》の所《ところ》
独《ひと》り恐《おそ》る　人情《にんじょう》　物《もの》を見《み》て遷《うつ》るを

君不見古昔治化尚平均
逐末者多税且廛
此事因循難遽復
徒使胥吏笑迂論
且願農商一心意
誠虔惻惻訴旻天
得雨後更開場久
村氓亦能来聚観

君《きみ》見ずや　古昔《こせき》の治化《ちか》は平均《へいきん》を尚《とうと》び
末《すえ》を逐《お》ふ者多《ものおお》きは　税《ぜい》し且《か》つ廛《てん》す
此《こ》の事《こと》　因循《いんじゅん》　遽《にわ》かには復《ふく》し難《がた》し
徒《いたず》らに胥吏《しょり》をして迂論《うろん》を笑《わら》はしむ
且《しばら》く願《ねが》ふ　農商《のうしょう》　心意《しんい》を一《いつ》にし
誠虔《せいけん》　惻惻《そくそく》として旻天《びんてん》に訴《うった》へんことを
雨《あめ》を得《え》て後《のち》　更《さら》に場《じょう》を開《ひら》くこと久《ひさ》しくせば
村氓《そんぼう》も亦《ま》た能《よ》く来《きた》つて聚《あつま》り観《み》ん

『黄葉夕陽村舎詩』遺編・巻三。七言古詩。韻字、淵・喧・還・専・年・難・歓・然・人・遷・均・廛・論・天・観（上平声十一真・上平声十三元・上平声十四寒・下平声一先の真部通押）。

○今年癸未　文政六年（一八二三）、茶山七十六歳。**○不雨自四月至七月**　福山藩領ではこの年に記録的な大旱魃があった（『福山市史』）。なお、広島藩領でもこの年の春から秋にかけて日照りが続いて大旱魃となり、田畑の損耗十四万七千二百二十石に及んだという(『広島県史』)。　○嶴　「奥」に同じ。ひそかに。かくれて。　○戯場　芝居小屋。福山の城下に開かれたか。　○士女　男女。　○喧闐　やかましく騒ぐ。　○経旬匝月　十日間を過ぎて一月《ひとつき》に及ぶ。　○撞壊　打ち壊す。　○父老　思慮分別のある老人の尊称。　○慰喩　慰め諭《さと》す。　○菅子　菅茶山自身を客観的に表現した言い方。　○淵淵　鼓を打つ音の形容。『詩経』小雅・采芑に、「鼓《つづみ》を伐《う》つこと淵淵《えんえん》たり」。ここは雨乞いの祀りで打つ鼓の音。　○霊雨　慈雨。農事に役立つ善い雨。『詩経』鄘風《ようふう》・定之方中に、「霊雨《れいう》既《すで》に零《お》つ」。　○市中之鼓　芝居小屋の開場を報せる町なかの鼓の音。　○洶洶　騒がしい音の形容。　○炎旱　ひでり。　○踊貴　物の値段が高騰する。　○逋租賦　年貢を滞納する。　○称貸　金を貸すこと。　○斂息　利息を手に入れる。　○飢荒　穀物や野菜などが不作で飢えること。　○溝壑　溝《みぞ》や谷間。『孟子』梁恵王下に、「凶年饑歳には、君の民老弱《ろうじゃく》は溝壑に転び、壮者は散じて四方に之《ゆ》ける者幾千人」とあることから、(溝や谷間にはまって)野垂れ死にすること。　○向隅　室の隅に向かう。平等に扱われず、仲間はずれになること。『漢書』刑法志に、「古人言ふこと有り、堂に満ちて酒を飲みて、一人隅《すみ》に郷《むか》ひて悲泣すること有るときは、則ち一堂皆な之が為に楽しまずと」。「郷隅」は、「向隅」に同じ。　○到処　どこでも。　○怪他　怪しむ。「他」は、動詞などについて語勢を強める助辞。○時需　その時の需要。○市人　町人。商人。○治化　民を治めて善に導くこと。○平均　平等。『国語』魯語上に、「徳を民に布《し》きて其の政事を平均にす」。○逐末者　商売によって利益を求める者、すなわち商人。古は農業を以て本となし、商業を末としたことによる。○税　税金。『漢書』食貨志上に、「税は公田の什一及び工商衡虞《こうぐ》の入を謂ふ」とあるように、漢の時代は、公田からだけではなく、商売の利益にも税金を課した。○廛　周の時代、店舗に課した税。『礼記』王制に、「市《いち》は廛《てん》して税せず」。○因循　旧例に従うこと。○胥吏　下級の役人。小役人。○迂論　遠回りの議論。○誠虔　真心があって慎み深いこと。○惻惻　懇切なさま。○旻天　広く天をいう。また、秋の空を指す。○村氓　村民。

［今年文政六年は四月から七月にかけて雨が降らなかった。たまたま某《なにがし》という人がひそかに芝居小屋を開いた。男も女も大騒ぎすることが十日以上、一月《ひとつき》にも及んだ。近村の農民たちは大いに怒り、その芝居小屋を打ち壊そうという相談をしたが、村の長老が慰め諭して、取り止めになった。わたくし菅子《かんし》はそれを耳にして、この詩を作った］

郊外で打つ雨乞いの鼓の音が遠くから聞こえてくる。争うようにして恵みの雨を祈り、夜明け時になってもまだその喧噪は続いている。いっぽう町なかでも芝居を触れる鼓の音が騒々しく響いている。町の人は競うようにして芝居見物に出かけ、夜になってようやく家に帰る。

商人は心の中でこの日照りを喜んでいる。米価が高騰し利益を一人占めできるからである。ましてや、どの農家も年貢が未納になるので、商人は農民に金を貸して、通常の年の倍の利息を手にすることができるからである。

反対に村人たちは心の中でこの日照りによる飢えを憂えている。終には一家離散や野垂れ死を免れることは難しいであろう。誰か一人が仲間はずれになると、一坐している者は楽しめないものだ。何とかしてこの災いを幸いに変えて日々を楽しく過ごしたいものだ。

鼓の音はどこでも同じ響だが、憂愁と歓楽とがこのようにはっきりと分かれるのはおかしいと思う。近年は身分の上下にかかわらず同じように窮乏している。その時の生活に必要なものの大半を商人に頼っているからである。商人が贅沢だというのはもとよりのことであるが、ただ恐ろしく思うのは、世間の人情は目にするものによって移り変わるということである。

皆さんは知っているであろう、昔は民を治めて善に導くには平等であることを尊重し、商売によって利益を求める者が多い時は利潤や店舗に税を課したということを。こうした課税については従来の慣例というものがあって、急に昔に戻すことは難しく、小役人からは遠回りな議論だとわけもなく笑われることになってしまうであろう。

しかし、取りあえずは農民と商人とが心を一つにして、真心をもって慎み深く天に降雨を訴えることを願いたい。そして、雨が降った後にあらためて芝居小屋を長期間開いたなら、村人たちもまた皆でやって来て芝居見物をするであろう。

157 悼亡

夜窓紡績伴書檠
四十餘年夢一驚
滿腹悲辛無遺処
還知荘叟鼓盆情

悼《とう》亡《ぼう》（三首その一）

夜《や》窓《そう》　紡績《ぼうせき》　書檠《しょけい》に伴《ともな》ふ
四十余年《しじゅうよねん》　夢一驚《ゆめいっきょう》
満腹《まんぷく》の悲辛《ひしん》　遣《や》る処無《ところな》し
還《かえ》つて知《し》る　荘叟《そうそう》　盆《ぼん》を鼓《こ》するの情《じょう》

『黄葉夕陽村舎詩』遺編・巻六。七言絶句。韻字、檠・驚・情（下平声八庚）。

○悼亡　妻の死を悼み哀しむ。茶山七十九歳の文政九年(一八二六)五月十九日、妻宣《のぶ》が七十歳で没した。○紡績　生前、妻がしていた夜なべ仕事。○書檠　書見用の燭台。○四十餘年　茶山が先妻為《ため》と死別後、宣と再婚したのは茶山三十七歳の天明四年(一七八四)だったので、後妻の宣とは四十二年間ほどの結婚生活だった。○夢一驚　夢に驚いてはっとして目覚める。金末元初の耶律楚材の「天城に過《よぎ》りて靳沢民《きんたくみん》の韻に和す」詩に、「倏忽《しゅくこつ》たる栄枯《えいこ》夢一驚《ゆめいっきょう》」。○荘叟鼓盆情　『荘子』至楽の次のような故事に拠る。荘子の妻が死んだとき、恵子《けいし》が弔いに行くと、荘子は足をくずして盆(土の瓶)をたたきながら歌っていた。それを見た恵子は、妻が死んだというのに泣きもしないで盆をたたいて歌を歌うというのは、あまりに不人情ではないかと非難した。これに対して荘子は、妻が死んだ当初は私も悲しくてしかたがなかったが、よく考えてみると、もともと人の命というものは絶対不変なものとしてあるわけではなく、何だかよくわからない気というものが変化して命になったのだ。死とはそれがもとの気に戻ってゆくのだから、泣き叫ぶべきことではないのだと思い、こうして歌うことにしたのだと答えたという。宋の黄庭堅の「再び陳季張に拒霜花を贈る二首」詩に、「鼓盆《こぼん》の荘叟情《そうそうじょう》を賦《ふ》して濃《こまや》かなり」。

妻が生きていた時には、燭台の明かりを共用して、夜の窓辺で私は読書をし、妻は糸を紡いだものだった。四十余年間の夫婦生活も今となっては夢のように覚めてしまった。体中に満ち溢れる辛い悲しみの遣り場がない。妻を亡くした老いた荘子が盆を叩いて歌を歌っていたという気持が、あらためてよく分かる。

大田《おおた》南畝《なんぽ》

寛延二年(一七四九)—文政六年(一八二三)、七十五歳。名は覃。字は子耜。通称は直次郎。号は南畝・杏花園などのほか、狂詩の号として寝惚《ねぼけ》先生、狂歌の号として四方赤良《よものあから》・蜀山人《しょくさんじん》、他に戯作の号として山手馬鹿人《やまのてのばかひと》など、多数の号を使い分けた。代々幕府の御徒を勤める家に生まれ、十七歳で家督を継いだ。内山椿軒《ちんけん》・松崎観海などに和歌・漢詩文を学び、明和四年(一七六七)に狂詩文集『寝惚先生文集』を出版して以後、戯作文学に手を染め、また天明狂歌流行の中心人物として活躍した。寛政の改革を機に一時は狂歌や戯作から遠ざかった。寛政六年(一七九四)、幕府の人材登用試験に応じて及第し、支配勘定に昇進して能吏として精勤した。生涯の漢詩作品を収める大部の自筆稿本『南畝集』が伝存するほか、刊行詩集に『杏園詩集』『杏園詩集続編』がある。

158

自遣

少年高志在千秋
大業無成日月流
漸与梁園詞客絶
転随燕市酒人遊
送迎曾掛南州榻
唱和空伝下里謳
莫道吏情難免俗
有時飛夢到滄洲

自《みずか》ら遣《や》る

少年《しょうねん》の高志《こうし》　千秋《せんしゅう》に在《あ》り
大業《たいぎょう》成《な》ること無《な》く日月《じつげつ》流《なが》る
漸《ようや》く梁園《りょうえん》の詞客《しかく》と絶《ぜっ》し
転《うた》た燕市《えんし》の酒人《しゅじん》に随《したが》ひて遊《あそ》ぶ
送迎《そうげい》　曾《かっ》て掛《か》く　南州《なんしゅう》の榻《とう》
唱和《しょうわ》　空《むな》しく伝《つた》ふ　下里《かり》の謳《うた》
道《い》ふこと莫《なか》れ　吏情《りじょう》　俗《ぞく》を免《まぬか》れ難《がた》しと
時有《ときあ》りて　飛夢《ひむ》　滄洲《そうしゅう》に到《いた》る

『南畝集』六(『杏園詩集続編』巻三にも収める)。七言律詩。韻字、秋・流・遊・謳・洲(下平声十一尤)。

○**自遣**　自ら心中の思いを晴らす。この詩は三十六歳天明四年(一七八四)の作で、時に南畝は四方赤良の号で江戸狂歌壇の中心人物として活躍していた。○**千秋**　千年、すなわち歳月の長久なこと。ここは歴史に長く名を残すことをいう。○**梁園**　漢代に梁の孝王が造営した広大な庭園で、司馬相如や枚乗《ばいじょう》など当時の文学者たちが賓客として招かれた。ここは江戸の権力者の立派な庭園をいうのであろう。○**詞客**　詩人。○**燕市**　戦国時代の燕の国の都城で、『史記』荊軻伝によれば、荊軻はここで狗屠《くと》(犬殺し)や高漸離《こうぜんり》と酒を酌み交わしたという。ここは江戸の町を指している。○**酒人**　酒飲み。○**南州**　後漢の隠士徐穉《じょち》は「南州高士」と称され、しばしば官職に就くよう招かれても応じなかったが、太守《たいしゅ》の陳蕃《ちんばん》が礼をもって請うた時はやむなく訪問したものの、徐穉は拝謁し終わるとすぐに帰った。陳蕃はもともと賓客を好まなかったが、徐穉のためだけに榻(長椅子)を用意し、徐穉が帰るとその榻を片付けたという(『後漢書』徐穉伝)。○**掛榻**　長椅子を壁に掛けて片付ける。『後漢書』徐穉伝の故事から、礼をもって賢士を遇すること。○**下里謳**　村里の低級卑俗な歌。ここは江戸の町で流行するようになった狂歌のことを指している。○**吏情**　役所勤めの心持ち。『唐詩選』に収める杜甫の「曲江にて酒に対す」詩に、「吏情《りじょう》更《さら》に覚《おぼ》ゆ滄洲《そうしゅう》の遠《とお》きを」。○**飛夢**　夢の中で遠くへ飛行すること。○**滄洲**　東の海にあるという仙人が住む島。

若い頃に抱いた高い志は、千年の後に名を残すことであった。しかし、偉業を成し遂げることなく年月は流れた。江戸の名園でかつて詩を応酬したことがある詩人たちとも次第に疎遠になり、ますます江戸の町の酒飲みたちに随って遊ぶようになった。後漢の太守《たいしゅ》陳蕃《ちんばん》は、高士《こうし》徐穉《じょち》との対面が終わると、長椅子を壁に掛けて片付けたという。(私もかつては徐穉のように礼を以て送迎されたものだが、)今は唱和した卑俗な狂歌が空しく伝わっているというありさまだ。役所勤めの気持というものは卑俗さを免れ難いなどと言わないでほしい。時に私は夢の中で飛行して仙人の住む島に行っているのだから。

159　無題

二八佳人伴少年
死生契濶両相隣
同心身託江魚室
啼血声悲蜀鳥天
擥抱柳腰纏素足
牽連荇帯漾清漣
一双鳧没随潮汐

無《む》題《だい》

二八《にはち》の佳人《かじん》　少年《しょうねん》に伴《ともな》ふ
死生契濶《しせいけいかつ》　両《ふた》りながら相隣《あいあわ》れむ
同心《どうしん》　身《み》は託《たく》す　江魚《こうぎょ》の室《しつ》
啼血《ていけつ》　声《こえ》は悲《かな》しむ　蜀鳥《しょくちょう》の天《てん》
柳腰《りゅうよう》を擥抱《らんぽう》して素足《そそく》を纏《むす》び
荇帯《こうたい》を牽連《けんれん》して清漣《せいれん》に漾《ただよ》ふ
一双《いっそう》の鳧《かも》は没《ぼっ》して潮汐《ちょうせき》に随《したが》ふ

万古千秋墨水煙

甲子五月七日墨水有二溺屍一
男一女擘抱而死哀而賦之

万古《ばんこ》千秋《せんしゅう》　墨水《ぼくすい》煙《けむ》る

甲子《こうし》五月七日《ごがつなのか》、墨水《ぼくすい》に二《に》溺屍《できし》有《あ》り。一男《いちなん》
一女《いちじょ》、擘抱《らんほう》して死《し》す。哀《かな》しみて之《これ》を賦《ふ》す。

『南畝集』十四。七言律詩。韻字、年・憐・天・漣・煙(下平声一先)。

○**無題**　題が無いのではなく、「無題」という題。三浦梅園の『詩轍』に、「無題の詩、唐の李商隠に起こる。多く閨情及び宮事を言ふ。故に隠諱して名いはずして無題と曰ふ」と解説するように、これは男女の情死を題材にした詩なので、意識的に「無題」とした。　○**死生契闊**　生死を超えた固い契りを結ぶこと。『詩経』邶風・撃鼓に、「死《し》生《せい》契闊《けいかつ》、子《し》と説《ちかい》を成《な》しぬ」。　○**江魚室**　魚の住処。　○**啼血**　鳴いて血を吐く。ホトトギスの悲痛な鳴き声をいう。　○**蜀鳥**　ホトトギス。昔、蜀の帝であった杜宇がホトトギスに化したという伝説から、こういう。　○**擘抱**　抱擁する。抱きかかえる。　○**柳腰**　細くしなやかな腰。　○**纏**　(紐などで)結ぶ。　○**牽連**　引き連ねる。　○**荇帯**　帯状の水草。　○**潮汐**　潮の満ち引き。　○**万古千秋**　いつの世までも。永遠に。　○**墨水**　隅田川。　○**煙**　靄などが立ちこめる。　○**甲子**　文化元年(一八〇四)の干支。

十六歳の美女が若い男に寄り添っている。二人はお互いに相手を愛おしく思い、生死を超えた契りを結んだのだ。同じ思いで魚の住処《すみか》に身を投げたのだが、彼ら心中《しんじゅう》した男女の思いを代弁するかのようにホトトギスは悲痛な鳴き声を空に響かせている。細くしなやかな腰を抱きかかえ合い、素足を結び合わせ、水草を引き連ねて漣《さざなみ》に漂っている。まるでつがいの鴨が水に沈んで潮に流されているかのようだ。これからは永きにわたって隅田川の川面は暗澹たる靄にとざされることになるだろう。

[文化元年五月七日、隅田川に二つの溺死体が上がった。男一人と女一人が抱きかかえ合って死んでいた。哀しく思い、この詩を作った。]

◇南畝の書き留めなどをもとに後人が編集したとされる随筆『半日閑話』巻十に、この心中についての次のような記事がある。「文化元子年五月六日の夜、十六七の小娘、二十年余の男子と大河《おおかわ》に身を投て死す。みな桔梗島《ききょうじま》の縞衣を着たり。緋《ひ》縮緬《ぢりめん》の帯にて足と足とをくゝり付たりと云。七日の日、船にて見し人多し。小梅村の名主の娘、男は百《ひゃく》性《しょう》也とも云。又は八丁堀辺の者とも云。或人のはなし、高輪引手《ひきて》茶屋《ぢゃや》鈴木と云ものゝ娘也。男は近所のかんな台やの息子也。妻子持にて妻臨月也と云。高輪しがらきと云茶屋に書置《かきおき》有しよし」とあり、心中した男女の身元については、さまざまな噂があったことが分かる。ちなみに、石塚豊芥子《ほうかいし》の『街談文々集要《がいだんぶんぶんしゅうよう》』巻一には、この心中についてのより詳しい記事が見られる。

儒教的な見地からすれば、心中は倫理道徳に背く淫行として否定されるべき行為であったが、南畝は心中するに至った若い男女の哀切な思いに同情して、この詩を詠んだのである。

160　秋夜同椴子聯句

竹外新涼入小楼　覃
雲容如水已知秋　椴
双星会過明河暗　覃
九夏候遷大火流　椴
宋玉賦篇何必切　覃
杜康歓楽好忘憂　椴

秋夜《しゅうや》、椴子《しゅくし》と同《おな》じく句《く》を聯《つら》ぬ

竹外《ちくがい》の新涼《しんりょう》　小楼《しょうろう》に入《い》る
雲容《うんよう》　水《みず》の如《ごと》く　已《すで》に秋《あき》を知《し》る
双星《そうせい》　会過《かいす》ぎて　明河《めいが》暗《くら》く
九夏《きゅうか》　候遷《こううつ》りて　大火《たいか》流《なが》る
宋玉《そうぎょく》の賦篇《ふへん》　何《なん》ぞ必《かなら》ずしも切《せつ》ならん
杜康《とこう》の歓楽《かんらく》　好《よ》し憂《うれ》ひを忘《わす》れん

可憐世上紛々者　覃

争似逍遥得自由　叚

憐《あわ》れむ可《べ》し　世上紛々《せじょうふんぷん》たる者《もの》

逍遥《しょうよう》して自由《じゆう》を得《う》るに争似《いずれ》ぞ

『南畝集』十六。七言律詩(聯句)。韻字、楼・秋・流・憂・由(下平声十一尤)。○叚子　「叚」は南畝の息子の名。字は子載。通称は定吉。号は初め鯉村、後に白蓮居士。この聯句は文化五年(一八〇八)のもので、時に父南畝は六十歳、子の叚こと定吉は二十九歳だった。南畝は息子定吉に期待して自ら定吉の教育に力を尽くした。しかし、定吉はやがて乱心して奇行に奔るようになり、三十八歳の文化十四年(一八一七)頃に、父の跡を継ぐための役職であった支配勘定見習を免職になった。この聯句は定吉乱心以前の作である。○聯句　複数の人が、それぞれ一句あるいは数句を作り、それらを聯《つら》ねて一首の詩とすること、またその詩。○双星　牽牛・織女の二つの星。一年に一度、七月七日の夜にこの二星は天の川のほとりで出逢うとされた。○明河　天の川。銀河。○九夏　夏の三ヶ月、九十日間。○大火流　「大火」は、星の名で、二十八宿中の心宿の大赤星(蠍座《さそりざ》のアンタレス星)のこと。秋になるとこの星が西に流れる。唐の李白の「太原早秋」詩に、「時《とき》に大火《たいか》の流《なが》るるに当《あた》る」。○宋玉　戦国楚の人。屈原の弟子で、屈原が追放されたのを哀しんで作った「九弁」ほか、「高唐賦」「登徒子好色賦」など

『文選』に収められる賦の作者として知られる。○杜康歓楽　杜康は、古代中国の伝説上の人で、初めて酒を造ったとされる。すなわち、飲酒の歓楽。また酒の別名は、掃愁帚(愁《うれ》いを掃《は》く帚《ほうき》)という。○紛々　入り乱れるさま。宋の陸游の「雨中熟睡して夕に至る」詩その一に、「世上紛紛《せじょうふんぷん》として栄辱多《えいじょくおお》し」。○争似　どちらが勝っていようか。また、「争《いか》でか似《に》ん」と訓んで、どうして似ていようか、という反語にも解せる。○逍遥　優遊自適する。


庭の竹の向こうで吹き始めた涼風が、この小さな高殿にも入ってくる(覃)。

夜空に浮かぶ雲の姿は水のように涼しげで、もう秋になったことに気付かされる(假)。

牽牛・織女の二星の出会いの時も過ぎて、天の川の輝きも薄れ(覃)、
夏の季節は移り去って、夜空には大赤星《だいせきせい》が西に流れる(假)。

詩人宋玉《そうぎょく》の作は必ずしも哀切なものばかりではないし(覃)、
杜康《とこう》が初めて醸したという酒を飲む楽しみは、憂いを忘れるのに好都合だ(假)。

世間で齷齪《あくせく》している人は可哀想だ(覃)。

優遊自適して自由に生きるのに勝るものはない(假)。

江戸漢詩選《えどかんしせん》（上）〔全2冊〕

2021年 1 月15日　第1刷発行
2022年10月25日　第2刷発行

編訳者　揖斐《いび》 高《たかし》

発行者　坂本政謙

発行所　株式会社 岩波書店
〒101-8002 東京都千代田区一ツ橋 2-5-5

案内 03-5210-4000　営業部 03-5210-4111
文庫編集部 03-5210-4051
https://www.iwanami.co.jp/

印刷・精興社　製本・中永製本

ISBN 978-4-00-302851-3　Printed in Japan

読書子に寄す

――岩波文庫発刊に際して――

岩波茂雄

真理は万人によって求められることを自ら欲し、芸術は万人によって愛されることを自ら望む。かつては民を愚昧ならしめるために学芸が最も狭き堂宇に閉鎖されたことがあった。今や知識と美とを特権階級の独占より奪い返すことはつねに進取的なる民衆の切実なる要求である。岩波文庫はこの要求に応じそれに励まされて生まれた。それは生命ある不朽の書を少数者の書斎と研究室とより解放して街頭にくまなく立たしめ民衆に伍せしめるであろう。近時大量生産予約出版の流行を見る。その広告宣伝の狂態はしばらくおくも、後代にのこすと誇称する全集がその編集に万全の用意をなしたるか。千古の典籍の翻訳企図に敬虔の態度を欠かざりしか。さらに分売を許さず読者を繫縛して数十冊を強うるがごとき、はたしてその揚言する学芸解放のゆえんなりや。吾人は天下の名士の声に和してこれを推挙するに躊躇するものである。このときにあたって、岩波書店は自己の責務のいよいよ重大なるを思い、従来の方針の徹底を期するため、すでに十数年以前より志して来た計画を慎重審議この際断然実行することにした。吾人は範をかのレクラム文庫にとり、古今東西にわたって文芸・哲学・社会科学・自然科学等種類のいかんを問わず、いやしくも万人の必読すべき真に古典的価値ある書をきわめて簡易なる形式において逐次刊行し、あらゆる人間に須要なる生活向上の資料、生活批判の原理を提供せんと欲する。この文庫は予約出版の方法を排したるがゆえに、読者は自己の欲する時に自己の欲する書物を各個に自由に選択することができる。携帯に便にして価格の低きを最主とするがゆえに、外観を顧みざるも内容に至っては厳選最も力を尽くし、従来の岩波出版物の特色をますます発揮せしめようとする。この計画たるや世間の一時の投機的なるものと異なり、永遠の事業として吾人は微力を傾倒し、あらゆる犠牲を忍んで今後永久に継続発展せしめ、もって文庫の使命を遺憾なく果たさしめることを期する。芸術を愛し知識を求むる士の自ら進んでこの挙に参加し、希望と忠言とを寄せられることは吾人の熱望するところである。その性質上経済的には最も困難多きこの事業にあえて当たらんとする吾人の志を諒として、その達成のため世の読書子とのうるわしき共同を期待する。

昭和二年七月

《日本文学（古典）》〔黄〕

- 古事記　倉野憲司校注
- 日本書紀　全五冊　坂本太郎・家永三郎・井上光貞・大野晋校注
- 万葉集　全五冊　佐竹昭広・山田英雄・工藤力男・大谷雅夫・山崎福之校注
- 原文万葉集　全二冊　佐竹昭広・山田英雄・工藤力男・大谷雅夫・山崎福之校注
- 竹取物語　阪倉篤義校訂
- 伊勢物語　大津有一校注
- 玉造小町子壮衰書 —小野小町物語　杤尾武校注
- 古今和歌集　佐伯梅友校注
- 土左日記　紀貫之　鈴木知太郎校注
- 源氏物語　全九冊　柳井滋・室伏信助・大朝雄二・鈴木日出男・藤井貞和・今西祐一郎校注
- 枕草子　池田亀鑑校訂
- 更級日記　西下経一校注
- 今昔物語集　全四冊　池上洵一編
- 西行全歌集　久保田淳・吉野朋美校注
- 建礼門院右京大夫集　付 平家公達草紙　久松潜一・久保田淳校注
- 梅沢本古本説話集　川口久雄校訂

- 後拾遺和歌集　久保田淳・平田喜信校注
- 詞花和歌集　工藤重矩校注
- 古語拾遺　斎部広成撰　西宮一民校注
- 王朝漢詩選　小島憲之編
- 新訂方丈記　市古貞次校注
- 新訂新古今和歌集　佐佐木信綱校訂
- 新訂徒然草　西尾実・安良岡康作校注
- 平家物語　全四冊　梶原正昭・山下宏明校注
- 神皇正統記　北畠親房　岩佐正校注
- 御伽草子　全二冊　市古貞次校注
- 王朝秀歌選　樋口芳麻呂校注
- 定家八代抄 —続王朝秀歌選　全二冊　樋口芳麻呂・後藤重郎校注
- 中世なぞなぞ集　鈴木棠三編
- 謡曲選集　読む能の本　野上豊一郎編
- 東関紀行・海道記　玉井幸助校訂
- おもろさうし　外間守善校注
- 太平記　全六冊　兵藤裕己校注

- 好色五人女　井原西鶴　東明雅校註
- 武道伝来記　井原西鶴　前田金五郎・横山重校注
- 西鶴文反古　井原西鶴　片岡良一校訂
- 芭蕉紀行文集　付 嵯峨日記　中村俊定校注
- 芭蕉おくのほそ道　付 曾良旅日記・奥細道菅菰抄　萩原恭男校注
- 芭蕉俳句集　中村俊定校注
- 芭蕉連句集　中村俊定・萩原恭男校注
- 芭蕉書簡集　萩原恭男校注
- 芭蕉文集　潁原退蔵編註
- 芭蕉俳文集　全二冊　堀切実編注
- 芭蕉自筆奥の細道　上野洋三・櫻井武次郎校注
- 蕪村俳句集　付 春風馬堤曲 他二篇　尾形仂校注
- 蕪村七部集　伊藤松宇校訂
- 蕪村文集　藤田真一編注
- 国性爺合戦・鑓の権三重帷子　近松門左衛門　和田万吉校訂
- 折たく柴の記　新井白石　松村明校注
- 近世畸人伝　伴蒿蹊　森銑三校註

排蘆小船・石上私淑言 —宣長「物のあはれ」歌論	本居宣長 子安宣邦校注
雨月物語	上田秋成 長島弘明校注
宇下人言 修行録	松平定信 松平定光校訂
新訂 一茶俳句集	丸山一彦校注
一茶 父の終焉日記・おらが春 他一篇	矢羽勝幸校注
増補 俳諧歳時記栞草 全二冊	曲亭馬琴編 藍亭青藍補 堀切実校注
北越雪譜	鈴木牧之編撰 京山人百樹刪定 岡田武松校訂
東海道中膝栗毛 全二冊	十返舎一九 麻生磯次校注
浮世床	式亭三馬 和田万吉校訂
梅暦 全二冊	為永春水 古川久校訂
日本民謡集	町田嘉章 浅野建二編
芭蕉臨終記 花屋日記 付 芭蕉翁終焉記・前後日記・行状記	小宮豊隆校訂
醒睡笑 全二冊	安楽庵策伝 鈴木棠三校注
与話情浮名横櫛 切られ与三	瀬川如皐 河竹繁俊校訂
歌舞伎十八番の内 勧進帳	郡司正勝校注
江戸怪談集 全三冊	高田衛編・校注
柳多留名句選	山澤英雄選 粕谷宏紀校注
鬼貫句選・独ごと	復本一郎校注
井月句集	復本一郎編
花見車・元禄百人一句	雲英末雄 佐藤勝明校注
江戸漢詩選 全二冊	揖斐高編訳

《日本思想》〔青〕

風姿花伝（花伝書）　世阿弥／野上豊一郎・西尾実 校訂
五輪書　宮本武蔵／渡辺一郎 校注
葉隠 全三冊　山本常朝／和辻哲郎・古川哲史 校訂
養生訓・和俗童子訓　貝原益軒／石川謙 校訂
貝原益軒 大和俗訓　石川謙 校訂
町人嚢・百姓嚢・長崎夜話草　西川如見／飯島忠夫・西川忠幸 校訂
日本水土考・水土解弁・増補華夷通商考　西川如見／飯島忠夫・西川忠幸 校訂
蘭学事始　杉田玄白／緒方富雄 校註
吉田松陰書簡集　広瀬豊 編
島津斉彬言行録　牧野伸顕 序
塵劫記　吉田光由／大矢真一 校注
兵法家伝書 付 新陰流兵法目録事　柳生宗矩／渡辺一郎 校注
南方録　西山松之助 校注
長崎版 どちりな きりしたん　海老沢有道 校註
仙境異聞・勝五郎再生記聞　平田篤胤／子安宣邦 校注
茶湯一会集・閑夜茶話　井伊直弼／戸田勝久 校注

新訂 海舟座談　巌本善治 編／勝部真長 校注
西郷南洲遺訓 附 手抄言志録及遺文　山田済斎 編
文明論之概略　福沢諭吉／松沢弘陽 校注
新訂 福翁自伝　富田正文 校訂
学問のすゝめ　福沢諭吉
福沢諭吉教育論集　山住正己 編
福沢諭吉家族論集　中村敏子 編
福沢諭吉の手紙　慶應義塾 編
日本道徳論　西村茂樹／吉田熊次 校
新島襄の手紙　同志社 編
新島襄 教育宗教論集　同志社 編
新島襄自伝 —手記・紀行文・日記　同志社 編
近時政論考　陸羯南
日本の下層社会　横山源之助
中江兆民 三酔人経綸問答　桑原武夫・島田虔次 訳・校注
中江兆民評論集　松永昌三 編
憲法義解　伊藤博文／宮沢俊義 校註

日本開化小史　田口卯吉／嘉治隆一 校訂
新訂 蹇蹇録 —日清戦争外交秘録　陸奥宗光／中塚明 校注
茶の本　岡倉覚三／村岡博 訳
新撰讃美歌　植村正久・奥野昌綱・松山高吉 編
武士道　新渡戸稲造／矢内原忠雄 訳
キリスト信徒のなぐさめ　内村鑑三
余はいかにしてキリスト信徒となりしか　内村鑑三／鈴木範久 訳
代表的日本人　内村鑑三／鈴木範久 訳
後世への最大遺物・デンマルク国の話　内村鑑三
宗教座談　内村鑑三
ヨブ記講演　内村鑑三
足利尊氏　山路愛山
徳川家康 全二冊　山路愛山
豊臣秀吉 全二冊　山路愛山
妾の半生涯　福田英子
三十三年の夢　宮崎滔天／島田虔次・近藤秀樹 校注
善の研究　西田幾多郎

思索と体験　西田幾多郎
続思索と体験・『続思索と体験』以後　西田幾多郎
西田幾多郎哲学論集 I —場所・私と汝 他六篇　上田閑照編
西田幾多郎哲学論集 II —論理と生命 他四篇　上田閑照編
西田幾多郎哲学論集 III —自覚について 他四篇　上田閑照編
西田幾多郎歌集　上田薫編
西田幾多郎講演集　田中裕編
西田幾多郎書簡集　藤田正勝編
帝国主義　幸徳秋水　山泉進校注
麵麭の略取　クロポトキン　幸徳秋水訳
基督抹殺論　幸徳秋水
日本の労働運動　片山潜
吉野作造評論集　岡義武編
貧乏物語　河上肇　大内兵衛解題
河上肇評論集　杉原四郎編
西欧紀行 祖国を顧みて　河上肇
中国文明論集　宮崎市定　礪波護編

中国史 全二冊　宮崎市定
大杉栄評論集　飛鳥井雅道編
女工哀史　細井和喜蔵
奴隷 —小説・女工哀史1　細井和喜蔵
工場 —小説・女工哀史2　細井和喜蔵
初版 日本資本主義発達史 全二冊　野呂栄太郎
谷中村滅亡史　荒畑寒村
遠野物語・山の人生　柳田国男
木綿以前の事　柳田国男
こども風土記・母の手毬歌　柳田国男
海上の道　柳田国男
蝸牛考　柳田国男
野草雑記・野鳥雑記　柳田国男
孤猿随筆　柳田国男
婚姻の話　柳田国男
都市と農村　柳田国男
十二支考 全二冊　南方熊楠

津田左右吉歴史論集　今井修編
特命全権大使 米欧回覧実記 全五冊　久米邦武編　田中彰校注
日本イデオロギー論　戸坂潤
明治維新史研究　羽仁五郎
古寺巡礼　和辻哲郎
風土 —人間学的考察　和辻哲郎
和辻哲郎随筆集　坂部恵編
倫理学 全四冊　和辻哲郎
人間の学としての倫理学　和辻哲郎
日本倫理思想史 全四冊　和辻哲郎
宗教哲学序論・宗教哲学　波多野精一
「いき」の構造 他二篇　九鬼周造
九鬼周造随筆集　菅野昭正編
偶然性の問題　九鬼周造
時間論 他二篇　九鬼周造　小浜善信編
復讐と法律　穂積陳重
パスカルにおける人間の研究　三木清

古代国語の音韻に就いて 他二篇　橋本進吉
漱石詩注　吉川幸次郎
吉田松陰　徳富蘇峰
林達夫評論集　中川久定編
新版 きけわだつみのこえ —日本戦没学生の手記　日本戦没学生記念会編
新版 第二集 きけわだつみのこえ —日本戦没学生の手記　日本戦没学生記念会編
君たちはどう生きるか　吉野源三郎
懐旧九十年　石黒忠悳
武家の女性　山川菊栄
覚書 幕末の水戸藩　山川菊栄
忘れられた日本人　宮本常一
家郷の訓　宮本常一
大阪と堺　三浦周行 朝尾直弘編
新編 歴史と人物　三浦周行 林屋辰三郎 朝尾直弘編
国家と宗教 —ヨーロッパ精神史の研究　南原繁
石橋湛山評論集　松尾尊兊編
湛山回想　石橋湛山

手仕事の日本　柳宗悦
工藝文化　柳宗悦
南無阿弥陀仏 付 心偈　柳宗悦
柳宗悦 民藝紀行　水尾比呂志編
雨夜譚 —渋沢栄一自伝　長幸男校注
中世の文学伝統　風巻景次郎
平塚らいてう評論集　小林登美枝 米田佐代子編
日本の民家　今和次郎
倫敦《ロンドン》！ 倫敦《ロンドン》？　長谷川如是閑
原爆の子 —広島の少年少女のうったえ 全二冊　長田新編
臨済・荘子　前田利鎌
『青鞜』女性解放論集　堀場清子編
大津事件 —ロシア皇太子大津遭難　尾佐竹猛 三谷太一郎校注
幕末遣外使節物語 —夷狄の国へ　尾佐竹猛 吉良芳恵校注
極光のかげに —シベリア俘虜記　高杉一郎
古典学入門　池田亀鑑
イスラーム文化 —その根柢にあるもの　井筒俊彦

意識と本質 —精神的東洋を索めて　井筒俊彦
神秘哲学 —ギリシアの部　井筒俊彦
意味の深みへ —東洋哲学の水位　井筒俊彦
コスモスとアンチコスモス 東洋哲学のために　井筒俊彦
幕末政治家　福地桜痴 佐々木潤之介校注
フランス・ルネサンスの人々　渡辺一夫
維新旧幕比較論　木下真弘 宮地正人校注
被差別部落一千年史　高橋貞樹 沖浦和光校注
花田清輝評論集　粉川哲夫編
新版 河童駒引考 —比較民族学的研究　石田英一郎
英国の文学　吉田健一
英国の近代文学　吉田健一
明治東京下層生活誌　中川清編
中井正一評論集　長田弘編
山びこ学校　無着成恭編
考史遊記　桑原隲蔵
福沢諭吉の哲学 他六篇　丸山眞男 松沢弘陽編

政治の世界 他十篇　丸山眞男／松本礼二編注
超国家主義の論理と心理 他八篇　丸山眞男／古矢旬編
田中正造文集 全二冊　由井正臣／小松裕編
国語学史　時枝誠記
定本 育児の百科 全三冊　松田道雄
大西祝選集 全三冊　小坂国継編
哲学の三つの伝統 他十二篇　野田又夫
中国近世史　内藤湖南
大隈重信演説談話集　早稲田大学編
大隈重信自叙伝　早稲田大学編
人生の帰趣　山崎弁栄
通論考古学　濱田耕作
転回期の政治　宮沢俊義
何が私をこうさせたか —獄中手記　金子文子
明治維新　遠山茂樹
禅海一瀾講話　釈宗演
明治政治史　岡義武

転換期の大正　岡義武
山県有朋 —明治日本の象徴　岡義武
近代日本の政治家　岡義武
ニーチェの顔 他十三篇　氷上英廣／三島憲一編
伊藤野枝集　森まゆみ編
前方後円墳の時代　近藤義郎
日本の中世国家　佐藤進一

岩波文庫の最新刊

ヤン・ポトツキ作／畑浩一郎訳

サラゴサ手稿(上)

ポーランドの貴族ポトツキが仏語で著した奇想天外な物語。作者没後、原稿が四散し、二十一世紀になって全容が復元された幻の長篇、初の全訳。(全三冊)

〔赤N五一九-一〕 **定価一二五四円**

復本一郎編

正岡子規ベースボール文集

無類のベースボール好きだった子規は、折りにふれ俳句や短歌に詠み、随筆につづった。明るく元気な子規の姿が目に浮かんでくる。

〔緑一三-一三〕 **定価四六二円**

佐藤春夫作

田園の憂鬱

青春の危機、歓喜を官能的なまでに描き出した浪漫文学の金字塔。佐藤春夫(一八九二―一九六四)のデビュー作にして、大正文学の代表作。改版。(解説＝河野龍也)。

〔緑七一-一〕 **定価六六〇円**

……今月の重版再開……

ロマン・ロラン著／蛯原徳夫訳

ミレー

定価七九二円

〔赤五五六-四〕

テオプラストス著／森進一訳

人さまざま

定価七〇四円

〔青六〇九-一〕

定価は消費税 10% 込です　　2022. 9